漫西 著

他有十分甜 上

图书在版编目（CIP）数据

他有十分甜 / 漫西著 . -- 重庆 ：重庆出版社，2024.8
ISBN 978-7-229-18464-3

Ⅰ . ①他… Ⅱ . ①漫… Ⅲ . ①长篇小说—中国—当代 Ⅳ . ① I247.5

中国国家版本馆 CIP 数据核字 (2024) 第 043994 号

他有十分甜
TA YOU SHIFEN TIAN
漫 西 著

责任编辑：李 雯 彭昭智
责任校对：何建云
封面设计：冰糖珠子
版式设计：重庆琢字文化传播有限公司

重庆出版集团
重庆出版社 出版

重庆市南岸区南滨路 162 号 1 幢 邮政编码：400061 http://www.cqph.com
重庆升光电力印务有限公司印刷
重庆出版集团图书发行有限公司发行
E-MAIL:fxchu@cqph.com 邮购电话：023-61520646
全国新华书店经销

开本：890mm×1240 mm 1/32 印张：15.125 字数：700 千
2024 年 11 月第 1 版 2024 年 11 月第 1 次印刷
ISBN 978-7-229-18464-3
定价：69.80 元

如有印装质量问题，请向本集团图书发行公司调换：023-61520678

版权所有 侵权必究

第1章 退婚	1
第2章 Baby Girl	29
第3章 闹剧	50
第4章 我单身	72
第5章 入殓师	95
第6章 董事长特别助理	120
第7章 商老先生，商纵海	144
第8章 得意门生	168
第9章 深藏不露	190
第10章 选择与纠结	218
第11章 男朋友	240

第12章	股神自传	267
第13章	拍卖会	299
第14章	聚会	334
第15章	有生之年系列	357
第16章	黎俏，就是他的破绽	380
第17章	你伤了我的女孩	402
第18章	黎三出事	424
第19章	手术成功	443
第20章	我的男朋友，南洋商少衍	455

第1章 退婚

C国。

南洋这座城,每逢五月,总是阴雨连绵。

傍晚,细雨初歇,潮湿的空气中氤氲着稀薄的白雾,就连酒店门前的野玫瑰都染了湿漉漉的颓意。

私宴厅外的后花园,黎俏斜倚着雨廊的墙壁,望着眼前喋喋不休的俊美男人,眼底流淌着一丝不耐。

"所以,你听明白了吧?我是不会喜欢你的,更不可能娶你。不管我们之间的婚约到底是怎么来的,但我劝你还是趁早打消和我结婚的念头。"

说这话的人,名叫商陆,据说是个身价很高的名医。

黎俏对他的了解不多,只知道两个人之间唯一的纽带就是打娘胎里带出来的娃娃亲。

非常俗套!

黎俏站得有些累,稍稍活动了一下脚腕,声音空灵地轻叹:"嗯,明白。"

"还有,你不要指望……呃?"商陆的话还在嘴边盘旋,显然没料到黎俏会答应得如此痛快,顿时怔住了。

雨廊外又淅淅沥沥地下起了小雨,滴答滴答的雨滴拍打在芭蕉叶上,声音清脆又动听。

商陆被雨声惊回神志,定睛一看,眼前早已没了人。

他四下打量,前方拐角处也只飘过一抹暗绿色的裙角。

……

黎俏沿着雨中的长廊漫步,穿过这条走廊,不远处是一片玻璃赏雨台。

右边的贵宾休息区，空无一人。黎俏披着裙摆落座，看着窗外灰蒙蒙的天色，心情却格外舒畅。其实她和商陆今天是第一次正式见面，这么多年将他们捆绑在一起的娃娃亲，也根本不是什么青梅竹马的套路。甚至在她看来，这门亲事来历不明，否则家里人的态度不该那般讳莫如深。如此，解除了也好，省得日后麻烦。

黎俏兀自思忖着，伴随着渐弱的雨声，她好似听到了一声呼救。

不是错觉！那声音很微弱，几不可闻，像是被人扼住了喉咙，艰难哀求。

黎俏从高背沙发中直起身体，侧耳聆听了几秒，便起身朝着赏雨台附近的露天绿植园走去。

暮色渐浓，头顶是暗沉的天穹，毛毛细雨无声落下。

黎俏循着断断续续的求救声，绕过高矮不一的植被，轻轻拨开一片芭蕉叶，眼前的景象却出乎意料。

碧色庭园深处，那座八角凉亭里，石桌前稳坐如山的男人赫然入目。

黎俏二十二年的人生里，从没见过任何一个男人，能够将黑色穿得如此英俊妥帖。黑色的衬衫，黑色的西裤，纤尘不染的皮鞋，卷起袖管的手臂撑着石桌，那领口微敞的弧度似乎透着野性难驯。这一方狭小的天地间，黎俏能够感觉到他扑面而来的强大气场。

"衍爷，求你……救救我……"

呼救声再次响起，黎俏晃了晃神，视线游移，这才看见湿滑的青砖地上趴着一个神色极其痛苦的瘦弱中年人。

看到这一幕，她暗道不妙，心知自己似乎闯入了不该闯的地方。

这时，被称为"衍爷"的男人缓缓抬起手，慢条斯理地抚平袖管上的褶皱，低沉而富有磁性的嗓音也随之传来："看来，你忘了南洋的规矩！"男人开口的瞬间，黎俏莫名打了个寒战。

她抬头看了看细雨蒙蒙的天际，搓了搓手臂，打算原路返回。黎俏无意探究别人的秘密，尤其是在这般诡异的情境下，她也不愿给自己招惹麻烦。

刚转身的瞬间，一道铿锵有力的脚步声从她背后由远及近。"大哥！大哥你在吗？"这声音有些熟悉，竟是商陆。

黎俏蹙起眉头，有些进退两难。这庭园深处前后只有一条小径，周围都是湿漉漉的植被，且低矮稀疏，根本没有能藏身的地方。黎俏权衡利弊，最后还是选择静观其变。

这时,凉亭下的男人面不改色地抬了抬指尖,对着身侧的保镖吩咐:"送他去医院。"

"是,衍爷。"

中年男人被保镖扶起,两人的身影转眼就消失在凉亭的拐角。

与此同时,商陆也大步流星地走了过来,抬眸就看到了小径旁的黎俏。

他眯着狭长的丹凤眼,甩了甩额前的碎发,一副"我就知道你不可能死心"的表情,冷笑嘲讽:"你果然不肯死心?!"

黎俏幽幽地回望着他,惋惜地问:"我听说……医者不自医,是吗?"

商陆压根没深想她这句话的含义,仍然讽刺又骄傲地昂着下巴,道:"对,有什么问题?"

黎俏满眼同情地看着商陆,一言难尽地扯了扯嘴角,这婚……退得可太对了!

"二爷,衍爷叫你们过去。"这时候,凉亭里的保镖站在芭蕉叶的另一侧,隔着不远的距离突然开了口。

商陆瞥着黎俏,冷哼一声,率先向前踱步,嘴里还在念叨:"别以为你跑来找我大哥就能把这门娃娃亲留住,我告诉你,不可能的!!"

站在一旁单手撑着芭蕉叶的保镖,看了眼商陆,又转眸打量着黎俏,眼底飞快掠过一丝惊艳。刚才这女孩,应该是在讽刺二爷有病。但他们家二爷,好像……没听出来!

黎俏自然捕捉到了保镖的眼神,她微微颔首示意,随即踱步走了过去。既然误闯被发现,她也没理由再躲闪。对面的男人如果是商陆的大哥,那么她已经知道对方是谁了。

所有南洋人口中最神秘的男人,南洋霸主——姓商,名郁,字少衍。

原来,是他!

……

此时,密集的水帘从凉亭四周的防雨檐坠下,像是一道道天然的雨幕将商郁笼在其中,他身上强大的气场也给周遭平添了几许压迫感。

随着黎俏的靠近,她隐隐嗅到了空气中若有似无的血腥味。

这时,商郁接过保镖递来的毛巾,慢条斯理地擦拭着匀称修长的手指,时而掀开眼帘打量着细雨中走来的黎俏。

女孩穿着一身暗绿色的束腰无袖长裙,肩头和领口布料被雨水洇湿,勾勒出她锁骨完美的弧度。视线往上,是女孩一双波澜不惊的小鹿般的眼睛,漆黑明澈,哪怕脚踩的青砖上还洇着一摊被雨水冲淡的血迹,她却恍若未见,目光无畏无惧。

商郁收回视线,顺手将毛巾放在石桌上,音色低沉:"找我什么事?"

一旁的商陆大咧咧地坐在他的对面,张嘴就告状:"大哥,我要退婚,她却一直缠着我。"

黎俏面无表情地瞥他一眼,正要说话,一直被她捏在手里的手机却突兀地响了起来。黎俏说了句"抱歉",抬手看到是二哥黎彦打来的。她斟酌着要不要接听,目光无意识地看向了商郁,后者只是漫不经心地垂下眼睑,似是默许。见状,黎俏便没有迟疑地按下了接听键。

"俏俏啊,去哪了?有没有见到商陆?"电话里传来二哥黎彦语气轻快的询问。

黎俏举着电话看了眼鼻孔朝天的商陆,懒洋洋地弯唇:"见到了。"

"怎么样?有感觉吗?"

感觉可太多了……

这话,黎俏没有明说,前方突然传来"咔哒"一声脆响,视野里一团白雾从商郁的薄唇中溢出,隔着袅袅的烟雾,他们的视线再次相撞。

"俏俏?"黎彦在电话里催促了一声,"这样吧,一会见完他,你过来找我,我在私人展厅等你。"

挂了电话,黎俏平静地望着商陆:"我说过,我同意退婚。"

"你确定?"商陆狐疑,邪肆地扬着眉尾反问,"同意你还来找我,你想好了再编。"

黎俏怜悯似的叹了口气:"我是不是来找你的,你大哥应该知道。"

她无视商陆几欲跳脚的模样,视线游移到商郁的脸上,嗓子莫名有些痒。

黎俏猜测,方才她误闯的时候,商少衍一定早就发现了她。这位尽人皆知的南洋霸主,抛开他令人敬畏的能力,单单是这张脸,也足够举世瞩目了。即便是俊美无俦的商陆,在他哥的面前都显得寡淡许多。男人就那般脊背挺直地坐着,狭长的眸悠远深邃,立体的眉骨和清晰的轮廓,英俊清贵,尤其是镌刻进骨子里的野性像是鲜衣怒马的沙场王侯。

黎俏看了半响,垂下眸时眼底有一丝难辨的笑意。

那张脸,有点好看!

这时，商郁掸了掸烟灰，语气淡凉："她确实不是来找你的。"

"找谁都不行，反正这个婚事我退定了。大哥，你之前同意了，现在可不能反悔啊。"商陆梗了梗脖子，满脸警惕地睨着黎俏，生怕她会突然扑过来似的。

至此，商郁看着黎俏，勾唇淡漠地应了声："那就退了吧。"

一听这话，商陆又来劲了："听到没，我大哥都同意了，你还有什么话说？"

黎俏本身的性子有点散漫，但并不是个没脾气的瓷娃娃。

她低头看了眼脚下被雨水冲刷得越来越淡的血迹，浅笑："商陆先生，你知道么，其实我的眼神一向很好。"说完，黎俏转身朝着小径折回。

在拨开芭蕉叶的一刹那，她再次回眸，望着商郁深沉似海的瞳，自我介绍道："你好，我是黎俏。"

商郁的眼里掠过一丝光芒。

雨歇，亭角飞檐不时滴答着雨露。

商陆望着黎俏离开的方向，不明所以地喃喃："她眼神好不好，跟我有什么关系？"

"她眼神好，看不上你。"商郁凝视着小径的方向，若有所思地沉声开口。

黎俏离开之后，商陆这才收敛了一身痞气，安静地坐在了男人的对面。

气氛凝滞了片刻，商郁双手撑着膝盖从石桌旁起身，居高临下地睨着商陆，沉声叮嘱："退婚的事，你自己去黎家解释，就算有难言之隐，也要给人家一个合理的交代。"

商陆直了直腰板，恹恹地点头："知道了……"

听到这话，商郁踱步准备离开庭园，但刚刚踏下一级台阶，他身形微顿，偏头睨着商陆，嗓音清冽："你碰过她了？"

商陆忙不迭地摇头："没有，我刚才和她挨得近了些都感觉浑身难受，更别提碰了！"

他不能碰女人的毛病，从小就有，随着长大越来越严重，一碰女人就会吐，他能怎么办？

听到这个回答，商郁微眯的眸光中划过微妙的暗芒，绯色削薄的唇微微抿了抿，似满意，似了然。

"大哥，去黎家退婚的话……你跟我一起吗？"这时，商陆望着大哥

5

走远的背影，仰着脖子追问了一句。回应他的，只有商郁的一句冷言："自己解决。"

……

一个小时后，南洋黎家。

坐落在华南路高端别墅区，别墅内外的装修风格精致独特，四周布满了园林绿植，黎家别墅宁静悠远得如同一座世外庄园。

美景当下，黎家客厅里却盘旋着令人压抑窒闷的低压。

南洋首富黎广明坐在单人沙发中，胸膛不停起伏着，虽年过半百，鬓角染白，但他看起来依旧风度翩翩，一双精明的眸中是岁月沉淀后的稳重，即便出离愤怒，也并不显得油滑。

"这个姓商的兔崽子，简直是欺人太甚！"黎广明咬牙切齿地怒骂了一句，目光落在那只青釉瓷杯上，手指有点痒，想摔碎它以表愤怒。

黎俏似是察觉到了他的用意，语气慢悠悠地提醒："爸，退婚的是商陆，不是我买的那只茶杯。"青釉瓷杯，她特意从慈善晚会上拍回来的，摔了可惜。

黎广明眼里的火气弱了几分，看向对面的黎俏，心疼地安抚："俏俏啊，今天这事怪你二哥，让你受委屈了。"

"爸，这也怪我？"一旁在窗前罚站的黎彦有些不高兴，却又不敢太放肆。毕竟是他们家的宝贝受了委屈，他确实有责任。天知道他亲耳听到俏俏的转述时，差点想去狠捶商陆一顿。什么东西，敢对他的宝贝妹妹大放厥词！

这时，黎广明幽幽看着黎彦，眼底充斥着嫌弃："怎么不怪你？我让你带着俏俏去和商陆见面，不是让你撒手不管的。你说你是怎么当哥哥的？今天这事要是换成老大和老三，他们不可能会离开俏俏半步。"

黎彦吃瘪，眨了眨眼，不说话了！

黎俏看着二哥被骂，轻叹一声，想替他解围："爸，二哥没错，是我自己要……"

"俏俏，你别替他说话，他什么德行我能不清楚。看见名画就走不动道，成事不足败事有余！你放心，爸绝不让你白受委屈，我这就让你大哥三哥还有你妈立刻回来。这个商陆，我黎家跟他没完！"

"成事不足败事有余"的艺术巨商黎彦无话可说。

如此，在家主黎广明的一通电话下，大哥黎君扔下跨国会议连夜从国

他有十分甜 6

外赶回,三哥黎承撒开合作方的订单从边境返回,而黎家主母段淑媛直接从巴黎秀场看台上撤离。

他们黎家的宝贝被人欺负了,那还得了?!

夜里十点,黎家客厅的水晶灯熄灭,只剩下墙角的地灯氤氲着朦胧的昏黄。黎俏回到二楼的卧室,拉开落地窗,一阵潮湿的空气扑面而来。夜色深沉,远处的夜幕像是笼了一层灰白的薄纱,静谧清凉。

黎俏凝神片刻,顺势倚着窗框,掏出手机打开了搜索页面。

搜索关键词:"商郁"。

下一秒,空白的页面出现了一段文字:"很抱歉,没有找到与'商郁'相关的网页。"

黎俏眉梢轻扬,又继续搜索"商少衍"三个字,但结果亦然。

"唔,还挺神秘。"黎俏指尖点了点唇瓣,目光落在屏幕上,眼底兴味正浓。南洋霸主,到底有多霸道?又有多偏执?这座城里关于他的传言太多,可她对商郁初见的印象,似乎和传言有些许偏差。

黎俏的拇指摩挲着页面,脑海里却萦绕着那个气场强大且矜贵冷傲的男人。这时,手机屏幕突然弹出聊天框,黎俏看到微信消息,勾唇回复了一个OK的手势,便转身去了浴室。

半个小时后,黎俏来到衣帽间,她一边擦拭头发一边打量开放式衣柜,睃巡数秒后,随手拎起了一套黑色休闲装。

今夜,她偏爱黑色!

……

深夜十一点,一辆奔驰大G从黎家的停车场驶出,厚重的车身在潮湿的路面飞驰而过,直奔南洋娱乐城。

娱乐城,顾名思义,集各种项目为一体的娱乐场所。

临近零点,黎俏将车停在门口,把钥匙丢给泊车小弟,径自上了三楼。私人区域的台球厅内,黎俏推开门就听到了球体撞击的清脆声响。偌大的私厅里,只有一张台球桌,两个陌生的男生正拿着球杆打球,一旁的沙发上还坐着一个"学生妹"打扮的女生。

"哎哟,俏老板来啦!"见到黎俏,"学生妹"笑着打招呼,起身迎着她大步流星地走来,和一身学生妹打扮一点都不搭。

黎俏单手插兜,视线上下睃着她的白衬衫和格子裙:"你怎么了?"

"学生妹"名叫唐弋婷,是黎俏的发小和闺蜜,性格大大咧咧,打小就讨厌穿裙子。唐弋婷没理会她的揶揄,反而绕着黎俏走了一圈:"你还问我怎么了?你呢,这是什么打扮?"

今晚偏爱黑色的黎俏,穿着一身黑色棉麻套装,里面搭配着白色的T恤和同色板鞋,一头秀发束成丸子头,腮边荡着几缕发丝,尤其是胸口还挂着一条黑金项链,整个人慵懒又英气。

黎俏扯了下嘴角,走到沙发前落座,昂头望着唐弋婷:"不好看?"

"好看,太好看了!"唐弋婷说着就坐到了黎俏身边,并用肩膀撞了她一下,"喂,听说……你那个娃娃亲,解除了?"

黎俏挑了下眉梢,却没说话。

唐弋婷昂着下巴笑了笑:"没想到我会知道?"

黎俏从兜里掏出手机,指尖沿着边框摩挲:"找我来,就为了这件事?"

"嗯……算是吧,所以到底因为什么?这娃娃亲说解除就解除了?我还以为今年大学毕业之后,你俩就要结婚呢,我份子钱都攒好了。"

"没什么原因,不合适就解除了。"黎俏回答得不急不缓,仿佛被退婚的人不是她。

闻声,唐弋婷豪放地跷起二郎腿,斜睨着黎俏,试探道:"我听说你那个娃娃亲对象长得很俊,就这么解除了,你甘心吗?"

"很俊?"黎俏微微弯唇,眼前却再次浮现出商郁那张荡扬神魂的脸颊,她微微垂眸,"你的审美,掉线了?"

"不可能!"唐弋婷掏出手机划拉了两下,而后将屏幕对准黎俏,一脸严肃地说,"麻烦你仔细看看,这张脸不够俊吗?"

黎俏顺着她的动作看了一眼,手机页面赫然是一张商陆的正装照。

清汤寡水的,俊吗?

黎俏的视线移动到唐弋婷的脸上,懒懒一笑:"哪儿来的照片?"

"我表哥给的,退亲的事也是他跟我说的。"说完她又补充了一句,"我表哥你应该还记得吧?陆希恒,就那个长发及腰的美男子。"

长发及腰的美男子……黎俏迷茫了两秒:"哦……"不记得了。

唐弋婷一看她的反应,宛如霜打的茄子似的,捧着手机特别惋惜地叹:"这么好看的男人,可惜了可惜了。"

黎俏瞥她一眼,摇着头站起了身:"我出去走走。"

"去哪儿啊？我陪你……"唐弋婷刚要跟上，却见黎俏拿着手机对她摆摆手，"不用，我去财务室。"

"好吧。"唐弋婷悻悻作罢。

南洋娱乐城，是黎家的产业，创立之初宠女儿的黎广明就赠予了黎俏45%的股份，人家可是这里名正言顺的小老板。

娱乐城经过多年发展，基础设施已经非常完善，博彩厅、歌剧院、酒吧、艺术博物馆、饭店、展厅等，多不胜数。即便过了深夜，这里依旧如同不夜城，人满为患。黎俏漫步穿过长廊，乘坐电梯直接来到娱乐城地下一层的蓝夜酒吧。

夜色渐浓，恰是放纵开始的时刻。酒吧分设两个区域，一边是色调唯美音乐悠扬的慢吧，另一边则是音乐鼓噪热歌劲舞的迪吧。

黎俏轻车熟路地来到慢吧的吧台，流淌在空气中的小提琴曲，给这夜色添了些朦胧梦幻。

一杯莫吉托鸡尾酒被调酒师放在了她的面前，黎俏昂了昂下巴："多谢。"

"不用客气，你好久没来了！"调酒师叫温时，今年二十四岁，比黎俏大两岁，家境普通，每天晚上在慢吧里兼职调酒，是在读硕士研究生，算是勤工俭学的好学生。黎俏和他算不上特别熟悉，但是每次来娱乐城酒吧，对方都会给她一杯莫吉托。

此刻，温时打量着黎俏神色疏淡的眉眼，问道："我听说你下个月就大学毕业了，还打算继续读书吗？"

黎俏端着酒杯浅抿一口，语气淡淡："不一定。"

"其实我觉得……"

温时的话还没说完，右后方的包间门口，突然有人踹门怒吼："商少衍，我大哥到底在哪儿？"

商少衍？

黎俏单腿点着地面，转着吧台椅看向了身后。此时，那名"咆哮男"还在低吼，一双眼睛赤红似血，整个人的状态略显癫狂。被他踹开的那扇木门，衔接处断裂，门板摇摇欲坠。

黎俏神色淡淡地游移视线，望着雅间的内室，透过半米的缝隙，那道熟悉的身影映入眼帘。

商郁坐在雅间的弧形沙发上，单手臂弯平放在沙发背上，另一手夹着烟送到唇边吞吐。姿态慵懒，野性不羁。"咆哮男"的出现和怒吼，似乎并未对他造成任何影响。

白雾袅袅四散，模糊了他立体英俊的五官，黎俏看得不真切，却更有种难耐的心痒。

"那个人……"温时手里还拿着调酒器摇杯，微微用力的同时，和黎俏一同望着雅间的方向喃喃出声。

偌大的南洋，应该没有人不知道商少衍的名字。他的"衍皇集团"旗下，拥有医药、科技、军工、银行、人工智能等多种产业。集团的产业布局几乎支撑着整个南洋的经济发展。

这样的男人，的确担得起"南洋霸主"的名号。

黎俏似乎没听到温时的话，她遥望着商郁手中的那根烟，视线随着他的动作落在了他的薄唇上。他的唇很薄，透着淡淡的粉色。抿烟的时候唇线依旧清晰，吐出烟雾时，他会眯起深邃的眼眸，孤傲又盛气逼人。

黎俏看得认真，大概是目光太灼热，男人俯身掐烟头的时候，挑着眉梢微微侧首，两人的视线不期然撞在了一起。灯红酒绿的迷离，优雅清幽的慢吧，四目相对的这一刻，某些不知名的情愫如同音符跃然眼前。黎俏坦荡地和他对视，<u>丝毫没有被抓包的尴尬和躲闪</u>。

商郁面色沉沉地收回视线，下一秒便放下交叠的双腿，起身走出了雅间。

自始至终，他都没有看一眼"咆哮男"，背影转眼就消失在慢吧的出口。

这时，从雅间里面又走出来两名长相惹眼的男子，其中一人抬手拍了拍"咆哮男"的肩膀，慨叹道："哥们儿，勇气可嘉！"

另一人也目光凉凉地看着"咆哮男"，语气嘲讽："你发疯来错了地方，别在这里丢人现眼，咱出去聊。"

一场闹剧似乎就此落幕。

无数人望着商郁离开的方向沉默着，张望着。

那个面容英俊到极致的男人，就是神秘的商少衍？

不到一分钟，"咆哮男"几人相继离开，慢吧里的气氛似乎又恢复了原有的安静和谐。

黎俏扯了扯唇，转过身面对着吧台酒柜的方向，举杯抿了一口莫吉托，酒精味道很淡，还带着青涩的酸，像极了刚才商郁给她的那道意味不明的眼神。

这时候,脚步声从身后传来,一片阴影兜头罩下,黎俏听到了一句话:"黎小姐,衍爷有请。"

黎俏还端着酒杯的动作一顿,懒洋洋地回眸,哦,是个保镖,她下午在碧色庭园见过。

不可否认,今晚保镖看黎俏的眼神里,多了几分审视和探究,跟在衍爷身边这么久,黎俏是他第一个主动要求见面的姑娘。

黎俏放下手中的酒杯,朝着门口的方向昂了昂下巴:"带路吧。"

保镖:"您这边请。"

……

深夜一点,南洋娱乐城的停车场依旧豪车云集,纵情寻欢的男男女女随处可见。黎俏跟着保镖来到娱乐城门外,夜幕当空,拓印着衍皇集团标志的豪华车队正停在大堂的台阶下方。

保镖带着她来到中间的一辆魅影附近,拉开后座车门,探手示意:"黎小姐,请。"

黎俏垂头看向敞门的车厢,商郁就在里面,昏黄的顶灯倾泻在他的四周,像是镀了层金光,耀眼夺目。他交叠的双腿上放着一份文件,在黎俏的凝视下,时而翻看,时而勾画。直到他翻开第三页,笔尖微顿,低沉的嗓音带着一丝沙哑,开了口:"一个人来的?"

黎俏不疾不徐地应声:"嗯,一个人。"

完全不在意正在私人台球厅打台球的唐弋婷。

"上车吧,送你回家。"

黎俏单手插兜,另一手捻着领口的项链晃了晃,笑意浅浅:"我开车了。"商郁没说话,却缓缓转头望着车外驻足的女孩。他的瞳色很深,像是不可见底的深渊,看不到半点情绪。可他的眉心却刻着倦色,哪怕神情冷淡,黎俏觉得他今夜似乎很累。心里,莫名软了一下。

黎俏不再迟疑,倾身钻进了车厢,在男人沉沉暗邃的视线里,她顺手拉上车门,挑眉道:"那就麻烦衍爷了,差点忘了刚刚我喝了酒。"

男人深深看她一眼,便移开视线,低声道:"走吧。"

从南洋娱乐城回黎家的前半段路,车厢里安静得只能听见商郁在文件上书写的沙沙声。

黎俏坐在他身边,同样的姿势,同色的衣着,她兀自打量了一番,斜倚着车门挑起话头:"衍爷,我有个问题。"

男人的笔尖再次顿住:"问。"

真冷漠!黎俏不甚在意地抿了抿唇,视线定格在男人侧脸的轮廓上:"我和商陆的亲事,究竟是怎么来的!"

商郁斜睨她一眼,目光平静:"你父亲没告诉你?"

"唔,说得不多,我只知道我还在娘胎里的时候,这娃娃亲就定下来了。不过商陆比我大三岁,你说这娃娃亲是不是有点诡异?"

黎俏的眼底划过一丝狡黠,嘴角的笑也流露出几分散漫的调侃意味。

商郁并没看她,只是四两拨千斤地说道:"既然要解除,又何必在意来历。"

"嗯,有道理!"黎俏煞有介事地点了点头,睨着男人淡漠的脸颊,似好奇地徐徐道,"那为什么不是我和你定亲?"

前排司机一时不察,没有扶稳方向盘,车身很轻微地抖了抖。

商郁抬眼睄着后视镜,警告道:"看路!"

车厢里因为黎俏的话而陷入了短暂的沉静。

至于她的问题,商郁则以沉默作为回应。

黎俏懒懒地打了个哈欠,扭头瞥向了窗外。

他到底是个什么样的男人?

贴在他身上的标签那么多,可黎俏觉得那些都不是他。

这时,兜里的手机突兀地响了。黎俏回过神,看到来电显示,这才想起被她丢在台球厅的唐弋婷。她觑了商郁一眼,举着手机送到耳边:"怎么了?"

唐弋婷咋咋呼呼的声音顿时响彻在整个车厢:"你跑哪儿去了?财务室里没有人啊,快点回来,大家还等着你喝酒呢,今晚不醉不归。"

伴随着她的质疑,黎俏隐约还听见了"咚咚"的踹门声。

怎么说呢?就很尴尬。因为她把手机贴在脸侧时,不小心碰到了免提键。

安静的车厢里,黎俏面无表情地说了一句:"打错了。"然后,挂断电话,顺手关机。

娱乐城财务室门口踹门的唐弋婷一时回不过神来。

这时,商郁合上手中的文件夹,顺手放在腿侧,漫不经心地开腔:"和朋友来的?"

黎俏将手机塞回兜里，一本正经地摇头："没有，不认识。"

商郁慵懒地靠着椅背，双腿交换姿势，阖眸之际，以余光轻瞥她一眼。

车厢里的灯光颜色很暖，黎俏捕捉到他的眼神，歪头一笑，满脸无辜。

十几分钟后，车队停在了黎家别墅门外。

黎俏临下车之际，假寐的男人突然沙哑地说："明早商陆会登门致歉，退亲的事，他有责任。"

"让他后天来吧。"黎俏停下推门的动作，看着商郁说道。退亲这么大的事，全家人总要整整齐齐一致对外。明早时间太赶，大哥、三哥和妈不一定能赶回来。

闻言，男人缓缓掀开眼帘，那双深暗的眸微微泛红，透着隐隐的疲倦。黎俏没有给他询问的机会，拉开车门就钻了出去，关门前她单手插兜撑着门框："谢谢衍爷送我回家，咱们……后天见。"

黎俏甩上车门，不紧不慢地走进了家门。

司机偷瞄着后视镜，镜中的男人一直望着女孩离去的方向，久久没有回神。这车，他开还是不开？

直到几秒后，黎俏的身影融于夜色，司机也听到了一声低浅的叹息："把后天的时间空出来。"

司机面色为难："衍爷，先生让您后天回帕玛……"

"空出来！"

"是。"

司机不敢多言，但他觉得衍爷突然改变行程，绝对和那女孩有关。

之前二爷要退亲的事，衍爷说过让他自己解决，现在又因为女孩的一句话打算亲自登门了？

……

翌日，上午十点，黎俏坐在餐厅里安静地吃早餐。

二哥黎彦坐在她对面，拿着手机不时地划拉两下："妈今天下午三点到家，大哥已经下飞机了，老三说要傍晚才能到。"

说罢，黎彦盯着对面的黎俏问道："商陆有没有说什么时候来退亲？"

黎俏咬了一口吐司，淡淡地回："就这两天。"

黎彦煞有介事地点头，语气恶狠狠："等大哥和老三回来，看我们怎么收拾他。"吃完早饭，黎俏回到房间，拿起手机才发现昨晚关机后就忘

13

了重新开。

当屏幕亮起的一刹那,黎俏感觉手机炸了。二十几条微信留言全是唐弋婷发来的。

唐家小婷:我打错电话了?(疑惑)

唐家小婷:不可能!你的号码我倒背如流!

唐家小婷:黎小俏,你没人性,保安小哥说你跟一个特别牛逼的大人物走了。

唐家小婷:我还是不是你最疼爱的人?

唐家小婷:你为什么不说话……

唐家小婷:(心塞塞的)你居然关机了,心好痛,感觉要窒息了。

所有消息看下来,黎俏的嘴角抽搐了两下。

她几乎能够脑补出唐弋婷站在财务室门口,气鼓鼓地给她发消息的场景。黎俏自知理亏,戳着屏幕回复了几个字:"确实有事"。然后,她登录了香奈儿官网店铺,找到了唐弋婷最喜欢的手袋,截图之后发给了唐弋婷,附言:"明天送你。"

唐家小婷秒回:"谢谢老板,老板您继续忙。(期待地搓手手)"

当天下午,黎俏开车去了江景豪庭公寓。这里,是她堂哥黎少权的住所。车子驶近路口,黎俏瞥见路边贩卖水果的摊位,她停下车,顺手买了一串香蕉。拜访堂哥,总不能空手去。

公寓是跃层设计,黎俏拎着香蕉在指纹密码锁上按下了指纹。门开的刹那,一股刺鼻的烟味从室内扑面而来。黎俏习以为常地推开门,迈着笔直纤细的长腿直奔二层书房。

此时,黎少权正坐在电脑前敲代码,黑眼圈很浓,头发半长不短,看起来有段日子没有修剪了。明明是个清隽贵公子,偏偏把自己活成了邋遢的技术宅。黎少权是黎俏二伯家的独子,出身富庶,二十六岁的年纪却依旧不务正业。人生终极梦想就是成为红客联盟的教父,简称黑客中的老大。红客只是一个代号,曾经在南洋本土发生过一起黑客越洋大战,后来不少年轻人自发组成了红客联盟,一举干掉了这群企图动摇本土经济的非法黑客。那一年,黎少权十八岁,自此就痴迷于加入正义化身的组织——红客联盟。

黎俏眯着眼走到电脑桌前,将手里的三根香蕉摆在黎少权的面前,空气中的烟味很大,她嫌弃地蹙了蹙眉,扭头看了眼落地窗,窗户竟是开着的。

再看看烟灰缸里堆满的烟头,怎么烟味这么大?

这时,黎少权咬着烟嘴抬起头,揉了揉眼睛,含糊不清地嘀咕:"这水果……挺贵的吧!"

三根香蕉,好"大"的手笔。

黎俏顺势靠着电脑桌沿,环顾着四周发黄的壁纸,懒洋洋地收回视线:"礼轻情意重,帮我查个人。"

黎少权敲击键盘的手指顿了顿,捏着烟嘴吹出一口烟:"我这个未来的红客教父就值三根香蕉?"

黎俏面无表情地看着黎少权,从他手里拿过香蕉,兀自剥开一根送到了嘴边,不冷不热地开口:"这个月的生活费有着落了?"

黎少权神色一凝,掐了烟直接站起身,双手在裤缝上擦了擦,严肃地回问:"祖宗,您说,查谁?"

也不怪黎少权这么没骨气,自打他开始沉迷网络,黎俏的二伯怒其不争,直接断了他所有的生活费。大概有五六年的时间,黎少权的日常花销,全是黎俏在接济。

黎俏似笑非笑地瞥他,咬了一口香蕉,拿着手机直接给他转了五十万:"商郁。"

黎少权重新落座,看见手机上的入账短信,嬉皮笑脸地说了句"谢谢老大"。

然后就在电脑上熟练地打开了一个内置搜索框,又问:"哪个郁?"

"浓郁的郁。"黎俏想着商郁身上浓郁的暗黑气质,抿了抿嘴角,连口中的香蕉似乎都变甜了。

一阵噼里啪啦的声音过后,黎少权面色古怪地抬起头,扒拉了一下凌乱的发丝:"没这人,你是不是记错名字了?"

黎俏随手把香蕉皮丢进垃圾桶,形状完美的小鹿眼看向了窗外,幽幽道:"那你试试……商少衍。"

"哦!"然而,黎少权打了两个字之后,手指突地顿住,惊疑地望着黎俏,声音发紧,"商少衍,是我知道的那个商、少、衍吗?"

"不然?"黎俏扬了下眉梢。

黎少权蹙起眉心,一本正经地问道:"这位南洋的祖宗,惹到你了?"

15

接二连三的询问，黎俏的耐心几欲用尽，她眸子懒懒地睨着黎少权："你是不是查不到？"

黎少权感觉自己的电脑技术受到了蔑视。他轻哼出声，一言不发地继续敲击键盘，一分钟、三分钟、五分钟……时间一分一秒流逝，书房中只能听到键盘的响声，以及黎少权嘴里发出的惊叹："咦？唔？欸？啊？卧槽……"

黎俏听着他发出来的语气词，便猜测……大概是失败了。就这？还想进入红客联盟？十分钟过去了，黎俏默默地转身，打算回家。五十万打了水漂，亏了。

恰在此时，黎少权突然一声狼嚎，用力拍着桌面，对着黎俏大喊："查到了查到了，快来看！"

黎俏步伐一顿，眸里瞬时覆满神采。她踱回到黎少权的身边，这厮已经开始自顾自地念出了声："商少衍，祖籍帕玛，今年二十七……哎？怎么没了？"

这样的结果，黎俏并不意外。她唇角微扬，笑得了然。果然，他很神秘。

此时，黎少权目瞪口呆地看着电脑屏幕，戳了戳键盘，又按了按鼠标，毫无反应。后来黎俏走出大门的时候，隐约还能听到黎少权在书房里的哀嚎："我的代码不见了——"

下午四点，黎俏回了黎家别墅。

刚进门，她就听到一声清脆婉转的呼唤："是俏俏吗？"

黎俏的眼里划过笑意，朝着客厅的方向应声："妈，是我。"

此时，段淑媛身穿玫红色的套装短裙，秀发盘成发髻，从客厅里匆忙走了出来。这位黎家主母，虽年过五旬，但多年来贵奢的生活为她保留了天然的韵味。那张白皙婉约的脸颊染了岁月的痕迹，却并不显得垂老，反而像四十出头的女人，精致又贵气。

段淑媛疾步来到黎俏的面前，直接搂着她按在怀里揉了揉："宝贝，妈回来晚了，让你受委屈了。"

黎俏的丸子头被揉得一团乱。

段淑媛和黎俏身高相仿，母女俩都将近一米七。穿着高跟鞋的段淑媛，身材依旧纤秾合度，保养极佳。

黎俏挣扎着从段淑媛怀里抽身，见怪不怪地整理好自己的丸子头："妈，刚回来怎么不去楼上休息休息？"

"妈不累，宝贝过来，这次去参加时装周，我给你买了几套衣服，快看看喜不喜欢！"段淑媛牵着黎俏的手回到客厅，端坐在沙发上，拿过手机就开始显摆，"你看这套淡黄色的短裙，穿在你身上肯定是天上有地下无，还有这件……"

接下来的二十分钟，是段淑媛的演讲时间。直到黎广明、黎彦以及黎君从二楼的书房走下来，段淑媛还在滔滔不绝地给黎俏展示。三套常装，两套礼服，七条牛仔裤，八件外衣，其中不乏限量发售的发夹，全都是买给黎俏的。

段淑媛喝了口水润喉，顺势将手机塞给黎俏："宝贝，喜欢吗？这些衣服到时候品牌方会直接送过来，这次回来得有点着急，还有四五场走秀没看完，下次妈再给你买。"

黎俏捧着发烫的手机，直接将屏幕熄灭："喜欢，谢谢妈。"

这种日常，司空见惯。

此时，黎广明等人已经纷纷入座，大哥黎君身为南洋秘书处的高官，一身笔挺的西装气势威严。这次为了黎俏被退婚的事，他直接推掉了国外的洽谈会议，最先赶回了黎家。黎君仔细端详着黎俏，见她面色如常，依旧懒洋洋的姿态，不禁松了一口气。而后，他从西装内兜里掏了两下，拿出一个精致细长的小盒子，严肃又愧疚地说道："俏俏，大哥出差忙，没给你买什么礼物，这支万宝龙白金钢笔，你拿着用吧。"

黎俏接过小礼盒，拿出钢笔在手指上转了一圈，说了句"谢谢大哥"。

黎广明欣慰地看着这一幕，随即就朝着黎彦的肩膀怒捶一拳："你看看你大哥！"

半响，黎君理了理西装的袖口，一双深如鹰隼的眸闪过寒光："爸妈，说正事吧。商陆突然提出退婚，他之前可有和你们打过招呼？"久居高位，黎君的身上带有明显的积威，那是属于上位者的威严。

黎广明还没说话，段淑媛原本染笑的脸颊瞬间一片阴沉，主母的威严尽显："他单方面提出退婚，从没和我们商量过，早知这样就不该安排俏俏和他单独见面，简直欺人太甚。"

段淑媛话音落定，客厅里便蔓延着令人心悸的威压。来自大哥黎君。黎君眯了眯眸，沉沉的目光凛着寒意："这说来，商陆是压根就没将我们黎家放在眼里！"

闻此，急于表现自己的黎彦立马狗腿地点头："大哥说得没错，我看商陆就是欠收拾。"

黎君凉凉地睨他一眼，自顾自地补充道："我查过商陆这些年的履历，背景很干净，至少在男女关系上还算清白。这婚事已经有些年头了，他早不退晚不退，为什么偏偏在俏俏毕业前夕退掉？！"

段淑媛摩挲着圆润的指甲冷笑："不是说他要登门拜访吗？要是给不出一个合理的说法，这事不算完。"

一家人为了给黎俏撑腰，坐在客厅里绞尽脑汁地想着对策。

这时，沉默良久的黎俏，换了个更加疏懒的姿势，窝在沙发里不疾不徐地说："我同意退婚。"黎广明等人瞬间把目光投向她。

段淑媛心疼地抚着黎俏的头顶："宝贝，是真心话吗？"客观来讲，商陆那个臭小子，不论是出身还是背景，和俏俏绝顶般配。更何况，这婚事……

与此同时，黎广明也面露难色地附和："闺女，爸知道你心里不舒服，但是……"话到一半，他却欲言又止地收了声。其实，黎俏对于这门娃娃亲，向来不感兴趣。但此刻爸妈的态度，再次佐证了她的怀疑，娃娃亲的来历很有问题。

黎俏倚着沙发扶手，撑着半边脸，看着父母二人微妙变换的神色，淡淡地勾唇："既然人家提出了退亲，那就退吧，我没意见。"

二哥黎彦含着愠怒反问："就这么退掉是不是太便宜他了？"

黎俏一脸无辜地对上黎彦的视线，又漫不经心地点点头："可能吧，但我确实挺委屈。"

这话一出口，黎家人顿时摩拳擦掌，打算给商陆无数个下马威。

商家小陆，咱走着瞧！两个小时后，傍晚来临，老三黎承也风尘仆仆地赶了回来。

这位边境商人一身铁血冷伐的气息，肩头披着黑色风衣，踏进客厅的刹那，连周遭的空气似乎都变得凛冽了不少。

黎家三子，各怀本领。若说老大黎君是为人正派的南洋高官，老二黎彦是满手铜臭的艺术巨商，那么老三黎承就是扎根在边境的冷血商人。而在黎家，黎俏和三哥的关系最亲近。

此时,黎承昂首阔步地来到别墅三楼,站在黎俏的卧室门前敲了敲门:"俏,是我,三哥。"黎承的嗓音透着沙哑和疲惫,也愈发显得低沉浑厚。

窗外,大片大片的雨后火烧云将天空点缀得如梦似幻,黎俏听到敲门声,顺手将电脑合上。

打开门,黎俏懒洋洋地看着黎承,熟稔地戏谑:"你有多久没回家了?"

黎承顺着房门缝隙走进卧室,拽过电脑椅大咧咧地坐下:"最近边境事多,这不是回来了,说说吧,商陆是怎么回事?!"

黎俏看了看头顶的天花板:"就那么回事吧,没什么好说的。"

显然,黎俏并不想过多讨论商陆退亲的事。一场来历不明的娃娃亲,退掉也正中下怀。

此时,黎承窝在高背电脑椅中,姿态优雅清绝,尤其是那副懒散的模样,和黎俏如出一辙。他微昂着下巴,轮廓刚毅的脸颊挂着宠溺的笑:"不想说?"

黎俏抬眼看他,双手撑着床角坐下,无声扯了下嘴角。大概只有在三哥黎承的面前,黎俏的某些真实情绪才会自然地流露出来。

黎承眯了眯暗涡的眸,眼底藏着狠戾:"那就不说了,在他那儿受的委屈,三哥给你讨回来。"

黎俏坐在床边踢了踢脚尖,目光落在椅背后的黑色风衣上,脑海中却浮现了另一个人的黑色身影。

她眉心染了躁意,慢悠悠地问:"从边境赶回来累不累?"

"不累,想做什么?"黎承对黎俏向来是无底线纵容。

见此,黎俏那双总是漫不经心的眸里,霎时染了几分别样的兴味:"老规矩?"

"没问题,走着!"黎承边说边站起身,宽厚的掌心顺势在黎俏的头顶狠揉了一下,随即兄妹俩直接去了停车场。

约莫过了五分钟,一辆法拉利超跑从黎家大门驶出。车身流畅的线条划破了黄昏的暮霭,马达的轰鸣声仿佛能屏蔽掉世间所有的烦恼。

傍晚七点,博栏射击馆。

黎俏戴着护目镜和护耳塞,站在独立射击台前,一身黑色的射击服衬得她肤白如雪,秀发束成马尾垂在脑后,清冷飒爽的气质如凛冬寒梅。

黎俏掂了掂小口径手枪,又拿过弹夹,娴熟地组装完毕,下一秒端直手臂对准前方的枪靶连开三枪。

两枪十环,一枪八环。对于这个成绩,黎俏略显不满地眯了眯眸。她动了动手腕,再次朝着靶心连开数枪。

子弹飞出弹夹的巨大冲力,夹着划破空气的爆音,几乎不间断地响彻在射击馆内。不到一个小时,黎俏打了一百发子弹。直到虎口发麻,她才面无表情地丢下手枪,单手扶着射击台,搓了搓脑门,声音又沉又哑:"不打了……"

黎承始终坐在她身后的休息椅上,修长的双腿平伸,交叠的脚腕时不时晃动一下。听到黎俏开口,他看了一眼记录仪,似笑非笑:"你打了二十三个八环,这成绩放在边境,够你死一百次了。"黎承很了解自己的妹妹,今晚这样的射击结果,只能说明一件事,她的心不静。

此时,黎俏揉了揉小臂,转身看着黎承,眼底有轻微的血丝:"黎三,你认识商少衍吗?"

她开门见山地询问,小鹿眼仿佛被阴霾笼罩,看不到一丝光亮。

"商少衍?"黎承收回长腿,臂弯撑着膝盖微微倾身,"衍皇集团那个?"
黎俏拿起桌上的能量水,挑眉回应:"对,认识吗?"

黎承探究的目光落在黎俏的脸上,数秒后隐晦地摇头:"不认识,商少衍在南洋以神秘著称,神龙见首不见尾,这么多年多少人想拍他一张照片都难如登天,你问他做什么?"

黎俏顺势坐在旁边的椅子上,心不在焉地说:"没什么,随便问问。他既然是商陆的大哥,要不是退亲的话,以后应该也会成为我的大哥。"

话落,黎承古怪地瞥她一眼:"你缺大哥?家里三个哥哥还不够?"

得,吃味了!黎俏幽幽望着黎承,抿着嘴角不吭声了。

兄妹俩坐在休息区沉默了片刻,黎承点了一根烟,吞吐之际,提醒道:"俏,别对商少衍好奇,你们不是一路人。"

黎俏睇着黎承眼底骤然浮现的戾气,默默地咽下了嘴边的话。似乎所有人都不愿过多提及商少衍,可越是这样,她就越是对他有了执念。那张精致野性的容颜下,到底裹藏着什么样的灵魂?

当晚,回了黎家后,黎俏就将自己关在房间里没有再出门。

夜里十点,她百无聊赖地刷着网页,手机屏幕上突然弹出了微信消息。

唐家小婷:我有个秘密……不知道当讲不当讲。

黎俏：那就别讲。

唐家小婷：……

唐家小婷：真的是个天大的秘密，事关你下辈子的幸福，你真不想知道吗？

唐家小婷：给你个机会重新组织下语言。

黎俏看到这条消息，没有再回复，而是返回了衍皇集团的页面，继续看新闻。

三分钟后，微信连续弹出四五条消息。

唐家小婷：是关于商陆的。

唐家小婷：你想不想知道他为什么退婚？

唐家小婷：我跟你讲，原来他有病！

唐家小婷：我偷听到我表哥打电话了。

唐家小婷：商陆有隐疾，他不能碰女人，据说一碰就会吐，哇哇地吐！！！

这些消息接二连三地蹦出来，结尾一句唐弋婷发了三个感叹号，似是为了证明自己有多么震惊。

黎俏看完所有内容，嘴角微扬，小鹿眼里浮现出恍然的微光。原来，如此。不能碰女人，还真算得上隐疾。但，回想起商陆退亲时在自己面前口出狂言的嚣张模样，还真看不出来有任何病症。

那么……黎俏盯着微信屏幕上的消息，二话不说直接截图反手甩给了三哥黎承。这场亲事要退掉，那就必须退得彻底。有些事，值得期待了。

与此同时，身在皇家公寓的商陆，一边和陆希恒喝酒，一边耸着肩膀，老觉得自己的后脑勺冒凉风。是哪个孙子要算计他？

"你明天真的要亲自去黎家退婚？"长发美男子陆希恒醉眼蒙眬地从桌下踹了商陆一脚，口齿不清地嘀咕了一句。

商陆小心眼地用皮鞋回踩他一脚，翻了个白眼："不然呢，大哥让我自己登门道歉，我总不能不去吧。不过怎么回事，我突然浑身难受，陆希恒你是不是在房间里藏女人了？"

陆希恒没搭理商陆，醉眼蒙眬地端着酒杯再次一饮而下，不过几分钟的光景，他就窝在沙发里睡着了。

至于商陆……几乎彻夜难眠。

次日，清早九点。

天色阴沉笼着薄雾，阳光被密不透风地遮在阴云之中。

商陆一个人开车来到黎家别墅附近，他还穿着昨天的衬衫和休闲裤，单手扶着方向盘，神色倦怠地不停叹气。前方几十米的距离，就是黎家的大门，一想到即将要面对的场景，商陆就无比烦躁。这叫什么事！定娃娃亲的时候也没问过他的意见，现在却需要他自己出面退亲，天理呢！

商陆怨怼地望着那扇精致的铁艺大门，做了三分钟心理建设，这才推开车门阔步走了过去。他上前按下门铃，伴随着一阵悠扬的门铃音乐，铁艺大门自行向两边滑开。

然后，商陆两手空空地站在大门正中央，望着眼前成群结队的女佣，懵了。啥家庭啊？全是女佣？

这时，为首的女佣端着一个托盘来到商陆面前，从上面捞起一条毛巾递给他，笑吟吟地说道："商先生您好，欢迎来到黎家，请您先擦手。"

女佣看起来很年轻，甚至……过分妖娆妩媚。

商陆面无表情地站着，这不是黎家，这是"地狱"。少顷，他回神后便浑身戒备地望着女佣，下意识后退了一步："你放下，我自己来。"

女佣很听话，将毛巾重新放在托盘上，却不露声色地朝着商陆又凑近了些许。

此时，商陆眉宇间已经隐现薄怒。他警惕地眯着眸，声音也沉了："离这么近做什么？这是你们黎家的待客之道？"

女佣笑靥如花地点头："听说商先生是医生，所以这只是例行消毒，还请您见谅。"

商陆没说话，却莫名觉得自己像个游走的病毒，被人区别对待了。

沉默良久，商陆不情不愿地拎起毛巾，刚打算擦拭手指，面前的女佣身形一歪，直接朝他怀里扑了过来，嘴里还在惊呼："哎哟，地好滑……"

"卧槽！呕——"在商陆呕吐的那一瞬间，别墅院子里鸦雀无声。

所有"女佣"全都目瞪口呆地看着这一幕，彻底忘了做出反应。

这个世界上，还真有一碰女人就会吐的人？

至于那名佯装摔倒的女佣，在商陆弯腰干呕的时候，立马推开他，动作迅速地绕到了旁侧。

此刻，商陆就算再傻，也大概猜出了来龙去脉。黎家人，故意的。商陆每次接触女人，都会吐到虚脱，而今早他什么都没吃，这会儿几乎把胃里的酸水都吐了出来。

"你们……让黎俏给我出来！"商陆哑着嗓子低吼，神情愤懑不已。

刚才被女佣扑到了怀里，他身上现在已经开始泛痒起了红疹，胃里翻江倒海，连挪步都费劲。

院子里没人回应他，商陆脚步虚浮地晃了晃，好不容易稳住身形，一抬眼就看到黎家人从厅廊下鱼贯而出。

还算他们有良心！商陆强装镇定，挺直腰板，目视着为首的黎广明，刚要说话，就见对方抬手吆喝管家："快去开门。"

此时，商陆快吐得神志不清了。他单手捂着胃，面露愠色，怒瞪着厅廊下的黎家人，还以为他们要赶自己出门。怒斥的话还在嘴边发酵，身后的铁艺大门却再次向两边打开。

清风拂过眼前，门外那条绿荫夹道上，气派的豪华车队碾着路面映入眼帘。此时，第一辆车缓缓停下，司机下车后小跑到后侧，弯腰将车门打开，并单手遮住车顶，恭敬地开口："衍爷，黎家到了。"

商郁来了！就在商陆被刁难的前一刻，黎广明接到了商郁心腹流云的电话。今天的退亲，南洋霸主亲来了。即便身为南洋首富，这么多年来，黎广明和商郁也只见过一面。还是在五年前。如今，隔着斑驳的岁月，年过半百的黎广明依旧对商少衍有赞赏也有忌惮。

车厢后座，穿着黑色西裤的长腿率先迈出，紧接着商郁挺拔颀长的身躯不急不缓地倾身而出。男人的唇线微抿，轮廓清晰的俊颜卷着一丝冷沉，凛冽的眸深邃暗幽，站在车身旁，让周遭的空气都裹满了寒意。不知为何，黎俏看到他的第一眼，便感到他似乎心情不好。

商郁依旧穿着纯黑色衬衫，袖口翻卷到小臂，领口敞开了两颗扣子，严肃中又带着张扬的野性。他的目光隔着道道人群，轻易地捕捉到黎承身旁的黎俏。仅一秒，视线移开，他对着身边的司机示意，而后对方便去后备箱取出了几个礼盒。

这时，强忍着干呕的商陆，步伐凌乱地来到商郁面前，又气又怒地告状："大哥，他们……"

商郁没有任何表情，眸光锐利地侧头，一股强烈的威压袭来，登时让商陆倒吸一口冷气，咽下了所有抱怨。

23

这时候，黎广明已经带着段淑媛来到门口迎接，时隔五年，眼前这位南洋霸主比过去更加内敛沉稳，但身上那股子高高在上的矜贵却愈发迫人。

"黎先生，叨扰了。"商郁望着黎广明，率先颔首开腔。男人醇厚的嗓音像是美酒入喉，令人微醺迷醉。

"商先生哪里的话，不打扰不打扰，咱们里边请。"黎广明对商郁的态度，可以说非常客气，甚至过于热情。在这位掌握南洋经济命脉的衍皇集团大佬面前，黎家首富的地位，其实不值一提。

此刻，黎俏站在门厅的廊柱旁，望着商郁从身边路过，一股淡淡的烟草味袭来，有点惑人。明明三哥也抽烟，黎少权亦然，但似乎只有他身上的味道，出奇好闻。黎俏别开脸无声地笑了，缀在队伍后面跟了进去。

至于商陆，则被丢在门前自顾自地干呕……无人问津。

客厅里，气氛格外严肃。

黎俏是最后一个进门的，平日里空旷到可以跑步的大厅，眼下却因为商郁的存在而显得逼仄狭小。这个男人双腿交叠坐在主位的双人沙发里，哪怕沉默不语，气场依旧强大到如同能够吞噬天地。黎俏顾盼四周，每个沙发上都坐了人，爸妈坐在一起，三个哥哥分别落座单人沙发，只剩下商郁的身边还有位置。

如此，她没有犹豫，走上前，挨着商郁坐下，顺便打了个招呼："衍爷。"

黎俏浅笑着开口，偌大的客厅里瞬间安静得针落可闻。

黎广明的视线穿梭在黎俏和商郁之间，生怕自己的宝贝女儿冲撞了贵客，连忙开腔转移话题："商先生大驾光临，真是让我们黎家蓬荜生辉啊！"

您好歹是个首富，能不能冷静一点？黎俏无声叹气，顺势倚在了沙发背上。今天她穿了一条灰色的牛仔裤，搭配简单的白色T恤，短袖的下摆掖在腰带里，随意又闲适。

此时，商郁朝着旁侧的司机看了一眼，音色醇浓地说道："黎先生，关于商陆和令媛退亲一事，我谨代表个人表示很抱歉。"语气不急不缓，态度温和有礼。司机也适时将手中的礼盒放在了大理石茶几上。

黎广明面色一滞，笑意微敛："所以……这亲事当真要退？"

商郁从用人手里接过茶杯，修长的指尖拿着杯盖拨了拨茶叶："商陆的病症相信各位已经有所耳闻，目前恐怕只能如此。"

"那请问商老先生知道要退亲吗？"此时黎广明眼底流露出一丝凝重，

眉头紧蹙，不似作假。

黎俏不动声色地打量着黎广明，长久以来压在心底的怀疑再次袭上心头。

这时候，商郁呷了口红茶，缓缓抬眸和黎广明对视："家父目前还不知晓，明日我会启程回帕玛，代为转达。"

黎广明和段淑媛不动声色地看着彼此，两人交换视线的刹那，黎俏突然轻笑一声："那就麻烦衍爷了。"

商郁微微侧眸，身边的女孩则挑起眉梢，笑得狡黠。

"俏俏！"黎广明面露严肃地轻呼一声，虽然算不上怒斥，但他眸中已现不满。

见状，黎俏眯了眯眼，神色很淡："爸，我说错了？"

其实，黎俏轻易就从父母的表情里读出了某些讯息，这场娃娃亲他们根本就不想退掉。到底是因为什么？这一刻，黎广明望着黎俏探究的眼神，深知自己泄露了太多的情绪。

他舒展表情，随即对商郁说道："商先生，可否上楼详谈？"

商郁的拇指摩挲着青釉茶杯，颔首应允。

少顷，黎广明和商郁的身影就消失在二楼的旋梯口。

黎俏单手撑着脑门，漫不经心地睨向段淑媛："妈，你们是不是不想我和商陆退亲？"

段淑媛拢了下耳边的发丝，言不由衷地反驳："怎么可能，没有的事。"

大哥黎君左右看了看，缓了一口气，也问道："可我也觉得刚才爸的态度有些奇怪。"

"妈，你和爸是不是有事瞒着我们？商陆摆明了不想跟俏俏结婚，我看你和爸好像还是很坚持的样子，这娃娃亲有什么……典故？"黎彦也一脸茫然地追问道。

段淑媛眼神躲闪，狠狠白了黎彦一眼："能有什么典故？不就是很久很久以前……"

又来了！每一次，黎俏或者是几位哥哥询问娃娃亲的来历时，爸妈总会用这样的口吻搪塞。

这时，黎承没什么耐心，直接打断了段淑媛的话，嗓音低冽："妈，既然如此，那这亲事就直接退掉吧。今天商少衍代替商陆出面，依我看他是打算护着他弟，看来我要想些别的法子替俏俏出气了。"

今天门外那场别开生面的迎接仪式，就是黎承的手笔，也是送给商陆的第一个"见面礼"。至于那名伪装成用人的妖娆女子，则是他手下第一干将——南昕。

约莫过了二十分钟，楼上的旋梯口传来一阵脚步声。沉寂的客厅里，大家不约而同地站了起来。

除了黎俏。

此时，阳光从阴翳的云团里挣扎着透出几缕微光，穿过玻璃落在了黎俏的脚边。女孩一动不动地坐在沙发上，目不斜视地盯着自己的脚尖，全程一脸冷漠。直到黎广明和商郁踱回客厅，她的目光才缓慢地瞥了过去。

商郁英挺的身形停在客厅中央，沉声道："留步，不用送了。"

黎广明讪讪一笑："那……我就等着商老先生的答复了。"

男人没搭腔，却垂了下眼睑作为回应。

不知道他们具体聊了什么，但显然商郁和黎广明之间的气氛很微妙。

段淑媛向前一步，作为主母，担心怠慢商少衍，客套又拘谨地邀请道："商先生这是打算走了？如果没事的话，要不要留下来用个早茶？"

"不必，多谢。"商郁回答的腔调格外低沉，虽然保持着良好的风度，但沉暗的眸深不见底，令人捉摸不透他的情绪。

须臾，他率先走向玄厅，司机在其身后亦步亦趋。男人昂首阔步的姿态，铿锵凌厉的步伐，写尽了"目空一切"这四个字。黎家夫妇等人还沉浸在商郁莫名的威慑力中，黎俏已然站起身跟了出去。

"俏俏——"身后是黎承讶异的呼唤，但黎俏的身影早已消失在玄厅附近。

别墅大院，黎俏不疾不徐地跟在商郁背后，而右手边的小花园附近，商陆正捂着胃蹲在一棵小枫树旁边惨白着俊脸，时不时干呕两下，凄惨又好笑。

"衍爷！"黎俏清脆的嗓音在商郁身后响起，司机默默看了一眼，眼观鼻鼻观心，转身去了小花园。

闻声，商郁步伐一顿，挺拔傲岸的身姿荡扬着张扬野性的魅力，眸光深邃悠远地睨着黎俏，嗓音磁性稳重："什么事？"

女孩疏懒地眨了眨眼，双手指尖塞在牛仔裤的裤袋里，瘦削的直角肩微微耸着，微风拨乱了她额前的发丝，音色也被吹得很淡："我能不能问问，你和我爸都聊了什么?"

　　显然,黎俏的心情很阴郁,浓密的睫毛低垂,盖住了眼中的波澜。她从不怀疑爸妈对她的疼爱和维护,只是这一次,为何对她和商陆的亲事如此执着。

　　商郁看着眼前的黎俏,漆黑的眸透着慑人的微光:"去问你的父亲会更合适。"

　　"你不能告诉我?"黎俏蹙着眉,猛然抬头望着对方,幽暗的小鹿眼里看似平静却暗藏锋锐。

　　男人细细打量着女孩精致勾人的脸颊,喉结微微滚动,拒绝得很干脆:"抱歉,不能。"

　　话已至此,黎俏的心头瞬间浮上了躁意,目光又黑又冷,语气也略显急促:"最后一个问题,这亲事到底能不能退?"她的不耐和焦躁已经爬上了眉梢眼角,向来接人待物都漫不经心的黎俏,在商郁面前忘了伪装。

　　就在她以为商郁不会作答的时候,耳畔传来了一句话:"只要你想,就能退。"

　　只要你想……黎俏的心坎被蜇了一下,眼波里染了一丝不明显的惊愕。

　　这时,商郁浅浅地眯了下眼,黑衣黑裤的傲岸体魄微微前倾,如同靡靡之音的蛊惑,扬唇问道:"告诉我,你想吗?"

　　黎俏挑起眉梢,尽量忽视他那张俊脸带来的心悸,如实回答:"当然想,衍爷能帮我?"

　　商郁沉沉的目光落在她纤瘦的肩头,削薄的唇轻轻扬起:"那就成全你。"

　　闻此,黎俏还欲追问的话突然被身后的脚步声打断。

　　三哥黎承不知何时步履匆匆地来到了她的身边。

　　两个男人气质相近,身高相仿,黎承单手搭在黎俏的肩头,将她护在身侧。而后,他看着商郁,暗含较量的语气说道:"衍爷所谓的成全,就是让你弟弟欺负我妹妹?"

　　黎承并不知道黎俏和商郁到底说了什么。但是那句"成全你"他听得很真切。

　　虽然彼此没有打过照面,但都说无奸不商,黎承深知商少衍绝不是个随意发善心的慈善家。这些年他扩张商业版图的事迹在南洋流传甚广,即

27

便是手腕铁血的边境黎三也不敢与他硬碰硬。

黎承的维护让黎俏会心一笑，随即她也望着商郁，想知道他会如何回应。

这时候，商郁表情淡漠地看向小花园的角落，商陆正歪歪斜斜地靠在司机肩头，一副病恹恹的憔悴模样。

转瞬，商郁收回目光，单手插在裤袋里，冷酷无情地说："他做的事，后果自己承担。"

黎承狐疑地蹙了蹙眉："当真？"

商郁淡漠的视线一凝，一言不发地转身离开。

"大、大哥，我怕不是捡来的吧……"此时，商陆气若游丝地对着大哥的背影喃喃，说完又紧紧攀住了司机的臂膀，警惕地盯着黎承。他听说过黎家黎三，边境火拼的一把好手。今天要是大哥不管他，他会不会在黎家被女佣们五马分尸？

商陆半拖着司机，脚步凌乱地往大门外匆匆走去，而黎俏则倚着三哥的肩膀，似笑非笑地望着他。

当商陆马上走出黎家大门时，还没喘匀气息，黎承说话了："商陆，来日方长，咱们……后会有期。"

谁跟你后会有期！商陆想骂街，奈何实在没有力气，走出门外就手脚并用地爬进了其中一辆车的后座。

一场本该退掉的亲事，似乎又陷入了僵局。

待门外的车队离开之后，黎承这才低头，盯着黎俏的发梢问道："你和商少衍说什么了？"

黎俏的目光还流连在大门外，半晌回神，她仰头睨着黎承，笑意懒散："没什么，悄悄话而已。"

"悄悄话？你和他？"黎承心有余悸地审视着黎俏，曲起指节在她脑门上敲了一下，"你确定是悄悄话，不是遗嘱？我跟你说过好几次，不要去招惹……"

黎俏打个哈欠，懒洋洋地摆了摆手："我去学校了。"

"黎小四，我话没说完呢——"回应黎承的只有黎俏随意的挥手。

狂傲铁血的边境大佬，此时被丢在原地苦恼不已。这妹妹从小就有主见，天不怕地不怕，可她若是真的惹上了商少衍，怕是整个黎家……都保不了她。

第2章 Baby Girl

　　黎家车库，黎俏刚刚走到自己的大G附近，透过贴膜的车窗，隐约看到了副驾驶坐着一个人。随着她的走近，车窗降下，露出了南昕那张极具辨识度的妖媚脸颊："宝贝，想我了吗？"

　　黎俏瞥她一眼，踩着踏板钻进驾驶室，一边系安全带一边说话："你跟黎三一起回来的？"

　　南昕甩了甩浓密的波浪长发，朝着黎俏探身："没错，我这不是为了给我们家宝贝出口恶气吗？怎么样，刚才我的表现可还满意？"

　　此时，换下了用人服的南昕，妖娆的身段愈发显得风情万种。这样的女人能够成为黎三的得力手下，凭借的绝非是一副漂亮的皮囊。至于黎俏和她的关系，可以用过命之交来形容。曾经在腥风血雨的边境丛林里，十九岁的黎俏救过南昕一命。

　　这时候，黎俏按下落窗键，手肘搭着车窗，目光里满是戏谑："是你的技术退步了还是商陆禁不起折腾？你好像并没做什么……"

　　话音未落，南昕就翻了个大大的白眼："是他太弱好嘛，根本没给我发挥的空间。"说话间，她看到黎俏一身休闲的打扮，又随口问道："你要出去？"

　　黎俏扭头看着窗外，淡淡应声："嗯，去一趟学校。"

　　南昕扯了扯唇，涂着红色美甲的手指拉开车门，下一秒又扭头提醒："我暂时不回边境，有事随时和我说。还有，你的收纳盒里我放了最新款的礼物，不用谢哦！"说罢，南昕倾身下车，穿着黑色裹身裙姿态妖娆地离开了车库。

　　黎俏转手打开座椅中间的收纳盒，里面赫然放着一把简约的沙漠匕首。金色的利刃泛着华丽的光泽，实属冷兵器爱好者疯抢的珍藏品。黎俏拿在手里摸着冰凉的刀刃,又掂了掂重量,比普通防身匕首不知好多少倍。她爱不释手地把玩了片刻,半晌重新放了回去。黎俏酷爱冷兵器,也爱各种精密机械。这也得益于黎三在边境的生意,她对各类机械格外偏爱。

上午十点半,黎俏驱车来到南洋医科大学。

临近毕业季,大学校园里已经很少能够看到大四的学生。黎俏将奔驰大G停在路边停车位,下车后徒步走向正门。南洋医科大学在国内的排名算不上顶尖,当年黎俏的成绩排在全市前一百名,但由于家人舍不得她离开南洋,经过一场家庭会议,全家人一致决定让黎俏留在南洋,读南洋医科大学。

当时黎广明的原话是:"出人头地这种事交给你三个哥哥就行了,俏俏你是家里唯一的女孩子,多享受享受生活,读书这么辛苦,随便读一读吧。"

如此,黎俏的三个志愿,全部填的是南洋医科大学,由于她的分数拔尖,最后选了顶尖的生物细胞工程专业。

南洋医科大学占地很广,教学区、生活区和运动区呈三角形规划布局。踏进学术氛围浓郁的教学区,右手边的名人榜专栏里面还贴着黎俏研究的获奖照片。此时,黎俏绕过学校的明远湖,戴着墨镜步伐缓慢地朝着宿舍的方向踱去。她的毕业论文还在宿舍的电脑里,而下周就要进入毕业答辩环节了。

"俏俏——"明远湖畔,有人喊她。

黎俏微微顿步,压着下颌透过墨镜的边框看到了唐弋婷。

她的身边还站着一个熟悉的身影,娱乐城酒吧的调酒师,温时。

这时,唐弋婷朝她疾步走来,视线在她身上扫了一圈,昂着下巴傲娇地问:"老板,您是不是忘了什么东西?"

哦,这是提醒她答应送给唐弋亭的那只香奈儿包包。

黎俏漫不经心地对着校门外努嘴:"在后备箱,一会儿自己拿。"

"谢谢老板!"唐弋婷立马狗腿地上前挽住了她的胳膊,"说说吧,那天晚上你到底跟哪个大人物走了?"

温时也恰好来到了她们身边,嘴角噙着温润的笑意,对着黎俏点了点头。

黎俏没有回答唐弋婷的问题,反而看着温时,语气淡淡:"你怎么来医大了?"

"我陪导师过来办事,正好遇见了小唐。"温时浅笑着回答。

以前唐弋婷经常和黎俏一起去娱乐城的慢吧，所以和温时也很熟。

唐弋婷不满黎俏转移话题，捏了她的手腕一下，小声嘀咕："刚才小温跟我说，你那天晚上是和商少衍一起离开的？那个商界大魔头？真的假的？"

黎俏扬了下眉梢，看着唐弋婷一脸期待的模样，不自觉地拧了下眉头。

见状，唐弋婷脖子一梗，似是扫兴地拍了下大腿："嗨，我就说嘛，你怎么会认识商少衍，那你……"

话未落，黎俏面无表情地补充："他不是大魔头。"

唐弋婷瞬间呆滞。

她没吭声，只张大嘴表示她的受惊。

黎俏傲然地扬了扬眉："我去宿舍了，你们聊。"

"别，我也去，小温你自己玩吧。"唐弋婷丢下温时，屁颠屁颠地跟着黎俏就往宿舍走去。

温时站在原地，望着黎俏纤瘦清冷的背影，温润的眉眼藏着深意。黎俏和唐弋婷并肩来到宿舍楼，刚走到楼下，就迎面撞见了舍友江忆。

江忆很不友善地打量着黎俏，普通的T恤，普通的牛仔裤，再看看自己身上的名牌连衣裙，一股优越感油然而生："你今天回来住？"

黎俏透过墨镜瞥了眼江忆，神色冷淡地启唇："不回。"

其实，江忆对黎俏的敌意很深，根本原因就是自恃貌美的江忆入学时满怀信心认为自己会成为系花甚至是一枝独秀的校花，结果却被黎俏抢足了风头。当年的系花大战她记得很清楚，全系百分之八十的男同学给黎俏投了票，江忆狼狈败北。从那以后，江忆就视黎俏为眼中钉，时不时言语挖苦，暗中陷害，持续了整整四年。

"哦，又出去'打工'？"江忆玩味地冷笑一声。

就算长得再美又能如何，还不是个需要打工赚学费的穷人。

这时唐弋婷看不下去了，刚想开启一番唇枪舌剑，就听见黎俏招呼她"走了。"唐弋婷不忿地跟在她身后，走进宿舍楼还在跺脚："都快毕业了，你干吗还惯着她？什么叫又出去打工，你就该把你爸的名字搬出来砸她脸上！"

对此，黎俏不以为意地笑了笑："我爸不让我炫富。"的确不让，因为七岁那年，她被绑架过。所以南洋黎家小千金名唤黎俏这件事，知者甚少。

黎俏和唐弋婷回了趟四人间的宿舍，拿上电脑就离开了校园。

唐弋婷亦步亦趋地跟着她过了马路，看到隔街的那辆奔驰大G，又不甘心地追问："马上就毕业了，你真不打算给江忆一点教训？这几年她可没少在背后传你的闲话。"

黎俏臂弯夹着轻薄的笔记本电脑，淡漠地扯唇："没兴趣。"

同学之间的吵吵闹闹，她从没放在心上。

毕竟，不重要。

唐弋婷不禁低咒，嘴里咕哝："你还不如直接说你懒呢！"

没错，黎俏很懒。不仅仅是性格，就连平时待人接物的行事风格也透着一股子散漫。并非刻意如此，简单来说就是被家里惯的。

在唐弋婷的记忆里，黎家人对黎俏的偏爱，简直到了"人神共愤"的地步。她曾经听说，五岁以前的黎俏，出门不用带腿，因为不管走到哪儿，都有哥哥抱着。想喝水，想吃饭，完全不用伸手，哥哥们抢着代劳。所以，黎俏的成长历程，完美诠释了什么叫全家独宠一人。唐弋婷越想越觉得自己白活了二十二年，好歹她也是南洋五大家族之一的唐家的千金，可是和黎俏相比，她觉得自己是臭水沟里捡来的。

少顷，黎俏来到大G车旁，拉开后备箱，从里面拎出一个香奈儿的纸袋。

唐弋婷嬉皮笑脸地抱到怀里，凑到纸袋前狠狠地闻了闻，是金钱的味道。

"先走了。"黎俏关上后备箱，转首对唐弋婷说。

唐弋婷抱着纸袋眨了眨眼，面色狐疑："你去哪儿啊？这都快毕业了，你怎么比上课的时候还忙？"

黎俏朝着车头的方向走去，拉开车门之际，懒洋洋地回答："我去找工作。"

她不是被保送到科研所了吗？找什么工作？不等唐弋婷回神，车身已经驶离了原地。

当然，黎俏并没有去找工作，而是开车在南洋的远郊兜了一圈，临近中午才回了黎家。她单手拎着电脑走进玄关，还没在客厅露面，就听见了充满火药味的争执声。

"爸，你越说我越糊涂了，敢情咱们讨论半天，到头来你压根就不想给俏俏退掉亲事？"说话的人，是二哥黎彦。

闻此，黎俏瞬间顿步，默不作声地靠在玄厅的大理石墙面上，光明正大地听墙角。

这时候,黎广明"咚"的一声将茶杯磕在桌上,口吻严厉:"你懂个屁!这门亲事就算要退,也需要商老先生首肯,他商陆有什么资格做主。"

"那商少衍也做不了主?"大哥黎君语气低沉,透着浓浓的不悦,"爸,这么多年,你一直没跟我们透露过亲事的来历。事到如今,俏俏被商陆如此怠慢,你还不打算告诉我们实情?"

三哥黎承抽了口烟:"爸,今天商陆的态度你也看见了,我不管你到底有什么难言之隐,但是如果你还是执意要把俏俏嫁给商陆的话……"

黎承语气强硬地补充:"我不介意动用关系和商少衍一较高下!这是我的态度,您自己看着办吧。"

此时,三个哥哥的维护,让黎俏心头微热。女孩漂亮的眼底划过一丝微光,对于客厅里剑拔弩张的讨论不以为意。没由来地,她笃定这门亲事能退掉。因为不久前,商郁亲口对她承诺,只要她想,就能退。所以,拭目以待。

黎俏没有在玄关停留太久,不想父亲和兄长为了她的事而大动干戈,仅仅数秒后,她翩然现身。在黎俏出现的那一刻,客厅里紧张的气氛瞬间缓和。

黎广明目光微愕地望着黎俏,大概是心虚,他不由自主地站起身,朝着黎俏走去,边走边搓手,道:"乖女儿回来啦,出门累不累?怎么不多玩一会再回家。"

这一幕,让大哥黎君扶额叹息,二哥黎彦不屑地撇嘴,至于黎承则猛抽了一口烟,非常嫌弃。这就是著名的南洋首富,一位标准的女儿奴。偏偏在娃娃亲这件事上又异常地固执。何其矛盾!

这时,黎俏目光玩味地看着黎广明,又打量着三位哥哥,淡淡地说:"爸,既然退亲需要商老先生同意,那就等等吧,你们没必要为了这件事争吵。"

黎广明煞有介事地点头,欣慰地拍着黎俏的肩膀:"还是我女儿识大体。"

他瞪着客厅里的三人,低喝道:"看见没有,你们三个这么大的人了,还没有俏俏懂事。"

黎家三子一言难尽地沉默了。

……

午饭后,几位哥哥相继出了门。黎俏孤身坐在三楼的阳台,玻璃茶几

33

上还摆着一套手磨咖啡壶。咖啡豆的香气在周围四散，为这个无聊的午后增添了几许惬意。

黎俏望着雾蒙蒙的天空，指尖在膝盖上敲了敲，随即拿起桌上的手机，拨了一通电话。

"宝贝，这么快就想我了？"南昕甜腻腻的嗓音从听筒里传来。

黎俏抿了抿唇，目光幽幽看着远方："我要商少衍的手机号码。"

南昕呼吸滞了滞，极其认真严肃地反问："你要干什么？"

"不给？那我自己……"

"给给给，我给！"南昕连声回答，生怕这位小祖宗自己动手会累着，"这么简单的事，不劳您费心，我一会发给你。"

挂断电话前，黎俏又淡声叮嘱："别告诉黎三。"

此时，正打算用另一个手机给黎三通风报信的南昕愣住了。

不到五分钟，黎俏通过南昕拿到了商郁的手机号码，看着那一串数字，她的眼前再次浮现出男人傲睨万物的身影。她当然可以查到商郁的电话，但若是亲自登录边境的查询系统，势必会惊动黎三。毕竟黎三说过，他的信息网囊括天下万物，一只蚂蚱都能给你查出行动轨迹。所以，让南昕帮忙，是最好的选择。

黎俏看着电话号码出神片刻，随即就直接发了条短信："只要我想，就能退？"

信息秒回："什么？？？"

黎俏看着短信页面，隐隐觉得不太对劲，但她还是耐着性子回复："衍爷不记得自己说过的话了？"

然后，对方敲了一行字过来："抱歉，我是衍爷的助手流云，这是我的手机号码。您是哪位，是否需要我代为转达？"

黎俏面无表情地看着短信，下一秒直接把手机扔到了茶几上。

就这？

还囊括天下万物的信息网，能查到一只蚂蚱的行动轨迹？

黎三，你退休吧！

与此同时，南洋国际机场。

衍皇集团旗下的私人飞机正在停机坪等待起飞指令。

机舱内，流云坐在舷窗边，刻板的俊脸神色古怪地看着手机屏幕。

下一刻,他幽幽看向对面的男人,起身将手机递了过去:"衍爷,您看看这个。"

此时,商郁正靠着长沙发闭目养神。

西裤下修长的双腿在身前交叠,双手搭在沙发背上,姿态随性又舒适。

听到声音,商郁缓慢地抬了抬眼皮,眼尾的弧度轻扬,透着几分倦懒。

见状,流云点了下屏幕,一板一眼地说道:"我收到了一条短信,查过了,是……黎小姐发来的。"

商郁微眯着眼眸,接过流云递来的手机,音色微凉:"她为什么有你的号码?"

被灵魂拷问的流云心里暗道,衍爷,您不觉得这个问题应该去问黎小姐吗?

流云没吭声,默默地回到自己的位置,望着舷窗外的阴云开始思考人生。

他也想知道为什么!

彼时,商郁垂眸睇着手机屏幕,简单扫了扫对话内容,随后就将手机抛回到流云的腿上:"告诉她,我记得。"

流云没敢多问,立马拿着手机给黎俏回消息。

这期间,商郁顺手从沙发边侧的小吧台上拾起了自己的手机,打开通讯录页面,直接将黎俏的手机号输入并保存。

昵称:"Baby Girl"。

黎俏阴郁难纾的心情,在收到流云回复的那条短信后,心头的阴霾一扫而空。她隐隐觉得,就算是自诩边境大佬的黎三,在商郁面前恐怕也不够看的。区区一个电话号码都查不到,还不如黎少权有用。哦,差点忘了,边境的信息查询系统,就是黎少权和黎三一起搭建的。

黎俏兀自沉思片刻,摇头叹息一声,起身回到房间坐在桌前打开了学校带回的笔记本电脑。这台电脑里的东西很少,只有几个文件夹,内容也都是学校的课业资料。黎俏点开了论文,打算再复盘一遍。但,伴随着咔嚓咔嚓两声,文件在她点开的那一瞬间,自动粉碎了。

将近万字的论文,她花了一个星期时间写出来的。

黎俏的眼神凛着寒霜,看着被破坏的文件,安静地平复了几秒心情。

这台电脑,她只设置了简单的密码锁,平日就放在宿舍里,文件被损坏肯定不是偶然,大概是……人为。

黎俏拨了拨额前的碎发，恼人地叹气："麻烦。"

下一秒，她双手放在键盘上，简单操作了几下，内置记录弹窗就弹出了页面。黎俏按了下回车，黑色页面上便飞快地显示出电脑过往的开机登录记录。三天前，夜里一点二十八分，有人破解了她的电脑密码，并且使用粉碎工具把她电脑里的资料全部进行了点击即销毁的操作。

黎俏努力回想了一遍，三天前的晚上，她好像在娱乐城的慢吧里呢。损坏文件这么低级的手段，除了江忆，黎俏不做他想。看来，还真如唐弋婷所说，她太惯着江忆了。黎俏面无表情地看着登录记录，随即烦躁地敲着键盘，开始恢复电脑数据。

黎俏不是黑客，但电脑技术依旧不是普通人能够比拟的。毕竟，身边有黎少权这个红客联盟的狂热粉丝，耳濡目染下，黎俏写代码的能力也非常强悍。只不过，她懒得动手，懒得动脑，做事佛系随缘。黎少权曾感慨过，要是黎俏肯静下心来钻研红客技术，假以时日红客联盟的人一定会邀请她入会。

不到十分钟，被粉碎的文件和数据全部被找回复原。

黎俏单手放在键盘上，有一下没一下地轻轻敲击。粉碎她的论文，是想让她没办法正常毕业？生物细胞工程专业的毕业论文要求极其严格，就算是成绩拔尖的黎俏，也足足花了一个星期的时间才完成。若换做其他事，她倒可以睁一只眼闭一只眼。但原则问题，可容不得沙子。

黎俏靠在电脑椅上，指尖摩挲着键盘字母，微妙地弯了弯唇，关闭论文页面，登录了摄像记忆功能。好歹是黎少权给她配置的电脑，摄像头的记忆功能系统也是他专门开发的。也许粉碎文件的人不曾料到，三天前的深夜，他们的所作所为全部被电脑摄像头记录了下来。

……

傍晚来临，暮色渐浓。

黎俏正窝在窗前的躺椅上看设计图，这时房门被人敲了两声，二哥黎彦不请自来。

"俏俏，干吗呢？"黎彦穿着一身格外正式的粉白色西装，碎发用发蜡固定在脑后，领口还戴了个粉色的领结。

黎俏睨他一眼："你要去选美？"

黎彦伸手理了理领结，又低头看着自己的装扮："怎么样？是不是很好看？走啊，哥带你去散心。"

黎俏一言难尽地盯着他的粉色领结，摇头拒绝："不去。"

"不去不行！"黎彦板着脸来到她跟前，直接抽走了她的手机，"今晚在皇家酒店有一场艺术画展，你陪我去，顺便帮我选几幅画，赚的钱咱俩四六开，怎么样？"

黎俏喟叹出声，从躺椅上支起身子，懒洋洋地问："我看起来很缺钱吗？"

"你不缺，但哥就想给你。快点换衣服，我在楼下等你。"黎彦不容拒绝地催促了一句，把手机还给她后，大步流星地朝着门外走去。

半个小时后，换了身黑色小礼服的黎俏跟着黎彦上了自家的欧陆车。

后座，黎彦拿着手机看着画展介绍，时不时自言自语。

"今晚的画展是谁举办的？"黎俏指尖捏着一侧的裙摆，听到黎彦嘴里念叨了一句"欧洲古典名画"，便出声询问。这几年，欧洲古典名画已经很少在市面展出流通，大部分都被收藏家和博物馆收揽，今晚的画展居然还有欧洲古典名画？

黎彦一边看手机一边解释道："听说是衍皇集团的基金会主办。我看了电子版的介绍，有几幅画确实不错。"

闻声，黎俏的眸光中溢出一丝神采，原来是衍皇集团。

她沉默地看向窗外，漫不经心地问道："商少衍会去吗？"

黎彦心不在焉地回："这种场合他应该不去吧，而且上午听爸说了一嘴，好像他今天启程回帕玛了。"

商郁回帕玛了？黎俏的目光微微飘忽，忽然间对帕玛这个国家有了些许向往。不知道是什么样的风土人情，才能造就出商郁那样野性难驯的恣意性格。

半个小时的车程，皇家酒店已近在眼前。黎俏一袭黑色小礼裙挽着黎彦的手踏上门前的红毯。一黑一白的搭配在灯光乍起的昏黄中，格外引人注目。

今晚的画展在皇家酒店的艺术长廊举行，兄妹俩来到长廊，空旷寂静的长廊上充斥着浓郁的艺术文化气息。名画的确有很多，据说还有《世界名画通鉴》里记载的已失传许久的真迹。

此时，黎彦站在艺术长廊里睃巡四周，随即微微俯首，搂着黎俏的肩膀耳语道："宝贝，你看看那幅《收割者》值不值得入手？"

挂在长廊最显眼位置的古典油画，被时光雕刻了沧桑的痕迹，和画中所蕴含的底层社会人性相得益彰。黎俏细致专注地看着《收割者》，这幅18世纪下半叶的乡村题材油画，着重农舍、草地、村落等元素，整体风格清新而真实。半晌，黎俏微微点头，勾唇道："是1882年法莱昂的作品，要是能把这幅画买下来，你转手最少翻一倍。"

闻此，黎彦赞赏地轻拍了下黎俏的头顶："可以啊，连法莱昂的作品都记得，我甚是欣慰。"

黎俏面无表情地瞥他，冷酷地拍开了他的爪子："拜你所赐！"

黎家三子平时没别的爱好，唯一的乐趣就是将他们自身的技能无条件无休止地传授给黎俏。从小到大，没完没了，生怕他们后继无人似的。比如黎二，在黎俏七岁生日的时候，将《世界名画通鉴》全集十本作为礼物送给了她，经过他的熏陶和强制教导，记忆力超强的黎俏早就能倒背如流了。

黎彦不以为意地再次勾住黎俏的肩膀，在各类名画前时而驻足，时而讨论。

这时，艺术长廊的后台监控室里，一个长相妖娆邪魅的青年男人没骨头似的瘫在办公椅上。他手执蜜蜡珠串轻轻拨弄，目光饶有兴致地落在了黎俏的身上。

此人，名唤追风。商郁的四大助手之一。

"风总，这女孩眼光很毒啊！"衍皇集团基金会负责人老刘，笑容可掬地指了指监控画面中的黎俏。

由于画展中不乏昂贵的名画，所以整条艺术长廊都被监控无死角覆盖。黎俏对名画的点评，自然也全部收进了监控中。

追风晃了晃手串，邪笑："的确不错，长得也够张扬。"

一听这话，负责人老刘立马心领神会地搓了搓手："那……要不我帮风总您引荐一下？"

"你认识？"追风斜睨着老刘，挑眉的弧度邪肆不羁。

老刘憨憨一笑："我不认识她，但是她身边的男人是黎彦。我和他有点交情，能说上话。"

追风没搭腔，可那双看着监控的双眸里，愈发炽热如火。这么多年，他还没见过这么好看又有个性的姑娘！追风嘴角笑意渐浓，盯着黎彦搂着黎俏的那只手，冷嘲道："你没听他刚才叫她宝贝？你说他们俩什么关系？"

"嗨，男人嘛，来这种地方，大部分都会带着女伴，八成是撑场面的。"

老刘自顾自地下了结论，见追风对黎俏一副遐想的模样，不再犹豫，直接起身道："风总，别担心，黎彦这人没别的爱好，就喜欢各种名画。您要是实在喜欢那姑娘，咱拿两幅画跟他交换，这事妥妥的。"

追风努力地想了想黎彦这号人物，半晌给了句评价："他就是那个自诩南洋艺术巨商的黎彦？"

老刘一拍大腿："对，就是他！说好听点叫艺术巨商，说白了就是个倒卖名画的中间商。"

追风了然地撇撇嘴，缓缓站起身，整理了一下黑花衬衫的领口："走着吧。"

"来来，您这边请！"

艺术长廊，不到二十分钟的时间，黎俏基本上把所有名画都看了一遍。

除了那幅《收割者》，其他画作基本上没有入手的必要。

她兴致缺缺地倚在长廊的拐角，拿着手机搜索"帕玛"。

这时，清晰的脚步声从身后传来，黎俏将屏幕熄灭，徐徐扭头，就见到两个男人朝着她走来。

不认识。黎俏只看一眼就移开了视线。

见状，追风下意识扬了下眉梢，他这张脸……被人无视了？

要知道，过往他这张脸，只要出街就能吸引无数少男少女的追逐。

她，眼瞎？

老刘偷觑着追风的表情，悄声对追风说道："风总，您先跟她聊着，我去找黎彦。"

追风慢悠悠地应了声，待老刘走后，他信步来到黎俏的面前，学着她的姿势，非常骚包地以肩膀顶着墙面："妞儿，有兴趣认识一下么？"

此时，黎俏和他四目相对，两人都懒散地倚着墙，单腿屈在身侧，并且还非常有默契地穿着同色的服装。

黎俏表情冷淡地拒绝："没兴趣。"

追风喉结一哽，抬手摸了摸自己的眉毛，真有个性，更想追了。

"熟悉之后不就有兴趣了，自我介绍一下，我是追风。"

追风？这名字并不常见，黎俏瞥着追风一身邪性肆意的姿态，隐隐有些熟悉。蓦地，她想到了一种可能。黎俏垂下眼睫，盖住眸底的玩味："追风这个名字，让我想到了流云。"

"嗯？你认识流云？"

果然，他是商郁的人！如出一辙的风格。

黎俏睫毛轻颤，疏懒地笑了："不认识，有个朋友的网名叫追风流云。"

"这么巧！"追风完全没注意到黎俏眼里的狡黠，自我感觉十分良好地朝她倾了倾身，"那你说，这是不是叫缘分！"追风是个浪荡公子哥，天性放浪，最喜欢独树一帜的美人。而黎俏那双朦胧清冷的小鹿眼，让他的心都颤了！

这一刻，黎俏看着追风，微微一笑："追风先生是衍皇集团的人？"

追风呼吸微滞，怔怔地望着黎俏的笑容，感觉浑身通了电，麻酥酥的："对，在下不才，衍皇集团的首席执行官。"

衍皇的首席执行官……

黎俏睇着追风挂满轻浮的眉梢眼角，口是心非地赞扬："那您真优秀。"

"惭愧惭愧。"追风有些得意地摆了摆手，而落在黎俏身上的眸光愈发炽烈似火。浮躁的社会，金钱和身份是男人的制胜法宝，追风也觉得自己太优秀了！

这时，黎俏缓缓调整了姿势，背靠着墙壁，视线落在手机上，状若无意地问道："追风先生是首席执行官，那……衍爷呢？他在衍皇集团是什么角色？"

话音落下的刹那，黎俏敏锐地察觉到一丝危险的气息。来自她身边的追风。但仅仅维持了一秒，转瞬即逝。

追风目光深沉地看着黎俏，脸上调侃的神色渐褪，取而代之的是一抹警告和冷冽："妹子，有好奇心是好事，但不该问的还是不要问了。"身为四大助手，他们最忌讳旁人有意无意地打探衍爷的消息。这是他们的禁忌。

此刻，黎俏斜睨着追风陡变的表情，迎着他的视线，懒洋洋地扯唇："问问而已，不必这么紧张。我一个一穷二白的女学生，对衍皇集团有所好奇，很正常不是么？"

还是个女学生？

追风讪讪地摸了摸鼻子，打量着黎俏，话锋一转："你还在上学？"

"嗯，快毕业了，但还没找到实习工作。"黎俏故作怅然地回道。

闻此，追风挑着眉梢，往黎俏的面前凑了凑，笑得不怀好意："想来衍皇实习吗?"

黎俏顺势抬起头,小鹿眼里流光溢彩,一副受宠若惊的神态:"我能去吗?"

"能,当然能!"追风被黎俏那张炫目的漂亮脸蛋给击中了心脏。他感觉自己飘了,不然怎么腿软呢。这妞儿,笑起来真好看,生动又耀眼。

十分钟后,黎俏回到长廊的中庭,前方的黎彦正和负责人老刘商讨着名画交易细节。显然,这位艺术巨商被老刘用名画给套路了,那幅《收割者》被黎彦以三千万美金的价格成功收入囊中。

回程的路上,黎彦还沉浸在喜得名画的愉悦心情中无法自拔。随着窗外的路灯映入车厢,他余光一闪就注意到了黎俏的掌心里攥着一张卡片。

"你拿的是什么?"黎彦好奇地拉过她的手腕,刚抽出来,就听见黎俏漫不经心地回应:"一个二百五的名片。"

黎彦拧了下眉梢,低头一看,这名字是挺二百五的,姓追?"这人是……衍皇集团的执行官?"黎彦惊了!别说是执行官,就算是衍皇集团执行官的助理,也不是谁都能遇见的。他家的宝贝妹妹在长廊里逛一逛,就遇见衍皇集团的执行官了?这是女娲创造的机遇吗?

"他给你名片做什么?"黎彦狐疑地瞅着黎俏的侧脸询问。

黎俏单手托着下巴,将视线从窗外的街景收回,看着那张名片,幽幽一笑:"他缺助理,而我正好缺实习经验。"

确切地说,她缺一份能够进入衍皇集团的机会。

"你要去衍皇集团实习?"黎彦大惊失色,连说话的嗓音都拔高了不少。

黎俏面无表情地揉了揉自己的耳朵:"你喊什么……"

黎彦瞪着黎俏,又低头看着手里的名片,下一秒直接揉碎,飞快地降下车窗,毫无素质地把碎片扬到了马路上:"不行,你想都别想,我不同意。"

"哦。"黎俏冷漠地应了一声,完全没将黎彦的反对放在心上。

接下来的一段路程,车子飞快驶过街头,车厢里则充斥着黎彦苦口婆心的劝说声。

将近半个小时,黎彦说得口干舌燥,等黎家大门缓缓打开之际,窗外灯光闪烁,黎彦定睛一看——这崽睡着了。

黎二生无可恋。

半晌,车停稳,黎俏也幽幽睁开了双眸。在司机为她拉开车门的刹那,她看着忧心忡忡的黎彦，耐着性子说道："二哥，做场交易吧。"

黎彦警惕地眯了眯眸："不行，不管是什么交易，你去衍皇集团我就是不同意。"

"上个月，南昕在边境发现了一幅齐白石的《蛙声十里》，你如果不要，那我……"

"我要！"

你看，鱼儿上钩了。黎俏微微勾起唇，淡淡地出声："画给你，实习的事替我保密。"

黎彦不吭声了，十分为难地抿着唇，做了一番自以为长久的思想斗争。

大约也就过了三秒钟吧，他拍了下大腿，重重叹息："行吧。不过你答应二哥，保护好自己，也别让那个二百五知道你的身份。"

黎俏欣然应允："一言为定。"

黎彦坐在车里望着黎俏走进厅廊的身影，转眼就开始兀自傻笑。《蛙声十里》，发财了发财了。没错，首富黎家老二，自诩艺术巨商，同时也是个财迷。

……

隔天，早上七点半，黎俏被手机的振动铃音吵醒了。她没睡醒，眼眶微红，慢吞吞地摸索出手机，是唐弋婷打来的。

"说！"黎俏接通电话时嗓音又软又哑，还有着烦躁的不耐。

唐弋婷是个急脾气，顾不得其他，咋咋呼呼地在电话里喊道："你怎么还在睡？学校的论坛因为你都翻天了！"

黎俏抬手搭在额头上，半眯着眼，蹙眉问："又怎么了？"论坛因为她翻天，不是家常便饭吗？

"你昨晚上是不是去皇家酒店了？"唐弋婷边说边看着论坛的页面，"我跟你说，你挽着一个男人进酒店的画面被人拍下来了，有人说你是小三，勾引了她老公，还点名道姓要你好看。你快起来啊，现在论坛热度太高，学校教务处的官方账号都出来维护秩序了，你再不解释，很可能会因为品行不端而延期毕业的。"

南洋医科大学校花，疑似插足当小三，以黎俏在学校的出名程度，仅仅过了一夜时间，就在学校校友论坛掀起了狂风巨浪。毕竟，八卦是无聊众生的精神食粮。

数秒后，黎俏凛着困乏的双眸，慢条斯理地将被子盖在了脸上，语气幽凉："让他们说。"编故事能不能走心一点？黎二什么时候结婚了？

上午十点，漫咖啡。黎俏坐在靠窗的位置，手拿汤匙一下下搅动着面前的咖啡。她神色倦懒，手背撑着下巴，眼里透着困乏。

这时，唐弋婷喝了口咖啡，恶狠狠地戳着手机屏幕："你说，是不是江忆干的？我猜八成是她，肯定没跑！"

黎俏睨她一眼，目光移动到窗外，不疾不徐："早晚会知道，不着急。"

"不是，这还不着急呢？"唐弋婷恨铁不成钢地拍了下桌子，举起手机对着她的脸，"祖宗，您仔细看看，帖子的跟帖数已经破千了，你真不怕因为品行不端延期毕业？"

黎俏昂了昂眉梢，语气懒散："我自有办法。"

"什么办法？"唐弋婷好奇地探了探身，眼里燃起了兴奋的小火苗，"你这是……打算出手了？你终于不再惯着江忆了？我是不是要活久见了？！"

黎俏微微一笑，透着轻狂："大概是吧。"

午饭后，黎俏和唐弋婷分道扬镳。学校论坛的八卦帖子，目前已经被官方锁帖，但这并不影响吃瓜群众的八卦热忱。黎俏坐在奔驰车里，单手扶着方向盘，低头看了看论坛页面。无聊！但凡有点头脑，也不至于被一篇八卦帖牵着鼻子走。

黎俏拿着手机斟酌了几秒，而后找到黎少权的电话拨了过去。良久，对方才接通。"谁啊，这都几点了还打电话？"黎少权困倦又不耐的嗓音传来，黎俏扫了眼车载时间，淡淡地说："别睡了，起来干活。"

听筒里安静了三秒，伴随着扑通一声，黎少权的哀嚎声再次响起："嗷，摔死我了！"这位未来的红客联盟"教父"，从床上栽下来了。他骂骂咧咧地咕哝了半天，端着床头柜上的隔夜茶猛灌了两口："这次又查谁？"

"谁也不查，帮我个忙。"

黎俏漫不经心地发号施令，黎少权也没多问，一瘸一拐地往书房走，边走边说："就这？简直大材小用，我好歹也是未来的红客教父，我……"

"嘟嘟嘟——"黎少权话没说完，电话被挂了。

五分钟后——

黎俏："文档"

黎俏：下周一把这篇内容发到校园论坛置顶。

黎少权点开那篇文档内容，简单看了几眼，顿时瞌睡全无："这手段，真社会啊。"下周一他记得好像是南洋医科大学的论文答辩日吧？他的金主，果然不能惹。

……

傍晚，暮色浓稠。

黎俏驱车来到东郊高速和主干道交界处的东郊运动馆。这里是集高尔夫、保龄球、飞镖、射击等各类休闲项目的高端运动场馆，且占地面积很广。

黎俏轻车熟路地来到地下停车场，停好车又给南昕打了个电话："我到了。"

南昕在手机里笑吟吟地说道："宝贝快来，我在保龄球二号厅。"

黎俏进入地下电梯，看了眼墙面上的场馆分布图，顺势按下了五层。

随着电梯向上攀升，黎俏背靠墙壁低着头，右腿微微弯曲叠着左腿，恣意懒散，偏偏骨子里又透着张扬的傲气。

这时，"叮"的一声，电梯在三楼停了。

精雕花纹的电梯门携着清风朝两侧匀速打开，风拂面，吹动了她额前的发。黎俏挑眉抬眼，两道惹眼的黑色身影赫然入目。电梯门外，黑衬衫黑西裤的商郁站在最前端，领口不羁地微敞，露着显眼的锁骨线条。同样黑衣的流云则落后半步。

暖黄色的轿厢灯光下，黎俏抬眸的视线不偏不倚地撞进了商郁的黑瞳中。他回来了？

彼此还没说话，流云单手撑着门侧，对着黎俏颔首："黎小姐。"

黎俏漫不经心地点了下头，目光却始终凝聚在商郁的身上。此时，男人阔步走来，挟着暮色的凉意，周身的气息也愈发清冽冷淡。电梯门重新关上，黎俏适时打破沉默："听说衍爷回帕玛了，什么时候回来的？"

商郁站在黎俏的半米之外，透过反光的轿厢门，能够清晰地捕捉到女孩眼中淡淡的笑意。商郁从镜中和黎俏对视，单手插兜，声音沉哑地回应："刚回。"

黎俏往旁边侧了侧身，目光落在男人凸起的喉结上："那……结果呢？"

轿厢里安静了几秒，随着电梯再次响起提示音，男人沙哑磁性的嗓音伴着开门声传来："如你所愿。"

门开，流云率先迈步走了出去。他保持着单手挡门的动作，目不斜视地看着远方,尽职尽责地充当一个工具人。

如你所愿,意味着退亲成功了?这时,黎俏眼底的笑意加深,流露出几分少见的愉悦。她双手顺势插在夹克兜里,倚着电梯,仰头提议:"那为了感谢衍爷的帮忙,请你吃个饭,有空赏脸吗?"

"不必。"商郁微微侧首,拒绝得干脆利落。

眼看着女孩脸上泛起一丝微妙的遗憾,男人眯了下眸,绯薄精致的唇勾起蛊惑的弧度:"会打保龄球吗?"

黎俏从善如流地点头:"会一点。"

男人和她四目相对,若有所思地勾唇,随即踱步走出电梯,并唤她:"过来。"

黎俏望着商郁的背影,眨了眨朦胧的小鹿眼,低头笑了。她越发觉得,传言根本不可信!

黎俏和商郁并肩来到五层的保龄球私厅。二号场馆在隔壁,黎俏并不着急过去,反正南昕是个骨灰级保龄球爱好者,你给她一个保龄球馆,她能自己玩到世界末日。保龄球私厅,是独立划分且隐秘性非常强的区域。场馆内灯火通明,流云推开门的刹那,跑道旁休息区的两个男人同时侧身,然后纷纷怔住了。

这两人,黎俏见过。在娱乐城慢吧的那天晚上,他们和商郁同在一个雅间。此时,其中一人审视着黎俏,眼神在她和商郁之间不停穿梭,起身时眯了眯眸:"哟,这位是……"

保龄球私厅内,商郁顾长的身影缓步停在休息区附近,单手拉开椅子,径自落座。

这时,坐在商郁对面的男人,长了一张过分明艳的脸颊。他穿着休闲衬衫和休闲裤,单腿搭在膝盖上,晃了晃脚尖:"你来晚了。"

商郁半垂着头翻卷衬衫的袖口,余光微扬,看了眼身边的椅子,对黎俏说道:"过来坐。"

黎俏也不含糊,脚尖钩了下椅子腿,直接落座。

一旁站在原地被忽略的男人,左右看了看,倾身向前,反手指着自己的鼻子:"商少衍,我刚问你话呢,你是不是没看见我?"

闻声,黎俏的目光闪了闪,能够直呼商郁其名,他们的关系应该不一般。

商郁抚平衬衫袖口的褶皱,掀着眼皮瞥他,而后对黎俏介绍:"秋桓,欧白。"

　　站着的男人叫秋桓？原来是南洋机械控股实业的那位少东家。黎俏记得这个名字，是大哥黎君的座上宾，南洋的缴税大户。至于欧白，有些熟悉，但她不记得在哪里听过。

　　黎俏依旧保持着双手插兜的姿态，靠着椅背稍稍仰头，语气不温不火地自我介绍："你们好，我是黎俏。"

　　秋桓不怀好意地扬了扬眉梢，随即隔着桌子朝黎俏探身："幸会，我是秋桓，你叫我秋哥就行。"

　　这时候，长相明艳绝美的欧白眼睛一眨不眨地看着黎俏，审视了片刻，突然开口："黎承是你什么人？"

　　黎俏转眸和欧白犀利的视线相对，电光石火间，隐约从他的桃花眼里读出了一丝愠怒。他和黎三有过节？黎俏不动声色地打量着欧白，淡淡地回应："他是我三哥，欧先生认识他？"

　　在话音落定的这一刻，欧白的表情变得异常古怪。

　　又怎么了？

　　欧白下意识扭头和秋桓面面相觑，而后秋桓指着欧白，问黎俏："妹子，你叫他欧先生？你不认识他？"

　　黎俏冷淡地反问："我应该认识他？"

　　秋桓不说话了，欧白则磨了磨牙，端起桌上的咖啡故作冷静地仰头干了。

　　黎俏不明所以，也懒得追问，漫不经心地看向身侧的商郁，却意外发现他绯色的唇边挂着一抹来不及收敛的浅笑。印象里的男人，总是冷漠疏离又拒人千里之外。偏生此刻他唇角漾出的弧度，像是云雾缝隙中泻出的阳光，夺目又温柔。

　　他在笑，她在看。

　　休息区附近的气氛诡异地安静了一会，秋桓拿了两瓶矿泉水放在桌上，欧白则绷着脸站起身："我出去透透气。"

　　秋桓赶紧说："哎，我跟你一起！"

　　两人一前一后地离开了保龄球私厅，黎俏不自在地叠起双腿，瞅着商郁："我不认识欧白，很奇怪吗？"

　　商郁唇角的笑纹加深，似是心情不错，破天荒戏谑道："你是第一个不认识欧白的女孩。"

欧白很出名？黎俏沉思数秒，从兜里掏出手机，搜索了欧白的名字。欧白——全民偶像，顶级流量，流行天王，街拍教父……总共十几个称号，黎俏懒得看了。总结就是：挺浮夸的！

黎俏一言难尽地将手机重新塞回兜里，拿过桌上的矿泉水喝了一口，转移话题："他和我三哥有什么矛盾？"

商郁睇着女孩，撑着膝盖慢条斯理地站起身："有空可以去问问你三哥。"

黎俏仰头望着男人起身的动作，没再纠结欧白的问题，反问道："要打球吗？"

"嗯，过来吧。"

几分钟后，秋桓和欧白回到球场，一抬眼就看到黎俏四步助走灵活出球的完美姿势。

秋桓摩挲着自己的下巴，撞了撞欧白的肩："这妹子打得不错啊，十瓶九中。"

欧白的脸色缓和了不少，但依旧透着一股傲娇劲儿，轻哼："一般吧。"

普天之下，他第一次见到一个姑娘这么理直气壮地说不认识自己。他是谁？全民顶级偶像，全国女人的梦中情人。想和他结婚的女人拿着号码牌都排到了月球！偏偏黎俏不认识他，而且……她竟然还是黎承的妹妹。简直丧心病狂！

秋桓凉凉地瞥了眼欧白，说风凉话："以前怎么没发现你这么小肚鸡肠？"

欧白沉着脸，一言不发地回到座位上，眉宇间都写满了阴郁，点开社交网站，边看边生硬地咕哝："是我不美吗？还是我不够潇洒？怎么还有人不认识我？"

紧接着，秋桓又听见欧白自言自语："土匪的妹妹，果然也是土匪，一家人都没长眼睛！"得，这位被粉丝宠坏的欧姓天王，又犯病了！

接下来的十分钟，黎俏和商郁打了三局保龄球。结果很意外，她险胜商郁。

此刻，两人回到球道旁的休息区，黎俏擦了擦手指，眼里缀了星辰般闪着熠色："衍爷平时喜欢打保龄球？"

"不算喜欢，偶尔练练。"男人从兜里拿出烟盒，夹在指间翻转了一圈，抬了抬眼皮："一会想吃什么？"

黎俏靠着桌面，眼神一亮："要请我吃饭吗？"

"嗯，你赢了的奖励。"商郁的目光透着说不出的深意，头顶明亮的光线映在他如雕如琢的脸上，惑人心弦。

黎俏嗓尖发痒，又喝了口水才压下心头的悸动："我吃什么都行，不挑食，你安排吧。"

她放下矿泉水，抿了下唇瓣："我先去个洗手间。"

从保龄球私厅走出来的黎俏，缓了缓神，而后不疾不徐地去了隔壁二号场馆。其实她和商郁打球的时候，手机就已经响了好半天，都是南昕打来的。

此时，二号场馆里，南昕坐在沙发一角，腿上还放着一个保龄球，听到徐徐而来的脚步声，她斜眼一看，佯怒道："宝贝，你别告诉我你在这里迷路了。"她给黎俏打了七八个电话都无人接听。再这样下去，她都打算带上家伙去寻人了！

"唔，刚才有点事。"黎俏顺势坐在南昕身边，跷起腿的姿态慵懒随意。

南昕不疑有他，捧着球递到她面前，笑得妩媚又动人："既然事办完了，陪我打几局？"

黎俏睨她一眼，以手肘将她的球顶了回去："不了，事没办完，先走了。"

隔壁，黎俏出门后，秋桓和欧白相继来到了商郁身边。

三个身份优越、容貌出色的男人坐在一起，那场面相当夺目养眼。

此刻，秋桓大大咧咧地歪在椅子上，微昂着下巴，一脸认真地看着商郁："她就是商陆要退亲的对象？"

商郁傲然的眉眼间噙着淡漠，视线低垂抿了口烟："嗯，想说什么？"

秋桓嗓尖一哽，讪笑："我能说什么？你都把她带到我们面前了，少衍，你别说你只是一时兴起。"

这时候，欧白吃惊地以骨节敲了敲桌面："这么说来，她就是商陆的童养媳？"虽然刚才黎俏自报了名字，但欧白根本没将她和商陆联想到一起。

秋桓鄙夷地瞅着欧白："童养媳是这么用的吗？"

欧白丢给他一个白眼，从桌上拿起烟盒，抽出一根烟放在鼻端轻嗅："少衍，你什么情况？你弟不要的人，你看上了？"话虽难听，但欧白自认为他已经很客气了。

欧白说完，球场里安静了很久。商郁没有出声，但锐利的眸光中仿佛刮起了无形的飓风。一股股寒意顺着肌肤钻入四肢百骸，让欧白生生打了个寒战。

秋桓撑着额头叹气,余光睨着懵在那里的欧白,以脚尖踹了他一脚:"你脑子是不是喂狗了?"

商少衍带过来的人,就算一文不值,也容不得别人胡乱点评。

偏偏欧白这人,样貌好,家世好,唯独……嘴碎,难怪当初边境黎三把他吊树上喂了一宿蚊子,活该!

商郁身上暗涌的气息涌动,偌大的球场里如同覆满了凛冬白雪。

欧白有点慌神,知道自己触犯了禁忌,心虚地瞄着商郁,绞尽脑汁地想办法弥补自己的过失。他的确冲动了!这个圈子里,尽人皆知,南洋商少衍不怒则已,怒必见血。欧白正思量着要不要给自己手指划一刀以平息大佬的怒火,忽地商郁身上令人毛骨悚然的煞气消失得无影无踪。

然后,欧白听见背后传来一句又凉又冷的话:"欧先生,我不是商郁不要的人。"黎俏回来了。

而且很不巧,她听见了欧白的那句吐槽!他怎么敢?

欧白惊悚地回眸,看到黎俏,那双漂亮的桃花眸瞬间卷起高傲,盛气凌人地说道:"你管我?"

黎俏慢悠悠地走回到商郁身畔,落座时跷起二郎腿,凉凉地瞥着欧白:"欧先生是不是对我有意见?"

"不行么?"欧白惧怕商郁,却不代表他害怕黎俏。尤其是她和黎三的兄妹关系,所以欧白"恨屋及乌"!

"行,当然行!"黎俏疏懒地攥了下手指,视线落在欧白的脸上,似笑非笑,"不过有意见还请保留。毕竟……我猜你应该打不过我三哥,而他……打不过我。"

欧白的俊颜瞬间阴云密布,被当众威胁了?但,他觉得黎俏在吹牛!

这时,不待欧白出言讽刺,商郁已然放下交叠的双腿,眼含警告地扫了眼欧白,而后宽热的掌心落在了黎俏的头顶,轻拍两下:"该吃饭了。"

此时,刚过七点。黎俏不爽的心思,因为商郁亲昵的动作,瞬间烟消云散。那弯弯绕绕的情怀,像是春日里一朵蓬勃复苏的娇花,迎风招展还有点飘。

后来,黎俏心不在焉地跟着商郁离开球场,被地库里迎面而来的风吹醒了几分神志。她后知后觉地发现,商郁拍她脑袋的动作,好像在拍一只宠物狗。

第3章 闹剧

七点半,水晶苑。

位于市中心的水晶苑食府,坐落在寸土寸金的皇家园林景区附近。这里主打皇家顶级服务体验,能够在这里用餐的人,不是政客就是贵族,普通有钱人即便想进来,也根本拿不到用餐通行证。

黎俏跟着商郁从贵宾通道一路直达漪澜苑包厢,流云则尽职尽责地跟在他们身后充当工具人。

包厢里,古典真迹字画随处可见,黄花梨木的桌椅也散发着金钱的味道。一张四角方桌前,黎俏和商郁坐在彼此的对面。

流云从穿着宫廷服饰的服务员手里接过竹简菜单,恭敬地递给了两人。

点餐期间,黎俏看着竹简上的文字,心思却落在了商郁的身上。古香古色的房间里,他穿着黑衬衫端坐在身旁,卷起的袖管露出了精壮的肌肉纹理,举手投足都散发着狂野和不羁。随着男人提起青釉吊耳茶壶,黎俏的视线也定在了他的手指上。刚刚,就是那只手,拍了她的头。啧,连手指都那么好看。

"不要看我,看菜单。"这时,商郁将茶杯送到了黎俏的对面,并用指尖点了下竹简。

黎俏丝毫不掩饰自己的好奇,指尖学着他在竹简上敲了敲:"衍爷,刚才听见欧白说的话,你当时在想什么?"

商郁收回送茶的手,又给自己斟了一杯,袅袅的热气在他面前升腾飘散,模糊了他眼底的笑意:"你觉得我在想什么?"

他的反问,让黎俏默了几秒,故意调侃:"难道不应该送他去非洲挖矿?"

商郁端着茶杯吹了吹，眉宇舒展："我在非洲没有矿产。"

哦，说白了还是维护他的好兄弟呗？黎俏悻悻地扯了下嘴角，重新看着菜单，却听见商郁夹着一丝笑意的醇厚嗓音传来："想让他去挖矿？"

"确实有这想法。"黎俏托腮懒洋洋地点头。

商郁放下水杯，喉结滚了滚，看着黎俏那双朦胧的小鹿眼，玩味地挑眉："目前不行，他在衍皇文娱还有三部戏约。"

那意思是……黎俏心随意动，继续试探："那戏约结束后就可以？"

这话说完，连工具人流云都忍不住投来视线。这位黎小姐，好像不懂什么叫见好就收。他可以预见，接下来等待她的一定是衍爷的嘲讽与呵斥。

然后，流云听见他家大佬低沉地回应："嗯，可以考虑。"

流云心想，草率了。

这顿水晶苑的晚饭，黎俏和商郁大约吃了一个小时。女孩用餐的举止很精细，细嚼慢咽，且……非常挑食。明明菜品都是她自己选的，但是旁边的碗碟里还是堆着不少被刻意挑出来的配菜。葱、姜、蒜、洋葱、海带、西蓝花、紫甘蓝……一旁的流云都惊呆了。不久前是谁说自己不挑食的？黎小姐你是不是对挑食有什么误解？

此时，一阵若有似无的烟味从对面飘过来，黎俏咬断水晶粉，稍一抬头就瞧见商郁臂弯搭着桌面侧身而坐，深邃的眸望着窗外，不知在想什么。

黎俏抿了抿唇上的汤汁，也顺势放下了筷子，脱口问道："我和商陆的亲事，确定能退掉吗？"

男人夹着烟送到唇边，吞吐烟雾之际，又用指尖点了点烟灰："可以退。下周我父亲会过来亲自致歉。"

商老先生要来南洋？黎俏红唇微张，连日来的忧虑也渐渐消散。其实只要婚事能退，过程和起因也就没那么重要了。

当晚九点半，衍皇集团的豪华车队再次停在了黎家大门外。而黎俏的奔驰车也被商郁的手下从运动场开了回来。门前，黎俏下车后，回眸看着魅影车半降的车窗，和男人目光交会，她挥手说了句"晚安"便上了自己的车。

少顷，黎俏不疾不徐地进了门，明亮的客厅里空无一人。她和管家打了个招呼，直接去了二楼的书房。

书房里，黎广明不在。黎俏看着桌上那杯还冒着热气的红茶，褪下外套就钩过椅子坐下等他。

不到五分钟,黎广明哼着小曲推门而入。看到黎俏,他吓了一跳:"哎哟呵,闺女,什么时候回来的?"

黎俏半靠在椅背睨着他:"刚回。爸,跟你说个事。"

"什么事?你说!"黎广明秒变严肃脸,坐到老板台前,手指交叉放在桌上,一副等着她开口的姿态。

黎俏挑了下眉梢,面不改色地抛出一句话:"据说商老先生同意退亲了,过两天他会来南洋亲自找你。"

"哐当——"黎广明手肘一抖,打翻了那杯热腾腾的红茶。"什么?他同意了?"黎广明顾不得被红茶洇湿的袖口,望着黎俏难以置信。

黎俏懒洋洋地点了下头,表情淡了许多:"嗯,商郁亲口说的。"

黎广明没吭声,良久才勉为其难地叹了口气:"行吧,既然如此,那就别勉强了,退吧。"

黎俏眯了下眸,眉心卷起,烦躁地说:"爸,你既然不肯说定亲的来历,我也就不问了。坦白讲,就算商老先生不同意,这亲事我也一定会退。所以,你明白我的意思吧?"

"闺女啊,你就这么……不喜欢商陆?"黎广明甩了甩衣袖,试探地朝着黎俏探身询问。

黎俏面无表情地看着他:"谁会喜欢一个智障?"

嗯,在理!黎广明煞有介事地点头,他也觉得商陆挺没智商的。

"罢了罢了,既然你不喜欢商陆,那咱就把亲事退掉。我闺女这么优秀,还怕找不到更合适的人选嘛!女儿啊,你别多想,只要你不愿意,爸肯定不会强迫你去做不喜欢的事。"

黎俏扯了扯唇:"谢谢爸。"

黎俏拎着夹克回到三楼的卧室,挺烦躁地推开门,又抬腿将门踹上。

总有一天,她会弄清楚娃娃亲的来龙去脉!

……

转眼,周一。南洋医科大学的论文答辩日来临。

清早七点,黎俏来到车库打算出门,刚坐进车厢里,黎少权的电话也恰好打了进来:"论坛的事搞定了。"

黎俏敲了敲方向盘,漫不经心地扬唇:"谢了。"

挂断电话，黎俏将手机丢在一旁，直接驱车前往南洋医科大学校园。

由于今天是大四学生的毕业答辩日，校园里的学生明显多了不少。

这一次，黎俏抵达后，没有再将车子停在路边，而是直接开进了校园停车场。刚下车，一辆玛莎拉蒂小跑就夹着引擎的轰鸣声停在了她的隔壁车位。车窗降下，露出唐弋婷戴着墨镜的笑脸："哟，你今天怎么没把车停外面？"

黎俏转了下手中的车钥匙，叠起腿懒懒地靠着车门："忘了。"

唐弋婷翻了个白眼，从副驾驶捞起自己的纸质资料倾身下车："走吧，我答辩的教室在综合楼四〇二，你呢？"

"三〇七。"

唐弋婷亲昵地挽着黎俏的胳膊，边走边问："那中午一起吃饭啊？正好小温也在。"

闻声，黎俏睨着她，淡淡地问："他又来了？"

"嗯，早上给我发微信，说是又陪着他导师过来办事，要傍晚才能结束，你要是没事，中午一起呗。"

黎俏没应允，却也没拒绝。

两人从停车场一路朝着综合楼的方向走去，途中遇见不少低年级的学生，几乎每个人都对黎俏行注目礼。上周论坛的帖子热度犹在，只不过后来论坛突然崩了，好几天都没有修复，也不知道瓜田里还有没有瓜。

这时，唐弋婷自然注意到其他学生不怀好意的打量，她拧了拧眉，摘下自己的墨镜递给黎俏："你戴上，省得一群傻子觊觎你的美貌。"

黎俏弯唇，没有接，反而幽幽浅笑："听说论坛崩了？"

"可不是嘛！"唐弋婷大嗓门地感慨了一句，而后又暗搓搓地凑到黎俏耳边，问，"论坛每年都会出几次问题，我都习以为常了。"

黎俏不置可否地挑了下眉梢："你现在登录看看。"

唐弋婷愣了愣，下一秒就掏出手机戳进了论坛，页面不仅恢复了，而且还多了一篇新置顶的帖子——"论小三是如何社会性死亡的！"两大关键词，都是时下最热门的讨论话题。唐弋婷好奇地点进帖子，飞快地看完图文并茂的小作文，原地惊呼："好劲爆，原来如此啊！"

十分钟后，黎俏来到了综合楼的答辩现场。三〇七小教室，零星坐着几个同组答辩的学生，江忆也赫然在列。黎俏的答辩顺序在第七位，正式答辩九点开始。委员会的老师还没来,其他几个学生一看到黎俏,表情各异地对视了几眼。

江忆坐在前排第二桌,挑着眼尾一副高傲讥讽的神色瞥着她。尤其是看到了黎俏手中拿着的论文材料,不禁轻蔑地扬起嘴角,似笑非笑地问道:"你论文准备得怎么样,有信心通过吗?"

黎俏随手将论文放在桌上,以膝盖顶开椅子坐下,目视前方,语气冷淡:"这话你得问委员会。"

江忆被噎了一下,讪笑着拢了拢波浪长发:"我这不是关心你嘛!"

闻声,黎俏幽幽转头,对上江忆闪烁的眸光,小鹿眼里划过一丝讽刺:"需要我感谢你么?"

江忆脸上的笑容渐渐凝固,低头摆弄着自己的美甲,装腔作势地说道:"感谢就不用了,好歹同宿舍这么多年,何必见外。"

黎俏没再理会她,但却深意十足地弯了弯唇。

很快,答辩开始。

委员会的四名老师踩着时间来到了讲台的长排桌前,学生也按照顺序开始上台进行答辩。由于生物细胞工程专业的论文需要有极高的知识储备和实操经验,所以委员会对论文的细节把控十分严谨。更何况,南洋医科大学的生物细胞工程专业是全国顶尖的专业,同时也拥有国家专项扶持的细胞基因实验室,这样的背景下,细胞工程专业毕业论文的难度可想而知。

大约过了十五分钟,第一位学生的答辩结束,讲台上的气氛很严肃。委员会老师之间似乎产生了分歧,几番讨论后,并未当场给出通过与否的答案,反而让学生在台下稍等,并让第二名同学上台。

本次答辩,江忆的顺序在第三位。她端坐在黎俏的身侧,偶尔睨她一眼,一副胸有成竹的模样。

这时候,后面几个邻座的学生突然间开始低声交谈。大概是太惊讶了,讨论声也不自禁地逐渐拔高。

"没想到她竟然是这种人?原来是故意栽赃给黎俏的。"

"这可太恶心了,简直就是贼喊捉贼,我要是黎俏,一定告她诽谤和侵害名誉权!"

这样的讨论声越来越多,江忆蹙了蹙眉,狐疑地朝着后面看了一眼。很意外,那几个学生正看着她,而且眼神中写满了鄙夷和不屑。她的心里陡地生出不好的预感,下一秒故作镇定地收回目光,刚从兜里拿出手机,第二名学生已经答辩结束,该她上场了。万不得已,江忆只好放弃了登录论坛的念头,她想这几天论坛都崩了,应该不可能在答辩当天又突然恢复。

偏偏来自同学的讨论声,随着她走上讲台时,愈演愈烈。"安静。"委员会的助理老师面色严肃地警告了一句,教室里再次恢复了宁静。

江忆敛了敛神,开始自我介绍。一切都按部就班地进行着,偏偏在她准备讲述论文的时候,三〇七教室的走廊外,一声尖锐刺耳的呼喊声打乱了所有人的节奏。

"黎俏呢?那个不要脸的黎俏,是不是在这个教室里?"

有人闹事?!综合楼三层的走廊里,不少结束答辩的学生争先恐后地张望着。

此刻,三〇七小教室的门外,站着一名打扮时尚且面色愤怒的女子。她头上戴着装饰小毡帽,黑发披在肩头,看年纪还不到三十岁。"黎俏,你敢勾引我老公,难道还不敢见我吗?你们南洋医科大学教出来的好学生,可真是给你们学校长脸啊!"

女子叫嚣的言辞很难听,且笃定黎俏就是小三。

走廊里,闻讯赶来的老师和导员已经上前意图阻止,但三〇七教室的门突然开了。委员会的助理教师脸色很难看地扶着门框,蹙眉出声:"女士,这里是学校,不是你能胡闹的地方,耽误了学生的答辩,你能负责吗?"

"那你们就让黎俏给我出来,不然我今天就闹定了!"女子不依不饶地伸腿顶着木门,推搡之际眼神还不停往教室里睃巡。刹那间,她的目光隔空和黎俏相撞。女子怒目一指:"你,就是你,黎俏,化成灰我都认得你那张脸!"

这时,站在讲台上的江忆,嘴角微妙地扬了扬,她低头看着手里的论文材料,故作善解人意地说道:"老师,要不先解决问题吧,我的论文答辩可以晚些时候再继续。"

在座的老师都在南洋医科大学有着多年的教学经验,却从没遇见过答辩日有人来闹事的情形。几位老师不约而同地望着黎俏,连带着眼神里也充斥着不满和失望。黎俏的名字在细胞工程专业并不陌生,甚至还很出名。除了长相惹眼,她的专业课程更是在全系名列前茅。可惜啊,这样的好苗子,品德却不过关,上周的帖子在学校影响很大,若事情处理不好,只怕她被

55

保送到科研所的名额都会被取消。

委员会的助理老师面露为难地望着黎俏，来不及开口，那名女子趁她不注意便用巧劲顶开了门，直接钻进了三〇七教室。"听说今天是你们论文答辩日，一个当小三的学生，身为老师你们难道还想让她顺利毕业？"女子眉眼间透着精明，且咄咄逼人。

这时，讲台上的江忆微微转身，视线落在女子身上，假意维护道："你是不是搞错了，黎俏虽然家境困难，但我和她同住一个宿舍四年，我相信她的人品，她不可能会给别人当小三。"江忆这番虚情假意的帮腔，实则是在内涵黎俏的出身。

女子也敏锐地抓住了她话里的重点："哟，原来是个穷人啊。难怪我老公的信用卡每个月都被刷出去好几万，看来你没少在他身上捞钱吧。"

此情此景，黎俏似乎成了众矢之的。即便助理老师将教室的大门关上，但普通的木门根本起不到隔音的作用。门外的学生已经越聚越多。

彼时，面对女子的嘲讽挑衅以及江忆的口蜜腹剑，黎俏面无表情地看着她们，眉梢眼角挂满不耐，幽叹："说够了吗？"

女子完全没注意到黎俏眼底的冷冽，一个箭步就冲到了课桌前，抬手就意图甩她巴掌："你还有脸说话？今天我就好好教训教训你这个不要脸的小三。"

她站着，黎俏坐着，从姿势来看，女子有着绝对的空间发挥优势。瞧见这一幕，老师们惊呼着想上前帮忙，而江忆则站在原地，得意地露出了胜券在握的笑容。当然，这个巴掌注定打不到黎俏。女子出手的那一刻，黎俏已经不慌不忙地拾起桌上的论文材料，在对方掌心距离她脸颊几公分的位置时，厚厚的材料用力将她的手腕打了回去。

女子在惯性的作用下，身子不经意地晃了晃，难掩愤怒地扶着桌子，目眦欲裂："你还敢还手？"

黎俏依旧神色冷淡地坐在原位，而跑过来拉架的老师也纷纷站在她身边，一副保护的姿态，并告诫女子不能再动手。这一幕，在黎俏看来挺讽刺的。其实在上周那篇爆料帖子发出来之后，校园里寻求真相的人少之又少，但大部分学生包括老师不出意外地都被舆论风向牵着鼻子走。外加今天正主来学校闹事，无形中似乎让人更坚信了黎俏第三者的身份。倘若她没有提前准备，也许此刻就百口莫辩了。

黎俏抬手揉了揉眉心，从兜里拿出手机，戳开屏幕，顺手丢在了桌上："鲁纹，是吧？骂人动手之前，先看看这个。"

没错，前来闹事的女子叫鲁纹。她不屑一顾地冷哼着，轻蔑地瞥了一眼，刚想反口讽刺，却因看见手机上的内容猛然怔住了。

这时在教室的后方，同场答辩的学生终于小声嘀咕道："老师，小三根本不是黎俏啊，明明是江忆。论坛的新帖子把对比照片都放出来了，根本就是江忆陷害黎俏的，她才是小三。"

这场闹剧，突然间发生了反转。

讲台上暗中得意的江忆，脸色陡变，她慌慌张张地回到自己的座位，以最快的速度拿出手机登录了论坛，看到内容后彻底慌了。

那篇"论小三是如何社会性死亡的"的帖子，高高挂在置顶首页。帖子内容几乎可以说是图文并茂。连带着还将上周的爆料帖做了详细的分析。黎俏和男人走进皇家酒店只是去参加了艺术画展，并配了艺术长廊的监控截图。而另一张对比图中，则是身着黑色长裙的江忆挽着一个身穿白色西装的青年才俊相携进入酒店的身影，但他们只在画展上停留了几分钟，而后就去了楼上的高级套房。监控记录，酒店开房记录，都是未经加工的截图照片。来学校闹事的鲁纹不是被请来的演员，她老公是真的出轨了。只是，出轨的对象不是黎俏，而是从始至终都置身事外的江忆。

帖子的最下方，还有一封上周发出的匿名邮件的截图，是发给鲁纹私人邮箱的。有人匿名向鲁纹报信，她老公出轨了南洋医科大学的校花，邮件里所挂着的图片，恰恰就是皇家酒店门前，黎俏挽着黎彦的背影图。这张照片明显是偷拍的，角度很刁钻，既看不到清晰的脸廓，却又能让人朦胧之中相信眼见为实。若说巧合，大概就是鲁纹的老公和黎彦身形相仿，当晚也去参加了画展，且穿的都是同色系的西装。如此，就给了江忆可乘之机。

教室里，经过学生的提醒，几位负责答辩的老师也纷纷登录了论坛。老师们看完帖子的内容，每个人的表情都十分精彩。愧疚、难堪，还有一种被人利用的愤怒。舆论风向，也在此时开始大面积倾斜。毕竟，上周的爆料帖只有几张模糊的背影图片，以及当事人言辞犀利的文字阐述。但论坛恢复后的置顶帖，却详细到令人感到毛骨悚然。

这时，鲁纹沉默了很久，随即动作僵硬地看向江忆，声音紧绷地质问：

57

"所以，给我发匿名邮件说我老公出轨的人，就是你？"

江忆慌了神，站在课桌附近，忙不迭地摇头："不是我，我不知道这是怎么回事！是有人要陷害我，黎俏，是你对不对，是你要陷害我！"

"江忆你要点脸吧！"同组的学生看不下去了。她滑了滑论坛页面，又朗声说道："这帖子上都说得清清楚楚了，就是你把新注册的校内账号交给鲁纹……女士的，所以她才能登录论坛发帖爆料。这上面连 IP 地址和发送记录都有，你敢做还不敢当，分明是想祸水东引！"

"你胡说，我没有！"江忆扭头尖叫着否认，但任凭她嗓门再大，眼神里的仓皇还是泄露了她的心虚。

这一刻，自诩精明的鲁纹女士，嫉恨的神色僵在了脸上。今天她故意来现场捣乱，就是想给小三一点颜色看看，让她身败名裂，也让她知难而退。

结果，她自己却被人当枪使了。不仅如此，甚至还把敌军当成了友军？！

鲁纹望着江忆慌张的脸颊，愈发觉得其面目可憎。她动作僵硬地迈开步子，然而才走了两步，稳如泰山的黎俏将手中的论文材料"啪"的一声丢在了桌上，语气沉凉："绕了这么大个圈来陷害我，江忆——辛苦你了。"

话音落下的刹那，黎俏瞥着脸色难看的鲁纹，冷狂地勾唇："还打吗？"

"我……你……"鲁纹说不出话来，尤其是面对黎俏那双黑沉沉的小鹿眼，有一种被扼住喉咙的窒息感。方才盛怒，她一直都忽略了黎俏身上骇人的气息。此刻仔细凝神才惊觉，眼前这个临毕业的大学生，怎么会有这种令人感到死亡威胁的眼神？

三〇七教室内，气氛陷入了凝滞。

大概是反转来得太快，包括鲁纹在内，在场的人一时间都没能消化掉所有信息。

"咚咚——"一阵敲门声打破了凝固的静谧，教务处处长推门而来。眼下，年过四旬的段元辉处长站在门口，浓眉下狭长的双眸透着不悦，他环顾四周，神色严肃地说道："黎俏、江忆，有这位女士，你们跟我来办公室一趟，其他人答辩继续。"

与此同时，人声鼎沸的走廊里，不知从哪冒出来一句嗓音熟悉的骂街声："江忆，你不要脸！"对方骂完就低下头躲在吵嚷的人群背后，只露出来一个头顶卡着墨镜的小脑袋。

很快，黎俏等人跟着段处长离开了综合楼，答辩现场也终于恢复了原有的秩序。但，由于答辩现场的闹剧，南洋医科大学校园论坛的新帖子又掀起了另一场讨论热潮。显然，江忆辛苦维持了四年的女神人设，在这一天彻底土崩瓦解。

教务处，段元辉带着其他三人走进办公室时，在场的教职工心照不宣地鱼贯而出。宽敞的办公室窗明几净，墙上还挂着"学高为师，德高为范"的题字。

黎俏双手插在牛仔裤兜里，不紧不慢地跟着段元辉，一副事不关己的冷漠态度。待办公室大门关严后，她迈着纤细修长的双腿，直接坐在了单人沙发中。

段元辉无可奈何地看了她一眼，而后对慌乱拘谨的江忆和鲁纹说道："你们也坐吧。"

这时，江忆戒备地看了眼鲁纹，飞快地走到另一张单人沙发中入座。

鲁纹缓了缓神，顺势坐在门口附近的长沙发中，她伸手捋着头发，望着段元辉："请问您是？"

段云辉单手插兜，靠着身后的桌角："我是南洋医科大学的教务处处长，今天的事我大概听说了一些，对于您扰乱学生答辩的行为，我们可能要给受影响的学生讨个说法。至于您家庭中的变故，我们表示很痛心也很同情，但在事情没有查清楚之前，还请您保持冷静。"

鲁纹到底只是个不到三十岁的女人，面对言辞稳重、表情严肃的段云辉，本能地收敛了嚣张的气焰："处长，你们学校教出来的好学生，勾引我老公的事，我也需要一个说法。"

段元辉微微颔首，态度不冷不热："这个自然，若是在校期间学生的德行方面有失，校方也不会逃避责任。"

"那您说吧，这事儿怎么解决？"闻声，鲁纹挺直了腰板，目露凶光地看向了江忆。要不是她的话，自己今天也不会像个跳梁小丑一样在全校师生面前丢脸。

段元辉微微转身拿起桌上的保温杯，放在手里摩挲了两下："不急，您先生应该快到了。"

鲁纹大惊："你们通知我老公了？"

段元辉没说话，只是不动声色地瞥了眼黎俏，眼底再次划过一丝无奈。的确有人通知了鲁纹的老公，但……不是学校。

此时此刻,黎俏在干吗?这位小祖宗正姿态闲散地叠着长腿,低头给商郁发微信呢。自打上周她和商郁加了微信,就一直没有再联系过。聊天框的页面还停留在添加好友之后黎俏发出的微笑表情上。

彼时,黎俏简单输入了几个字"不开心……"还没有点击发送按钮,她又觉得有点矫情,似乎还透着撒娇的味道。黎俏蹙着眉心,飞快地删掉那行字,又输入"衍爷在做什么?"这句话,好像也不合适,有一种打探隐私的错觉。最终,经过三分钟的删删改改,黎俏什么都没写,直接发了一朵"凋谢的玫瑰"表情。

微信发出,黎俏单手撑着额头,眼睛一眨不眨地看着手机。大约过了十几秒,手机振动声传来,聊天页面也终于不再是她一个人的独角戏了。商郁:"什么事?"黎俏看着那三个字和商郁特有的纯黑色头像,小鹿眼里泛起波澜,嘴角也不自禁牵起。她斟酌了几秒,还是没有打字,又发了两朵"凋谢的玫瑰"。足足过去了五分钟,商郁都没再回复。

黎俏面无表情地将手机锁屏,扬手就丢在了旁边的茶桌上。是她调戏过头了还是他公事繁忙不能回复了?复杂的情绪在心底发酵,黎俏那张漂亮的脸蛋也越来越冷沉紧绷。

恰在此时,被丢在桌上的手机突然传来振动声。办公室里的其他人也纷纷侧身。黎俏捞过手机,屏幕上只显示了一个字——"衍"。这是她给商郁的独特备注。

黎俏紧绷的神色渐渐放松,接听时音色稍哑:"喂……"

她边接电话边起身,刚走到门口,鲁纹伸着脖子对她喊了一句:"哎,事情还没解决,你别走啊——"

黎俏从耳侧拿开手机,眯了眯眸,压低嗓音冷酷出声:"想打架?"

鲁纹眸光闪烁,闭了嘴,她觉得自己可能打不过黎俏,毕竟刚才被她用论文材料打过的手腕,现在已经肿了。

这时,段元辉举着保温杯喝了口水,揉着眉心对黎俏说:"别胡说,接电话就快去快回。"

黎俏瞅着段元辉扯了下唇角,随即就拉开门扬长而去。

鲁纹一脸疑惑。为什么她从段元辉的语气里,听出了无奈和……纵容?啥师生情啊,这么融洽?

走廊外,黎俏来到一处无人的窗边,她看了眼还在通话的手机,重新贴回到耳畔，不疾不徐地唤人："衍爷还在吗？"

"嗯。"男人沉沉地应了一声，语气听不出喜怒，"要和谁打架？"

显然，他听到了黎俏的那句话。

黎俏清了清嗓子，手指在窗户上轻轻滑动："没谁，一个外人，你忙吗？"

电话里安静了几秒，隐隐还能听到沙沙声，而后商郁醇浓性感的嗓音传来："不忙。在学校被人欺负了？"

黎俏抿唇，一想到男人此时很可能跷着腿慵懒地坐在老板椅中和她讲电话，嗓尖又开始泛痒了。敛了敛心神，黎俏看着窗外雾蒙蒙的天色，笑意渐浓，自夸地戏谑："没有受欺负，毕竟我是能赢了衍爷的选手。"

"那就好。"

谈话至此，似乎没了话题。黎俏忖了忖，怅然道："那你忙吧，我就不打扰衍爷工作了。"

"你今天论文答辩？"男人陡地抛出了询问。

黎俏扬着眉梢，指尖开始在窗户上画圈圈："嗯，衍爷怎么知道？"

商郁没回答，又问："几点结束？"

"还不一定。"

男人沉吟了片刻："嗯，那挂了吧，好好答辩。"挂了电话，黎俏慢悠悠地放下手机，小鹿眼里仿佛盛满了明媚的笑意。然后一转身，几步之外，段元辉正背手站在墙边望着她。黎俏嘴角淡淡的浅笑还没收敛，段元辉则一言难尽地看了看走廊窗户上乱七八糟的圈圈痕迹，叹气地问道："谁的电话？交男朋友了？"

黎俏将手机塞进兜里，漫不经心地反问："小舅，你知道外公老当益壮的秘诀么？"

段元辉不禁失笑，走上前宠溺地拍了拍黎俏的脑袋："你是想说我多管闲事？！"

黎俏懒洋洋地瞥他一眼："没有，小舅日理万机，肯定不会管闲事的。"

段元辉哭笑不得地垂下手，打量着黎俏："跟小舅说实话，论坛里的帖子是不是你的手笔？"

"哦……"黎俏一本正经地回答，"黎少权干的。"

段元辉摇头轻叹，叮嘱道："上周我在外地参加教研会，只能远程让教务处的同事进行锁帖，下次再出这种事，不要自己处理，记得第一时间告诉我。"

黎俏低头看着自己的脚尖，表情很淡："没有下次。"

"行吧，那你先进去，她老公到门口了，我去接一下。"

约莫过了五分钟，段元辉带着一名身材挺拔的男人回到了教务处的办公室。对方年过三十，长相不算英俊，胜在皮肤白皙，且眼中含情，是一副拈花惹草的风流长相。

"老公，你、你怎么来了？"鲁纹一看到他立马站了起来，神情略显紧张。

男人名唤陈立洲，此时脸色很难看，磨了磨牙，语气反感地质问："看你做的好事，学校是你能随便撒泼的地方？"

鲁纹惨白着脸，没了先前的气焰，嗫嚅道："那还不是因为你出轨在先……"

"你先给我搞清楚状况，吃我的用我的，一个寄生虫你有什么资格管我的事？"陈立洲丝毫不留情面地破口大骂，作为依附陈家过活的鲁纹，在他眼里不过是个顶着妻子头衔的寄生虫。

这时，坐在一旁的江忆暗爽不已，仿佛看到了不久的未来——自己即将取而代之的胜利。

陈立洲指着鲁纹的鼻子又骂了两句，随后缓了一口气，目光落在了江忆身上："这些事，都是你搞的？"

江忆面色一怔，装腔作势地摇头："不是我，你在说什么，我听不……唔！"谁都没想到，陈立洲会对江忆动手。他疾步上前直接以手背甩了她一个巴掌，厌恶至极地骂道："你还真是贱，当初我包养你的时候，你是怎么保证的？这才过了不到一年，你就敢背着我搞小动作，江忆，我是不是给你脸了？"

陈立洲直白地说出了两人包养和被包养的关系。江忆捂着脸歪倒在沙发扶手上，惊慌得不知所措。

怎么会这样？当初她做这些事的时候，明明陈立洲也是知道的。他自己亲口说过，对鲁纹早已厌倦，所以他们才策划了这场戏。一来，她既能把第三者的脏水泼到黎俏身上，让她无法顺利毕业，这样科研所的保送名额就会顺延到她江忆的身上。二来，又能让鲁纹因为不计后果的冲动而丢掉陈家少奶奶的头衔，她江忆再取而代之，一箭双雕不是吗？！可为什么陈立洲突然反水，一口咬定是她的错？

江忆恍恍惚惚地开始委屈落泪，而鲁纹虽然解气，却也不敢再轻易开口。

他有十分甜　*62*

这时，段云辉略带不满地看着陈立洲，动手打女人太有失风度。但他来不及开口告诫，陈立洲平静了几秒，步伐一转就朝着黎俏走去。江忆泪眼婆娑地捕捉到这一幕，又不安好心地哽咽道："立洲，这一切都是她做的，是她陷害我的，你干吗打我？"

陈立洲猛地转头恶狠狠地瞪了江忆一眼："你给我闭嘴，一会儿再跟你算账。"

下一秒，脸颊上挂着愠怒的陈立洲，突然在黎俏面前弯了弯腰，歉疚地开口："黎小姐，今天的事，我感到非常抱歉，搅乱了您的答辩，实在对不起。"

鲁纹满脸惊愕，江忆也是难以置信地瞪大了眼睛。这种道歉的口吻，怎么透着一股子毕恭毕敬的卑微？陈立洲疯了吧？相比较她们二人的狐疑和惊讶，段元辉则老神在在地倚着桌角，时不时喝两口清茶。

此时，黎俏神色淡淡地用指甲敲着手机屏幕，不冷不热地说："道歉收下了，希望……没有下次。"

陈立洲垂下眼睑盖住了眼里的心虚，一脸虔诚地点头："黎小姐您放心，我保证这种事绝对不会再发生！"

黎俏睃了他几眼，而后缓缓站起身，刚走了两步，又站定回眸："对了，你帮着江忆在女生宿舍破解我电脑和粉碎我论文的事，可能需要你和黎秘书长亲自解释。"

闻此，陈立洲一瞬间面如死灰，她居然知道？

黎俏说完，幽幽看了眼江忆，对着段元辉摆了摆手："没我的事，先走了。"

段元辉放下保温杯，唤她："等等，答辩的时间是给你重新安排还是你现在继续去答辩？"

黎俏拉开门，头也不回地丢下一句话："重新安排吧，今天没心情。"

她走后，教务处办公室里，诡异的寂静蔓延开来。

半晌，鲁纹仗着自己的正宫身份，来到陈立洲身边，扯了扯他的衣袖，小心翼翼地问道："老公，秘书长是谁？"

她观察得很仔细，刚才黎俏说完"秘书长"三个字，陈立洲整个人都抖了抖。

陈立洲甩开她的手，看向段元辉时，眼神晦暗不明："段处长，这事您看怎么解决比较好？"

段元辉故做沉思地忖了忖："这样吧，既然是你们的家事，校方也不好过多插手。但是你夫人来学校闹事的影响，可能需要一封道歉信才能控制舆论发酵。至于江忆，她目前还是在校学生，对于她的所作所为，校方讨论后会将处罚结果公布在校园论坛里，陈先生有异议吗？"

"没，没有，一切听学校的安排就好。"

另一边，黎俏离开教务处，径直来到走廊拐角给大哥黎君打了个电话。

"俏俏，事情解决了吗？"

黎俏背靠着墙面，单腿屈在身侧："你跟陈立洲说了我的身份？"其实在她调查江忆的时候，就意外得知陈立洲是南洋秘书处的工作人员。很不巧，他的顶头上司就是秘书长黎君。先前在三〇七教室，鲁纹出现的那一刻，她便让南昕去联系了陈立洲。只不过……她没料到南昕会将学校的事汇报给黎三，黎三在了解来龙去脉后又直接找了大哥黎君。在黎俏看来，简直小题大做！

这时，黎君在电话里冷声说道："我不用说你的身份，他也知道该怎么做。老三已经把你学校所有的事都告诉我了，不用怕，这口气大哥帮你出。"

"谢谢大哥。"挂断电话，黎俏弯唇笑了笑，这才不疾不徐地往楼外走去。她没有害人之心，可这不代表她是个善茬。至于陈立洲和江忆的下场，大概要自作自受了。

此时，时间已过十一点半，不少学生也纷纷走出教学楼打算觅食。校园的建筑布局，本就呈现三角形分布。教学楼和教务楼并列在东方，食堂及运动场馆在南侧。所以，教务楼是通往食堂的必经之路。

当黎俏从大厅走出来，还没抬头，就听到楼前附近隐隐传来嘈杂声。学校虽然学生众多，但除了校内举办活动，平时很少会出现这种情况。

黎俏双手插兜迈步走下台阶，兴致缺缺地朝着人群密集处扫了一眼，顿时怔住了。教务楼门前的绿荫夹道旁，一排同色的魅影豪车惹眼地停在路边。车身上衍皇集团的标志十分显眼，不少学生在绿荫下成群结队地驻足打量，好奇和向往的神色充斥在每个人的眼神里。这是权力、金钱和身份的象征。

车队最前方的保镖，是个熟面孔。黎俏歪头眨了眨小鹿眼，低头继续下台阶。商郁怎么来了？

走下十几级台阶，黎俏抬眸的一瞬，流云也适时来到了她的跟前："黎小姐，您没事吧？"

这样的询问，让黎俏不自禁地挑起了眉梢："我能有什么事？"

流云抿了抿唇，朝着后面某辆车看了看："今天答辩现场的事老大已经知道了，我们联系过南洋医科大学的校长，您不用担心，校长会亲自出面帮您处理所有的问题。"

黎俏呼吸一凝，默了。她有必要担心吗？这是不是叫杀鸡焉用宰牛刀？一场小小的风波，把南洋霸主都给惊动了，何其荣幸！

黎俏摸了摸自己的脑门，无声叹了口气："他在车里？"

"嗯，您随我来。"

黎俏信步跟着流云走向了车队中间的位置，与此同时，陈立洲和鲁纹也并肩出现在了教务楼的门口。衍皇集团的标志，在南洋无人不知无人不晓。陈立洲看到那气派的车队，顿时像溺水一般呼吸困难。衍皇的车队，那么车里的人，只可能是商少衍。而黎俏不仅仅和秘书长关系匪浅，甚至还认识商少衍？他大概是……要完了。此时，鲁纹倒是没在意这些细节，安分守己地跟在陈立洲身边，两人站在门口看了一会，随即便从教务楼的侧门匆匆离开了现场。

至于脚步虚浮、脸颊红肿的江忆游魂一样走出来时，看到的就是这样一幕。那排惹眼又霸道的车队旁，黎俏徐步走到中间的位置，身侧的保镖恭敬地为她拉开车门，还细心地把手撑在了车顶。随着门开，影影绰绰的缝隙之间，江忆瞧见了车里气场强大、姿态尊贵的黑衣男人。哪怕仅仅是轮廓模糊的侧脸，也足以让江忆心惊肉跳。因为有的人，只消一眼，就会让人明白什么叫做高不可攀。

魅影车，黎俏倾身入座，一股淡淡的烟草味夹着男人身上的洌香窜入鼻端。他一如往常，叠着腿坐在车里看文件，匀称的手指间还勾着一支钻石笔，行云流水地签着字。

黎俏斜靠着皮椅，手肘搭在椅背顶端，不疾不徐地勾唇："衍爷是为了我特意过来的？"

前排司机飞快地掠了眼后视镜，这小姑娘几天不见，胆子好像更大了。跟他们家衍爷说话的态度像老熟人似的。她怕是没见过衍爷纵横商场的模样吧。

此时，商郁停下笔，将手中的文件放置在小桌板上，捏了下眉心："有没有和别人打架？"这口吻，像是例行询问的家长。

黎俏坐正了身子，跷起腿，气定神闲地摇头："没有，我可是品学兼优的好学生。"

闻声，商郁将身前的小桌板移开，从车载冰箱里拿出了一瓶矿泉水递给黎俏："今天没有答辩？"

矿泉水微凉，黎俏捏在手里缩了缩指尖，点头道："学校会给我重新安排答辩时间。"

"嗯，有什么需要，随时告诉你们校长。"男人云淡风轻的口吻，让黎俏不禁失笑："这么点小事，应该不用麻烦校长出面吧。"

商郁看了眼黎俏，随即靠着椅背，舒展眉心阖眸道："算不上麻烦，举手之劳。"

不到五分钟，黎俏推门下了车。她的表情很淡，眉心隐隐刻着扫兴。因为刚才她对商郁发出共进午餐的邀请，结果被无情拒绝了。原来……不是特意为她而来？

黎俏站在门外隔着车窗看了眼商郁，对他摆了摆手，径自转身离开。自作多情的滋味，有点酸啊。

这时，车外静候的流云在身后喊她，黎俏顿步回身瞅着他，也没说话，表情特别冷酷。

流云望着黎俏面无表情的样子，隐隐有点憷，却还是尽职尽责地做好一个传话工具人的本分："黎小姐，老大在水晶苑给您定了午饭，您现在直接过去，时间刚刚好。"

黎俏冷淡地抿了下嘴角，望着车里挺阔的背影，漫不经心地问："哦，什么时候定的？"这算什么？不想跟她吃饭？

"来的路上就定了。"流云憨笑着回答，然后特别补充了一句，"老大现在要赶去雁城参加经济论坛会议，时间比较紧，不能再耽搁了。"言外之意，老大有要事在身，所以才不能陪您吃饭。

黎俏听懂了，眉梢眼角的冷色也渐渐消融："这样啊，那麻烦你帮我谢谢衍爷。"

"好的，黎小姐。"

待流云招呼着一众保镖上了车，随着车队在眼前驶过，黎俏透过那扇半降的车窗，和男人的目光隔空交会。

她眉眼弯弯，挥手和他道别。

有风，从眼前拂过，空气中也似乎卷起了甜甜的花香。

不一会，黎俏来到停车场，抬眸就瞧见唐弋婷和温时站在不远处等她。

隔着几米远的距离，唐弋婷就一脸八卦地跳着脚挥手："俏俏，你可算来了，快快快，给我讲讲你们在教务处的打脸细节。"

黎俏慢悠悠地走到停车位附近，对着温时点头示意后，直接拿出车钥匙："走吧，水晶苑。"

唐弋婷燃烧的八卦之魂兜头被泼了一盆凉水。难道不应该先分享一下喜悦吗？

黎俏自顾自地上了车，而后发动引擎率先离开了停车场。而经过温时的提醒，唐弋婷这才不甘不愿地爬到车里，赶忙开车跟上了那辆奔驰大G。

半个小时后，水晶苑，黎俏带着唐弋婷和温时走进大堂。

处处彰显着贵奢的皇家别院，让唐弋婷都下意识地攀住了黎俏的胳膊："大佬，你居然有水晶苑的通行证？"

黎俏没搭理她，刚走了几步，穿着宫廷华服的工作人员就热情地迎了过来："黎小姐，您好，欢迎再次光临，请三位随我来。"

一行三人跟着服务员来到了仪婉居包厢，等待上茶的期间，唐弋婷如坐针毡地扭了扭身子，凑到黎俏面前，暗搓搓地问："祖宗，求解，你什么时候拿到这里的通行证的？"据她所知，即便是南洋五大家族之一的唐家，也只有她亲爹才有资格来水晶苑用餐，她长这么大，也只闻其名不见其貌。今天，居然活着进来了。唐弋婷默默掏出手机，准备发个朋友圈、微博炫耀一下！

而一路都沉默不语的温时，此刻也满含探究地望着黎俏。

对此，黎俏懒懒地掀开眼皮，给了一句莫名的回答："我没有。"

"那你……我……"唐弋婷满脸震惊地指了指自己的鼻子，"我会不会被赶出去？"

黎俏漫不经心地看她一眼："应该不会。"

唐弋婷也不管三七二十一了，举起手机就在房间各处开始连拍。

温时坐在黎俏隔桌的位置，看了看仪婉居精奢的装潢风格，睃巡一圈后，视线落在了黎俏身上："你经常来这里？"

"来过一次。"这时，服务员拿着青花瓷吊耳茶壶重新走进包厢，为他们斟好茶水后,礼貌地对黎俏说:"黎小姐,现在开始上菜吗?"

黎俏点头应声,服务员便恭敬地笑着退出了门。所有的菜品全部上齐,六菜三汤,每一道都是宫廷御膳的规格。唐弋婷少见多怪地拿着手机不停拍照,温时则举止略显拘谨地喝着茶水。

唯有黎俏,看着那些菜汤,眼神颇有些复杂古怪。因为她发现,所有的热菜和例汤,都没有了常见的配菜,葱、姜、蒜、海带、紫甘蓝等等,那些她不吃的配菜,全都不见了。黎俏的心里隐隐有了一种猜测,垂下眼睫之际,眸中泛起笑意。她打开手机,来到微信页面,几乎没有犹豫,就给商郁发了条消息。

黎俏:"衍爷点的菜,我很喜欢,谢谢。"

消息页面在一分钟后收到了男人回复的一个字:"嗯。"

黎俏低着头,小鹿眼闪了闪,又打下一句话:"现在赶去雁城,那你中午怎么吃饭?"

商郁:"到了再吃。"

这顿饭,黎俏吃得心不在焉。哪怕水晶苑的食物再美味,也总觉得少了点滋味。二十分钟后,她神色冷淡地放下筷子,拿着餐巾擦了擦嘴角,余光瞥到桌边的手机,捏在手里起身道:"我出去走走。"

"唔?"唐弋婷含着一颗肉丸子,嘴角还挂着两根水晶粉,匆匆咬了两下,望着消失在门口的背影,自言自语,"我怎么觉得她又要弃我而去了?"这种日常化的被抛弃,唐弋婷都司空见惯了。

一旁的温时也放下碗筷,瞅着包厢的大门,似无心般喃喃问道:"她和商少衍很熟吗?"

唐弋婷闷头嗦了一口粉丝,含糊地摇头:"不知道!"

温时慢条斯理地拿着热毛巾擦手指,温润地勾唇:"我刚刚看到了结账单,消费明细被挂在了衍皇集团的账户下,还以为她和商少衍很熟。"

唐弋婷"哦"了一声,顺势抬眸夹菜,余光飞快掠向温时:"我都没注意,你观察得还挺仔细。"唐弋婷继续往嘴里塞东西,一副"美食当前不能说话"的吃货样。身为唐家人,从小在尔虞我诈的家族中艰难成长的唐弋婷,又怎么会听不出温时的打探。

另一边,黎俏走出仪婉居,沿着雕梁画栋的长廊来到中庭的一处仿古日晷仪旁。她凝视着日晷仪,晷针在时刻盘上已经走到了午时过半的位置,这个时间商郁大概还在赶往雁城的途中。倘若他没有去南洋医科大学停留，或许就不会因此而耽搁行程。说到底，他是为她而临时改变了路线。

黎俏没什么表情地拿着手机查了查，这次的峰会是近半年来最重要的一次经济高峰论坛会议。几乎不需要浪费时间就能在网页上找到相关的新闻报道。今日下午一点，高峰论坛开幕式将在雁城的国家会议中心举办，三场平行主题会议也将一同召开。那就意味着……他根本没时间吃饭。从南洋赶去雁城，最快也需要两个小时。

黎俏抬起头，目光再次落到日晷仪上，某种想法在她的脑海里应运而生。听说最近雁城的园艺博览会开始了，她突然想去看看。

几分钟后，水晶苑的停车场，一辆车身霸道的奔驰大G从大门驶出。途中，她给唐弋婷打电话通知了一声，随即就踩下油门，直奔着G3高速疾驰而去。

……

傍晚，雁城。由于高峰论坛首次在雁城举行，城市各条主干道都能看见峰会的宣传牌。随着暮霭降临，整座城华灯初上，从国会中心的地下停车场也徐徐驶出了一排车队。

流云坐在副驾驶，翻着手中的峰会流程单："老大，接下来在国宾馆还有一场峰会文艺汇演。"

男人臂弯搭着额头，阖眸的神色透着微倦："推了。"

流云回眸看着他，从善如流地点头："好的，那我让酒店准备晚饭。"

这时，安静的车厢里响起一声嗡鸣。

流云从自己的衣兜掏出两个手机，分别看了看屏幕，才将商郁的手机递到身后："老大，你有微信消息。"也不知道从什么时候开始，他们家老大的微信竟然重新启用了。好像就是在认识黎小姐之后。

此时，商郁姿态慵懒地接过手机，没有丝毫意外，微信是黎俏发来的。只有寥寥几字："衍爷，晚上去哪里吃饭？"小姑娘今天似乎特别关心他的用餐问题。

商郁揉着额角，拇指轻轻点击屏幕，发了两个字"酒店"。

聊天框的消息到此戛然而止。

商郁退出聊天页面，刚要锁屏，却意外看到微信下面的"发现"图标，有一个突兀的红点。鬼使神差地，他点了进去，刷新出来的朋友圈第一条，就是黎俏刚刚发的。什么都没写，只有一张郁金香花海的图片。但让商郁停驻目光的则是照片下的地理位置：雁城，世界园艺博览会。

窗外掠过的灯色，将他深邃的五官笼在一片忽明忽暗的光影之间。若此时流云回眸，便能看见商郁绯色的薄唇边，隐约牵起了一丝笑意。

这一次，他直接退出微信，在通话页面拨通了 Baby Girl 的电话。

"在雁城？"

电话接通的刹那，黎俏听着男人沉哑磁性的嗓音，弯唇不疾不徐道："嗯，听说世界园艺博览会开始了，正好过来散散心。"这个理由，她觉得满分！

商郁单手举着手机，望向窗外掠过的街景，回想到黎俏给他发的微信，眼里便透出了然："还没吃饭？"

黎俏看了眼身前的二人位西餐桌，小鹿眼里精光四溢："没吃，刚点完，等餐呢，衍爷有空一起吗？"

"位置。"

黎俏说："雁城皇家酒店西餐厅。"

约莫二十分钟，车队回到了商郁下榻的雁城皇家酒店。

流云为男人拉开车门的刹那，在他身边低语："老大，黎小姐在西餐厅 01 桌。"

"嗯。"商郁解下领口的领结，又顺势将西装外套递给流云，穿着墨色的衬衫和西裤，大步流星地走进酒店大堂。

流云则捧着西装外套站在原地开始怀疑人生。为什么黎小姐能精准地找到老大下榻的酒店？这场高峰论坛会议，参会人员都住在国宾馆。只有他们家大佬单独下榻在私密性强并且安全系数更高的自家酒店。黎小姐是怎么知道的？！什么路子啊，这么野！

酒店西餐厅，装修的格调优雅，动听的钢琴曲缓缓流淌在空气中。黎俏坐在 01 号桌台，托腮望着水晶灯柱下缓步走来的商郁，体形修长，气质出众，哪怕衬衫的小臂处泛起褶皱，也依旧不损他的尊贵和风华。今晚的西餐厅，只有他们一桌客人。黎俏穿着香槟色的小礼服，淡妆点缀的脸蛋明艳动人，不似往日那般冷淡懒散，反而平添一抹温软的妩媚。

她笑："感谢衍爷百忙中赏脸吃饭。"这是在揶揄他中午拒绝一起共餐的事。

商郁微微侧身，拉开椅子入座，臂弯搭在桌上以指尖敲了敲桌面，音调很慢，又卷着一丝慵懒："什么时候过来的？"

"下午刚到。"黎俏掖了掖裙角，将柠檬水放到他面前，"我猜……你中午没吃饭。"

商郁眉眼笼了一层不明显的倦意，抬眸看着黎俏，目光深邃，噙着朦胧的微光："想弥补我？"

第4章 我单身

黎俏端着水晶杯抿了一口，视线却透过杯沿打量着商郁嘴角那一抹若有似无的淡笑。很快，她别开眼，在西餐厅里睃巡一圈，重新看向商郁，反问道："的确想弥补，衍爷给这个机会吗？"小姑娘说话的时候眉梢眼角透着张扬，不复平日的懒散倦怠。

商郁的浓眉微微挑起，姿态惬意地靠在椅背中，长臂端起柠檬水对着黎俏示意："给，你要，就给！"

黎俏轻轻笑了，从商郁口中说出这句话，莫名有一种被偏爱的错觉。她适时对着服务员打了个响指，安排上菜。两份顶级豪华牛排，搭配各类米其林三星的浓汤配餐，让人食指大动。

用餐期间，商郁举止优雅地切开牛排，五分熟的牛肉还泛着淡淡的生肉原色，他眸光满含深意地看着对面的黎俏："打听过我的喜好？"

黎俏停下切肉的刀叉，目光坦荡地回望："当然，好不容易请衍爷吃顿饭，总要投其所好。"

男人意味不明地勾唇，眼波忽闪。

主菜后，服务员送来了甜点——致命布朗尼。黎俏拿着叉子戳着蛋糕，黑色香甜的布朗尼和面前的男人一样，看起来都挺致命的。

"打算在雁城玩几天？"这时，商郁打破沉默，深邃的黑眸映着灯光的暖色，少了几分冷漠。

黎俏若有所思地摇头："也没什么好玩的，可能明后天就回去。"

商郁顺势掏出烟盒，又抽出一支细卷的褐色雪茄："下一次的论文答辩安排在什么时候？"

"还没通知我。"黎俏的目光落在他匀称修长的手指上,又补充,"估计就是这周。"

商郁将细卷雪茄送到唇中,拿着打火机点燃之际,吐着薄雾说道:"那明天下午跟我一起回南洋吧,女孩子长途开车不安全。"

黎俏挑了下眉梢,略显诧异:"你也回吗?不继续参加论坛峰会了?"

"一周后的闭幕式露个面就行。"

吃完饭,黎俏和商郁并肩走出西餐厅。

门外,流云尽忠职守地候着,看到两人的身影,连忙上前一步,在商郁的耳畔低语了几句。黎俏没听清流云说了什么,却明显感到商郁周身的气势陡然变得凌厉杀伐,连眼神都变得邪肆冷漠。下一秒,他眉心舒展,望着几步之外的黎俏,说道:"回房吧,早点休息。"

黎俏话不多问,懒洋洋地摆手道:"晚安!"

……

翌日清早,不到八点,黎俏悠悠转醒。几缕细碎的阳光冲破窗帘的缝隙跳跃在眼前,她阖眸深呼吸,随即在枕下摸出了手机。屏幕上空空如也。昨晚十一点半,她给商郁发了条微信,但到此刻依旧没有回音。黎俏撑着身子靠在床头,眯了眯惺忪的眸子,余光瞥到地上的购物袋,她没再迟疑,换了身便装匆匆洗漱后就出了门。

走廊外,黎俏踱步而出,一抬眼就看到了几米外的隔壁房门口,站着两名身形威武的保镖。

保镖二人看到黎俏皆是一愣,支吾着唤道:"黎小姐……"

见鬼了!黎小姐怎么会住在老大的隔壁?

"衍爷在吗?"黎俏徐步走来,来到 VIP999 的房门前望了一眼。

一名保镖压下惊愕,点点头:"在。"

黎俏抿了抿嘴,低头斟酌着如何开口时,却意外地捕捉到门口米蓝色的地毯上,有一滴清晰鲜艳且未干透的血迹。

他受伤了?!

黎俏心下一紧,面无表情地朝着房门昂了昂下巴:"我能进去么?"

保镖面面相觑,经过了"长"达一秒钟的天人交战,然后动作非常自然地回身拧开了门把手:"黎小姐,请。"自家老大对黎小姐的宽容程度,保镖队尽人皆知。他们猜测,这应该是个祖宗,可能惹不起!

门开，豪华套房里瞬间飘出了一股淡淡的烟味。

黎俏绕过玄关，随意扫了眼墙上的抽象画，踩着厚厚的毛毯，脚步轻盈地走进了客厅。血腥味渐浓。客厅里，茶几上丢着好几块带血的纱布，流云光着膀子坐在沙发里，任由一个陌生男人为他擦拭着左臂血淋淋的伤口。

此时，商郁坐在单人沙发上，似乎刚刚沐浴过，崭新的黑衬衫只系了下排的几颗扣子，碎发有些凌乱地搭在额前，胸膛和锁骨还氤氲着潮气。那双被西裤包裹的双腿在身前交叠，指尖燃着半支烟，听到脚步声，他侧眸："睡醒了？"

黎俏"嗯"了一声，看到他示意的眼神，便走上前入座，眸光则不受控制地打量着流云的伤势，刀刃划伤，七公分，入肉一寸半。

这时，商郁睨着黎俏的侧脸，颇有兴味地扬着眼尾："不害怕？"

黎俏从流云的伤势移开眸，云淡风轻地反问："怕什么？"

大概是黎俏表现得太冷静太从容，就连流云和一旁处理伤口的男人都忍不住动容。这位黎小姐的表现过于平静了。她这个年纪的女孩，对眼前血腥的场面，居然能面不改色？

恰在此时，那人拿着缝合针穿破流云的肌肉，还没继续下针，黎俏突然慢悠悠地开口："他的伤口没有对齐，你这样的缝合方法，会让他的肌肉组织在皮下分层。"

陌生男人瞬间停下了动作，震惊地看着黎俏："黎小姐懂缝合？"

黎俏不紧不慢地垂了下头："会一点。"

对方忖了忖，旋即看着商郁，试探地问道："老大，要不……让黎小姐帮个忙？"

此人是四大助手之一，望月。然而望月并不是医生，为流云处理伤口也只是临危受命。

此时，商郁倾身点了点烟灰，看着黎俏淡然的表情，语气耐人寻味："处理过刀伤？"

黎俏已站起身，走向流云的时候，微微一笑："嗯，处理过。"而且很多。最后一句，她没有直白地说出口。

流云望着气定神闲的黎俏，恭敬地颔首："黎小姐，麻烦您了。"

"不麻烦！"黎俏动作娴熟地戴上手套，又做了简单的消毒，随后拿过望月手中的缝合针线及医用剪刀,就开始为流云缝合伤口。

不到十分钟,黎俏将流云左臂的伤口缝合完毕,她摘下手套丢进垃圾桶:"好了。"

转身前,黎俏又顿步回眸:"养伤的注意事项你知道吧?"

流云忙不迭地点头:"知道的,黎小姐费心了。"

望月眼巴巴地看着黎俏,只觉得她身上的张扬不羁像极了老大曾经年少轻狂的模样。许是望月凝神的视线太专注,以至于他忽略了自家老大逐渐开始沉郁的脸色。

流云虽然受了伤,但并不影响察言观色的本领,他右手拾起衬衫,随意地挂在肩头,对着商郁颔首:"老大,那我们先出去了。"

商郁将烟头按在烟灰缸里,轮廓深邃的五官不怒自威,嗓音低醇地吩咐:"你先回南洋,养好伤再归队,日常事务让望月代你处理。"

"是,老大。"

随即两人离开了房间,直到走出玄关,望月才回过神。

站在走廊里,他一把扯下流云肩头的衬衫,仔仔细细地打量缝合的伤口:"黎小姐是学医的?"

"之前调查过,好像是什么细胞工程。"流云说罢又看着望月,见他不停盯着自己的伤口,狐疑地踹了他一下,"你在看什么?"

望月抬起头,重新把衬衫搭在他肩上,拿出手机戳了几下,然后将屏幕对准流云,神色有些凝重:"看清楚,这专业是个不需要操刀缝合的学科,是以研究生物基因为主的细胞工程学。而且……你看看你的伤口,根本不是常见的一针一结缝合手法,我记得你说过她还没毕业,可是她处理伤口的技巧太熟练了,你和老大都不觉得奇怪吗?"

此时,望月说出了自己内心深处的怀疑。

身为衍皇集团的首席信息官,对于一切不合常理的情况,他都能洞若观火。一个二十二岁的女孩,又是黎家最宝贝的小千金,到底经历过什么,才会如此淡然地面对鲜血和皮开肉绽的狰狞伤口?

经由望月的提醒,流云也重新开始审视自己的左臂。半响,他眯了眯眸,若有所思地开腔:"你觉得你都能发现的事,老大会察觉不到?"

望月不说话了,但心底对黎俏的怀疑却只增不减。一个看起来这么无害的女孩,偏偏行为举止处处透着不寻常。

这时，流云朝着前方努努嘴，边走边说："先别想了，反正到目前为止我觉得黎小姐没有恶意。"

望月站在原地看着流云的背影，幽叹一声，跟上了他的步伐："不是恶意的问题，我担心万一她对老大……"

随着两人渐行渐远，他们的谈话声也消失在了走廊的拐角。

另一边，流云二人走后，宽敞奢华的客厅里，黎俏坐在商郁的对面，眉目淡淡地开口："衍爷的事情办完了吗？"

商郁慵懒地仰头靠着椅背，喉结滑动了两下。他半阖着眼看向黎俏，似是心情不错地反问："怎么，怕耽搁下午的回程？"

黎俏跷着腿俯身从桌上拿过矿泉水瓶，语气有些懒散地应道："你们看起来挺忙的，要是没忙完，我可以自己回去。"

商郁睇着兀自喝水的黎俏，小姑娘表情淡淡，眼尾低垂，不经意间透着几分桀骜。他薄唇微勾，低头理了理衬衫的袖管："不至于，既然答应过你，再忙也要言出必行。"

黎俏陡地和他四目相对，小鹿眼里泛起了淡淡的笑意。

很快，商郁又问道："以前学过伤口缝合？"

黎俏捏着手里的矿泉水瓶，含蓄一笑："嗯，算是吧。"

显然，她有所保留。

商郁意味深长地看了她一会，给了句中肯的评价："手法不错。"

黎俏闪了闪眸，蓦地想起帕玛的商氏一族听说是个传承已久的中医世家。商陆是名医，那商郁……

不待黎俏再问，商郁放下交叠的长腿，缓缓站了起来："走吧，去吃饭。"

……

午后两点，黎俏和商郁乘车返回南洋，而她的那辆奔驰车则交给保镖队的人一同开回。

行车过半，窗外飘起了细密的小雨。车队的行驶速度也明显降了下来。雨线逐渐密集，敲打在车窗上，震醒了黎俏。

她睁开睡意蒙眬的眼，晃了晃肩膀，望着被雨水冲刷过的车窗，微微蹙起了眉头。直觉不对劲。黎俏坐直了身子，转头之际，恰好和商郁投来的视线相撞。

男人扬唇，慵懒的姿态一如既往的闲适惬意："醒了？"

黎俏抿着嘴角，眯了眯眼，声音软哑："外面怎么了？"

这时，前排的望月正扭头看着车窗外，直接冷嗤一声："还真是应了那句话，商场如战场。"

车速依旧不快不慢，挂满了雨滴的车窗虽然模糊，但依然能够辨别出几辆越野车正从两侧向他们逼近，似乎试图逼停车队。

商郁捏着眉心，轻描淡写地吐出几个字："甩掉他们。"

望月冷冷一笑，随即就拿着车载对讲机对后方的车队开始下达命令。

黎俏平静的视线穿梭在窗内窗外，突然反问："那帮人是什么人？"

望月从前排回头，觑着黎俏云淡风轻的模样，成心想吓唬她，于是恶劣地说道："一群亡命之徒。怕吗？"

黎俏"哦"了一声，面无表情地点点头："挺怕的。"

他怎么一点都没感觉到她的害怕？

黎俏没再理会望月，看了眼窗外，扭头对商郁问："他们冲衍爷来的？"

男人慢条斯理地从兜里掏出香烟咬在唇中，目光却直视着黎俏，口吻玩味："嗯，商人利益为先，触到了别人的利益，自然会成为眼中钉。"

闻此，黎俏了然地轻笑，直言不讳丢出五个字："挺不自量力。"

"何以见得？"商郁浅扬眉峰，沉眸暗藏笑意。面对此种危机四伏的场面，男人依旧随性地和黎俏在后座上闲谈，仿佛窗外那四辆越野车不存在似的。

黎俏清了清嗓子，而后倚着中间的扶手箱，对着窗外昂了昂下巴："改装越野车，只是看着强悍，除了速度快，车身结构很脆，一撞就碎。"

说罢，她转眸看向商郁，狡黠笑道："开这种车的人，可没资格拿你当眼中钉。"

小姑娘年纪不大，说话的口气非常狂！少顷，安静的车厢里响起一阵浑厚的笑音。商郁因为她的话笑了，薄唇边的笑纹散发着成熟的魅力，暗如墨玉的眼底也沉淀着少见的愉悦。

黎俏心头微悸，从他脸上移开视线，嗓音发闷："我说实话很好笑吗？"

此时，望月差点想给黎俏鼓掌，但碍于自己刚刚嘴贱故意吓唬了人家，只好悻悻地摸着鼻梁，没吭声。这姑娘的性格，还挺带劲儿！

转眼，雨势渐小。

前面三辆车的车速也逐渐加快。随着望月下达指令，后面四辆车迅速超车来到了主车的两侧。路面湿滑的高速上,保镖队车技娴熟地将几辆重型越野车强行阻隔在外。

对方明显不敢轻举妄动,而前面的三辆车趁势直接飞驰而过,甩开了越野车的追逐。

黎俏透过后视镜看到了这一幕,扯了下嘴角,兴致全无。这样的车技还想当街找麻烦?!

这时,商郁按下打火机点燃了烟,并将车窗降下了几公分,潮湿的空气夹着清风吹进车厢,还有几滴雨水飘落在他墨色的肩头。

黎俏保持着倦懒的姿势,余光瞅着商郁抽烟的动作,入目便是性感的喉结随着他吐烟而上下滑动着。她指尖轻捻,突然想摸。

"老大,已经甩掉了。"此时,望月看了眼手机,很突兀地回头说了句话。

某些微妙的气氛瞬间被打破。

商郁和黎俏不约而同地斜睨着他,一个神色淡漠,一个面无表情。

望月心想,有被嫌弃到……

一个小时后,车队安然驶入南洋主路。临近五点,黎俏在自家门口下了车。

雨歇,路面泛着泥泞。黎俏道别后从保镖手里接过自己的车钥匙,目送着车队缓缓离开。七辆豪车的配置,经过高速路上遇见的小插曲,黎俏似乎明白了这样安排的意义。

黎俏伫在原地沉思片刻,刚欲上车,前方的林荫夹道上飞速驶来一辆银灰色悍马。车停,半降的车窗露出了黎三气质冷硬的身影。"昨晚去哪了?"他臂弯搭着车窗,露出半截精壮的小臂,询问的语气很是不满。

黎俏扯着嘴角,晃了下手里的车钥匙:"雁城。"

黎三眯眸,似笑非笑:"跟商少衍一起去的?别想糊弄我,刚才我看见他的车队了。"

"哦……"黎俏慢吞吞地拉开了奔驰车门,"不是和他一起去的。"

黎三的脸色刚刚缓和,紧接着就听见他妹妹又补充道:"只是和他一起回来的。"

有区别?

两辆车一前一后驶入黎家大院,车库里,下了车黎三甩上车门就踱到了黎俏面前,仗着身高优势,他单手掐腰,另一手撑着奔驰的车窗:"我跟你说过多少次了，让你离他远一点，你就是不听是吧？"

黎俏瞥着三哥的动作，敲了敲他的手臂："问你个事呗。"

"什么事？你说。"黎三的思路，瞬间被带偏了。

黎俏懒散地晃了下肩膀，顺势靠在他撑着车门的臂弯上，挑了下眉梢："你和商少衍有仇？"

"没仇！"黎三回答得干脆利落，"干吗这么问？"

黎俏眼波一闪，又抛出一个问题："没仇为什么不让我和他接触？"

黎三呼吸微凝，哂笑："这么说吧，我跟他没仇，但不代表别人不想让他死！"这话，意味深长。

黎俏站直了身子，精致的眉眼蕴含着少见的认真："他仇家很多？"

"多到他只要放松警惕，随时都会有危险。"黎三半开玩笑的口吻，但深邃的眼窝里没有半分笑意，"能称霸南洋商界这么久，你以为他靠的只是经商头脑？俏俏，别小看商少衍，你所见到的只不过是他的冰山一角，以他的手腕，绝对算不上好人。"

"不是好人"这句话再次从边境黎三口中说出来，黎俏沉默了。好人和坏人的界定是什么？仅仅是人云亦云？

半响，黎三揉了揉她的发丝，郑重地叮咛："总之，记住三哥的话，远离商少衍，对你没坏处。"

"行吧……"黎俏嘴上答应得痛快，但心里有自己的盘算。

进了门，黎俏直接回了三楼的卧室。

刚把手机放在桌上，黎三又不请自来。此时，他脱下了外套，只穿着单薄的衬衫，以脚尖顶着房门，倚着门框问道："学校那边的事，大哥不让我插手，他说他帮你处理，有结果了吗？"

黎俏坐着电脑椅转了一下，挺不在意的："没问。"

黎三咂了下舌尖，隔空以食指对着她点了点："我早晚能被你气死。"

"总会有结果，着什么急。"黎俏看着他，语气懒散，"你什么时候回边境？"

黎三挑了下眉梢，直言道："不是说商陆他爹要过来吗？等处理完你的退婚，我就回。"言毕，他抿了抿薄唇，向前一步，试探，"你呢？毕业答辩之后，要跟我回去看看吗？"

黎俏懒散的眉眼突地凝滞，她垂下眸，看不清神色，语气却透着压抑：

"不了。"

"俏俏，都过去三年了，辉仔的事……"

话音未落，黎俏像是被触碰了某些难言的心事，"噌"地站起身，朝着落地窗走去："别说了。"

此时，黎三望着黎俏站在阳台的背影，阴沉的天色之中，显得单薄又倔强。自打三年前辉仔在边境出事之后，她再也没回去过。黎三重重叹了口气，想上前安慰，却也知道于事无补。他神情晦涩地摇了摇头，叮嘱黎俏别多想，转身便离开了房间。

听到身后的关门声，黎俏低头捏着阳台的大理石栏杆，指尖微微收紧。哪怕过去了三年，她却依旧不敢想，也不敢忘。她还有什么脸回边境去见大家？三哥不怪她，南昕不怪她，所有人都不怪她，可她没办法不怪自己！

不可否认，黎三的心直口快，让黎俏再次陷入回忆的泥沼中，连呼吸都是苦的。她心事重重地望着沉沉的暮色，随即回到房间拿起了手机。通讯录最下面的一栏，有一个特殊符号"卍"的备注。黎俏踌躇半晌，还是拨了过去。

很快，电话接起，略显苍老的调侃声音传了过来："小丫头，你还记得有我这个老师？"

黎俏听着对方浸染着岁月沧桑的嗓音，心头沉甸甸的情绪莫名消散了少许："老师给我传道授业解惑，学生哪敢忘！"

电话里的老者佯怒地"哼"了一声："你这小丫头，少说好听话，虽然我年纪大，但可不糊涂。有的人啊，说是需要一个月的时间准备论文答辩，结果呢？她整整两个月没来了！"

闻言，黎俏弯唇，不疾不徐地说道："那老师明天有空吗？学生去给您赔罪。"

"算你有良心。"老者又沉吟了几秒，"明天上午我要去一趟殡仪协会，你直接过来吧，正好你师兄也在。"

打完电话，黎俏站在细雨中看着手机屏幕上的符号，先前浮躁的情绪和压抑的心事也稍稍得到了缓解。每一次，似乎只有在老师面前，很多不好的情绪才能彻底沉淀下来。

……

隔天，早上八点半，黎俏洗完澡，特意换了身全黑的连帽卫衣和牛仔裤，半干的长发束成马尾。黎俏直接驱车前往位于老城区的南洋殡仪文化协会。二十分钟的路程，奔驰车停在了一片老式三层洋楼的街边。老城的房子和街道都充满了沧桑感，狭窄幽长的弄堂，破旧的办事处旧址，墙皮脱落的住宅民房，每一处都透着淳朴的生活气息。

黎俏下了车，单手插兜穿过人行道，目不斜视地走进了协会大门。

一楼办事大厅的接待员看到她，连忙指着左手边的走廊："您来啦，九公在一号接待室。"

"谢谢。"黎俏淡声道谢，轻车熟路地绕过大厅，直奔接待室。

这时，几个新来的工作人员面面相觑，很快就凑上前，好奇地问道："刘哥，那漂亮妹子是谁啊？"

接待的刘哥一脸惊奇地看着他们："你们不认识？"

见众人纷纷摇头，刘哥立马压低声音，一副过来人的语气讲述道："我跟你们说，她可是九公多年来唯一的女学生，而且还是咱们协会每年的经费赞助人。"

嘶——九公的学生？

九公，姓仲，年过五旬，没人知道他的全名叫什么，相传他在家里排行老九，所以大家都尊称一声"仲九公"。

整个殡仪文化界，无人不知仲九公。因为他是当今南洋最具身价的金牌入殓师。

一号接待室，黎俏坐在仲九公的身畔，她低着头，双手塞外卫衣兜里，细长的双腿在桌下平伸，整个人的状态死气沉沉的。

此时，头发花白、面容慈祥的仲九公，端着老式茶缸喝了口水，睨她一眼，凉凉地说道："现在的年轻人啊，嘴上说着要给我赔罪，结果进门之后跟哑巴似的。"

她幽幽抬眸看了眼仲九公，而后一张支票被放在了桌上："下半年的协会经费。"

仲九公又喝了口水，看到支票上面的金额，满意地点了点头："你有心了。"

黎俏仰头枕着椅背，目光沉寂地问："老师，最近有活么？"

仲九公放下茶缸，仔细端详着黎俏："又想起他了？你这丫头啊，每次想接活的时候，都是这个状态。"

黎俏望着头顶发黄的天花板，眼睛微微发红，音色很低："我昨晚梦见他了……"

"哎……"仲九公轻叹出声，没说多余的话，而是从兜里拿出一个记事本，看了看最近的排期，"周六有一场入殓仪式，在南洋山殡仪馆举行，你一起来吧。"

"谢谢老师。"黎俏的声音沙哑又沉闷。

突如其来的情绪积压，让她急需一个宣泄的出口。而入殓仪式，就是她自寻的赎罪方式。因为，这是已故之人最后一程的体面，也是辉仔因她而死却没有得到过的体面。

不多时，会议室的大门被人敲响，一个眉清目秀的俊朗青年推门而入。

他乍一看到黎俏，顿时面露喜色："小黎，你来啦！"

黎俏从椅背上抬起头，神色淡淡地点头示意："师兄。"

"墨齐，周六在南洋山的仪式，小黎跟咱们一起去。到时候你准备东西记得准备三份。"

闻声，墨齐神色怔然，看向黎俏的眼神里多了几分惊讶："小黎也去？那……"

"没别的事，我先走了。"黎俏说着就站起身，对仲九公道别后，便离开了接待室。

墨齐站在原地望着她出门的背影，不乏担忧地说道："老师，你真打算让小黎跟我们一起去？你之前不是说……"

这时，仲九公抬手打断了墨齐的话，目光悠远："她和你不一样，你学习殡葬管理当入殓师是为了高薪就业，而她做这些仅仅是为了释放情绪，这次……就由她吧。"

墨齐抿着唇没吭声，表情却不似之前那般淡然。

老城街头，黎俏走出协会，没有着急离开，她沿着一片灰瓦砖墙的人行道慢慢踱着步，神色疏冷。

忽地，身后有人唤她："小黎——"

黎俏停下脚步，脸颊擦着卫衣的帽兜回眸，面无表情地看着对方。

来人是墨齐。他沿着墙边疾步走来，站定在黎俏面前时，缓了口气，说道："刚才忘了把这个给你。"

黎俏低头一看，是个半掌大的小锦囊，通红似火，还用金线绣着"平安"

二字。

她没接,反问:"是什么?"

墨齐搔了搔头,温润的眉眼深处有明显的紧张:"我前段时间和老师去了趟佛院,当时顺手就求了两个平安符,一个给你,一个给老师。"

黎俏抬眸看着他,依旧没接,语气平平:"我不用,你自己留着吧。"

"别啊,我特意为你和老师求的,我留着就不灵了。"墨齐说着又往前递了一下,似乎担心黎俏再次拒绝,便建议道,"你要是觉得不好意思,要不……你请我喝杯奶茶,就当礼尚往来。你看,对面就是奶茶店。"

话说到这个份上,黎俏也不好再推辞。她接过那只小锦囊,随手塞进衣兜里,两人并肩走向了街对面。

与此同时,就在奶茶店路边几米远的地方,一辆黑色商务车的厚重车窗缓缓降下一半。那车窗玻璃很厚,若细致观察,便会发现都是特殊定制的防弹玻璃。

"衍爷,是黎小姐!"开车的司机载过黎俏好几次,一眼就认出了她。

刚刚营业的奶茶店,人不多,小小的店铺里还飘着奶茶的甜香。墨齐坐在黎俏的对面,单手捧着奶茶杯,欲言又止。此时,黎俏看着窗台上的多肉盆栽,微微侧首的动作勾勒出她完美的颈部线条。墨齐凝视着她,指尖蜷起,目光有些痴。

"你有话要跟我说?"开口的瞬间,黎俏幽幽看向了墨齐,态度不冷不热。

墨齐冷不防和她四目相对,慌张地别开眼喝了口奶茶,企图掩盖被抓包的窘迫。气氛沉寂了几秒,墨齐整理好心情再次抬起头:"小黎,你为什么一定要做入殓师?"

黎俏看着墨齐,指甲在桌上轻轻划了两下,回答得言简意赅:"兴趣。"

"可是……"墨齐犹豫了片刻,又斟酌着说道,"你到底是个女孩子,难道不害怕吗?"

在他眼里,黎俏有钱有颜,用时下最流行的话来讲,那就是妥妥的人生赢家。而入殓师的工作,时至今日,依旧被不少人戴着有色眼镜看待。

她完全没必要承受那些异样的指点和目光。

这时,黎俏眉心舒展,再次看向窗外时轻描淡写地说道:"师哥,有时候活人更让人害怕。"

墨齐瞬间哑口无言。

不到五分钟,黎俏先行从奶茶店离开。

墨齐坐在桌前,望着那杯未曾动过的奶茶,眼里满是落寞。他一紧张就忘了,小黎师妹似乎从来不喝奶茶。

店外,一阵清风穿过旧墙,吹乱了黎俏的鬓发。她脚步微缓,抬眸看着摇曳的淡绿树梢,生机盎然,似乎提醒着夏天快到了。那么还有一个多月,便是辉仔三周年的忌日了。

这时,身后辅路行车道,有沉闷的汽车引擎声由远及近。黎俏站在香樟树下,余光轻晃,就瞧见一辆低调的黑色商务车缓缓停在了身旁。车窗只降下十公分左右,一双冷到极致的黑眸正透过缝隙凝望着她。

黎俏扬了下眉梢,向前一步,后座的自动门也适时打开。宽敞的车厢里,一身黑衣的商郁长腿交叠、姿态慵懒地坐在单人座中,绯色的薄唇挂着耐人寻味的笑,可眼神却极冷。

黎俏和他目光交错,揣摩不透他这般凌厉冷狂的模样代表了什么。就连那张如雕如琢的英俊脸颊都似乎覆满了寒霜,散发着浓烈的侵略性和距离感。可他明明在笑。

黎俏凝神上前,敛着心头的狐疑,淡声开口:"衍爷来老城区办事?"

商郁靠着椅背,双臂搭着扶手,指尖轻轻捻动,暗邃的眸朝着黎俏身后的奶茶店眺了一眼,语气又沉又冷:"男朋友?"

年龄相仿的俊男美女,相约老城区的奶茶店,看起来的确是她这个年龄的少女该有的恋爱状态。方才,她走,他追,然后两人相视浅笑,包括黎俏毫不犹豫地接下了青年递来的礼物,每一帧在商郁的眼中都格外刺目。

这就是她急于和商陆退婚的原因?

此时,黎俏疑惑转身,顺着商郁的视线看向身后,那半敞的窗口,还隐约映着墨齐隔窗张望的脸颊。黎俏漫不经心地收回视线,懒懒地弯唇,原来如此。

她眉目舒展,再次望向商郁:"不是男朋友。衍爷,我单身。"

商郁敛去薄唇边疏冷的笑,薄凉的视线却一声不响地落在了黎俏的卫衣左兜上。

这时,黎俏的手还插在兜里,捕捉到男人的凝视,福至心灵地伸出手,一枚小锦囊皱巴巴地躺在她的掌心上:"刚刚有人送了我一个平安符,据说能保出入平安,衍爷喜欢的话,我借花献佛。"

男人阴沉的神色渐褪,停下了捻指的动作,在黎俏诧然的目光中,手臂探出车门,非常骄矜缓慢地拿走了那枚小锦囊:"嗯,收了。"

拿起的瞬间,他粗粝的指腹触到黎俏的掌心,有点痒,有点麻,像是一道电流渗入肌肤,密密麻麻地荡扬着神魂。

黎俏不禁低下头,牵起了嘴角,被阴霾笼罩了许久的心情也豁然开朗。

有点可爱!堂堂南洋的商界霸主,原来也会为了这点小事而吃味?是吃味吧?

"来老城做什么?"商郁单手把玩着温热的锦囊,上面似乎还带着女孩手心里的温度。

黎俏拂开眼前的发丝,懒散地耸了耸肩:"办点事情,衍爷呢?"

商郁睨着她,眸里有说不出的高深:"一样。"

"那……衍爷继续忙,我先回家了。"黎俏伸出大拇指朝着街边比了两下。

商郁垂眸看着手上的小锦囊,薄唇微侧应声道:"回吧,开车注意安全。"

最后的"安全"两个字,似乎被他加重了语气。

黎俏隐隐觉得,罪魁祸首是那个平安锦囊。她无声喟叹,和商郁道别后,便走向了不远处的奔驰车。而身后,在商务车的自动门重新关闭的瞬间,红色小锦囊不偏不倚地落进了街边的垃圾桶。

……

当天下午,黎俏接到了小舅段元辉的电话,通知她明天去学校做论文答辩。

电话里,黎俏懒散地问:"江忆的处理结果有了吗?"

段元辉应声,随手翻开桌上的报告,说道:"她在校期间品行不端,又暗地里造谣生事,搞得学校乌烟瘴气的,校方决定开除学籍做劝退处理。"

这个结果,很严重了。临近毕业的学生,却因为一场风月丑事,丢了本该拿到手的文凭,得不偿失。

黎俏冷淡且没什么同情心地"哦"了声。

这时,段元辉喝口茶润喉,又说了一件事:"你知不知道,你的论文被抄袭了?"

黎俏正欲挂电话的动作一顿:"不知道。"

"如果仅仅是上述几个问题,我还不一定给她这么严重的处分。昨天下午,学校的委员会在检查你们提交的论文提纲时,意外发现江忆和你的论文有百分之五十的相似之处。"

段元辉缓了口气,继续解释:"尤其是生物科研所的文献出处以及实验记录的过程,几乎如出一辙。你也知道,生物工程专业的论文涉及抄袭,这可比她闹出来的丑事还要严重。所以就算不做劝退处理,她也没办法如期毕业。"

听到小舅的提醒,黎俏眼含兴味地挑了下眉梢:"怎么确定是她抄袭我?"

段元辉似笑非笑地反问:"你当我不知道生物科研所那边的文献,全校学生只有你一个人有查阅的资格?"

"哦,小舅真厉害。"黎俏特别敷衍地赞美了一句。段元辉骂了声"小混蛋",直接把电话挂了。

次日一早,黎俏去学校参加论文答辩。

由于之前的答辩现场闹出了震惊校园的丑闻,这次学校特意为黎俏安排了一场单独答辩。也许是担心再有人针对黎俏,教室门口还安排了两名教务处的老师严防死守。

这一次的答辩很顺利,不到半小时,黎俏的答辩结束,论文委员会当场给出了通过的结果。生物工程专业近年来最具潜力的学生,提前被科研所保录,说不定以后就是南洋医科大学生物工程专业招生的活招牌。论文委员会的老师面容和蔼地叮嘱黎俏,未来若是成了研究员可不要忘了学校尽心培养之类的场面话。

伴随着论文答辩结束,黎俏的大学生涯也就此告一段落。等拿了毕业证离开校园,以后天高鸟飞,海阔鱼跃。人生自是开启了无限的可能。

黎俏走出综合楼,视线掠过四周的操场和建筑,平淡的目光里终是掀起了一丝怅然。未来,该如何?

"黎俏,我被开除了,你满意了吗?"江忆不知何时出现在她的背后,仅仅过去了两三天的时间,她看起来既憔悴又狼狈。头戴鸭舌帽,下颌还挂着一只黑色口罩,曾经漂亮奢华的裙子也变得皱皱巴巴,没了当初在校园里被追捧的风光和自在。那篇还高高挂在论坛首页的置顶帖子,的确预言了江忆的下场。她如今,真切地尝到了"社会性死亡"的滋味。

闻声，黎俏盖住眼帘，徐徐转身时，语气淡凉："我很满意，你呢？"

江忆呼吸一窒，愤恨和不甘爬上了眉梢眼角。她紧绷在身侧的双手用力攥拳，哪怕心里再痛恨，还是要向现实低头："黎俏，看在我们同寝四年的分上，你能不能让……"

"不能！"黎俏漫然地截断了她的话，眉眼疏狂。

江忆浑身颤抖，呼吸也变得急促起来："我求……"

黎俏冷漠地扫她一眼，转身时，丢下一句冷语："求我没用。"

这句话，硬生生阻住了江忆的步伐。若是放在三天前，她绝对不相信黎俏有这个实力。可是当她亲耳听见陈立洲被单位开除，并且连陈家小有所成的生意都在一夕间毁于一旦时，她彻底茫然了。这个被她针对了四年的同学，到底有谁在给她撑腰？

另一边，黎俏面无表情地回到车里，没有发动引擎，而是坐在车里望着窗外出神。江忆可怜吗？她不觉得！一切，都是因果循环罢了。其实她还可以让江忆更惨，只是懒得再因她耗费精力。

半响，黎俏启动车子准备离开，兜里的电话却突兀地响了。

她拿出一看，是个陌生号码："哪位？"

电话那头的人，浪荡地吹了声口哨："妹子，名片我都给你了，你怎么一直都没联系我？还想不想要实习机会了？"

哦，是追风那个二百五。上次在皇家酒店的艺术展上见面后，她的确忘了和追风联系，毕竟……名片都被黎二撕碎扬了。

黎俏默了几秒，语气懒散地回道："当然想要。"

追风得意地笑了一声，抬手看了看腕表："现在刚刚上午十点，有空的话，来衍皇找我，我先带你熟悉一下公司环境，要是不着急，说不定还能留你在这里吃个食堂餐。"

"好，一会儿见。"黎俏欣然同意。

衍皇集团，坐落在南洋科技商务区，占地面积三十万平方米，园区内过半的产业都属衍皇集团所有。

十点半，黎俏开车抵达。入目便是多栋百层大厦高耸入云，街道纵横，市面繁华，是 CBD 独有的景象。

黎俏将车泊在路边停车位，踏上大厦门前印着衍皇标志的地毯，第一次走进了衍皇集团。她走得不急不缓，旋转门内恢弘气派的大堂人头攒动。

这里便是商郁的地盘,是他主宰的商业帝国,也是南洋尽人皆知的衍皇国际集团。

黎俏边走边看,很快就来到了前台接待处。两名样貌出众的前台小姐同时起身,礼貌地询问她因何来访。

黎俏报出了追风的名字,前台小姐明显诧异了一下:"请问您和风总有预约吗?"这女孩看起来年纪不大,精致漂亮的长相极具攻击性。难不成又是风总的桃花债?

这时,黎俏摇了摇头,没什么耐心地直接拨了追风的电话:"我到了。"

"妞儿,向左看!"此时,大堂的左前方,电梯间附近,追风穿着一身藕粉色西装斜倚着墙壁,单腿屈在身侧,看见黎俏投来视线,立马举着电话对她招手。

怎么说呢,反正挺骚的。也亏了追风有一张不输女人的妖娆面孔以及一身流里流气的痞劲儿,不然那视觉冲击力极强的藕粉色西装,可能就是个大型着装翻车现场。

黎俏捏着手机走过去,前台小姐也看到了追风,赶忙离开接待台,为黎俏刷开闸机通道。

转眼,黎俏来到追风跟前,敷衍地打招呼:"风总,久等了。"

"美人光临,再久我都乐意等。"

黎俏面无表情地沉默了。

追风自以为潇洒地甩了甩大油头,伸手按下电梯:"是第一次来衍皇集团?"

"嗯。"黎俏看着那部贴着专用标识的电梯,点头,"第一次。"

等电梯期间,追风依旧没骨头似的倚着墙,目光肆无忌惮地打量黎俏,这妞儿真好看,想抱在怀里使劲稀罕!他喉结不停地滑动着,眼神几乎黏在了黎俏身上。

"叮"的一声,电梯来了。

追风立马直起腰板,迈步边走边回头:"妞儿,过来,今天哥带你坐一次总裁专属电梯。"

下一秒,追风回眸轻瞥,陡地瞧见电梯里的三道身影,吓了一跳:"老大?你今天怎么过来了?"

这时,黎俏还在电梯轿厢的几步之外,望月站在商郁的背后,歪头往外瞅了瞅，嘴里还在戏谑："你个浪货，又要带哪个妞儿来坐总裁专属电梯？"

"别胡说八道，什么叫又？"闻声，追风在轿厢门口瞪着望月，又看向商郁讪笑着后退一步，"老大，那你们先上去，我等下一趟。"在商郁面前，追风不敢造次。

偏生，黎俏的身影此时已悄然出现在电梯门附近。

望月本来还一脸幸灾乐祸的表情，眸光随意轻瞥，登时目瞪口呆。那位穿着一字领贴身短袖和低腰阔腿裤徐徐走过来的黎俏，就是追风嘴里的"妞儿"？他是不是想死？

这时候，黎俏缓步站在了追风身后，目光越过他的肩背望着电梯轿厢。

商郁身着剪裁得体的黑色西装站在正中央，体魄顾长伟岸，衬衫领口解开两颗扣子，严肃中又不乏随意。而那英俊深邃的五官轮廓落了头顶灯色的清辉，愈显得棱角分明、贵气逼人，像极了欧洲古典名画里走出来的优雅贵族。好看是真好看！

与此同时，男人那双幽深的黑眸也在饶有兴致地打量着黎俏。一字领的贴身短袖，露了雪白的肩。低腰的水蓝阔腿裤，露了细软的腰。追风嘴里的妞儿？很好！

电光石火间，他以优雅贵族口吻玩味地开腔了："进来吧。"

追风一脸诧色地回身，犹犹豫豫："老大，这……合适吗？"平时老大从不让外人乘坐他的专属电梯，今天怎么善心大发了？难道是……想帮他追妞儿？

这时，望月怜悯地看着追风，嘴里却催促道："还不赶紧进来，废什么话！"

追风眨了眨眼，总觉得不太对劲，又诡异地找不到原因。但以防电梯等太久，他只好回身对黎俏叮嘱："来，跟着哥，别说话，别乱看。"

哥？望月睨着追风那道粉色的身影，不禁开始思考，应该把他埋在哪呢？！

转眼，黎俏和追风一前一后步入电梯。原本宽敞的空间，瞬间显得狭窄逼仄。

黎俏双手背在身后站在左边，透过反光的镜面看着商郁。

后者，亦然。

视线交会不过三秒，一个突兀的身影从右侧挪了过来，挡在黎俏的面前，低声道:"忘了哥跟你说的话了?别乱看。"他们家衍爷是能随便看的吗?这妹子是真不怕死啊!

此时此刻,站在商郁背后的流云和望月,幽幽看着彼此,神情肃穆,宛如参加追风的葬礼。四大助手,以后可能要变成三缺一了吧。

电梯攀升得很快,须臾就来到了一〇一顶层。

门开,清风袭来,追风伸手挡住电梯门:"老大,您请。"

商郁目视前方跨步而出,伴随着他的脚步声,追风听见了两个字:"过来。"他将黎俏挡在自己的背后,自以为是地对着望月和流云示意:"你们倒是走啊,没听见老大叫你们?"没眼力见的东西,耽误他撩妹。

望月和流云面无表情地看着他,杵在原地跟雕塑似的,谁也没动。

然后,追风感觉自己的手臂被拍了一下,他不解地回眸,就见黎俏扯着嘴角:"风总,麻烦让一下。"

接下来,不待追风询问,流云和望月直接走上前,一左一右架着人就走出了电梯。

望月还煞有介事地说道:"我听说南洋山脚下有一块风水宝地,把你葬在那儿也不算委屈吧!"

追风一边挣扎一边骂街的声音渐渐远去,黎俏弯唇挑了挑眉梢,这才信步走出了电梯。

一〇一顶层,将近两千平的面积,大片的落地玻璃墙将各个分区合理规划,而这里便是衍皇国际集团的权力中心。

此时,黎俏跟着商郁来到了他的办公室。近四百平的房间,宽敞又气派,主色调以黑金为主,而两侧的观景落地窗能俯瞰整个南洋城的全貌。

这座城中最高的大厦,是地标,也是南洋的特色。

黑色的大班台前,商郁解开西装纽扣,对着右手边的沙发昂了昂下颌:"坐。"

黎俏背着手走过去,落座后跷起双腿:"衍爷今天穿得这么正式,有活动吗?"

商郁沉暗的眸瞥她一眼,视线流连在她雪白的削肩上,语气很淡:"办公地点,自然要衣着得体。"不知为何,商郁说这句话的时候,那眼神里好像隐着一团火。

黎俏下意识把短袖的一字领往肩膀上拽了拽,但是上面挡住了,腰线

他有十分甜

却露得更多了。突然有点烦,这衣服怎么这么小?

这时候,商郁撑着椅子扶手坐下,右腿顺势搭在左腿上,翻开桌上的文件,沉声道:"和追风很熟?"

黎俏坐在沙发上,一会扯扯衣领子,一会拽拽短款下摆,心不在焉地回:"不熟。"

"不熟?"男人重复着,拧开钢笔时,幽幽看向了黎俏。

闻声,黎俏眨了眨小鹿眼,毫无心理负担地说道:"的确不熟。今天是第二次见面,风总知道我品学兼优,所以想挖我做他的助理。"

远在楼梯间被教训的追风猛地打了个喷嚏,谁在背后念叨他呢?

商郁幽深的视线落在黎俏的脸上,薄唇微侧:"你缺工作?"

黎俏眉眼微亮,单手托着下巴靠在了沙发扶手上,笑意狡黠:"不缺工作,但我缺实习经验。衍爷,你……招实习生吗?"

她想进衍皇国际实习,是遇见商郁后的蓄谋。从始至终,都是因为他。

就在黎俏觉得自己胜利在望的时候,她听见了男人无情的回绝:"不招。"

黎俏嘴角的笑僵住了。"哦。"她应了一声,重新坐正身子,扭开脸面无表情地看着正前方的玻璃墙。这男人根本不是贵族,贵族绅士会这么拒绝人吗?

眼看着黎俏的脸色越来越沉,商郁唇边露出一丝别有深意的笑:"董事会目前不缺实习生,不过……"

黎俏睨着他挑眉:"不过什么?"

闻声,男人惬意地靠着老板椅,眸光高深,噙着暗芒:"衍皇总部楼下的前台,可以给你实习岗位。"

黎俏没说话,小鹿眼定定地望进男人幽光凛凛的瞳中,忖了忖,直言不讳地问道:"衍爷,我是不是惹你了?"让她去前台实习,这和异地追星有什么区别?

就在黎俏话音落定的一刹那,她分明看到商郁的眼底泛起了凌厉的冷色。虽然转瞬即逝,但印证了黎俏的猜测。她当真惹到这位商界霸主了。

商郁手执钢笔,在文件上签了字,下颌骨紧绷的线条透着不悦,口吻也不复之前的温和:"你觉得呢?"

直到这一刻,黎俏才发觉,她真的不了解商郁。其实,他的一言一行,看似温文有礼、慵懒性感,但只怕张狂野性的霸道才是他真正的内核。黎俏慢吞吞地收回视线，摸着自己的下巴，想了三分钟，最后烦躁地叹了口气："给点提示？"

商郁没有看她，依旧保持着签字的姿势，但双眸阴沉暗冽得望不见底，某些情绪的隐忍使他下手失了分寸，钢笔的笔尖因过度用力在文件上声音清脆地劈了叉。

细微的动静吸引了黎俏的注意，她凝神看去，就见男人已经将笔帽拧紧，随意地丢在了桌上。

下一秒，商郁站起身，动作不急不缓地将西装外套脱下，并踱步走向黎俏。他面容冷峻，唇线也紧抿着，那双深幽的瞳里卷着涌动的暗流。

黎俏不经意地直起腰，呈现防备姿态，眼神紧凝着商郁，嚼着疑惑。

很快，他来到沙发附近。沁着高级冷香的西装被商郁撑开，随即盖在了她的身上，也遮住了那片雪白晃眼的肩头。

黎俏面露错愕，还没说话，下巴突然间被他宽厚的掌心钳住。

男人略显粗糙的指腹贴着她的脸颊，拇指微微扣紧她的下颌，俯身，眯眸，声音沉凉刺骨："想来衍皇实习，是因为追风？"

黎俏因为商郁的动作被迫仰头，他的力道不算大，可是手臂暴出了青筋，似在极力克制。四目相对，她第一次清楚地从商郁杀伐锐利的神态中，看到他不为人知的一面。

黎俏轻声叹息，纤浓的睫毛颤了颤，嚣张地挑着眉："只有追风一个选项吗？"

女孩无所畏惧的张狂落在商郁眼中，他手中的力道不减，再次压下伟岸的身躯，单手撑住她身侧的沙发背，姿态居高临下："除了他，还想有谁？"

距离越来越近，近到黎俏只要稍微向前一厘米，鼻尖就能碰到他的唇。他们彼此呼吸缠绕，目光交会，一个冷，一个狂。

黎俏动了动脖子，直勾勾地望进商郁的眼眸深处，隐隐发笑："我以为衍爷知道！"

此情此景，若是被望月等人看见，必定会满目震惊。因为黎俏是第一个在商郁气场全开的险境下，还能谈笑自如的人。

这时，商郁周身凌人的气息渐渐收敛，掌心松懈，拇指不经意地摩挲着黎俏的肌肤，默了片刻，音色恢复了磁性的浑厚："确定？"

有些话，不需要明说，一道眼神，一个动作，彼此便心照不宣。

黎俏清晰地感受到他的手掌松了劲儿，精细漂亮的眉眼轻轻扬起，借势将自己的下颌垫在商郁的掌中，她说："我想来衍皇，自然是为了衍皇而来。"

　　两个衍皇，却饱含着不一样的深意。她相信，他能懂。

　　这时，商郁的薄唇边慢慢泛起一道极浅的笑痕，眼里冷光尽褪，手腕微抬，托着她的脸颊："在衍皇工作，要穿职业装。"

　　黎俏浅浅勾唇："职业装我家里有好多，正好没机会穿。"

　　"想实习多久？"男人身上清洌的香萦绕在黎俏的四周，白皙的脸颊在他掌中愈发显得精致小巧。

　　黎俏敛了敛心神，给出答案："三个月吧，九月份我要去科研所报到。"

　　商郁深深地凝视着黎俏，而后掌心翻转，轻捏了一下她的侧脸："好，那就如你所愿。"

　　又是"如你所愿"这四个字。黎俏的心跳，终是乱了节奏。当初她想退婚，他说如你所愿。现在她想来衍皇，他依旧说如你所愿。某些隐晦的情感发酵，原来并不是一个人的独角戏。

　　一段小插曲过后，商郁再次回到了大班台落座。黎俏则盖着他的西装窝在沙发里，面色沉静地感受着心里小鹿乱撞的滋味。两个人共处一室，却安静地体会着各自的心事。

　　西装外套的温度和味道，是他身上独有的洌香和烟草味。黎俏轻轻拉起衣领，盖住了自己的半张脸，偷偷觑着工作中的男人。数秒后，黎俏恶从胆边生，把玩着外套的袖扣，淡声戏谑："衍爷，钢笔是不是坏了？"

　　她听力很好，视力也不错。刚才那清脆的咔嚓声，肯定是钢笔的笔尖被戳坏了。

　　这时，商郁没有回答，抬起匀称的手指按下了内线电话，冷声吩咐道："帕玛的人工智能合作项目，让追风立刻过去。"

　　"好的，衍爷。"内线里的声音有些耳熟，似乎是流云。

　　听到商郁这样的安排，黎俏被西装挡住的嘴角逐渐上扬："衍爷，追风这算不算'躺枪'了？"

　　闻声，男人抬手理了理衬衫袖管，以余光睨着她，似警告，似玩笑："不想他再'躺枪'，以后就离他远点。"

　　黎俏抱着他的西装轻轻嗅了下，继续试探："那工作接触呢？"

　　这时，商郁邪肆冷狂地扬唇："你和他，不会有工作接触。"

临近中午十二点，流云敲门送来了两份工作餐。

明亮安静的办公室里，男人坐在大班台办公，女孩则窝在沙发里玩手机。

流云目不斜视地将工作餐放到茶几上，刚要出门，就听见一声低沉的询问："他出发了？"

"是的，老大，已经到机场了。"流云颔首，心里为追风点了一排蜡烛。

就这样，追风在不明所以的情况下，直接被丢到了帕玛，为期三个月。

一个小时后，追风这个二百五坐在衍皇的商务机上，怎么都想不明白这到底是为什么？！人工智能的合作项目，当初明明说过让落雨去处理，怎么就突然交给他了？望月和流云也没告诉他具体原因，总之就是劈头盖脸一顿臭骂，外加各种谜之同情。

飞机上，追风摸着下巴思考人生，他突然忆起望月说的一句话："你在老大头上动土，是想死还是想死？"他怎么就想不明白，他动了哪片土啊？追风跷着二郎腿晃了晃，端着啤酒灌了一口，大概是酒精上头，他猛地灵光一闪，想到了在电梯间里的一幕。难道，当时老大是让那妞儿过去，不是叫望月和流云？该不会……那妞儿是老大的人？他人没了！

两天后，周六。清早五点，昏暗的卧室里，闹钟急促地响起。黎俏探出细白的手臂关掉闹钟，随即睁开了泛红的双眸。

窗外，雨声潺潺，雾蒙蒙的天色笼着满城潮湿。五点二十，黎俏穿戴整齐，趁着家人都没起床之际，举着伞踏进了雨幕之中。

此时，位于华南路红绿灯的路口，一辆老式桑塔纳早已停在泥泞的街头等待。不到十分钟，后视镜里出现了黎俏的身影。她身着一身严穆的黑衣黑裤撑伞走来，拉开副驾驶的门，收伞躬身上车，并对着墨齐点了点头。后座上，仲九公半阖着眼，听到动静掀开眼皮看了看，并说道："走吧，直接过去。"

今天，南洋山殡仪馆有一场特殊的入殓仪式。从华南路的富人区开车到南洋山，大概有一个小时的车程。雨天路面湿滑，所以墨齐开车的速度不快不慢，很稳。

副驾驶，黎俏手肘撑着门框，指尖抵在唇边，眉眼间露着不符合年龄的沉寂和清冷。

墨齐偶尔偷觑她一眼，心里很不是滋味。每一次入殓工作前夕，小黎师妹总是这般压抑着自己的情绪，却又什么都不肯说。

第5章 入殓师

约莫过了一个半小时,桑塔纳轿车抵达了南洋山附近。地处城市外环的南洋山,在雨水的洗礼下愈显葱翠静谧,一条蜿蜒的林中小路,中途左转便是南洋山殡仪管理中心。

车停,黎俏等人按照惯例戴上了黑色口罩。三人下车便有管理中心的职工前来迎接。天空阴沉,黎俏和墨齐跟在仲九公的身后,走进了接待室。

这时,员工尊敬地将一个记录册递给仲九公,并说道:"九公,这是逝者的资料,二十三岁,是……意外死亡。"

"家属呢?有什么特殊要求?"仲九公翻了翻记录册,目光沉静又安然。

闻此,员工讪笑,故作神秘地朝着身后紧闭的接待大门看了一眼,下意识压低嗓音:"听说没有家属。"

仲九公蹙着眉,对死者的死因没有太多惊讶,反而指尖敲了敲桌面:"没有家属的话,相关程序谁来签字?你们……"

"九公别急,虽然没有家属,但……这人来头可不小,给他办丧礼的是那位爷,仪式结束后是要送到南洋山陵园安葬的。"工作人员煞有介事地说,说到"那位爷"的时候,还竖起大拇指对着南洋山的方向比画了两下。

仲九公顿时了然。

这时候,墨齐大概是耐不住好奇心作祟,往仲九公的面前凑了凑,小声问道:"老师,南洋山陵园在什么地方?以前都没听说过啊。"

仲九公看了他一眼:"住在南洋公馆的那位知道吧?是他的私人陵园。"

墨齐愣了三秒,恍惚间倒吸一口了冷气:"商、商……"他"商"了半天,也还是没敢说出徘徊在嘴边的名字。难怪今天的南洋殡仪管理中心看起来比平时安静不少,这死去的年轻人,看样子的确来头不小。

此时,听到他们对话的黎俏,露在口罩外的双眸也不免泛起了惊讶。意外死亡的年轻人,是商郁的人?

入殓工作,说来简单,可操作起来却有很多道必要的流程。从为故人整理遗容到入棺环节,全程都需要入殓师从旁操作。

服务间里,黎俏和墨齐站在摆满工具的小推车附近做准备工作。准备就绪后,三个人穿着白大褂站在一起,对着操作台上的故人鞠躬以示尊敬。接下来的时间里,他们在操作台有条不紊地进行着每一个环节。

然而,当墨齐准备做遗容美容时,看到了眼前的一幕,还是不禁发出惊呼:"这……死得也太惨了。"这个因意外去世的年轻人,他身上横亘着多条纵横可怖的伤疤,由于血液凝固,伤口看起来异常狰狞。

死状可以用凄惨来形容。墨齐突然想起了黎俏说过的话:"有时候活人更让人害怕。"

这时,黎俏和仲九公正戴着手套细心地缝合伤口,听到墨齐的呼声,两人同时抬眸,异口同声地警告:"安静!"

约莫两个小时,整理遗容的环节完毕。

年过五旬的仲九公面露疲色,看着修饰后面色安详如同睡着的年轻人,吐出一口浊气,吩咐墨齐:"好了,通知他们送去灵堂做最后的道别吧。"

此时,已经临近上午九点,雨势未缓。

黎俏和仲九公等人洗漱后,就跟随工作人员来到了灵堂,还未入门,就瞧见了这样的一幕。庄严肃穆的黑白色灵堂内,此时密密麻麻地站着将近五十人。所有人身着统一的黑色西装,胸口戴着吊唁的白花,队伍整齐划一,各个表情肃穆。透过影影绰绰的缝隙间,队伍最前方,有一道显眼又挺拔的身影赫然伫立。

仲九公带着墨齐和黎俏从侧面走进去,气势如虹的吊唁队伍为这里增添了许多压迫感。随着他们的靠近,黎俏也看清了站在水晶棺前遗世独立的那道身影,是商郁。今天,他的穿着比以往每一次都要正式庄重,衬衫领口的扣子也严丝合缝地系上了最上面一颗。

黎俏站在角落里,眼睛一眨不眨地望着男人沉静严肃的脸颊。原来那个年轻人,真是他的人。

瞻仰仪容的时间很长,因为来人众多,临近十点,才收棺结束并送上了灵车。在出发前往南洋山陵园前,似乎连老天也感受到了浓浓的悲戚,雨势越下越大。滂沱大雨中,数不清的黑色轿车挂着白绫,跟在灵车后方,缓缓向南洋山驶去。

下葬时,以商郁为首的所有人全部站在雨中,看着工作人员下棺封土。这位惨死的年轻人,最终在南洋公馆后山的陵园中永远安睡。雨中,黎俏戴着口罩站在人群最后方,望着这一幕,心里五味杂陈。世人皆道,南洋商少衍冷血无情,杀伐野性,大概是从没见过他今天这般情义千斤的时刻。因为他是商少衍,本可以不这么做。

不一会儿,前方的队伍突然有序地向两侧散开。黑绸伞撑起的夹道中,商郁踏雨而来,伞下的俊颜依旧轮廓分明,傲然冷峻。他来到仲九公面前,眸深如墨地颔首:"九公,有劳了。"

这时,仲九公摘下面上的黑色口罩,舒展眉心叹了口气:"衍爷客气了,都是我的分内事。"

商郁喉结滚了滚,和仲九公对视一瞬,转头吩咐身后的流云:"送九公去别馆休息,雨停再送他们下山。"

"是。"

十几分钟后,南洋山别院,三辆黑色轿车停在了门口。流云安排别院的用人小心照顾,而后就赶回了两公里外的南洋公馆。

入了门,黎俏才摘下口罩,跟着用人来到客厅里暂作休息。此刻,墨齐一脸惊叹地打量着奢华气派的客厅,说是金碧辉煌也不为过,而这仅仅是个临时休息的别院而已啊。他暗暗咂舌,不禁感叹权力和金钱的魅力:"老师,你和那位爷很熟吗?"

话音落定,坐在单人沙发里的黎俏,也缓缓抬起了头。先前在陵园,他们都还戴着口罩,自始至终黎俏都不曾和商郁说过话,所以也不清楚他是否认出了自己。但从九公和商郁的对话来看,他们应该是熟识的。

这时,仲九公端着用人送来的茶杯,吹了吹热气,口吻平静地说道:"之前帮他去世的同僚做过几次入殓工作,所以算是熟悉。"

"那每次你都要亲自到陵园送葬?"墨齐又追问了一句,毕竟入殓师的流程手册上,并不包含送葬环节。而今天,在九公的带领下,他们才会一同过去。

闻声,仲九公抿了口热茶,染了皱纹的脸颊透着倦色,没好气地瞪他一眼:"你怎么那么多问题?"显然,九公不想回答。

墨齐摸了摸鼻梁,瞥了眼黎俏,兀自喃喃:"我这不是好奇嘛!"

"该问的问,不该问的也别好奇。"

恰在此时,用人已经整理好客房,并来邀请他们去房间休息。

全程,黎俏都一言不发,跟着用人来到二楼的客房,入门后就坐在窗前的懒人椅中望着大雨开始发呆。今天的送别会,让她对商郁再次有了新的认识。在传言里,他是南洋偏执成性、傲睨万物的神秘商界霸主。可在她眼里,今天的他,分明是个重情重义的衍皇总裁。他那些忠心耿耿的同僚,大概都是因此而臣服的吧。

这时,一直被她放在兜里的手机突然传来振动。黎俏拿到手里懒洋洋地扫了一眼,顿时心头微悸。是一条微信,来自商郁。只有简单的两个字:"下楼。"

黎俏心跳微乱,而后起身就往门外走去。此时,客厅空无一人。黎俏走下楼梯,穿过玄关,伸手推开别馆的棕色大门时,举着黑绸伞站在雨中的英俊男人映入眼帘。他还是那身庄重的黑色西装,立在风雨中,夺目到让周遭的一切都变得模糊朦胧。黎俏抿了抿唇,眼角沁着淡淡的疲色,一步步朝他走去。伞下,光线微暗,她仰头望着商郁深邃的眸,莞尔道:"衍爷什么时候认出我的?"

商郁抬起手指,轻轻擦拭掉她眼角被伞沿溅到的雨水,嗓音沙哑地开口:"在灵堂。"

原来……那么早就认出她了,哪怕她当时还戴着口罩。黎俏垂下眼睑,唇角轻扬,目光恰好落在他举着伞的手指上,细声调侃:"我还以为你没看见我。"

"累吗?"这时,商郁揉了揉她的发,看着黎俏轻轻颤动的眼睫和充满倦色的脸颊,心念一动,掌心顺势就滑到了她的后脖颈,力道适中地捏了两下。

黎俏因他的举动浑身一僵,温热干燥的手掌贴在脖后轻揉,几乎将她所有的感官聚在一处,浓烈的悸动也从心脏开始一点点蔓延至全身。

她敛着眉,压抑着过速的心跳,如实点头:"有点。"

商郁扬起薄唇,宽厚的掌心顺势落在了她的肩头轻揽,并倾斜伞面:"走,带你去休息。"

随着二人离开别院，刚刚折回客厅的九公，也恰好瞧见了他们略显亲昵的一幕。

十分钟后，黎俏看着车外越来越近的南洋公馆，微灼的目光落在了商郁身上："衍爷平时都住在这里？"

男人薄唇微侧："嗯，清净。"

其实，她很早就听别人讨论过南洋公馆，据传公馆附近方圆十里，外人禁止入内，却没想到今天商郁竟然带她来了。

不多时，两人乘着地下车库的电梯进了门。

黎俏粗略打量着公馆内的布局，冷淡的灰黑禁欲风格，装饰独特又透着精工细琢的考究。他似乎对黑色，情有独钟。

客厅内，黎俏窝在沙发里，商郁则站在落地窗前，点了一支烟，回身问道："什么时候开始当入殓师的？"

黎俏随手捞过一只皮质抱枕，扬了扬眉："严格来说我还不是入殓师，顶多算老师的学生兼助手。"

商郁夹着烟踱到沙发附近，俯身掸了下烟灰，睨着她："伤口缝合技术，是和九公学的？"

闻此，黎俏眼含笑意："算是吧，的确有老师的功劳。"

好巧不巧，话音落下的瞬间，流云的身影出现在客厅，并且将黎俏的那番话听了个真切。所以，他的伤口，是自称入殓师助手的黎小姐给他缝合的？流云悄悄捂住了自己左臂。

这时，听到脚步声，黎俏和商郁同时转眸。

客厅里流动着一阵诡异的安静，随即流云清了清嗓子，颔首道："老大，房间已经准备好了。"

商郁顺势落座，夹着烟送到唇边，看着黎俏道："先去洗个澡，一会下来吃饭。"

黎俏应了声，便起身跟着流云离开了客厅。途中，她不疾不徐地向前踱步，斟酌了片刻，问："流云，下葬的那个年轻人，是怎么死的？"

流云脚步一顿，疑惑地看着黎俏："老大没告诉黎小姐？"

黎俏漫不经心地摇头："我没问他，你跟我说说吧。"

闻此，流云忖了忖，也没隐瞒，直言问道："黎小姐还记得之前在碧色庭园里见过的男人吗？"

经过流云的提醒，黎俏想起了第一次见到商郁的场景，她眯了眯眸："记得，是他？"

"对，就是他害死青宇的！"提及此人，流云嗓音发紧，且充满了痛恨。

经过流云的解释，黎俏也大概知晓了来龙去脉。去世的年轻人名唤青宇，是一名工程师。不到二十岁就获得过高校人工智能比赛的全国金奖。后来加入了衍皇旗下的智能团队，担任 AI 工程组的小组长。而碧色庭园里的瘦弱男人意外染上毒瘾，便将青宇出卖给衍皇集团的对家，因为对方能够给他提供高纯度的药物缓解毒瘾。最终，二十三岁的青宇不肯泄露智能团队的核心技术，导致对家怒火攻心，生生将他折磨致死。

此刻，黎俏听完流云的阐述，不经意想到了辉仔。

他们都是同样地年轻，同样地出色。

黎俏眼波微暗，口吻深沉："听起来，碧色庭园里的男人，更该死。"

这时，流云眼里噙着杀意，冷笑道："的确。"

半个小时后，黎俏围着浴巾从客房的沐浴间走出来。

她一边擦拭头发一边拿起手机，有两个未接来电，都是师兄墨齐打来的。

黎俏将毛巾随手丢在沙发上，回拨给墨齐。

"小黎，你去哪儿了？别馆用人说你提前走了，还下着雨呢，是有要紧的事吗？"听筒里传来墨齐略显紧张的声音。

黎俏用手背擦掉下颌的水珠，淡淡地回："确实有点事，你帮我和老师说一声，改天我再去看他。"

墨齐安静了几秒，讪讪地点头："行吧，那你自己注意安全。还有，老师让我告诉你，凡事想开点，没什么大不了的，好好活着比什么都强。"

"嗯，好，挂了。"黎俏放下手机，视线落在对面的淡灰色墙壁上，扯了扯嘴角，继续擦头发。待发丝半干，黎俏换上衣服就来到了楼下。

客厅里，商郁穿着简单舒适的灰色居家服，正叠腿坐在沙发里讲电话。

听到轻浅的脚步声，他余光轻瞥，说了句"先这样"就放下了手机。

"怎么没换衣服？"商郁睇着黎俏依旧那身黑衣黑裤的打扮，问道。

黎俏眉目淡然地来到他对面，入座时，随性地跷起双腿，口吻不疾不徐："衣服在管理中心，没带上山。"

闻声，商郁捻了捻指尖，俯身拿过手机，并捞起一旁的烟盒，目光凝视着她："平时穿什么牌子的衣服？我让人送来。"

黎俏刚想说太麻烦，就见男人将手里的细支雪茄点燃，隔着一层薄薄的烟雾，又补充道："这里平时人少，没有女装。要是不嫌麻烦，也可以让流云陪你回管理中心取一趟。"

"没有女装"四个字窜入黎俏的耳畔，她垂下眼睫，盖住眸中的波澜，浅笑："不用，我没那么娇气。"

这时，商郁高深的目光落在她淡笑的脸颊上，薄唇溢出白烟，烟雾缭绕中，姿态慵懒又随意。

抽完一支烟，男人起身带着黎俏去了地下一层的餐厅。

环境优雅舒适的餐厅，一张大理石暗纹方桌前，他们坐在彼此的对面。

黎俏看着桌上已经摆好的食物，四下看了看："这些都是谁做的？"从她进门到现在，一直都没看到用人的身影。以至于他这座公馆，虽然现代感十足，却依旧显得空旷且没有烟火气。

商郁端着手边的酒杯喝了一口："用人，他们的工作间在地下三层。"

黎俏了然地点头，没再多问，两人便开始安静地用餐。

饭后，黎俏懒洋洋地靠着椅背，睨着对面英俊矜贵的男人，问道："衍爷，你父亲什么时候来南洋？"

"就这几天。"商郁抬眸，薄唇边有淡淡的笑，"着急了？"

黎俏昂着下巴，略显烦躁："嗯，着急。这门亲事不退干净，我心里不踏实。"

商郁暗邃的眸睐了睐，笑意微敛："是不喜欢商陆还是单纯不喜欢这门亲事？"

"都不喜欢。"黎俏毫不掩饰自己对婚事的嫌弃，又小声咕哝一句，"耽误我谈恋爱。"最后一句话，她的声音很轻，也不确定商郁有没有听到，但话题就此终止了。

午后两点，窗外雨歇，商郁安排流云送黎俏下山。雨后的南洋山空气清新，潮湿中又透着令人心旷神怡的舒爽。黎俏在公馆门前上了车，随着车子驶远，有着山中明珠美誉的南洋公馆也在视野里渐渐缩小。

回了黎家，黎俏进门就瞧见黎广明在客厅里不时踱步。段淑媛也坐在一旁唉声叹气，总之两人的脸色都不太好。

黎俏手指塞在裤袋里，站在客厅入口，顺势靠着墙："爸妈，发生什么事了？"

101

黎广明被吓了一跳，敛去眉心的忧虑，笑呵呵地望着黎俏："闺女回来了，这下雨天的跑哪儿去了，连车也没开。"

"出去随便逛逛。"说罢，黎俏看向段淑媛，咂了下舌尖，踱步走到了她的身边入座，"妈，怎么一直叹气？"

段淑媛摇了摇头，顺势搂住黎俏的肩膀拍了拍："宝贝啊，妈还不是心疼你！"

"我做什么让你心疼的事了？"黎俏诧异地反问，敏锐地察觉到他们今天很不对劲。

这时，黎广明站在沙发后，双手撑着椅背，幽幽说道："我们刚刚接到了通知，三天后商老先生要来南洋。"

"退婚吗？"黎俏眯眯，淡淡地应声，"那挺好，赶紧把亲事退掉，也不耽误商陆找下家。"

闻此，黎广明和段淑媛面面相觑，非常认真地思考一个问题：就商陆那惊天地泣鬼神的隐疾，他还有资格找下家吗？

一阵安静过后，黎俏便径自上了楼。

在父母看不到的地方，她悄悄扬起唇角，面露愉悦。不久前她才问过商郁，没想到刚回家，商老先生来南洋的日子就定下来了。

黎俏上楼后，黎广明望着她的背影，摇头叹息："看来，也只能这样了。"

闻此，段淑媛睖着他，挺了挺腰板，一家主母的姿态尽显："不然你还想怎样？俏俏把话说得那么明白，你要是再强迫她跟商陆结婚，我就跟你离婚！"

"夫人，你这是哪里的话？"惧内的黎广明连忙走到她跟前，搂着她肩膀柔声哄道，"我就是觉得亲事作废挺遗憾的，除此之外我肯定不会再强迫咱闺女了。再说了，你不也觉得可惜么？不然干吗一直唉声叹气？"

段淑媛冷冷地瞥了他一眼，耸肩拍开黎广明的手："我那是在思考该怎么给商老先生告状。他儿子欺负我女儿，我得好好想想怎么给俏俏出这口恶气。"

黎广明讪笑一声，弯腰在桌上倒了杯果茶递给段淑媛："告状就不必了吧？家里那三个崽子把商陆吓得都跑回帕玛了，短时间内我估计他也不敢回来。"

"这事我自有想法，你别管。"段淑媛瞪了瞪他，果茶也没喝，总之

他有十分甜

心情很不好，起身就招呼司机出了门。女人舒缓情绪最好的方法，当然是花钱。段淑媛打算做个美容，顺便去商场看看最近有没有上新，正好给她家宝贝淘点衣服回来。

……

第二天，周日。一大早还不到九点，黎俏就被电话振醒了。

昨晚她半夜两点睡的，枕边的手机嗡嗡个不停，她忍不住困倦的躁意，扬手就把手机丢到了地毯上。

世界清静了。

十点半，黎俏悠悠转醒，睡眼惺忪地靠着床头，懒散得没什么精神。出神了半晌，她才回忆起清早好像电话响了。黎俏冷淡地朝着地上瞥了瞥，掀开被子下床，捡起手机就看见有三通未接电话。

都是来自班长。

她揉了揉额角，没有回拨，而是先点进了微信，找到被设置成免打扰的班级群，果然看到有156条未读消息。黎俏随意看了几眼，心中了然。今晚，在皇家酒店，有一场本专业的大学毕业告别宴。

黎俏沉默了，她向来不喜欢参加这种同学聚会，正想给班长打电话回绝，唐弋婷的电话打进来了。

"俏俏，我听说你们专业今晚上也举办告别宴？"

黎俏回身躺在床上，闷声回应："嗯，皇家酒店。"

唐弋婷顿时惊喜地提议："那一起去啊，我们专业也在皇家酒店，你们这场告别宴有什么特别的要求吗？我跟你讲，我们班长刚才说……"

接下来的时间，唐弋婷在电话里喋喋不休，宛如单口相声，黎俏愣是没插进一个字。她和唐弋婷同校不同专业，没想到告别宴倒是都在同一天举行。

黎俏听了一会，直接将手机按下免提键，起身拉开窗帘，顺便去洗漱。直到她洗完脸回来，电话里的唐弋婷才顿了顿："喂喂，俏俏你在听吗？"

"嗯，所以你们要穿礼服？"黎俏淡声问了一句。

唐弋婷立马点头："是啊，你下午有没有空？陪我去趟造型室，老娘今天要穿最贵的礼服去艳压群芳，这大学生涯，总算是熬过去了。"

黎俏和唐弋婷约好时间，两人就挂了电话。

而后，黎俏忖了忖，便在微信群里回复了一个"OK"的手势。

103

下午一点,天色灰蒙,唐弋婷开着粉色超跑来到了黎家门外。

过了半分钟,黎俏不紧不慢地走出来,看了眼粉嫩的车身颜色,一言难尽地沉默了。唐弋婷就是标准的汉子性格少女的心。

坐进副驾驶,唐弋婷兴致勃勃地往她面前凑了凑:"哎,你们专业的告别宴走什么风格?"

黎俏系上安全带,瞥她一眼:"不知道,没看。"

微信群里好像发了告别宴的要求,但她没仔细看。

唐弋婷被噎住,边发动引擎,边嘀咕:"你都低调这么多年了,告别宴还不打算石破天惊一把?"

"不打算。"

唐弋婷打着方向盘,幽幽看着黎俏,不死心地继续说:"真没想法?我还想着今晚上咱俩双剑合璧呢!"

黎俏阖眸,冷漠脸。

水韵高端造型室,黎俏和唐弋婷并肩走进去。唐弋婷是这里的常客,平时家族举办各类宴会,她都会来这里挑选礼服做造型。进了门,黎俏轻车熟路地来到休息区入座。唐弋婷有自己专属的造型师,说了宴会的要求之后,两个人就往二楼的高定专区走去。楼梯口,她还不忘回头对黎俏喊道:"俏俏,过来呀。"

此时,黎俏看着手机突然弹出来的消息,对着唐弋婷挥了挥,便继续看屏幕。见状,唐弋婷也没多问,身影很快就消失在了楼梯口。

手机消息是黎少权发来的,可怜巴巴的四个字:"祖宗,救命。"按照黎俏对他的了解,一般这种情况,八成是要钱。黎俏直接打开手机银行准备转账,黎少权的电话恰好打了进来。

她蹙了下眉,接听,开门见山:"要多少?"

"嗯?怎么是个女的?你是他什么人?"听筒里传来了一道陌生且嚣张的询问。

话音方落,黎少权就在那头大喊:"救我,他们绑架……"

"你给老子闭嘴!"陌生的男人低吼一句,还伴随着拳头砸肉的闷哼声,透过听筒清晰地传到了黎俏的耳中。

黎少权被绑架了?她眸光倏地锐利微眯,俏脸一片森寒:"直说,要什么?"

电话里沉默了很久，还隐约夹着窃窃私语的声音。

黎俏等得有些不耐烦时，对方开口了："老子要他的户口本，不管你是谁，现在就给老子送来，不然我撕票！"

下一秒，通话被掐断，黎俏动作缓慢地垂下手，看着手机屏幕，思考着：你见过绑匪绑架要户口本的吗？

黎俏沉思片刻，转眼就打开手机的追踪软件，查询黎少权的手机定位：江景豪庭。这么说来，对方在黎少权的家里？这事太诡异，黎俏一时想不通黎少权到底惹了什么人。他平时大门不出二门不迈，是个疯狂技术宅，会惹到谁？

黎俏没耽搁太久，给唐弋婷发了条微信，匆匆离开了水韵造型室。

江景豪庭。

黎俏打车来到了黎少权的楼下，她站在公寓附近，先是睃巡着四周。行人来来往往，公寓的保安在岗亭里打着瞌睡。百无聊赖的周末午后，看起来一切如旧，并没有绑架事件现场应有的紧张和对峙。

少顷，黎俏不紧不慢地走进公寓楼，乘着电梯来到黎少权的家门前，直接按了指纹开门。依旧是浓烈刺鼻的烟味扑面而来，但明显比平时还要呛人。

黎俏绕过玄关，出现在跃层公寓的客厅时，现场瞬间鸦雀无声。

"唔唔！"这时，最先反应过来的是黎少权。他被五花大绑地丢在地板上，嘴上还封着透明胶带，乍一看到黎俏，就在地面边蠕动边哼唧。

黎俏面无表情地看着乌烟瘴气的客厅，除了黎少权之外，还有另外四个人，三男一女。

为首的是个人高马大的青年男人，约莫二十五六岁，穿着一身掉色的迷彩服，手里夹着卷烟嘬了一口，嚣张跋扈地问："户口本带来了吗？"

黎俏沉默地瞥他一眼，信步来到黎少权的跟前蹲下，"刺啦"一声就把他嘴上的胶带撕了下来，特别无情。

"嗷……"黎少权感觉自己的嘴皮都被扯掉了，痛呼出声，嘴里还在叫唤，"你轻点啊！"

青年男人和其他同伴都惊呆了。这漂亮女孩是来送户口本的还是来撕票的？怎么下手……比他们还狠？

这时，黎俏也没给黎少权松绑，慢悠悠地坐在沙发扶手上，双手环胸，昂了昂下巴:"讲讲吧,怎么回事!"

黎少权眼神躲闪,不敢看黎俏,埋着脸支吾:"就、就是你看见的这样,他们绑架……"

兄妹俩旁若无人地交流,仿佛其他人不存在似的。青年男人感觉自己"绑匪"的身份受到了侮辱,直接把卷烟丢在地上,大步流星地走上前,将黎少权给拎了起来,凶神恶煞地威胁:"你还敢废话?我就问你,要不要跟我妹结婚,不结的话,老子现在就送你去见阎王爷。"

黎少权被吓得够呛,由于还没松绑,只能用眼神不停地瞟着黎俏:"救我啊!"

黎俏不理会他,反而看向了客厅里的另一个女孩。从进门开始,这女孩就一直低着头坐在角落里,衣着朴素,甚至还有些旧,身材圆润,皮肤有点黑,而且看起来怯生生的。

黎俏从青年男人的口中听出了端倪,没什么耐心地蹙了蹙眉,睨着他,张狂地反问:"想逼婚?"

青年男人故作凶狠地瞪着黎俏,随手指着黎少权的鼻子:"逼婚又怎样?反正他必须娶我妹。"

这人,一副智商不高的样子。黎俏摸了摸脑门,轻叹一声:"理由?"

对方一把揪住黎少权的衣领子,似是不解气,还用力地晃了晃:"这厮跟我妹网恋三个月,现在见到真人就要分手,哪有这么便宜的事,他可是我妹的初恋!"

黎俏幽幽望着黎少权,半响才消化掉这个消息。她冷淡地挑眉:"你?网恋?"难怪整天在家里当技术宅,敢情那点放浪的情怀全用来网恋了?

黎少权别开脸,倔强地嗫嚅:"这能怪我吗?明明是他妹用100级美颜的照片欺骗我的感情。"

"你放屁,我妹明明这么漂亮,你是不是眼瞎?!"

男人抬手照着黎少权的后脑勺砸了一拳,恶狠狠的语气,听起来似乎是个妹控。

黎俏无奈地叹息,重新审视眼前的情况。除了这男人和他妹妹,另外两个人始终站在茶几旁,明显不敢直视黎俏,眼神挺虚的。

就这阵容,还想绑架逼婚?

黎俏烦躁地拧着眉,双手环胸低头看着自己的脚尖:"除了结婚,有其他条件么?"

青年男子松开黎少权,打量着黎俏:"你是他什么人?你能给他做主?"

"她是我祖宗,她能!"黎少权先声夺人喊出了黎俏的身份。

闻此,青年男人大义凛然地说:"既然这样,我就直说了,我们什么都不要,只要让他娶我妹就成。"

得,死循环。黎俏一时沉默,黎少权彻底慌了:"你别做梦了,你不看看你妹那张脸,娶她我宁愿出家。"

这话听起来很刺耳。坐在角落里的女孩满眼受伤地望着黎少权,手指也在膝盖上蜷起。这一瞬,黎俏也终于看清了女孩的长相。不难看,但是真的很圆润,脸颊肉多,五官略显拥挤。但,胜在她有一双干净透彻的眼睛,黑白分明。

黎俏蹙眉斜睨着黎少权,此时他满脸嫌弃,甚至还有一丝厌恶。

青年男人骤然听到自己的妹妹被如此羞辱,肉眼可见地暴怒了。他骂了句脏话,随即动作迅速地抬手,拳头破风而出,对准黎少权的脸就砸了过去。

力道很大,速度很快。那拳头如果真的打到黎少权,估计颧骨一定会碎。

电光石火间,黎少权满脸骇色地后退,女孩也惊呼着站起身大喊"不要",而黎俏出手了。她迅捷地向前一步,推开黎少权的同时,当空截住了对方的拳头。与此同时,黎俏的另一只手也捏住了男人的上臂,借力使力直接将他的攻势卸下,脚下一旋,以肩膀侧倾,直接给了对方一个过肩摔。

"嘭"的一声,一切静止。

男人孔武有力的身形,狼狈地砸在了地上,满脸蒙地半天没回过神。黎少权跳着脚高呼,要不是双手被反剪,他都想拍手叫好。

客厅里,死寂般的沉默过后,突然凌乱的脚步声从公寓门口传来。

"全都不许动,警察!"

地上的青年男人也恍惚着回神,眼里忽闪紧张。

谁报的警?

就这样,黎俏进门不到十分钟就出来了。一行人被带上了警车,直接开启了警局一日游模式。

押解车里,黎俏冷若冰霜地看着黎少权:"你报的警?"

黎少权抓了抓头顶的头发,直摇头:"没有啊,我哪有脸报警……"

107

然后,一旁的圆润女孩颤巍巍地抬起头,一脸惶恐不安地说道:"对、对不起,是我报的警,我怕我哥伤了你……"

闻此,她哥生无可恋地把后脑勺磕在了车窗上。这是捡来的哥哥,亲生的网恋男友吧!

南洋警局。

一行六人交出了随身携带物品后,就被带进了多人审问室。

此时,走廊另一侧也并肩走来两个人。其中穿着警服的男人大腹便便,发量稀少,眉眼间刻着精明,边走边对身边人谄媚地说:"秋少,这件事您放心,我们一定督促刑侦部门尽快把罪魁祸首抓捕归案。"

前天,南洋机械控股实业的工厂失窃,丢了一批精密机械零件。整个南洋警局都为之震惊,作为南洋金字塔尖端的机械制造业,丢了精密制造零件可不是小事。不仅如此,还把南洋秘书处都惊动了,两天时间连连施压,让警局务必尽快破案。

此刻,秋桓目视前方,没理会副局长的说辞,望着审问室的大门,颇有兴味地努了努嘴:"那些人犯了什么事?"

副局长顺着他的目光看去,略微不解。恰好审问室的大门打开,走出一名审讯员,副局长立马招手:"小王,你现在办的是什么案子?"

小王手里拿着记录本,闻声颠颠跑过来叫了声"副局长",并解释:"是这样的,刚才有人给报警台发了报警短信,说是被绑架了。这不刚把那个绑架团伙抓回来,有男有女,正准备审问呢。"

副局长听着小王的阐述,也没多想,转头看着秋桓,试探道:"秋少,这案子有什么问题吗?"

秋桓看着副局长似笑非笑地挑了挑眉,讳莫如深。他刚才看见的那个女孩,是商老大身边的黎俏吧?绑架团伙?有意思了!

不多时,秋桓离开了警局,副局长则站在门口回想着他的表情,凭借多年察言观色的办案经验,他觉得……这绑架案不简单呐!

于是,副局长一拍大腿,对着身后亦步亦趋的小王吩咐:"去,把那个绑架团伙分开审问,一个一个地审,报警人也要审,要是有人不配合,先关三天再说!对了,让信息部门尽快把他们资料全调出来,先拿给我看。"

审问室,黎俏和黎少权等六个人站在墙边,四名警官坐在对面。

此时,经验丰富的审讯员面色古怪地看着手里的报警记录,敲了敲桌子:

"谁是报警人?"他办案多次,就没见过这么诡异的绑架案。

女孩怯怯地抬起头,声音微微发抖:"是、是我。"

警员瞥她一眼:"你和被绑架人是什么关系?"

"他是我男朋友。"

"我和她没关系。"

两道声音同时响起,分别来自女孩和黎少权。

警官指了指黎少权,警告道:"没问你,不要说话。"

一阵沉默过后,主审员又闹心巴拉地问道:"你和绑匪是兄妹?"

天知道这是什么奇葩的绑架案,妹妹报警自称被绑架,结果绑匪是她哥,偏偏被绑的人是另一个男的。尤其是当警察全副武装抵达公寓的时候,不仅大门开着,就连所谓的绑匪也躺在一个漂亮女孩的脚边,场面乱七八糟,不知道的还以为在拍大义灭亲的电视剧呢。

正当审讯员打算继续提问时,门开了,小王神色匆匆地走进来,在其中一人的耳边低语了几句话。顿时,整个审问室的气氛都变得严肃起来。

三分钟后,所有人被带出去,并且分别安排在了不同的审讯室。问题重来一遍:姓名、年龄、职业、在绑架现场干什么。

此时,黎俏斜倚在单人椅中,不冷不热地回答:"救人。"

"啪"的一声,审讯员拍了下桌子:"你一个小姑娘去绑架现场救人?你自己信吗?"

黎俏漫不经心地点头,言简意赅:"信。"

审讯员哑然,喝了口水掩饰尴尬,又严肃地说:"我告诉你,这里是警局,不是你能说谎的地方。看看你后面的八个大字——坦白从宽,抗拒从严。"

眼前的警员看起来一身正气,但他们今天的办案手法,在黎俏看来却显得很不寻常。她面露不耐,不想浪费时间,直言道:"能打个电话么?"

两名审讯员面面相觑,下一秒言辞犀利地拒绝:"审问环节,不能打电话,你最好配合我们,绑架案非同小可,要是不从实招来,小心拘留。"

黎俏低头看着自己的指甲,闻声就冷冷地掀开眼帘:"打电话或者拘我,你们选。"

审讯员心想他们在警局审过无数犯案人员,就没见过这么不配合还如此嚣张跋扈的。恰在此时,名唤小王的警员又来敲门了,他的身后还站着油腻的副局长。两名审讯员一前一后地出了门,大概说了情况之后,副局不禁冷笑："当我们警局是什么地方？不配合就直接关进去，什么时候说实话，什么时候再放出来。"

"这……"审讯员很为难，"副局，有必要这么大动干戈？我们觉得……"

"怎么？我使唤不了你们了？局长不在，我就是老大。"副局长昂着下巴讥刺了一句，又提了提裤腰带，"要是不想干，趁早给我滚蛋！"

官大一级压死人，更何况他还是个副局长。审讯员各个面露土色，一声不敢吭。这位副局在警局里作威作福很久了。奈何人家上面有人，就算是局长，也只能睁一眼闭一眼。

就这样，因为副局长的施压，六个人暂停审问，全部被关进了留置室。

此时，不到二十平的留置室里，有一排环墙椅。黎俏叠着腿坐在墙边，目视着白墙，不知道在想些什么。对面，坐着那四个人，黎少权则蹲在墙角，不敢说话。

他觉得自己的死期快到了。如果被三叔家里人知道黎俏因为他进了局子，自己很可能会被扒皮抽筋丢到南洋河里。但他更害怕的是，如果黎三知道这件事的话，会不会直接开着武装坦克把警局给荡平了。

黎少权有点后悔，早知道他还不如跟网恋对象结婚呢！丑是丑，但总好过没命吧，大不了以后离婚也行啊！

这时，沉默良久的女孩犹犹豫豫地开口道："对不起，我不知道会变成这样……"

黎俏缓慢移动着视线，嗓音淡凉如水："你们怎么认识的？"

女孩小心翼翼地觑着黎少权，见他根本不看自己，难过地垂下眸，喃喃道："是微信……附近的人。"

还真是网恋的套路。黎俏深深地凝视着女孩，而后若有所思地看向了她的哥哥，从他们的衣着打扮来看，家境应该不富裕。而且，在警局上交随身携带物品时，他们拿出来的手机，也是很旧的杂牌机。如果为了钱，事情倒是好办，但如果真的只想和黎少权有个结果，那么……

思及此，黎俏睨着蹲在墙角画圈圈的黎少权，眼含深意地分析着眼前的形势。

这时，另外两个年纪稍长的男人有点慌了，视线一交会，就对着女孩她哥喊道："大兄弟，现在咋办啊？我们俩今天的水泥还没搬完呢，这误工费你可得给我们补上啊。"

大兄弟?听到这个称呼,黎少权呆滞地抬起头,一字一顿:"你俩不是他大舅二舅吗?"

"拉倒吧,我们仨都是一个工地的工友,今天就、就是来撑场子的!"

瞬间双手抱头的黎少权在心里骂了一句脏话。

另一边,秋桓离开警局不久,坐在车上眸光玩味地忖了忖,随即就给商郁打了个电话:"少衍,忙着呢?"

男人低沉微哑的嗓音传了过来:"有事?"

秋桓姿态惬意地把脚腕搭在左腿膝盖上,望着窗外飞速掠过的街景,笑意不减:"没事就不能找你?"

商郁没出声,伴随着打火机的响动,似乎点了一支烟在缓慢吞吐。

秋桓悻悻地摸了下自己的浓眉,暗道了句"没劲",直截了当地开口:"我在南洋警局看见你家小姑娘了。"

"嗯,她去办事?"商郁吐着烟,音调平缓。

闻此,秋桓邪笑,咂了下舌尖:"那我就不知道了,不过我听办案警员说,她好像涉嫌绑架,而且……"

"嘟——"秋桓还挂在嘴边的话,生生被电话里的忙音给堵了回去。他愣了愣,举着手机笑骂了一句,到底还是低估了商老大对那女孩的紧张程度啊。

……

警局。

约莫过了一刻钟,留置室的大门开了,小王陪着副局长缓步走来。站定时,副局长将资料直接摔在了桌上:"哪个是黎俏?"

留置室里的其他几人,不约而同地看向了环墙椅的左侧。而黎少权也站起身,警惕地看着狐假虎威的副局长:"你们要干什么?"

副局长伸手朝着黎少权点了点:"给我闭嘴,没问你。"下一秒,他掀开资料夹,坐在办公椅中,瞅了一眼样貌惹眼的女孩,愣了愣,眼底立刻浮现出一抹惊艳。而后,他清了清嗓子,颐指气使地要求:"黎俏是吧,你到前面来。"

话音落定,留置室里一片安静。

黎俏没动,依旧在环墙椅稳坐如山,那双漆黑的小鹿眼敛着锐光,瞥

111

着他:"你哪位?"近半年,她一直忙于毕业,倒是没关注南洋警局的人事变动。这人自称"本局",难道局长换人了?此时,小王站在副局长的背后,恭敬地介绍:"这位是我们南洋警局的张副局长。"

原来是副局长。黎俏了然地垂下眼睫,绯红的唇边漾出一丝隐晦薄凉的笑。

副局长颇为满意地挺了挺胸脯,就在他以为黎俏会面露尊敬上前等候询问时,却见到女孩依旧是一副巍然不动的冷淡姿态。他顿觉没面子,沉着脸猛拍桌,起身就往门外走,并吩咐小王:"你去把她给我带出来,我要亲自审。"

这时,小王一脸同情地上前打开栏杆门,叹息道:"副局要问话,你回答就好了,干吗非要和他作对。"身为警员,小王也有他的无奈之处。

黎俏不急不缓地起身,慵懒勾唇:"你们费局长今天是不是不在?"说罢,黎俏往前走了两步,见他还怔在原地,不由对着门外努嘴,"带路吧。"

小王猛地回神,动作僵硬地往前踱步,心里的疑惑却越来越多。她怎么知道局长姓费?事情似乎不太对劲啊!刚才从警局信息中心调出来的资料显示,这女孩除了姓名、性别和年龄记录在册,其余的所有信息全都呈现空白状态。小王来警局不久,但这种情况倒是听其他老警员提过一嘴。信息部门记录的资料,倘若出现空白状态,只有两种可能。要么是真的空白,要么就是……被更高级别的系统权限给隐藏了。

小王恍恍惚惚地带着黎俏走出留置室,余光瞥着她淡然的表情,总觉得第二种可能性更大。

前方审讯室,小王推门让黎俏先进去。他本打算去个洗手间缓解一下紧张情绪,突然间就听到警局前面的大厅传来嘈杂的骚动。

还有人喊了一句:"局长,你不是公出了吗?怎么又回来了?"

费志鸿,五十岁,南洋警局的局长。一身刚正不阿的铁血做派,面目严肃,穿着便装从门外风尘仆仆地走进大厅。他的身边还跟着另一个穿着黑西服的男人,体形修长,姿态高冷,且目光浮着凌厉。

此时,费志鸿环顾四周,问道:"老张在哪儿?"

"局长,副局在审讯室呢。"喊话的正是从走廊里颠颠跑过来的小王。整个南洋警局,只要有局长坐镇,那就不会有人把张副局放在眼里。小王像是看见了救星一样,跑到费志鸿面前,语速飞快地将张副局带走黎俏的事说了一遍。末了他还煞有介事地在费志鸿耳边低语："局长，我觉得那个黎俏的空白信息很可能另有隐情，但张副局非要亲自审问，这……我们拦不住啊。"

这时候，一直站在费志鸿身边的高冷男人说话了："费局长，黎小姐就是我们要找的人，她在哪里？"此人，是流云。

费志鸿没有回应他，反而浓眉紧蹙，脸色阴沉地眯眸看着小王："你说，他带走的人是谁？"

小王被吓得够呛，支支吾吾地回："黎、黎俏啊。"

"让张乐山给我滚出来！"

审讯室，张副局长就坐在黎俏的对面，装腔作势地翻了翻手里的资料，笑得不怀好意："小姑娘，看你年纪轻轻的，脾气倒是不小，知不知道我是谁？"

黎俏低头摸着自己的指甲，漫不经心地摇头："不知道。"

张副局顿时不悦，他办案多年，什么硬骨头没见过，眼前这个黄毛丫头要不是看她有几分姿色，他早就让人逼供了："呵，你胆子挺大啊，进了局子还不知悔改，就不怕本局……"

威胁的话还挂在嘴边，审讯室的门突然被人从外面大力推开。

张副局浑身一颤，看都没看就怒喝："谁？不知道敲门吗？"

刚说完，门口两道逆光的身影已经大步流星地闯了进来。

张副局凝神定睛，忍不住倒吸一口凉气："老费，你怎么……回来了？"

费志鸿一把夺过他手里的资料夹，咬牙切齿地说："我要是不回来，你是不是还打算继续在警局里作威作福？"

张副局讪讪笑道："话可不能乱说啊。老费，我这么做可是有原因的……"

"张乐山，你自求多福吧！"费志鸿拿着文件夹拍了拍他的肩膀，怜悯又讥讽地冷嘲。随即，他神色缓和几分，这才俯身看着黎俏，语气歉疚："俏俏啊，没事吧？干爹来晚了，让你受委屈了。"

黎俏懒散地抬眼，望着费志鸿，扯了扯唇："我还以为您老退休了。"

费志鸿撑着她的肩膀将人从审讯椅上拉起来，虚揽着她就往门外走。门口，他又回头看向惶然的张副局："张乐山，接下来就麻烦你跟这位衍皇集团的云总解释一下，为什么强行扣押我们家黎俏。"

张副局腿一软，堪堪扶住了审讯桌，他刚才听到了什么？衍皇？云总？风、月、云、雨那四位中的……云总吗？张副局这辈子就没怕过什么，仗着自己背后有靠山，欺软怕硬早就成了骨子里的习惯。此时，他茫然地望着气势凛然的流云，慌乱之际就开始掏手机，打算找一根救命稻草。

"秋少啊，我可被你害死了！"

刚回到公司的秋桓看了看屏幕，蹙眉不解："张副局？此话怎讲？"

然后，张副局就把自己之前所有的揣测和做法全盘托出，秋桓都听傻了。他什么时候让张乐山去针对黎俏了？

"秋少，你得管我，要不是为了帮你，我也不会惹上衍皇集团啊。"只能说这位张副局太愚蠢，明明心无城府又总想指点江山。他就这么当着流云的面跟秋桓求救，不但给秋桓挖了座坟墓，连自己的乌纱帽也彻底难保了。

几分钟后，黎俏姿态闲适地坐在局长办公室，睨了眼费志鸿："今天的事，麻烦干爹帮我保密。"

费志鸿坐在办公桌前，上下打量黎俏，确认她安然无恙，才追问："保密没问题，但你跟干爹说说，到底是怎么回事？"

"说来话长。"黎俏说着就往门外张望了两眼，"流云怎么会跟你一起过来？"

费志鸿无奈地搓了下脑门，便开始絮絮叨叨地解释。其实他今天的确要去邻省公出，结果就在机场候机的时候，接到了流云的电话。对方开口就砸了一句话："费局长，你们警局抓了我们的人。"费志鸿差点当场惊到，连忙从机场一路飙车赶回了警局。

此时，听完他的解释，黎俏微微低头，嘴角轻扬："哦，这样啊……"流云的出现足以证明是谁的手笔。

费志鸿心有余悸地喝了口桌上的凉茶："对了，跟你一起进来的那五个人，如果按照绑架罪定罪的话……"

黎俏斟酌了几秒，便对着费志鸿道："按警署的流程调查吧，黎少权和那对兄妹应该为自己的行为负责。"

费志鸿了然地点点头，刚要说话就见黎俏站起身要走："你去哪儿？要不要晚上和干爹吃个饭，给你压压惊？"

黎俏拉开门，回眸一笑："不了，我还有事。"

他有十分甜　*114*

她走后,费志鸿才后知后觉地想起来,他忘了问俏俏,为什么会认识衍皇集团的云总了。

警局门外,流云正在一辆魅影车旁候着,看见黎俏走出来,立马拉开后座车门:"黎小姐,老大等您呢,请上车。"

……

九尊私人会所,坐落在离南洋警局不远处的城中别墅区内。别墅区内景致怡人,安逸雅静,宛若闹市中的一处桃花源。车子穿过内流河的窄桥,转眼就停在了一大片人工草坪前,流云下车道:"黎小姐,老大在前面。"

黎俏扭头眺望,但见草坪和内流河的交会处,黑衣黑裤的男人双腿交叠坐在阳伞下,桌上还摆着特制的酒樽和果盘,颇有几分赏景的惬意。

她对流云点了点头,信步踏上了草坪。

时间刚过三点,天空疏云卷雾。黎俏来到阳伞下,落座时歪头看着商郁,眉眼精致含笑:"衍爷,久等了。"

这时候,男人骨节分明的手指端起酒樽,浅抿一口,薄唇轻扬:"不算久,怎么不问我为什么没去?"

黎俏的视线凝视着商郁的手指,不禁回想起那掌心干燥的触感,她舔了下嘴角,眼底流光浮动:"这么点小事,不值得你亲自出面。"

商郁沉邃的眸里划过笑意,英俊的轮廓略显柔和:"费志鸿是你干爹?"

"嗯。"黎俏径自从果盘里拿过一块西瓜,轻描淡写地说,"七岁时被绑架过,当时是他带队把我救出来的,我爸觉得他是我的救命恩人,所以就认了亲。"

黎俏说得轻松,但商郁的眼神却变得幽暗凌厉:"绑匪呢?"

"当场击毙。"黎俏云淡风轻地笑了一下。

闻此,商郁的眸中倏然掀起杀伐的戾气。七岁的女孩,遭遇绑架,绑匪又被当场击毙,这就是黎家人对她的保护?再看眼前的黎俏,依旧泰然自若,仿佛事不关己。是当真无所畏惧,还是……心智已经强大到能够随意谈论少时的噩梦遭遇?商郁举杯浅酌,目光高深地凝视着黎俏,也许两者皆有,所以她才足够特别。

不多时,身后再次响起引擎的声音。

黎俏回眸,就见秋桓甩上车门步履匆匆地往这边走来,开口第一句话:"衍爷,给个机会,听我解释行不行?"听他的口吻,似乎要和商郁谈事。

黎俏瞥了眼满头大汗的秋桓，又望着商郁："需要我回避吗？"

男人晃了下酒樽，神色冷峻，嗓音低沉："不用，正好一起听听他是怎么让副局长在警局针对你的。"

秋桓瞬间腿软，想跪！张乐山，你这个自作主张的大傻子！

此时，一阵清风拂过，内流河的湖面上泛起了涟漪，几缕发丝也随风爬到了黎俏的脸上。她幽幽看向秋桓，昂着精致的下颔，噙着危险又迷人的淡笑："原来是秋少的手笔，理由呢？"

秋桓被黎俏那双黑如点漆的小鹿眼看得浑身不自在。碍于他理亏，只能硬着头皮解释："妹子，这真的是个误会……"

黎俏收回视线，神色淡淡："怎么证明？"

秋桓余光瞥着商郁一副置身事外的模样，用皮鞋碾了碾草坪，弯腰赔笑道："我找机会给你赔罪，你看怎么样？"

这时，黎俏探出手从桌上拿起一只空酒樽，给自己倒了半杯白兰地，嗅了嗅，浅尝一口，才挑眉徐徐问道："会不会太麻烦秋少？"

秋桓差点想跪下，就她那副俏脸冷淡、目空一切的恣意，跟商少衍一个德行！"不麻烦不麻烦，我应该做的。"

黎俏没再理会秋桓，不声不响地继续喝着酒樽里的白兰地，口感柔和，味道还不错。这时，一颗水晶葡萄不偏不倚地投进了她的酒樽里。黎俏余光瞥去，就见商郁匀称的手指刚好将金属水果夹重新放到了果盘上。

特制的酒樽本就是类似古代那种圆形直壁且带有兽衔环耳的三足杯，而葡萄恰好卡在中间，很巧妙地挡住了酒液流出。黎俏拿着酒樽晃了一下，白兰地醇香的味道在四周飘散，却因为一颗葡萄，她喝不到酒了。

"白兰地后劲儿大，女孩子少喝点。"一道浑厚磁性的嗓音从身边幽幽传来，黎俏循声扬眉，恰好和商郁视线相撞。

黎俏放下酒樽，靠着太阳椅，眉梢轻扬："衍爷，我酒量很好的。"

男人慵懒地弯起薄唇，睨着黎俏张扬的神色："有多好？"

"唔，那得看情况！"黎俏似笑非笑地转着手里的酒樽，看了眼商郁，"想喝的时候千杯不醉，不想喝的时候一杯就倒，不过……我在外人面前从不喝酒。"

这一刻，秋桓像个可有可无的抱枕似的坐在对面，眼巴巴地看着他俩旁若无人地闲聊。能不能看他一眼？能不能拿他当个人？秋桓轻咳一声，试图引起注意:"我说……"

话音未落,商郁眉心微凝,无情地下了逐客令:"你该走了。"

秋桓一口气吊在嗓子眼,跃跃欲试地想要掀桌子。

然后,他又看见黎俏略有几分嫌弃地扫他一眼:"秋少今晚这么闲?"

言外之意,你还不走?

秋桓气笑了,站起身顶开椅子就大步流星地往草坪另一边走去。隐隐约约间,他听见商郁口吻纵容地说了一句话:"就算想喝酒,白兰地也不能喝太多。"秋桓冷笑着越走越快,去他的好朋友吧,都是见色忘义的狗男人。

秋桓走后不久,黎俏顺势看向男人的腕表:"几点了?"

商郁回:"不到四点。"他打量着女孩懒淡的表情,"晚上有安排?"

黎俏点头,用指尖捏了下耳垂,不甚在意地扯唇:"嗯,大学生涯告别宴。"

"几点开始?让流云送你过去。"商郁顺手拿起桌上的烟盒,夹了一支烟在指间把玩,"聚会不要喝酒,明早八点记得去董事会报到。"

黎俏又瞄了眼桌上的酒樽,嘴角挂着浅浅的笑:"衍爷忘了么,外人面前我从不喝酒。"她没说谎,喝酒这件事,她的确分人。刚才看着商郁抿杯浅酌,一时心头泛痒,才会给自己倒了一杯。她想尝尝他的酒,是不是和他一样,那么醇香醉人。

而这句话,似乎取悦了男人。

商郁侧眸看着黎俏,性感的喉结滑了两下,精致的轮廓愈发柔和:"在警局除了张乐山,还有没有被其他人刁难?"

黎俏摇头,说了句"没有",顺手拿起一块果切:"警员都是奉命行事,怪不得他们。"

说完,她目光顿了顿:"衍爷,手机借我用一下。"

商郁从裤袋拿出手机解锁后就递给她:"你的手机呢?"

黎俏接过,边打开通讯录,边解释:"刚才从警局出来得着急,忘拿了。晚点再去拿,顺便接个人。"

手机通讯录,此时停留在最近通话的页面。

黎俏本能地想要点击右下角的拨号盘,但目光随意扫过,却倏地捕捉到一个突兀的名称——Baby Girl。

商郁的通话记录并不多,哪怕只是一眼,黎俏也看见了名称下面的手机号。那是她的号码！黎俏呼吸一凝，心跳瞬间乱了节奏。

几秒后，她一派镇定地点开拨号盘，手动输入了唐弋婷的电话。等待接听时，黎俏举着手机，转开脸眺望着远处的内流河，嘴角一侧缓缓扬起，忍俊不禁。

很快，唐弋婷接起了电话，语气还透着小心翼翼："喂，您好，哪位？"

黎俏敛去笑意，淡声说："是我。"

"俏俏？"唐弋婷试探地喊了一声，听到黎俏的应答，瞬间惊呼，"这是哪位大佬的爆炸手机号啊？"

黎俏垂眸叹了口气，话锋一转："来九尊会所接我。"

"啊？你把我一个人丢在设计室就为了自己去九尊会所放纵？黎小俏，你这样对吗？"黎俏匆匆说了句"赶紧过来"，就直接把电话挂了。

此时，商郁慵懒地叠着腿，微敞开的领口总是透着野性和随意，修长的手指夹着烟点燃："怎么不让流云送你？"

黎俏将手机放在桌上："唐弋婷晚上也要去参加告别宴，我和她一起比较方便。"

不到二十分钟，唐弋婷的粉色超跑就停在了草坪附近。

黎俏站起身，和商郁道别时，他沉声问道："在哪参加告别宴？"

"皇家酒店。"

男人慵懒地垂了下眼帘："嗯，去吧，今天喝了酒，不要开车。"

上了车，唐弋婷还煞有介事地往窗外瞟了瞟："俏啊，那个男人……"

黎俏单手系上安全带，弯唇："嗯，就是你想的那个人。"

唐弋婷浑身一颤，僵硬地转过头，指了指放在腿上的手机："那、那手机号……"

"也是他的。"黎俏瞥她一眼，给出答案。

一瞬间，唐弋婷感觉自己的手机无限增值了！她的通话记录里居然有南洋商界霸主的电话，这手机……还能用吗？要不要回家找个佛龛供起来？

少顷，唐弋婷一边启动车子，一边又问："你的手机呢？没电了？"

"在警局，宴会结束再去拿。"黎俏就闭目养神，显然不打算多说。两人一路回到水韵造型室，唐弋婷顶着半张素颜脸又跑回楼上继续化妆。黎俏则跟店员借了台公用电脑，坐在休息区从容地敲起了键盘。黎少权的事，并不算解决。那对兄妹虽然被放了出来，但难保不会再找黎少权的麻烦。

他有十分甜

将他暂时放在警局，也算是变相保护。

半个小时后，唐弋婷穿着一条水银色的鱼尾裙下了楼。唐家小千金虽然平时大大咧咧，但精心打扮过后，也不乏俏丽精致。

唐弋婷拢了拢肩头的发丝，来到黎俏身边坐下，好奇地往电脑屏幕上探了探头："哎，这姑娘谁啊？还挺漂亮。"

电脑画面上，显示着一张有些模糊的照片。女孩看起来年纪不大，瓜子脸，葡萄眼，五官组合在一起，有一股轻灵之气。

黎俏的指腹摩挲着下颌，对着屏幕努了努嘴："你觉得，这张照片开美颜了么？"

唐弋婷是个自拍达人，手机里的美颜软件比社交软件还多。她看着像素很渣的照片，不假思索地摇头："肯定没开，一看就是天生脸。这种像素的照片要是开美颜的话，分分钟变成车祸现场。"

黎俏的眸中立时噙满了若有所思的深意。所以，作为技术宅的黎少权，应该没可能分辨不出照片的真伪。但是那个女孩现如今的长相，和照片几乎是判若两人。因何如此？

这时候，唐弋婷撞了下黎俏的肩膀，看着照片疑惑地问："这人谁啊？脸蛋这么好看，直接出道都够用了。"

"关明玉。"黎俏说了个名字。唐弋婷没听过，又瞅着照片感叹了两句，便催促她："走吧，该去酒店了，今晚上老娘要艳压四方！"

黎俏"嗯"了一声，将照片和文件粉碎删除，又卸载了某些软件，重新启动后就将电脑还给了店员。文件被粉碎前，唐弋婷看到了一些信息：那对兄妹，无父无母，哥哥叫关明辰，妹妹叫关明玉。

……

五点钟，黎俏和打扮靓丽的唐弋婷来到了皇家酒店。大概是两个院系共同聚会，所以酒店的门前还特意摆放了指引牌。金融系的晚宴在东厅，生物工程系则在西厅。

第6章 董事长特别助理

转眼,两人在酒店大堂分道扬镳。黎俏沿着西厅的方向不急不缓地踱步,其间偶尔遇见几个面熟的同学,她皆是神色淡淡地点头示意。这类聚会晚宴,黎俏都没什么兴致。

她进了宴会厅,略略看去,大约摆了七八个宴会桌。生物工程专业每年的招生指标都不到一百人,相比较隔壁近四十桌的金融管理系,这里显得有些冷清。

黎俏寻了个靠后的角落入座,百无聊赖地看着穿梭而过的男女,算不上衣着华贵,但也都十分隆重正式。唯独她,一件短款朋克衫和牛仔裤,随性舒适又不乏洒脱帅气。

"黎俏,你怎么一个人坐在这里?"这时,宴会厅门口徐徐走进来两个穿着华丽连衣裙的女子。她们手挽着手,看起来关系不错。

黎俏懒洋洋地往后仰了仰头,是同班同学,印象里她们和江忆关系不错。她没说话,只是扯了下嘴角作为回应。

两个女子互看一眼,似笑非笑地走了。就算是校花又能怎样?全系的女生在今晚都巴不得离她远远的。今晚上看似是告别宴,说白了更是一场同窗联谊。不然也不会安排隔壁金融系一起聚餐,听说还有不少富家子弟也来了。

约莫过了十几分钟,生物系的同学都差不多到齐了。宴席桌上并没有摆名牌,所以大家都随意入座。

于是,整个西厅里就出现了诡异的一幕。打扮漂亮的女同学大多坐在前排,而近一半的男同学,都坐在了后面。尤其是黎俏所在的宴桌,明明只有十个席位，此时却拥挤地坐了十五个人，一女十四男。其中，甚至包括生物专业的系草和几个长相俊逸的篮球社成员。

场面逐渐失控，坐在前排的女同学各个脸色难看地盯着他们，愤愤不平。

"搞什么啊，怎么都围着黎俏转来转去的？"

"是呢，她不就长得好看点嘛，这群男生真肤浅。"

"你们可别忘了，人家前几天刚把江忆教训了一顿，再胡乱说话，说不定下一个'社会性死亡'的就是我们！"

一群女同学在前面指指点点，而男同学们则争先恐后地和黎俏套近乎。

"黎俏，这个果茶不错。"

"黎俏，你要吃蛋糕吗？我去帮你拿？"

"黎俏……"

总之，告别宴还没开始，现场已经很混乱，黎俏的脸色也越来越沉。往常在学校里，她习惯了独来独往，唯一交好的就只有唐弋婷。全系的男同学平时也都和她保持着安全距离，旁观者多，但主动靠近者几乎没有。今天怎么了？告别宴都冲着她来了？！

黎俏面无表情地睃巡着四周，下一秒直接站起身离开了宴厅。走廊里，她神色紧绷，眼里噙着烦躁，正琢磨着提前离场，一阵铿锵有力的脚步声从走廊的另一侧传来。

黎俏没有抬头，直到看见锃亮的黑皮鞋停在眼前，以及一个没有开封的手机盒子。那人说："黎小姐，老大怕您参加宴会无聊，让我给您送一部新手机过来。"

黎俏听着耳畔熟悉的嗓音，又看向那只手机盒，眉宇间的烦躁逐渐消失。

她有些意外地抬起头，望着一脸正色的流云，缓缓接过盒子，心坎一片滚烫："麻烦了，替我谢谢衍爷。"

流云抿了抿唇，举止得体地颔首："好的，黎小姐，备用的手机卡也在里面。"说罢，流云打了声招呼就转身走了。

黎俏视线低垂，摸了摸手机盒子，没再迟疑，换了卡，直接开机。她左腿搭着右腿，顺势靠着走廊的墙壁，点开拨号盘，娴熟地输入了商郁的电话号码。

响了两声，电话接通。黎俏看向窗外，小鹿眼里流光溢彩，隐着笑："谢谢衍爷的手机。"

"不用谢，宴会还没开始？"商郁深沉磁性的嗓音从听筒传来，明明和平时一样，却莫名让人心跳加速。

黎俏缓了口气，如实回答："还没有，不过应该快了。"

商郁音色慵懒地"嗯"了一声，顿了顿，说道："好好玩，有事打电话。"

挂掉电话，黎俏站在走廊久久驻足。虽然心跳已经趋于平稳，但那种经久不衰的悸动仍旧在心头徘徊发酵。

另一边，南洋公馆。半地下的品酒廊，三面环墙的酒柜里摆满了琳琅满目的名酒。黑色大理石吧台前，商郁和欧白并肩而坐，秋桓则站在里面充当调酒师。

商郁结束通话后就将手机放在了一旁，端着调好的龙舌兰姿态随性地浅抿。欧白和秋桓则四目相对，眼神里都充满了戏谑。

这时，秋桓两指间夹着量酒杯，将一盎司龙舌兰倒进调酒壶里，挑眉看向商郁，酸溜溜地说："咱们认识这么久，怎么没见你给我送过手机？"

欧白也随声附和："我也没有。"

这时，吧台欧式吊灯的昏黄光晕倾泻在男人的四周，暖了他周身的凌厉和野性。商郁将酒杯里的龙舌兰一饮而尽，冷眸幽幽对上调侃的秋桓："废话真多。"

调酒的秋桓心想，现在给他下毒还来得及吗？

一旁的欧白幸灾乐祸地笑出了声，用骨节敲着吧台，正了正脸色："少衍，说实话，你和土匪黎三他妹到底是什么情况？"

秋桓也停下了手里的动作，盯着商郁："我也挺好奇的，你今天下午在九尊会所维护她的样子，我差点以为你俩已经暗度陈仓了。平心而论，那姑娘除了出身好一点，其他方面未必配得上你。"

欧白同样视线灼灼地凝视着商郁，并煞有介事地抿唇点了点头。

听完两人一番自以为是的分析，商郁面无异色地垂下了眼睑。男人沉默片刻，随即慵懒地靠着高脚椅背，手指扶着酒杯底座，轻轻转了转："我看重的从来都不是她的能力。"

另一边，黎俏重新回到宴厅，教务处段元辉和系主任正站在台前进行宴会开始前的讲话。小舅段元辉今晚衣着随性，蓝衬衫搭配黑西裤，袖管卷到小臂上方，刚过四旬的年纪，愈显出岁月沉淀后的稳重。他手执话筒说到一半，捕捉到黎俏的身影，似是欣慰地点了点头。

黎俏漫不经心地扯着嘴角,双手抄着朋克衫的外兜,从宴厅的角落里拖了把椅子,径自坐在了门口的墙边。而后排宴席桌的男同学们面面相觑,不禁陷入了思考。他们要不要也拖着椅子去黎俏身边陪坐?毕竟今晚……机会难得。

这时,段元辉清了清嗓子,朗声说道:"好了,咱们的告别宴正式开始。各位同学,可别说学校不给你们创造谈恋爱的机会。隔壁东厅的金融系,今晚来了三百七十多人,大家稍后随意串场,相信你们脱单指日可待!"

"处长英明!"

"处长今晚好帅!"

"我爱医大,医大就是我爱情的摇篮!"

一瞬间,整个宴厅都因为段元辉的话而沸腾。告别学生时代,学子们似乎也彻底解放了天性。

不多时,黎俏无情地拒绝了第三位敬酒邀舞的男同学,从旁观察许久的段元辉也不紧不慢地来到了她面前。他同样拽过一把椅子,落座时,笑着戏谑:"刚刚的刘哲是你们生物系的系草吧?挺清秀的小伙子,你拒绝得这么干脆?"

黎俏关掉手机屏幕,转眸看着段元辉,不冷不热地开口:"小舅也说了,他只是清秀。"

段元辉不禁摇头失笑,打量着黎俏帅气的打扮:"看来你今晚真不是来找对象的?"别的女同学都穿得非常华丽漂亮,只有他们家黎俏,身着一身朋克机车服就来了。

黎俏别开脸,面无表情:"我需要吗?"

段元辉沉默了。纵观黎段两家所有的小辈,黎俏的长相是最出挑最惹眼的,没有之一。她确实不需要在这种场合里找对象,因为没人配得上。

转眼,时间临近七点,东西厅的同学也早就开始串场搭讪。

黎俏看了看时间,懒洋洋地站起身:"走了。"

段元辉放下交叠的双腿,单手搭着椅背:"这么快就回去?一会还有交谊舞会,不参加了?"

黎俏顿步,扭头:"不了。"

"行吧,回去路上注意安全。对了,下周六是你外公大寿,别忘了给他准备礼物。"段元辉边说边起身提醒,两人也并肩走出了宴会厅。

123

这可急坏了那些跃跃欲试的男同学。段处长你明知道这是属于学子们的联谊晚会，结果你还整晚拉着黎俏聊天是想怎样啊？还能不能给年轻人发挥空间了？

夜幕降临，光影阑珊。黎俏孤身绕过酒店前方的人鱼喷泉，打算叫辆车直接去警局。这时，一辆银灰色的欧陆车从右侧的停车场驶出，恰好就停在了黎俏的脚边。

流云下车，单手扶着半开的车门："黎小姐，是要去警局吗？"

黎俏昂了昂下颌，懒洋洋地看着流云："没错。"

流云立刻绕到黎俏的身边为她打开后座车门，恭敬地颔首道："黎小姐，请上车，我送您过去。"

夜色当空，黎俏轻瞥了一眼欧陆车的车身。同款劳斯莱斯，却没有拓印衍皇集团的标志。

黎俏双手插兜耸了耸肩，笑着说麻烦了，转瞬就钻进了车厢。这是谁的安排，根本毋庸多问。因为下午时分，她亲口告诉过商郁，宴会结束后要去警局，偏偏她喝了酒，不宜开车。是以，今晚流云出现后的所有举动，也让黎俏有种被重视的温情暖意。

南洋警局，黎俏进门前，流云站在车旁低语："黎小姐，我在门外等您。"

黎俏仰头看了看他，应允后就走进了警局大门。

时间刚刚七点半，大厅里只有几名值班的警员和辅警。

警员小王把她带到接待室，又倒了杯茶："黎小姐，黎少权的案件已经调查清楚了，经过调解双方认定这是一场误会，您先稍等，我去把人带出来。"

黎俏捏着纸杯点头道谢，接待室的灯光落在她的眼里，透着几分淡漠和清冷。

不到五分钟，垂头丧气的黎少权被小王带到了接待室，手里还拿着没啃完的半块馒头。

黎少权站在门口，看着姿态闲适的黎俏，嘴一瘪，想哭。

黎俏双手插着兜，似笑非笑地对着椅子努努嘴："长记性了？"

黎少权点头挪步，老委屈了，他把馒头丢进垃圾桶，抹了把脸，小声说道："你就是一个没有感情的人。"

看来确实挺委屈，都开始骂人了。黎俏似笑非笑地睨着他，食指有节奏地敲着椅子扶手:"关明玉兄妹离开的时候,有没有和你说什么?"

黎少权抓着脑门的头发揪了两下,往椅子上一瘫:"关明玉说……是真心喜欢我,但是同意分手,还、还跟我道歉了。"

闻此,黎俏的眼底光影浮动,看着黎少权颓废的神色,若有所思地问:"你身为技术员,看不出来那张照片没有美颜痕迹么?"

黎少权怔了怔,耷拉着脑袋:"我当然看出来了,但是关明玉那个长相怎么解释啊。你都不知道当时我在线下和她见面的时候,心都碎了。"

"咚咚——"这时,接待室的门被敲响,小王探头探脑地推开门,特有礼貌地说道:"二位,你们的随身物品我取出来了,需要在文件上签个字。"

见黎俏点头,小王连忙走进门,双手将两人的随身物品呈上,末了又补充了一句:"黎小姐,费局让我跟您说一声,下次来警局办事的话,如果他不在,您可以找我,我叫王川川。"

黎俏神色淡淡地点头:"好,谢谢。"

王川川连声说"不用谢",捧着文件走出门后,感觉自己未来的仕途一片光明。

几分钟后,黎俏带着黎少权离开了警局。两人上了流云的车,其间,黎俏瞅着窗外璀璨的夜景,淡声问:"关明玉也住在江景豪庭附近?"关明玉说过和黎少权是通过"附近的人"相识。

黎少权蔫蔫地窝在后座,有气无力地说:"可能吧,我没仔细问。"光馋她那张脸了。

江景豪庭。

黎少权下车时还警惕地朝着四周不停张望,生怕那对兄妹又冲出来逼婚。黎俏在后座降下车窗,瞅着黎少权目光微凉:"这几天自己注意点,不要随便出门。"虽然关明玉同意分手,也经过了警署的调解,但她哥哥关明辰未必会轻易罢休。

黎少权一副受训的表情站在车旁,又往周围看了看,小心翼翼地问:"他们不会再来了吧?我会不会有生命危险?"一场网恋,他差点没了半条命。

黎俏凉凉地瞥着他,升起车窗的同时,冷酷无情地丢出一句话:"你自找的。"

黎少权目送着欧陆车缓缓离开,委屈巴巴地捂着心脏,他的"金主爸爸"好凉薄,好冷漠。

125

八点半,夜色浓稠,欧陆车停在了黎家别墅区,黎俏道谢后,便拖着一身疲惫进了家门。她回到三楼的卧室,把外套随手丢在椅背上,径直走到阳台落座。晚风轻轻拂过,吹乱了她耳鬓的碎发。黎俏捏了下眉心,抬手解开丸子头,柔顺的发丝瞬间倾泻在肩头两侧。她静默了几秒,便起身回房拿出了自己的电脑。一番熟练的操作后,黎俏看着页面显示的消息,表情淡淡,看不出什么端倪。关明玉的确住在江景豪庭附近,只不过……是隔街一栋筒子楼的地下室。

……

翌日,早上七点,天气晴好,是雨季时节难见的好天气。黎俏穿着一身天蓝色的女士休闲西装开车出了门,今天是她去衍皇集团报到的日子。

周一的街道总是拥堵不堪,抵达衍皇集团的时候,距离八点还有一刻钟。黎俏来到大堂前台办理了登记,拿着临时员工卡就刷开闸机走进了电梯间。上班早高峰,电梯间人满为患。男男女女手里拿着早餐或公文包,目光一致地盯着电梯的攀升数字。黎俏站在轿厢最里面,耳边不时传来大家讨论工作的交流声,工作氛围很浓郁。

五分钟后,黎俏才来到一〇一顶层。

相比较楼下各个楼层的热闹喧哗,董事会所在的一〇一层显得格外安静庄严。董事会的秘书前台此时正拿着化妆镜补妆,瞥见黎俏的身影,连忙站起身,询问过后,就带着黎俏去办理实习生入职手续。

办完手续,两人来到位于董事长办公室门口的独人独位工作台。秘书看了看手里的资料,耐心地解释:"你的实习岗位是董事长特别助理,日常所有的工作内容都是董事长给你直接布置,这是员工手册,你先熟悉一下,有什么不懂的再问我哈。"

黎俏翻了翻实习手册,对着秘书勾唇:"好,谢谢。"

秘书随意摆摆手,一步三回头地离开了办公区。她在衍皇工作半年了,第一次听说董事长特批了一个实习助理的名额。而且,还是个年纪轻轻的女孩,重点是好看得要命!她有危机感了!

秘书回到自己的接待工位,根本顾不上补妆,打开工作群就想和同事八卦一下。然而,此时工作群里已经有两百多条未读消息,中心思想大概是:今天在电梯间里穿蓝色西装的姑娘,是哪个部门的新同事?求姓名,求年龄,求照片,求联系方式,求求了……

他有十分甜

上午九点,黎俏坐在独立工位,百无聊赖地托腮望着眼前的办公室。员工手册她已经熟读了三遍,但商郁还是没来。黎俏倦懒地盖住眼睑,琢磨着要不要给他发条微信问问。然而,拿起手机的刹那,一通电话恰好打了进来。

黎俏看着来电显示,起身往茶水间走去:"喂,大哥。"平日里,黎君很少会给黎俏打电话。除非……有事。

黎俏慢悠悠地来到茶水间,倚着琉璃台,听到电话里的询问,她温笑回应:"我最近在外面实习,晚上才回家。"

黎君微惊,揉了揉太阳穴:"怎么突然就跑出去实习了,是科研所那边给你安排的?"

"不是。"黎俏不愿多说,直接转移话题,"大哥找我有事?"

黎君叹了口气,没再纠结黎俏为什么跑出去实习,反而语气沉重地说道:"也没什么大事,我记得你手里是不是有一款徕卡0系列的相机?"

黎俏稍加思索,漫不经心地点了点头:"嗯,有,在收藏室,怎么了?"

话音落定,黎君的呼吸都急促了:"俏俏,能不能把你那台相机取出来给大哥用用?"

"可以。"黎俏随手端起琉璃台上的茶杯摩挲两下,"不过……那台相机是上个世纪生产的,如果拍照的话,效果应该不如现在的单反。"

顶多有点收藏价值,因为全球只有25台,是去年她在维纳斯拍卖会上匿名拍下的,价格不菲。

此时,黎君顿了顿,略显为难地解释:"不是拍照用,前几天南洋机械控股实业丢了重要的开发零件,是一批复古照相机的精密轴承。而且……那些零件的所有图纸也全部被盗,所以可能需要你那台0系列的照相机作为参考,重新设计一下。"

闻此,黎俏挑了下眉梢:"是秋桓家的机械工厂?"

"对,你也知道机械控股实业一直是南洋的缴税大户,刚刚他正好来我这儿喝茶,就念叨了几句。他丢的那批精密零件,设计了一年多才有了初步模型。当初的设计理念就是来自0系列复古照相机,这次零件丢失的案子好几天了也没有进展。再这么拖下去,可能会影响机械实业今年的销售业绩。"从而影响征税……

黎君絮絮叨叨地解释了一大堆,黎俏只提了一个问题:"那当初给他们提供设计理念的0系列相机怎么不拿出来用？"

她倒不是舍不得那台极具收藏价值的复古相机。只不过……不想轻易便宜了秋桓。她在警署被刁难的事，秋桓可是始作俑者，她记仇。

这时，黎君靠在老板椅中，蹙眉道："据他说当初是机械工程团队从别人手里借来的。不过，很不巧，那台相机后来被送去了拍卖会，去年就成交了。听说还是匿名成交的，你也知道，拍卖会一向对客户隐私保护得极好，现在他们想找人都找不到。"

匿名拍卖人黎俏心想，敢情她手里的这台相机，可能就是当初机械工厂的灵感来源。

"大哥什么时候要？"黎俏放下手中的茶杯问道。

黎君说了句"尽快"，黎俏便应声："我中午给你送过去。"

"行，大哥等你。"

九点半，黎俏正坐在电脑前发呆，斜后方突然传来一阵稳健的脚步声。她微微侧首，就见到商郁顾长昂扬的身影出现在办公区，身后的望月和流云则落后两步汇报着工作。

"老大，落雨已经上飞机了，应该下午就能回来。"

"嗯。"男人沉沉的嗓音应声，途经黎俏的工位时，深邃的眸落在她身上，"过来。"

黎俏撞上他幽深的视线，不知为何莫名感觉到一阵压力。

望月和流云适时站定，陡地瞧见黎俏那身天蓝色的西装，双双沉默了。所以，今早在工作群里掀起轩然大波的人，是黎俏大小姐？！望月生无可恋地瞅着黎俏，搓了搓脑门，有点闹心。早知道他就不嘴欠了！

这事还得从半个小时前说起。当时他们和老大一起乘车前往衍皇总部。途中有点无聊，他就打开了工作群，不看还好，这一看就忍不住在车上分享趣事。望月仔细回忆了一番，他当时好像是这么说的："哟，公司今天有八卦啊。"开车的流云特别捧场地搭话："什么八卦？"望月顺手翻了翻聊天记录："据说今天来了个新妹子，穿蓝色西装，个高腿长。搞得不少男员工都借着上厕所的理由跑人事部打听联系方式去了。群里几个部门领导正在抱怨，说以后招人能不能别招这种影响工作氛围的员工。"

此时，望月站在原地，望着黎俏的蓝色身影走进了董事长办公室，感觉自己要裂开了。他是真的想不到，黎俏来公司第一天，就能闹得满城风雨。

这是衍皇集团，南洋顶尖的企业。各路人才聚集的CBD核心区域，现在因为她的出现，全乱套了。

望月不停深呼吸，随后用手肘撞了撞流云："我刚才在车上，没说什么过分的话吧？"他要是早知道那位是老大的黎俏，他就算憋死，也不敢说一个字。

这时，流云幽幽看了眼望月："没有。"

望月刚松了口气，紧接着肩头一沉，流云怜悯地拍着他的肩膀补充："你只是说，如果那位员工太影响工作气氛的话，就让人事部做劝退处理。站在公司角度来看，确实不算过分。"

流云踱步去了自己的办公室。望月死死盯着他的背影，恨不得烧两个窟窿。谁让你站在公司角度看待问题了？

董事长办公室，黎俏跟在商郁身后进门，阳光从环景落地窗倾泻在地毯上，一室温暖。男人走到大班台前，逆光的身影伟岸修长，高级衬衫贴在他的肩头，隐隐还能看到肌理的完美弧线。

黎俏双手背在身后，目不转睛地凝视着他，勾唇浅笑："衍爷，今天有什么工作安排？"

商郁冷肃的眸睨着她的打扮，迈着长腿坐下，单手撑着椅子扶手，音色醇厚："上班第一天，感受如何？"

想了想，黎俏挑着眉梢："还不错。"中规中矩的回答，她觉得没什么毛病。但，商郁的脸色始终不见缓和，虽然看似淡漠随意，可从他薄唇微抿的弧度来看，似乎……又不那么随意。

这时，男人慢条斯理地翻卷着衬衫袖口，眼尾低垂，刻着几分不悦："和同事的关系呢？"

同事的关系？黎俏不经意地想到了一〇一层的前台秘书："也挺好，都很热情。"给她讲解员工手册，又带她熟悉办公环境，算是热情吧。

偏偏，话音落定的刹那,宽敞豪华的办公室里掀起了一阵无形的压迫感。

来自商郁。黎俏对危险的感知向来敏锐，她蹙了蹙眉，打量着男人幽暗沉邃的眸，哪怕他一言不发，依旧透着上位者的凛冽锐气。气势上，黎俏弱了几分，因为她怀疑自己又惹他生气了。但原因呢？

黎俏垂眸在自己身上扫了一圈，衣着得体，套装西服，挺正式的。她眸光闪了闪，稍稍向前迈步："衍爷，我……"

129

话没说完，男人按下了内线，冷眸盯着她，对电话里吩咐："把特别助理的工位搬进我的办公室，再去准备一张专属电梯卡。今天在工作群讨论与工作无关话题的员工，月底绩效酌情扣十分。"

黎俏食指反手戳在了自己的肩膀上："我的工位放在你的办公室里？"那她还能安心工作吗？至于在工作群里讨论话题的员工，黎俏倒是没在意。她刚来，还是个实习生，也没被拉进公司的工作群，所以并不知道他们都讨论了什么。

此时，男人挂断内线电话，随意地靠在老板椅中，别有深意地开腔："特别助理的工位，理应特别。"

行吧！黎俏屈着手指擦了下鼻尖，若无其事地扭头看着窗外，嘴里小声嘀咕："你是老板，你说了算。"

一瞬，商郁阴翳的眸里渐渐染了笑，他右手臂弯搁在桌上，健硕的胸膛微微前倾，口吻似命令似商量："明天开始，上班不要穿颜色过于艳丽的衣服，嗯？"

她大概不知道，那身蓝色西装穿在她身上，到底营造出了什么样的效果。小姑娘本就长相精致，眉眼出众，泛着光泽的秀发高高束成马尾，再搭配这样一身干练飒爽的西装，特立独行又冷艳，整个衍皇集团也挑不出第二个。难怪实习第一天，乱了一池春水。

黎俏从窗外收回视线，哦，又是衣服惹的祸。

她眸里闪着微光，懒懒地勾唇："行。"

不到十分钟，黎俏的办公桌就被搬进了董事长办公室，并且特意放在了大班台的左前方。两人中间隔着沙发区和茶水台，一左一右，总之挺诡异的。

接下来的时间，商郁给了她三份文件，让她整理并翻译。

一上午，相安无事。

临近十二点，商郁接了电话就起身出了门。黎俏看了看时间，将电脑锁屏，拿着车钥匙也离开了办公室。

二十分钟后，一辆奔驰大G停在了雅墅园公寓楼下。这里是南洋有名的高级公寓住宅。

黎俏下了车，直接去了三十七层。一梯一户的设计，既保护住户的隐私，又能享受绝佳的居住环境。可惜，这套公寓黎俏从没住过，因为被她改造成了私人收藏室。因为安保系统完善,并且距离华南路的别墅区不远,所以她将很多收藏物件都放在了雅墅园。

进了电梯,黎俏按下指纹锁,入门时顺手开了灯。大平层的公寓里生活设施几乎没有,放眼望去全是一排排收藏展柜。就连公寓里的温度和湿度都是按照博物馆的规格进行设计控制的。

黎俏不疾不徐地在房间里走了一圈,来到了第三排的展柜旁。她粗略看了看,戴上手套,直接从里面拿出徕卡0系列序列号122的照相机。复古照相机的皮质机身带着历史的厚重感,虽有磨损却不影响它的收藏价值。

黎俏将照相机小心装箱,随即就离开了雅墅园。

南洋秘书处,坐落在秩序井然的行政区。黎俏拎着小箱子来到行政大楼,刚踏上门前最后一级台阶,秋桓就从楼内搓着手迎面走来:"妹子,您可算是来了!"反正,那语气,那姿态,挺狗腿的。一点也没有机械控股少东家的稳重和成熟。

黎俏表情淡淡地瞥着他,语气不冷不热:"秋少怎么在这儿?"

秋桓亦步亦趋地跟在黎俏身边,眼神不住地瞄着她手里的小箱子:"我这不是来迎接你嘛!"

黎俏没什么表情,依旧淡漠:"我何德何能让秋少亲自来迎接?"

得,这是还没消气呢。秋桓单手掐腰,又看了眼装相机的箱子,眼波一闪,说道:"妹子,警局的事确实是我的责任,不过你放心,张乐山已经被带走调查了,哥向你保证,这辈子他都没有再翻身的机会了。"秋桓又谄笑着往她跟前凑了凑:"所以你看,这事咱能翻篇了吗?"

黎俏挑着眉梢看向秋桓,没说"好",也没说"不好",淡淡的表情让秋桓心里特别没底。

就在这时,大哥黎君神情严肃地从电梯间走了出来。身为南洋秘书处的秘书长,他一身墨蓝色的西装搭配白色衬衫,外套的领口还别着徽章,庄重又不失优雅。

路过的工作人员看到他,纷纷颔首:"秘书长。"每一声呼唤,都代表了他在南洋秘书处至高的权力和地位。

黎俏和秋桓听到声音便双双回眸。

黎君气度稳重地踱步而来,视线触及黎俏,面色温儒:"俏俏什么时候来的?怎么不上楼?"

黎俏递出箱子，淡声回应："刚刚到。"

黎君顺手接过箱子，和秋桓对视一瞬，又说道："大哥替机械工厂谢谢你。既然来了，中午一起吃个饭？"

"对，一起吃饭吧，我请。"

面对秋桓邀约，黎俏无情拒绝："不了，我临时出来的，该回去了。"说罢，她转身欲走，又顿步，回眸的视线落在小箱子上，余光瞥了瞥秋桓："相机如果有损坏，秋少记得赔钱。"

黎俏送完相机就驱车回了衍皇集团。

乘坐专属电梯回到一〇一顶层，时间刚好下午一点。前台秘书正拿着化妆镜涂口红，瞥见黎俏的身影，立马小声说："刚刚云总找你。"哦，流云。黎俏点头说"知道了"，穿过幽静的走廊，直奔流云的办公室。

门前，她站定敲了敲，还没等到回应，右后方就传来了声音："黎小姐。"

黎俏回眸，望着流云走来的身影："前台说你找我？"

流云微一领首，朝着隔壁的董事长办公室看了一眼："是老大刚问我您去哪了。"

"哦，临时出去办点事，我去和他说。"黎俏回了一句，转身往办公室走去。

此时，黎俏缓缓推开董事长办公室的大门，一阵若有似无的烟味随之传来。大班台附近，商郁靠在老板椅中，面对着窗外的街景，指间夹着烟轻轻吞吐。

黎俏随手关门，来到他的背后，还没开口，男人嗓音低沉地抛来询问："去哪儿了？"

"给我大哥送点东西。"黎俏站在斜后方，睇着商郁轮廓分明的侧脸如实回答。

男人修长的双腿叠在一起，薄唇抿了口烟："吃过饭了？"

黎俏摇头，余光微晃，意外地捕捉到沙发茶几上摆着的精致饭盒。那是……水晶苑的外卖？黎俏稍加思索，眼里便噙满笑："还没有，衍爷吃了吗？"

商郁没回答，只是缓慢地转眸看向她，冷眸深邃，无波无澜。

黎俏和男人四目相对，他精致的轮廓被窗外日光照得清晰而立体，但微抿的唇线和浓眉间的褶皱都写满了不悦。

他有十分甜

自知理亏，黎俏心软地向前一步，双手撑着大班台，俯身笑着解释："我出门的时候你没在，下次再出去的话，我提前和你说。"

商郁探手将烟头掐灭在烟灰缸里，对着茶几的方向昂了昂下颌，用略显无奈的口吻道："去热饭吧。"

"好。"黎俏言笑晏晏地应了一句，转身就抱起餐盒出了门。

茶水间，黎俏将水晶苑的精致饭盒一一放进微波炉，听着机器运作的声音，她也陷入了短暂的思考。随着和商郁愈发频繁的接触，如今也隐隐感觉到了他极其霸道的一面。虽然还不明显，但已初现端倪。典型特征就是对于某些人和事，有着强烈的近乎偏执的掌控欲。

讨厌吗？黎俏扪心自问。几经思索，她垂眸失笑。自然是不讨厌的，他的霸道和掌控，在她眼里，被自动美化成了在意和关心。

这份水晶苑的午餐就足够证明他的用意。

几分钟后，黎俏热好饭菜，重新拎着饭盒回到办公室。她径自推门而入，却不料被一声略显刻薄的低语阻住了步伐："为什么不敲门？谁让你擅自进董事长办公室的？"

是个女声。黎俏顺势眯了眯眼，不紧不慢地看向了左侧的休息区。一个女人，黑衣黑裤马丁靴，眼尾噙着犀利，长相不算漂亮，大概因为高颧骨和短发，看起来少了女性的柔和，多了些男性的硬朗。

她和流云并肩站在茶几前，身高相仿，又高又瘦，个头最少一米七八。而商郁则坐在沙发里，双臂微微弯曲搭着沙发靠背，后仰的姿势俊魅又慵懒。女人一声低喝后，流云撞了撞她的肩膀以示提醒。

男人闻声变了脸色，眸光落在黎俏身上，浓眉舒展对她招了招手："过来。"

黎俏面无表情地和那女人对视，走上前把饭盒放在桌上，下一秒直接入座，纤细的肩膀往沙发一靠，跷起二郎腿，昂首睨着女人。

这一幕，让对方的表情惊了惊。

商郁瞧着女孩冷淡的表情，微微勾唇，音色磁性地介绍："落雨。"

黎俏漫不经心地挑了下眉头，原来是四大助手之一的落雨。

"老大，她是……"这时，落雨敛着愕然，明目张胆地打量着黎俏。

流云目光闪了闪，率先小声对落雨解释："这位是黎小姐，老大的特别助理。"

特别助理！听起来就很特别！落雨瞥着身侧的流云，语气透着狂："追风是因为她……"

话未落,商郁目光一顿,挑着眉尾睨向落雨,眸深似海:"在帕玛待久了,你也忘了规矩?"

落雨匆匆低下头,态度恭敬:"抱歉,老大,我只是有点惊讶。"

黎俏冷冷地瞥着落雨,懒得揣摩她的心思,直接倾身打开餐盒:"吃饭吧。"

商郁放下交叠的长腿,从女孩手里接过筷子,三菜一汤的饭菜香味瞬间弥漫在办公室里。他们旁若无人地用餐,流云和落雨则一声不吭地站在桌前候着。

黎俏挑食,即便是用来调味的葱花都要精细地挑出来。

"不爱吃蒜薹?"商郁睇着黎俏刻意避开了那道清炒蒜薹,不禁勾唇笑问。

黎俏抿了下筷子,点头:"不好吃。"然后,落雨就看到商郁将那盘菜端到了自己的面前,然后将孜然羊肉里的葱花挑拣干净,推给了黎俏。落雨难以置信,也无法接受。他是南洋商少衍,是霸道又令人崇拜的衍爷。怎能为了一个女人,纡尊降贵做这些事?

"老大,我来……"落雨冷不丁蹙眉开口,身子前倾,意图上前帮黎俏挑菜。

但话音犹在嘴畔,商郁手肘撑着膝盖,动作缓慢地抬起了头,口吻低冽:"安静。"

落雨呼吸一滞,堪堪垂下眸,心慌意乱。这位黎小姐,到底是什么来头,竟然能让老大如此维护。

一顿饭,二十分钟,黎俏吃得不急不缓。大概是因为面前站着落雨和流云,她胃口不佳,一碗米饭只吃了三分之一就放下了筷子。

"吃饱了?"商郁又往她的碗里夹了一块牛肉,侧首睇着女孩微微不耐的神色,语气透着纵容。

黎俏点了点头,没吭声。

商郁也随即放下了碗筷,对着饮水机的方向以眼神示意,流云立马转身去倒水。

"黎小姐,请喝水。"

流云无比端正恭敬的态度,再次让落雨接受不了。她冷眼旁观,心里有团火在剧烈地燃烧着。衍皇的四大助手,只为商少衍服务。从什么时候开始,他们还需要对一个乳臭未干的小丫头卑躬屈膝?

这时,商郁摩挲着茶杯,看着喝水的黎俏,薄唇微侧,明明是询问,却分明透着陈述的语气:"上午给你的文件,翻译完了?"

黎俏双手捧着水杯小口抿着,闻声放下杯,起身走到自己的办公台拿起资料,折回来就递给商郁:"已经按照时间线整理好了,翻译的内容在最后面。"

商郁接到手里,转而递给了落雨:"看看。"

落雨不解,但还是打开文件快速地阅览了一番。

衍皇旗下医药公司的药用手册,三份文件,将近两百页。

内容完整,顺序明确,尤其是后面的翻译文件,很多专业医疗词汇都运用得恰到好处。

落雨用力捏着文件:"这些……都是你翻译整理的?"

黎俏斜睨着她,嘴角轻扬,玩味一笑:"没错,有何指教?"女孩说话的语气算不上温和,甚至还有些嚣张的挑衅。

落雨抿了抿唇,不得不垂下眼睑:"指教不敢,翻译得……很好。"

实事求是地讲,这份药用手册,就算是长期居住在国外的她,也未必能翻译得这么精准。

不多时,商郁眸光暗凉地摆摆手,落雨和流云便一前一后地出了门。

黎俏坐在沙发上,望着落雨的背影,不以为意地撇了下嘴角。

隔壁会议室,流云反手关上门,睨着落雨,无奈地蹙眉:"你怎么刚回来就触老大的霉头?"落雨这半年一直在帕玛处理工作,这次要不是追风翻车被临时送出去,可能短时间内她还回不来。流云自己也没想到,落雨竟然敢当着老大的面对黎俏不敬。

此时,落雨双手环胸背靠着墙壁,狭长的眼尾闪过冷光:"这不叫触霉头,老大的身份如果仅仅是衍皇集团董事长,那他身边就算有佳丽三千我都不会多看一眼。但事实是怎样的,你不会不知道。我承认,她长得够美够聪明,但有用吗?"

落雨冷笑一声,继续道:"帕玛那边有多少人还对老大的位置虎视眈眈,就算是本家里,那些堂主和叔伯都恨不得能抓住老大的弱点把他拉下马。她一个花瓶,倘若有朝一日老大被群起攻之的时候,你确定那女孩不会被吓得屁滚尿流？"

这番话掷地有声，流云忍不住出言反驳："其实……这段日子接触下来，我觉得黎小姐并不是个花瓶，况且你也说了，她的文件翻译得很好。"

落雨顺了顺自己的短发，有些失望地叹了口气："文件翻译得好，我承认。但是随便一个专职翻译也能做得很好，你觉得这些就够吗？流云，什么时候开始，你也凭感觉做事了？"

流云一瞬抬眸和落雨视线交会，语气晦涩地说道："黎小姐到底如何，现在还说不好。但你刚才在里面的做法，确实欠妥。"

闻此，落雨用脚尖碾了碾地面的毛毯，信步走到落地窗边，屈起骨节在窗户上敲了两下："所以，就算看不惯我也只能忍着吗？流云，我们四大助手的使命你是不是忘了，我们是辅佐，不是服侍。"

隔壁，董事长办公室。流云和落雨离开后，房间里寂静蔓延，还隐隐飘着饭菜的余香。黎俏安静地坐了一会，就上前打开了新风系统。她幽幽回身，睇着商郁优雅从容的坐姿，抿了抿唇，问道："落雨在集团是什么职位？"

四大助手，在衍皇集团的身份可以说是一人之下万人之上。而方才落雨的所有表现，都让黎俏感觉到一丝不同寻常。那份翻译整理的资料，商郁看都没看，反而直接交给了落雨。单凭这一点，黎俏揣测落雨的职位应该不低。果不其然，商郁接下来的话印证了她的想法。

此时，男人理了理衬衫，那张精致惑人的俊颜泛着惬意的随性："副董。落雨主要负责集团旗下的医药公司和投资项目，各项能力截止到目前在四人里排第一。"

黎俏不经意地扬起眉梢，眼里透出几分兴致："这样啊……"倒是低估了落雨，没想到三男一女的组合，她居然是最强者。

"所以，要得到他们四人的认可，并不容易，你还需努力。"商郁说着就起身来到黎俏的跟前，干燥的掌心落在她头顶轻拍了两下，音色夹着淡笑。

转眼，下午四点。黎俏和商郁还在董事长办公室里各自忙碌着。

她偶尔侧首，目光深处凝视着男人专注工作的身影。突然，商郁午后说的那句话，不期然地袭上脑海："想得到他们的认可，你还需努力。"

黎俏眸光微闪，视线落在了电脑屏幕的右上角。那是衍皇集团的标志，也是他一手创立的商业帝国。南洋商少衍，背后代表的财团势力并非是普通人能够想象的。四大助手之所以能够与他比肩，必定是具有出众的能力和手腕。而她，无论是哪方面，若是连四大助手都无法信服，又怎么和他未来风雨同行？她懂商郁话中的深意，有些话无需挑明，自是心照不宣的默契。思及此，黎俏垂下眼睑，指尖在文件上轻轻摩挲，眼底不禁泛起淡淡的笑意。

不到四点半，黎俏将邮箱里的邮件发出，并且做了详细的内容说明后，不紧不慢地合上了电脑。她的工作时间是早八晚四，现在已经过了她的下班时间。商郁刚刚被流云叫走，似乎去开董事会议了。黎俏坐在桌前忖了忖，拿起一张便笺写了一句话，走到大班台前，贴在了他触手可及的地方。做完这些，黎俏拎起自己的背包就离开了公司。

五点钟，黎俏开车来到了江景豪庭公寓附近的一片筒子楼住宅区。这里和豪华公寓仅一街之隔，生活水准却有着天壤之别。筒子楼周围的环境略显嘈杂拥挤，旁边还有在建的工地不时传出扰民的施工响动。

黎俏将车停在街边，她调查的信息显示，关明玉和她哥就住在这里的一间地下室。黎俏掏出手机看了看，刚要下车，就听见窗外传来一阵喧嚣的嘲讽声。

"你也不看看你那个长相，还好意思上台比赛演讲？就算你的演讲稿再华丽，有什么用？"

"就是，关明玉，我要是长成你这个样子，我肯定都没脸见人。"

"关明玉，我告诉你，演讲比赛你趁早自动退出，不然我要你好看。"

嗯，是个熟悉的名字呢。黎俏缓缓降下车窗，透过人群缝隙恰好看见人行道上被几个穿着校服的女孩推搡讽刺的关明玉。

"班主任说过，那个演讲比赛大家都可以参加的……"关明玉怯怯地反驳了一句，手指抓着自己的外套，企图据理力争。

这时，为首的女孩猛地上前一步，伸出食指用力戳了戳关明玉的肩膀："就凭你也想跟我们媛姐争名次？关明玉，上台前你照过镜子吗？你觉得你自己配吗？"

哦，这好像是一场校园霸凌。黎俏从她们叽叽喳喳的交谈声中听出了大概。关明玉想参加演讲，但对方仗着人多，想逼她自动退赛。至于原因，黎俏懒得深思，无非就是关明玉的演讲稿获胜概率大，或者……这群人单纯就想欺负她。

黎俏不是什么同情心泛滥的人,但可能是对方说话的口吻太跋扈,她忍不住就推开门下了车。车门被甩上的声音,也瞬时惊动了那几个霸凌者。筒子楼地段,开奔驰大G的人可不常见,尤其还是个长相极具侵略性的年轻女孩。

黎俏单手插兜绕过车头,不紧不慢地往人行道踱步。隔着不远的距离,身穿校服略显臃肿的关明玉一看到黎俏,就忍不住低下头,别开脸,眼眶也渐渐红了。

黎俏神色平静地来到她们面前,目光冷淡地看着关明玉:"被人这么欺负,都不知道反抗?"

关明玉那张过分圆润的脸颊瞬间涨红一片,眼神带着慌乱:"我、我没关系的,她们没有恶意,黎小姐你有事就快去忙,不用管我的。"

这是害怕连累她?黎俏缓缓顿步,打量着关明玉。她还是那副唯唯诺诺的样子,拥挤的五官的确看不出任何灵动之气。唯独那双眼睛,还隐约能看出照片中的轮廓。

黎俏幽叹,转眼看着那几名面露惊讶的女同学:"欺负她很有成就感?"

"你谁啊?"为首的姑娘再次扬声质问,一身痞气生生破坏了身为学生该有的朝气阳光。

不待黎俏开口,关明玉立马开口:"我不认识她,你们别激动……"

这群人,在学校里拉帮结派很久了。以媛姐为首的四个女孩,在校园里都没人敢惹,谁惹就打谁。而且她们还有个自以为牛气的名字"二中四娇娃"。

黎俏懒得和她们多费唇舌,睨着关明玉挑了下眉头:"过来,上车。"

"凭什么跟你走?关明玉我告诉你,今天你要是不答应退赛,咱们这事就没完了!"几个小女孩看起来还是高中生的样子,偏偏说话特别不中听。

黎俏微微侧身,也没多说,直接拿着手机就戳了两下屏幕:"你好,我要报警。"说着,她又斜睨着对方的校服,看到上面的校徽标志,继续说:"第二附属高中的学生,在建南路霸凌同窗……"

话音未落,那几个高中生面露恐慌,连话都没说一句,互相拉扯了几下,转身撒腿就跑。

黎俏心想,就这,还想霸凌?她刚才要是录个视频传到网上,估计她们的学籍都难保了。"

黎俏冷笑着将手机塞回兜里,看着一脸茫然的关明玉招呼了一声:"还不过来?"

关明玉回过神,连忙小跑到黎俏面前,仰着头:"黎小姐,谢谢你啊。"

"不用谢。我没报警,下次再遇见这种事,自己学聪明点。"黎俏的语气不冷不热,但仔细听不难听出一丝烦躁。

这时,关明玉讪讪地低下头,眼神流露出几分为难:"我想过报警,但大家都是同学,我担心报警会影响她们未来的学业。"

愚昧。黎俏看着关明玉怯生生的卑微模样,摇头喟叹,转身朝着奔驰车走去:"先上车,我有话问你。"

关明玉手脚并用地钻进了副驾驶,动作中还透着小心和拘谨。

她摘下书包抱在怀里,双腿并拢,偷觑着黎俏:"黎小姐,是不是我哥又……"

"没有。"黎俏斜倚着车门,单手撑着门窗,侧首睇着关明玉,"你今年二十岁?"

关明玉怔了怔,眼神闪躲着点头:"是的。"

"高三?"

闻声,关明玉低着头诺诺地回:"嗯,还有一个月就高考了。"

二十岁上高三,黎俏在查到关明玉这条信息时,也颇为惊讶。

此时,黎俏扶着方向盘敲了敲,睇着关明玉略显局促的神色,眼波微暗:"你是十一月的生日,还不到二十周岁的法定结婚年龄,况且你现在还是高三学生。所以,坦白一点,当时你和你哥去找黎少权的麻烦,并不是真的想和他结婚,对吗?"图钱,反而更有可能。

黎俏的这番分析,让关明玉瞬间呼吸急促地抬起头,她张了张嘴,却欲言又止。

"你如果愿意说实话,那我们还可以继续谈下去。如果不能,你现在可以下车了。"

关明玉沉默了很久,似乎陷入了两难境地。

黎俏指尖一下一下敲着方向盘,就在她耐心告罄的前一刻,关明玉咬着嘴角,艰涩地说道:"黎小姐,我知道我哥当时做得不对,但是他真的没有坏心。我承认,我哥当时看到了黎少权的住处,产生了一些不该有的

139

想法，但他都是为了我。他知道我和黎少权网恋了几个月，也以为他是真心喜欢我。所以……我哥就动了把我托付给黎少权的念头，除此之外，我们从没想过在黎少权手里得到什么，真的。"

这番解释情真意切，至少在黎俏看来，关明玉没有说谎。

她凝视着对方："为什么他要把你托付给黎少权？"

关明玉眨了眨眼，手指渐渐蜷起："因为他觉得，如果我和黎少权在一起，或许……就有钱治病了。"

"你得了什么病？"黎俏挑了下眉梢，不禁回忆起她曾经看过的那张照片，果然另有隐情？

关明玉抿唇，眼神不停地闪烁，最终却自卑地摇头："我也不知道是什么病，两年前我上高三的时候，突然有一天就开始高烧不退，然后身体也开始发生了各种变化。后来不得已我就办理了休学，当时我和我哥跑遍了县城的医院，医生怎么都查不出原因。所以我哥才带我来了南洋，在更大的医院检查过后，医生猜测是我的染色体出了问题。但是，因为钱不够，我们没办法再继续接受检查和治疗，只能一拖再拖。"

染色体出了问题？黎俏捕捉到她话中的重点，顿时产生了一丝兴趣："你去哪个医院做的检查？"

"南洋医科大学附属医院。"

黎俏了然地眯了眯眸，如果真是染色体的问题，她倒是可以去查一下病例。

车厢里，关明玉忐忑地看向黎俏："黎小姐，我说的都是实话。不然我也不会二十岁还在上高三。现在的南洋二中，也是我哥求了他的包工头才把我送进去借读的。这些你都可以去问他的包工头，他们都可以作证。"

黎俏看着关明玉急切的模样，漫不经心地扬了下眉尾："既然重新复读高三，为什么不好好学习，还要和黎少权网恋？"

关明玉抠着自己的指甲，良久才喃喃道："因为我丑，我穷，我年纪大，所以整个班级没有同学愿意和我说话。我把高三的所有知识都学了好多遍，我也想把自己的时间都占满，但是……有时候我还是会觉得孤单。黎少权是除了我哥之外，我微信里唯一的好友，是我不对，当时给他发了以前的照片，造成了误会。我哥又意外知道他的存在，所以动了不该有的念头。黎小姐，事情闹到现在，我已经和我哥说了，一定不会再去找黎少权的麻烦，这一点请你放心,我可以保证的。"

关明玉的解释,语气急切且诚恳。至少,黎俏从她的眼神里,没看出她有拜金的想法,倒是一片赤诚。反而,莫名因为她那句"因为丑、穷、年纪大,所以没朋友"的话心里有些不是滋味。她无法感同身受,却也曾见到过校园霸凌的对象,大多带有这些特征。

黎俏从关明玉的脸上移开视线,望着街头为了谋生而谄媚吆喝的小商小贩,大概这个世界上还是有很多人活在别人无法想象的潦倒之中。她默了片刻,淡淡地问:"你哥现在每个月能赚多少钱?"

"不到五千块。"关明玉低着头回答,眼眶又红了,"其实我哥也很优秀的,当初他是我们县里唯一一个会心算的学生,后来因为家里出事,他才辍学打工,就为了让我能完成学业,结果……我的身体也不争气。"

黎俏了解了情况,便从收纳盒里拿出一瓶水递给关明玉:"你哥在旁边的工地打工?"

"是的。"

黎俏深深看了关明玉一眼,便朝着窗外努努嘴:"回去吧,希望你今天跟我说的都是实话。"

这时,关明玉动作笨拙地拉开车门,下车前回头看着黎俏:"黎小姐,谢谢你今天帮了我,再见。"

车门被关上,关明玉圆润的身影在视野里渐行渐远。她的身高目测还不到一米六,但体重看起来超过了一百五十斤。关明玉自称在南洋医科大学附属医院就诊过,黎俏若有所思地眯起眸,而后又朝不远处的工地看了一眼,她没再停留,直接驱车去了隔街的江景豪宅。

这两天,黎少权过得很不好。因为害怕那对兄妹又突然找上门,他特意买了三个报警器放在大门后面,只要有人闯入,立马响铃的那种。所以,当黎俏按下指纹推门而入的时候,三个报警器乍响,那声音……直冲云霄。

楼上,伴随着一阵凌乱的脚步声传来,黎少权顶着一个鸡窝头,手里拿着一根棒球棍,站在楼梯口警惕地大喊:"谁?"

黎俏心想,他是不是脑子出问题了?

黎俏面无表情地看着黎少权,余光瞥着地面上的报警器:"还不关上?"

黎少权怔了两秒:"哦哦。"他扬手把棒球棍丢到沙发上,小跑上前将报警器重新复位。

世界安静了。也不知道他是真的害怕还是成心乱折腾。

黎俏按了按额角，一言难尽地打量黎少权："有毛病？至于放三个报警器？"

黎少权讪讪地关上门，耷拉着脑袋，烦闷地挠头："我这不是害怕他们再来找我麻烦么……"

两人一前一后走进客厅，黎俏嗅到房间里浓烈的烟味，不禁皱了皱眉，没有商郁抽的烟味道好闻："说吧，你到底是怎么打算的？"

黎少权心虚地窝进沙发里，搂过抱枕埋着脸哼唧："什么打算啊？"

"关明玉。"

闻此，黎少权像是被踩了尾巴似的，立马直起腰板，严肃地板着脸："她要干吗？不会还要我负责吧？卧槽，我连她的手都没摸过，我……"

话没说完，黎俏抬起手，直接打断了他，略显不耐："我是问你，真的决定和关明玉一刀两断？你俩的聊天记录我看过，你是怎么对她嘘寒问暖又不断催促见面的，这些还需要我提醒你？"

虽然整件事关家兄妹有责任，但黎少权才是主动的一方，可谓是渣男。

这时，黎少权立马信誓旦旦地举起三根手指："一刀两断，永不联系，我能做到，我发誓！"一切都是照片惹的祸，他决定以后再也不相信网恋了。

黎俏见他言之凿凿的模样，眼含深意地看了他半晌，没一会儿就离开了江景豪庭。

……

与此同时，衍皇总部一〇一。不到六点半，董事会议结束，商郁带着三大助手回了办公室。窗外残阳斜坠，霞光万丈。商郁俯身坐在大班台前，其他三人则伫在原地。

望月面目沉静地上前道："老大，红客那边最近要开始招新了，今年的名额只有三个，我挑选了几个不错的候选人，资料已经发到你邮箱了，有空您过过目。"

此时，商郁没说话，映入霞光的眼底凝视着老板台上的黄色便笺，薄唇微微扬起，下颌紧绷的弧线也逐渐放松。便笺上的字迹清晰娟秀，一笔一画又透着张扬的锋利。"衍爷，下班了，明天见。"结尾的地方，还画了一个弯弯的笑脸。商郁将便笺拈起，头也不抬地对着望月"嗯"了一声。

流云也上前汇报了几句工作，得到了回应便后退静立。

这时，商郁缓缓抬眸，将便笺顺手放在视线可及的地方，深邃暗冽的眸瞥了眼落雨："你留下。"

　　流云和望月心领神会地转身出了门。

　　办公室里，商郁随性地靠着椅背，抿了抿唇，顺手解开了领口的一颗扣子："帕玛的工作，和追风交接完了？"

　　闻声，落雨颔首，一板一眼地回道："交接得差不多了，有些他拿捏不准的，我们会远程沟通。"

　　"嗯。"商郁拉长尾音应了一声，顺势点了根烟，缭绕的烟雾让他的神色看起来略显模糊，"中午的事，有什么想说的？"

　　提及中午，落雨的眼神滞了滞，几乎没有犹豫："老大，目前来看，她配不上你。"

第7章 商老先生，商纵海

商郁抽烟的动作一顿，冷眸幽幽看向落雨，袅袅的香烟在他指尖升腾飘散，除此之外，周遭一切似乎都静止了。"理由。"男人薄唇吐出两个字，表情淡漠，漆黑的瞳压着一丝不易察觉的愠色。

落雨抿了抿唇，狭长的双眸直视商郁，固执己见："您的夫人，不该只是一个千金小姐。"

"不该？"男人的唇中溢出笑音，眸中却愈发沉暗，"我给了你一下午的时间，你就查到了这些？"

落雨垂着眼睑，负手而立，斟酌着却没有第一时间开口。她的确调查了黎俏的来历，从初见的惊讶到后来的了然，纵使黎俏比普通千金聪慧，但在她看来，依旧配不上南洋商少衍。落雨默了片刻，抬起头，眼睛里是固执的认真："当然不止这些，该查的，我都查到了。也包括她和二爷退婚并且有目的地接近你。"

商郁眯眯抽了口烟，微微挑着浓眉看向了窗外："还有呢？"

"入殓师、优秀毕业学员，这并不能代表她能力出众。即便她出身首富黎家，和你的财富也无法相提并论。这次我从帕玛回来，本家已经对你的安排怨声载道。追风并不熟悉帕玛，你突然把他送过去，我问过原因了，就是因为她。"

商郁从窗外移回视线，眉眼低垂，盖住了眸底的玩味："想说我昏庸？"

办公室里安静了三秒，落雨脱口而出："不敢，但确实……"有一点。

话未落，气氛已凝滞。

商郁掀开眼帘睇着落雨，两人视线相撞，不退不让。

不到一分钟，落雨败下阵来，眼神微慌地低下头，声线紧绷："抱歉，我逾越了。"

"既然认为她能力不行，明天开始，就由你负责随行保护。最近南洋商界有异动，我要你确保她安然无恙。"

落雨难以置信地抬起头，满目震惊："老大？"怎么会这样？居然让她去保护黎俏？

商郁将烟头熄灭，英俊的轮廓挂着一丝邪冷："三年前的比试，四人之中你位列第一。三年后你能排第几，我们拭目以待。出去吧。"

落雨还想再据理力争，但眼前的男人已经站起身踱步到落地窗前。那道挺阔的背影透着拒人千里之外的冷漠，显然是动了怒。落雨冷汗涔涔地走出办公室，脸色一片煞白。

……

第二天，黎俏开车出门，别墅的铁艺大门缓缓打开，一辆黑色越野车堂而皇之地横在门口挡住了出行车道。黎俏踩下刹车，隔着车窗与越野车里的人遥相对视。落雨？大清早的，她来做什么？黎俏轻轻敲着方向盘，没有任何多余的动作，就坐在车里看着对方。

此时，越野车的车窗降下，露出落雨那张写满压抑的脸庞。她没迟疑太久，很快下了车，来到黎俏的窗边敲了一下，语气很生硬："老大让我以后负责你的出行安全。"落雨的表情还算平静，但眼神中充满了抗拒。

车窗半降，黎俏睨她一眼，随即目视前方，漫不经心地扯唇："不需要。麻烦挪车，让个路。"

半个小时后，两辆霸道的越野车一前一后驶入衍皇集团的地下停车场。黎俏熄火后就看向了隔壁停车位。虽然她直言拒绝了落雨的同行，但对方还是一路跟在她后面，且始终保持着适中的距离。

黎俏神色淡淡地撇嘴，下车后就走向了专用电梯。于是，落雨瞧见她手里的专属电梯卡，免不了又是一阵惊讶。黎俏是除了四大助手之外第一个拿到专属电梯卡的人。因为，就连秋少和欧少都没有这样的待遇。

抵达顶层一〇一，时间还不到八点。黎俏无视落雨一脸晦涩的神情，径自走进了董事长办公室，商郁还没来。

窗外阴云密布，似乎在酝酿着一场大雨。黎俏望着阴翳的天空，拿上手机起身去了茶水间。茶水间，秘书正在和落雨细声交谈，看到黎俏走进来，

145

秘书朝她笑笑,抿唇不说话了。黎俏将水杯放在咖啡机上,按下拿铁模式,等待期间便一直低头发微信。身后的落雨盯着她的背影,而后递给秘书一道眼神,两人便相继离开。

听到脚步声,黎俏懒散地挑眉回头,恰好捕捉到落雨临走前瞥来的目光,好像挺复杂的。黎俏不以为意地收回视线,看到微信上的消息,便举起手机给对方拨了语音通话。"帮我查查近一年有没有关明玉的就诊记录。""嗯,尽快给我结果。"匆匆几句黎俏就挂了电话,站在原地思忖片刻,而后回了办公室。

时间转眼临近中午,商郁还没出现。四百平的办公室里,空旷得只能听到空调的运作声。黎俏百无聊赖地看了看手机页面,几分钟前给商郁发了微信,但是还没回复。

这时,她敛眉收回视线,手机恰如其分地响了。来电人:衍。黎俏目光染笑,接听时淡声呼唤:"衍爷。"

电话那端很安静,没有一丝杂音。男人磁性浑厚的嗓音隔着听筒窜入耳畔:"在公司?"

黎俏靠着椅背转了一下,懒洋洋地看向对面无人的大班台:"嗯,老板不在,也没人给我安排新工作,挺无聊的。"

商郁举着手机弯起薄唇,眸光掠向车窗外,隐着笑:"听起来是老板的错。"

"那倒没有,衍爷事多,我理解。"黎俏从善如流地调侃了一句,眼波一转,又问,"为什么安排落雨跟着我,是有特殊情况么?"

黎俏对落雨无感,也无所谓她拧巴的态度。

但商郁这样的安排,必定事出有因,她想知道缘由。

"她的事晚点再谈,先准备准备回黎家,老爷子已经到了。"

商老先生来了?!黎俏眸光一亮,扬眉笑了:"好,这就回。"

……

黎家别墅,大门外的林荫路旁,停着两排豪华车队,比平时商郁出行多了一倍。此时,小雨纷纷,铁艺大门左右两侧,四名面孔陌生的保镖淋雨而立。

黎俏将车停在门口,不急不缓地走进了大厅。怎么说呢,从入门开始,偌大的别墅宅院里,保镖随处可见。即便是商郁的身边,也不曾见过这么多随行的保镖。

　　黎俏绕过玄关，站在客厅入口，立时就感觉到不同以往的严肃气氛。此刻，客厅里格外安静。黎家夫妇坐在侧边的双人沙发位，神色郑重，姿态明显拘谨。而上首主位是一名五旬左右的老者，这就是帕玛商氏掌权人，商郁的父亲商纵海。对方一袭灰色唐装不苟言笑地端坐其中，双鬓染白，面容轮廓和商郁有五分相似。他戴着一副金框眼镜，眉心有细细的川字纹，手里捻着一串黑佛珠，看似淡泊，周身却凝聚着上位者独有的积威和稳重。商郁则坐在他身侧，慵懒随性的肆意和老者的端方形成鲜明对比。黎俏出现的这一刻，商纵海那双精锐的眸也透过镜片打量着她。

　　"过来坐。"这话，是商郁说的。

　　他开口的刹那，黎家夫妇这才恍然地转眸，看到黎俏竟不自觉地松了一口气。

　　黎俏走进客厅，寻了个单人沙发入座，不动声色地睃巡一圈，发现三个哥哥居然都不在，连用人都没了踪影。

　　这时，商纵海扶了下镜框："你就是黎俏？"

　　"初次见面，回来晚了，商老先生海涵。"黎俏不慌不忙地朝着商纵海微微颔首，态度礼貌，举止得体。

　　闻声，商纵海颇为满意地抿唇，那双仿佛能够洞悉一切的眸顺势看向了黎广明："广明啊，既然孩子回来了，那咱们就聊聊这婚事？"

　　黎广明挺了下胸膛，望着商纵海的眼里不乏敬畏："没问题，这婚事……全凭商老先生您做主。"

　　黎俏微微低着头，眼底疑惑丛生。父亲对商纵海的态度，是不是太过谦卑了？而且，明明两人年纪相仿，可对彼此的称呼却大有不同。

　　这时，商纵海拨弄了两下佛珠，似遗憾地说："大概经过我都知道了，商陆这孩子从小就心性不定，后来又身染顽疾，桀骜不驯。现在看来，这婚事确实草率了。"

　　黎广明和段淑媛目光交会，短暂的沉默后，黎广明试探："那商老先生的意思是……"

　　商纵海喉结滚了滚，镜片后的目光落在了黎俏身上，沉吟数秒后，一锤定音："那就退了吧。当年定亲的婚书你可还留着？"

　　还有婚书？黎俏眯眸看向黎广明，就连段淑媛也明显充满诧异。

黎广明连声点头:"留着呢留着呢。"

"嗯,给我吧,既然婚事退了,这一纸婚书也该作废了。"

黎广明应声,起身就往二楼书房走去。这期间,客厅再次陷入了沉寂。

黎俏孤身坐在一处,眸光隐晦地打量着商纵海。听说帕玛商氏一族是传承的中医世家,但这位老先生身上似乎看不到悬壶济世的医者慈心。即便他手里捻着佛珠,却也挡不住眼神流转中的冷漠和深沉。

黎俏从商纵海的身上收回视线,余光微晃,不偏不倚地撞上了商郁的冷眸。两人隔空对视,男人墨黑的眸中夹着一丝不明显的笑。

恰在此时,商纵海从桌上端起青釉茶杯,用杯盖拨了拨茶叶,冷不防开口道:"小姑娘,之前去过帕玛吗?"

黎俏转眸望着商纵海,淡笑摇头:"没有去过。"要不是认识了商郁,可能这辈子她也不会对帕玛有任何想法。此时经由商纵海的提醒,倒是再次勾起了她的向往。

商纵海轻抿杯中的红茶,暗藏城府的双眸则透过杯沿看着黎俏,了然般地感慨了一句:"原来还没去过……"

不等黎俏说话,他摩挲着茶杯,垂下眼睑别有深意地叹息:"如有机会,你可以回去看看。"

这时,没人发现沉默不语的段淑嫒,脸上刻着显而易见的紧张。

黎俏的注意力也始终放在商纵海的身上,听到他的话,一丝诧色从眼底飞快掠过。"你可以回去看看。"这句话,貌似有歧义。为什么不是"有空去看看",反而是"回去看看"。她和帕玛之间,除了这莫名其妙的娃娃亲,难道还有其他不为人知的联系?

恰在此时,黎广明从楼上步履匆忙地折返。

他的手中还拿着一个红色的长方形锦盒,看起来颇具年代感,且保存得很好。

黎广明双手捏着锦盒,递给商纵海:"商老先生,这是当年的婚书。"姿态,依旧恭敬谦卑。

商纵海接过锦盒,随意打量了几眼,便看着黎广明:"难得你保存得这么好,有心了。"

黎广明一副受宠若惊的模样笑了笑:"商老先生哪里的话,都是应该做的。"

谈话至此，似乎这场莫名其妙的娃娃亲也彻底解除了，但黎俏的心里却因为商纵海的话而泛起了波澜。那纸婚书，写了什么？帕玛于她而言，又到底有什么？

这时，商纵海看了看腕表，边起身边说："走吧，我让人在水晶苑定了午宴，咱哥俩好些年没见，正巧趁着今天叙叙旧，婚事虽然退了，但咱们的交情可不能受到影响。"

……

水晶苑，蓬莱居包厢。

酒过三巡，坐在上首的商纵海和黎广明仍然举杯畅谈，段淑媛坐在旁边，偶尔搭句话，显得心不在焉。

与此同时，后院内景阁，淅淅沥沥的小雨给天空蒙了层阴翳的薄雾。黎俏斜倚着月洞门附近的长廊，单手插兜，兀自思忖着什么。须臾，脚步声传来，避雨廊下，商郁那抹黑色的身影徐徐出现。

黎俏目不斜视地凝视着他，两人视线相接，她无声弯唇："感谢衍爷让我心愿得成。"

男人来到她面前，俯首看着她，几缕碎发荡在他的额前，恣意又野性："一个人跑到这里，是在思考怎么感谢我？"

黎俏微仰头，撞进商郁深邃如墨的瞳里，抿着笑："也不完全是，还有个问题……就是那张婚书，你之前看过吗？"

婚书，是这场退亲中出现的意外。这么多年，她背负着婚事，却全然不知还有婚书的存在。就算这门亲事退了，可某些诡异的细节还是显得没那么简单。不管是黎广明对待商纵海的态度，还是商纵海对她说的那句话。

这时，商郁笔挺的衬衫领口被清风浮动，喉结滑动，绯色的唇牵起淡淡的弧度："没有，我也是今天才知道婚书一事。"

黎俏愕然地"哦"了一声，连商郁都不知道，或许……只有父亲才知晓内情。

"既然婚事退掉了，婚书自然作废。与其纠结婚书，不如说说，打算怎么感谢我？"商郁深邃的眸直视着黎俏，碎发微动，轻扬的尾音夹着丝丝雨声入耳，有种撩拨灵魂的温柔。

黎俏朝着廊外伸出手，防雨檐坠下的雨线清脆地拍打在她的掌心上，却很难浇灭心头的滚烫。她缓缓攥起手指，任由雨水从指缝溜走，压着微乱的心跳声,清了清嗓子,似笑非笑地问:"衍爷喜欢什么谢礼?不如给点提示?"

商郁睇着女孩精致白皙的脸颊,眼睫微垂,姿态随意。他勾起薄唇,转身看向雨廊外,负手而立,野性的魅力十足:"自己想。"

黎俏挑眉看着他,眼睛里染了朦胧的微光:"那……"

话未落,一阵急促的手机铃音打断了她的话。黎俏笑意微敛,看着商郁接起电话,无声叹了口气。

不多时,男人将手机重新塞进兜里,看着黎俏,没再继续之前的话题,反而问道:"今早和落雨闹不愉快了?"

黎俏扯了下嘴角,顺势靠着廊柱,屈起右腿搭在左腿前,语气云淡风轻:"也没有不愉快吧,衍爷还没告诉我,为什么让她负责我的出行?"论身手,她真不觉得自己需要特别保护。

商郁从兜里摸出烟盒,目光很深邃悠远:"你可以当作……不时之需。"

"这样啊……"黎俏沉吟片刻,无谓地耸肩,"那行吧,只要她不干涉我的事,我没意见。"

商郁手指夹着烟,却没有点燃,只是微微俯身,肆意地扬唇:"没人能干涉你任何事。"

说罢,他抬起手,以骨节轻轻擦掉她额角迸溅的水珠,四目相对,又纵容地说:"想做什么尽管去做,天塌了我给你顶着。"

一根烟的时间,黎俏和商郁折回蓬莱居包厢。古香古色的饭桌前,商纵海和黎广明还在推杯换盏,聊得火热,但明眼人都看得出来,黎广明的举止始终带着拘谨。看到黎俏和商郁并肩归来,商纵海微眯的眸中也充满了锐利的审度。

午宴结束,一行人在水晶苑门前道别。

商纵海身后伴着一众保镖,面色微醺,却丝毫不损稳重内敛的气度。他在台阶前站定,目光落在了黎广明背后的黎俏身上:"小姑娘,你过来。"

黎俏信步上前唤了声:"商老先生。"

"别见外,叫我伯父就行。"商纵海紧凝着黎俏,犹豫几秒,便抬手拍了下她的肩膀,"我听说,商陆之前对你口出不逊,这件事别放在心上,伯父回去一定好好教育他。"

黎俏礼貌地颔首:"不会,您言重了。"

他有十分甜

商纵海轻叹着点头，随即从唐装的外兜里拿出了一张鎏金嵌钻石的暗纹卡片，递上前，低声道："这个你拿着，以后去了帕玛，记得找伯父。"

黎俏迟疑着没有接，余光若有似无地看向商郁，那张卡一看便知，绝非凡品。这时，男人弯唇，垂了垂眼睑，嗓音浑厚地开腔："帕玛通行证，拿着吧。"

半个小时后，黎俏没有去公司，而是跟随黎家夫妇回了别墅。窗外雨势不减，一家三口坐在客厅里却陷入了长久的沉默。黎广明因为喝了酒，微醺之中透着倦色，仰靠着沙发，臂弯搭在脑门上，偶尔还打个酒嗝。段淑媛褪去了先前的紧张，拿着毛巾时而为黎广明擦拭两下。

"爸妈，今天的事，没什么想说的吗？"黎俏端端正正地坐在沙发正中间，目不斜视地看着对面的二老，语气玩味。

黎广明从段淑媛的手里拿过毛巾抹了把脸，因醉酒而充血的眸子泛着一丝浑浊，他揉了揉额头，一拍大腿："对，差点忘了告诉闺女，商老先生给你的那张通行证，你可要保留好，那是帕玛不限次数的永久通行证，全球持卡人不超过十个。"

黎俏心想，这是重点吗？

段淑媛也颇为惊讶地看着黎广明："那张卡就是……稀金钻卡？"

黎广明煞有介事地抿唇："嗯，我也是第一次见。"

此时，听着二老在她面前讨论钻卡的来历，黎俏慢吞吞地从兜里掏出卡片。长方形的卡片质地特殊，触感像金属，偏偏重量极轻，卡片四周嵌了十几颗纯度极高的钻石，暗纹的纹路也十分奇特。

黎俏夹着卡片在指缝中绕了一圈，抬眸睨着眼睛发直的黎广明："爸怎么知道得这么清楚？你以前去过帕玛？"

黎广明搓了搓脑门，叹着气点头："那自然是去过的，不过都好些年了。"

"哦，以前没听你提起过。"黎俏神色淡淡地看着手里的卡片，稀金钻卡，听这名字就非比寻常。

黎广明和段淑媛视线交错，夫妻俩都带着难以言喻的隐晦神色。

黎广明撑着膝盖站起身，酒醉得身形不稳，晃了两下才说道："闺女啊，既然婚事退了，你也别想太多。爸喝多了，得去睡一会。"

说罢，黎广明脚步拖沓地往楼上走去，才走了两步，又回头看了黎俏一眼，抿了抿唇，到底什么都没说。

他走后，客厅里就剩下黎俏和段淑媛面面相觑。

黎俏轻轻摩挲着钻卡，段淑媛则扬起一抹慈爱的笑，走上前坐在黎俏身畔，揉了揉她的丸子头："宝贝，终于退亲了，开心吗？"

"嗯，开心。"话虽如此，但黎俏的眉梢眼角全然没有任何喜色。

段淑媛伸手捏了她的脸颊一下："你是不是有话想问我？"

面前的母亲，还是和以前一样，没有任何多余的表情，风韵依旧的脸庞始终挂着对黎俏的疼宠和关心。

黎俏晃了晃神，垂下眼睑："确实有，不过……妈愿意告诉我么？"

"没什么不愿意的。"段淑媛拉着她的手，摩挲着她细腻的手背，目光因陷入回忆而变得悠远绵长，"其实啊，没有你想的那么复杂，当年让你和商陆定亲，确实是因为我们黎家欠下了一个人情。之前没有告诉你，也是不想你心里有负担。"

说到这里，段淑媛顿了顿，故意板起脸，嘀咕道："但你爸确实过分了，有婚书这件事，我都不知道，一会等他睡醒了，我一定要跟他好好说道说道。"

段淑媛的解释看似合情合理，但不免有些避重就轻的嫌疑。

这时，铿锵的步伐从玄关外由远及近，伴随着管家的一声呼唤，黎三回来了。黎承身披黑色风衣大步流星地走进客厅。他满身潮湿的雨露，四下看了看，目光盯着黎俏，开门见山："退了吗？"他不久前才接到管家的电话，得知商老先生亲自登门退婚，但他临时有事走不开，所以才回来晚了。

黎俏懒散地转眸，垂了下头，当做回应。

段淑媛瞥见黎承的身影，顿时没好气地瞪他："还知道回来？你几天没回家了？"

"忙。"黎三言简意赅地回了个字，顺了顺额前碎发，姿势狂放地坐在了沙发扶手上，再次低头看着黎俏，"真退了？"

闻此，段淑媛不乐意了，隔着黎俏就探身往黎承大腿上猛拍一下，虎着脸："别闹你妹妹，问一遍不够，你还想问几遍？"

黎承无奈地看着段淑媛，老话说得对，女人和小人不能招惹，即便对方是他亲妈。胡搅蛮缠起来，简直让人百口莫辩。

少顷，黎俏将手中的钻卡重新塞回兜里，不紧不慢地起身，对段淑媛说道："妈，我和三哥出去走走。"她心情不好，需要找个宣泄的出口。

段淑媛端详着黎俏又冷又沉的脸色，搂着她的肩膀安抚了几下："行，去吧，听妈的话，别想太多，出去玩就开心点。老三，你给我照顾好俏俏。"

黎三抬手在额角示意了一下，随即拉起黎俏的手腕就出了门。

……

下午四点，黎三开车带着黎俏去了南洋娱乐城。七层，摩尔品酒阁。雅致高端的定制品酒会所，格调典雅，光色迷离昏暗。

奢华气派的 VIP 包厢里，黎俏单腿踩着凳腿，臂弯撑着桌面，睇着桌上的两瓶至尊路易十三，牵了牵嘴角："婚退完了，你什么时候回边境？"

黎三坐在她手边，嘴角叼着烟，眯眸打开一瓶路易十三，含着烟模糊地说道："明后天吧。你什么时候开始喜欢喝白兰地了？"

刚才进了品酒阁，黎俏直接点了两瓶路易十三白兰地，印象里她平时喝鸡尾酒比较多。

"嗯，最近。"黎俏应了声，视线看着醇香的酒液流入杯中，眼底的冷色褪了几分。

黎三将水晶杯推到她面前，又扔了俩冰块，两指掐着烟头点了下烟灰："既然退婚了，你怎么还这个德行？退得不顺利？"说着，黎三就目不转睛地打量黎俏。她平时喜怒不显，大多时候都一副漫不经心的懒散状态。但今天的黎俏，情绪格外低沉，很不对劲。

这时，黎俏端过水晶杯，抿了一小口，干邑白兰地的浓香在味蕾绽放。她又喝了几口，拿着酒杯晃了晃，沉吟半晌，便将商纵海对她说的那些话告诉了黎三。

此时，黎三狠狠嘬了口烟，眯着眸吐出烟气："商纵海让你回去看看？我怎么不记得你去过帕玛？那个地方我虽然不熟悉，但也听朋友说过几句，那可不是个你想去就能去的国界。"

黎俏冷淡勾唇，掏出钻卡往桌上一丢："连你都能听出不对劲了，爸妈却什么都不肯说。"

某些怀疑一旦在心里埋下种子，再经过时间发酵，很快便会生根发芽。

黎三拿起那张浮夸的卡片，随意看了看："这什么玩意？"

"据说是帕玛通行证。"

黎三笑了一声，把卡片扔回桌上，叠起双腿，仰头饮了口白兰地："既然有通行证，那以后就找个机会去看看，不过按你说的，爸妈对商纵海的态度，的确有点蹊跷。"南洋首富黎广明，这辈子他还没见过老爷子对任何人低过头。

这时，黎俏靠着椅背，目光落在钻卡上，漫不经心地说了一句："我有没有可能来自帕玛？是爸妈抱养的那种……"话说完她就有点后悔，这个怀疑很无厘头，谁家能对抱养的孩子掏心掏肺地宠爱？

果不其然，三哥黎承一言难尽地看着她，露出啼笑皆非的表情："你是不是电视剧看多了？"他挽起衬衫的袖管，斜睨着黎俏："你出生的时候，全家都在医院陪产。大哥是第一个抱你的人，知道他当时说了什么吗？"

黎俏面无表情地低头喝酒，企图掩饰尴尬："嗯？"

"这黑猴子就是我妹妹？"黎三毫无心理压力地说出了黎俏的黑历史。

黑猴子黎俏心想，黎三，其实你可以不用说出来的。

两杯酒过后，黎俏压抑的情绪也缓解了不少。头顶的暖光灯照在她身上，侧颜的线条愈发清晰漂亮，肌肤也染了光色的朦胧。

黎承烟瘾大，这么一会儿工夫，已经抽了四五根烟。周围算不上烟雾缭绕，但多少有些呛人。

黎俏微微仰头，望着天花板吊顶，姿态随意地将双手搭在颈后，安静的气氛中，她不禁想到了商郁。今天午宴结束她就跟着父母回了家，也不知道他现在在做什么。

这时，一声突兀的振动从桌上传来。黎承划开屏幕，飞快地看了两眼，然后低咒："操。"

黎俏双手撑着后脑，半垂着眼睑看他："怎么了？"

"南昕出事了。"黎承边说边从椅背上捞起风衣，"你先回家，我……"

黎俏已然面色沉静地站起身，径自朝着门外走去："一起。"

黎承望着她的背影抿了抿唇，三两步追上她的步伐，耐着性子叮嘱："俏，你去可以，但别冲动，记住这不是边境。"

他太了解俏俏，一旦她在意的人受了丁点伤害，她能一声不响地把天给你掀了。不然也不会到了三年后的今天，边境还流传着她的事迹。

"知道。"黎俏扯唇丢出两个字，有点嫌弃。

黎三摸了摸鼻梁。

南昕平时的活动范围大多在边境，那是他们自己的地盘，野惯了。但来到南洋，法治社会，行为举止势必要受到拘束。黎俏倒是不担心南昕的人身安全,唯独怕她做了什么法理不容的事。

……

东郊运动场。

黎俏和黎承下了出租车,直接奔着保龄球二号场馆走去。不难猜出,保龄球骨灰级爱好者,在这里惹事了。微信上,南昕只发了个定位,外加三个字:"来帮忙。"

黎三拢了下肩头的风衣,姿态狂傲,气势铁血。

他身边的黎俏虽面色如常,但漆黑的小鹿眼里也透着生人勿近的冷漠。兄妹俩乍一出现,门口看热闹的人纷纷闭了嘴,下意识就让开了夹道。

这两人黑衣黑裤满身煞气,是来寻仇的吧?

二号馆内,场面不算混乱,但是……地面留有几滴未干涸的血。黎俏抬眸睒巡四周,只一眼就捕捉到最里面的球台附近,南昕穿着一身惹眼的红色紧身运动服,抱着个保龄球有一下没一下地擦拭着。既然南昕没事,那有事的就是别人。因为距离她几米远的地方,简易担架上,躺着一个满脸是血的男人。黎俏和三哥对视一瞬,彼此眼中皆是了然。

大概是场馆里的气氛突然变得安静,南昕微一扭头,顿时笑了:"你们来得挺快啊。"身段妖娆,长相魅惑,外加一身鲜艳似火的运动装,堪称行走的妖精。

黎俏走到南昕面前,余光瞥了眼担架上的男人,花衬衫,紧身牛仔裤,打扮惹眼。

"你打的?"黎俏问。

南昕单手托着保龄球,风情万种地撩了下长发,轻描淡写地解释:"嗯,摸姐姐屁股,一时没忍住,用保龄球把他脸砸了。"

"唔,你们他妈都别走,等我大哥来了,弄、弄死你们。"这时,担架上的伤患捂着冒血的鼻梁口齿不清地大放厥词。

黎承面色冷酷地看着他,抬腿照着担架踹了一脚:"废话还不少。"南昕轻易不动手,除非对方惹了她。

简易担架被黎三踹得剧烈摇晃,躺在上面的男人哼哼唧唧地不说话了。对方人多,保命要紧。

南昕环顾四周,单手将保龄球夹在腰间,对着担架努努嘴,笑得狡黠:"他刚才叫人了,球馆也报警了。他说他大哥挺牛逼,正好我也想见识见识。"

怎么样？"

黎三轻蔑地看了眼担架："那就一起见识见识。"语气，极其护短。

黎俏懒懒地靠在置球台边，双手抄着裤兜，昂了昂下巴："嗯，可以。"

话到此处，气氛越来越紧张，围绕在二号馆附近的看客，已经有人开始拿手机偷拍。

与此同时，场馆门外再次传来骚动，一名穿着夹克衫的青年男人徐步走来。男人面容清俊，身材修长，不算特别俊美，胜在气质高雅。

而他出现的刹那，立马有人窃窃私语。

"我见过他欸，前两天的《医学来敲门》我刚看过他的访谈，叫什么名字来着？"

"真的假的？他是医生？是花衬衫的大哥？"

"不能吧，这人看着挺斯文的，怎么会有那种弟弟？我可是亲眼看见花衬衫贱嗖嗖地往美女身边凑，可不要脸了。"

周遭的讨论声让男人垂下的眉眼间浮现不耐，他视线在场馆内睃了一圈，随意掠过某处，又猛然一顿。那是黎俏的方向。

此时，入口处的喧嚣已经吸引了南昕等人的注意。担架上的男人也撑着身子费劲地往后看，捕捉到不远处的身影，立马告状："大哥，他们打我。"

男人几不可察地皱起眉，无视花衬衫的叫唤，径自朝着黎俏走去。

花衬衫捂着脸还在喊："大哥，帮我揍他们。"他撩妹无数，今天是第一次被打，幸好大哥来了，今儿就让他们见识南洋傅家拳的厉害。

对方驱步靠近，黎俏幽幽抬手，抹了把脸，表情有点复杂。

"黎小姐。"这时，男人来到他们附近，警惕地扫了眼黎三和南昕，然后对着黎俏唤道。

一瞬，现场特别安静。黎三和南昕动作一滞，面露意外。花衬衫也不动了，灵魂战栗着发出无数个问号。所有人都转过头来看着黎俏，神色各异。

黎俏看了眼担架，又挑眉望着对方："他是你弟？"

傅律亭，南洋医科大学附属医院的肝胆外科医生，科研所荣誉研究员，南洋人禾医学实验室聘任实验员。

"是的，同父异母。"傅律亭解释了一句，看都不看花衬衫，站在黎俏面前，蹙眉问，"你没受伤吧？"

黎俏淡淡地瞥着他，无声摇了摇头。她是怎么都没想到，花衬衫口中特牛逼背景特硬的大哥,是傅律亭。论医术,他确实厉害。至于背景……南洋拳馆世家。所以,花衬衫这是仗着傅律亭和傅家拳馆的名声在外面作威作福?

"大、大哥,你们认识?"花衬衫都蒙了,鼻青脸肿地躺在担架上望着傅律亭,眼泪在眼眶里打转。

傅律亭理了理夹克衫,侧首睨着他,眼里噙着反感:"她是实验室的赞助人兼合伙人。今天的事,你回去自己跟爸解释。"

花衬衫不敢说话了,眼神滴溜溜地乱转,感觉要完。啥合伙人啊,这么年轻?

"宝贝,你是他赞助人?"南昕托着那颗保龄球迈着猫步走了过来,眼神狐疑地打量着傅律亭。

黎俏沉吟,不紧不慢地补充道:"医学方面的合作关系。"

傅律亭看着黎俏没再接话。

而后对着南昕颔首:"大概经过刚才我都听说了,抱歉,是他不懂事,挨打也活该,想怎么解决处理全凭你们做主。"

花衬衫心想,大哥,咱俩虽然不同妈,但是同爸啊!

然后,不等花衬衫缓口气,处理纠纷的警员也来了。警员王川川,赫然在列。而两名警员的身后,还有一位身量很高、面容硬朗的黑衣女人气势凛凛地走了进来。

落雨会出现在东郊运动场,出人意料。她大步流星地越过两名警员,来到黎俏跟前,微微俯首:"没事吧?"

黎俏保持着倚靠球台的姿势,带着几分漫不经心:"没,你怎么来了?"

落雨后退一步,站在她的斜后方,语气无波无澜:"职责所在。"

黎俏看了她一眼,漠然地摇了摇头。这人明明浑身都写满了抗拒,却还是做着心口不一的事。自相矛盾!

这时,二号馆,因警员的出现,周围的讨论声收敛了不少。

王川川和同事正在向场馆负责人了解情况,一闪神就看到了黎俏的身影。他不禁晃神,让同事继续了解情况,自己则脚下一旋,奔着黎俏走去。"黎小姐,又见面了。"

担架上的花衬衫生无可恋地看着场馆天花板,感觉遭遇了人生滑铁卢。为什么连警员也认识那女孩?南洋是她家的?

黎俏对着王川川点头示意，傅律亭也适时转身，道："警官，今天这事是场误会，请问能撤案吗？"

"误会啊？"王川川了然地用余光瞥着黎俏，而后正了正脸色，"撤案可以，那你们就私下调解协商，警署这边就直接做结案处理了。"不多时，黎俏和黎承等人准备离开。走廊外，傅律亭唤住她，急匆匆地走来。

他视线隐晦地扫过黎承等人，欲言又止。

黎俏看出了他的犹豫，点了下头："直说吧，没外人。"

这句话，让落雨微微闪神，望着她的背影，目光略复杂。

闻声，傅律亭也没再踌躇，直言不讳道："我查过了，医院本部系统里确实没有关明玉的就诊信息，但我打听了一下，发现在生物基因库里，有一份实验档案，就是关明玉的。我和那边科室的医生大致问了情况，关明玉的病历的确是他们调走的，但具体原因还不清楚。"

原来如此。但也至少证明，关明玉没有说谎。

"麻烦了。"黎俏对傅律亭道谢后，一行人便提前离开了运动场。

正值黄昏朦胧时。雨后的天空云雾渐散，斜坠的夕阳挣扎着露出余晖，人影被霞光照得斜长。

停车场附近。

"你确定跟她回去没问题？"黎承手里夹着烟，满眼审视地望着不远处的落雨。这人从出现开始就没怎么说话，全程都跟在他妹身后。看气势应该是个练家子，黎承觉得她面熟，但印象不深，一时也想不出个所以然。

黎俏站在斜阳下，目视远方的天空，慢悠悠地给了句回应："嗯，没问题，你和南昕去忙吧，不用管我。"

退婚结束后，黎承和南昕不日就要返回边境。还有些琐事要去处理，时间不多了。

黎承眯起冷眸："行吧，到家给我发个消息。"

"嗯。"黎俏应了声，和南昕道别后，转身走向了落雨。

不多时，南昕的红色小超跑载着黎承率先驶出了运动场。

越野车上，黎俏坐在副驾驶闭目养神。先前喝的酒后劲儿上来，她有些昏昏欲睡。

落雨开着车，偶尔看她一眼，捏着方向盘的手指紧了紧，突地打破沉默："你让人调查患者病历的事，不怕我告诉老大？"

他有十分甜

闻声,黎俏懒散地掀了掀眼皮,扭着头寻了个舒服的姿势,语调很慢地说:"当时没让你回避,过后也就不怕你多嘴。"

落雨心想,似乎每次和黎俏的交锋,她总是讨不到便宜。

至此,落雨不再说话,绷着脸提高车速,朝着黎家别墅进发。

……

隔天上午,黎俏在办公室里打印文件。时间临近十点,董事长办公室的大门被人推开。

黎俏站在打印机前抬眸眺望,就见商郁臂弯挂着西服外套,衬衫领口一丝不苟地系在最上面,气定神闲地走进了办公室。

耳边,不期然响起他说的那句话:"办公场所,衣着要得体。"

黎俏看着他纹路平整的衬衫,领口系到喉结处,严肃中又透着一丝禁欲的性感。她收回视线,从打印机里拿出文件。

这时,商郁将西装随意搭在椅背上,入座便敲了下大班台,削薄的唇轻扬:"晚上有空么?"

黎俏回到工作台,嘴角一勾:"衍爷要约我?"

男人顺势抽出文件夹,饶有兴致地看着她:"秋桓要请你吃饭。"

哦,自作多情了!黎俏幽幽对上商郁深沉且暗藏促狭的眸光,撇撇嘴:"他请我吃饭,干吗不自己约我?"

"他没你电话。"男人看着文件,面色如常地说道。

远在机械工厂的秋桓要是听见这句话,可能要骂街了。简直是胡扯,他为什么不敢亲自约黎俏,商少衍心里没数么?他要是真的单独约了黎俏,商老大还不得把他的机械工厂夷为平地?

临近下班,黎俏将手头的工作全部梳理完毕,正打算将电脑关机,冷不防就听见商郁开口:"和黎少权的关系如何?"

黎俏关机的动作一顿,看向老板台。商郁也适时从电脑屏幕移开视线,扬着眉梢,似是在等她的回答。

黎俏懒洋洋地回道:"还不错。"

商郁了然地抿了下薄唇,没再说话,反而在邮件的资料上给了个待定的回应。那封邮件,是望月发的,题目是《红客招新候选人名单》。

六点钟,黎俏和商郁来到秋桓定的主题饭庄。一进门空气中就飘着浓浓的饭香味。三层楼的主题饭庄,设计很别致,既有上个世纪的装潢特点,

159

又不乏现代感的工匠手艺。饭庄没有大堂，只有三十三个独立包厢。

黎俏和商郁并肩走在前面，落雨和流云则目不斜视地落后两步跟随。

此时，前方巴蜀风格的包厢门前，白衬衫黑西裤的秋桓斜倚着推拉门，玩世不恭地抖了抖腿："两位，真是让我好等啊。"

回应他的，是走廊里清晰的脚步声。黎俏和商郁谁都没搭理他。

秋桓讪讪地撇嘴，眼神穿梭在两人之间。男人俊野，女人轻狂，表情皆不可一世。果然，不是一家人，不进一家门。

进了门，桌前的欧白已经站了起来。他似乎刚参加完活动，穿着华贵的晚礼服衬衫，妆发精致，俊美异常。黎俏淡淡地看了他一眼，点头示意，便移开了视线。欧白的美貌再次被无视。

众人纷纷入席后，黎俏简单观察四周。几十平米的包厢不大不小，右侧摆着四人方桌，左边则是休息区和酒台，环境还算雅致。

这时，一杯柠檬水被秋桓递了过来，并说道："妹子，这顿饭主要是为了感谢你借我的相机。"

黎俏转头，接过水杯淡淡地应声："秋少客气了，举手之劳。"

然后，坐在黎俏身侧的男人，隽秀的指尖轻轻解开袖扣，半垂着眼睑，不温不火地问："什么相机？"

秋桓手一抖，咽了下口水，看着黎俏，难以置信："妹子，你没跟少衍说？"

黎俏将水杯放在桌上，一脸坦然无辜："秋少借了我的东西，为什么不是你说？"

秋桓心想，操！这是他的断头饭吧！

一旁的欧白睨着黎俏，借机说风凉话："我还以为你们俩已经无话不谈了呢，啧。"

黎俏幽幽看着欧白，这厮嘴碎的毛病又犯了是吧。她拇指摩挲着桌沿，似笑非笑地道："不值一提的小事，自然不会像娱乐圈一样恨不得昭告天下。"

欧白被噎住，翻了个白眼，扭头开始生闷气。今天他这么英俊，土匪的妹妹居然还能毫无负担地怼他，简直意难平！

这时，秋桓双手搓了搓脸，组织好语言，就将黎俏借给他相机的事如实告知商郁。大佬的威慑力太可怕了，请他女人吃饭，跟玩命似的。

商郁了解了大概，动作优雅地翻卷着衣袖，慵懒地往椅背一靠，看着黎俏："借别人东西没问题，但如有损坏，记得要赔偿。"

闻声，黎俏勾起红唇，悠然点头："嗯，衍爷说得对。"

几样热菜上齐之后，秋桓端着啤酒杯一饮而尽，随后想起一件事："妹子，你借我的那款相机是哪来的？"

黎俏夹了一只白灼虾放在餐盘里，闻声抬眸，不答反问："怎么了？有问题？"

秋桓刚要说话，却意外被商郁的动作吸引了视线。他看见了什么？大佬竟然慢条斯理地夹走了黎俏碗里的白灼虾……

黎俏定定地看着秋桓，随后一低头，恰好看见那只虾被重新放到了菜盘里。然后，商郁端起菜盘递给流云，嗓音磁性又低沉："让后厨剥好壳再送来。"

流云捧着一盘白灼虾面不改色地出了门。这种事，见怪不怪了，呵呵。

秋桓捂着脑门兀自发笑，欧白则看着自己筷子上的那只虾，表情走马灯似的特别精彩。

黎俏扭头看着商郁，嘴角隐隐牵起，还没说话，商郁就夹给她一条处理好的帝王蟹腿："先吃这个，等会儿再吃虾。"

秋桓眼看着熟悉的蟹腿被送到黎俏碗里，要是没记错，那是他刚才费半天劲儿处理好的那条吧？商少衍，你没人性！

这时，黎俏吃着蟹腿，抬头瞅着秋桓："秋少，你还没回答我。"

秋桓敛了敛神，压下拔刀的欲望，清了清嗓子，解释："没怎么，就是很意外，你那款相机的序列号是122。"

"所以？"黎俏眯眸。

秋桓叹了口气，故作深沉地望着那条蟹腿："当初我的工程师就是借用了序列号122的相机才找到的灵感，据我了解……那款相机的所有编号都是独一无二的。"

话落，他别有深意的目光定在了黎俏的脸上。

"哦。"

秋桓心想，这就完了？

"妹子，说实话，维纳斯慈善拍卖会上，匿名拍下序列号122的人，就是你吧？"秋桓难忍心头的好奇，还是直白地说出了他的怀疑。

这时，黎俏将吃完的蟹腿放在一旁，擦了擦嘴角，神色淡淡地应声："嗯，是我。"

161

得到了正面回应，秋桓还是不免心惊，连忙喝了口啤酒掩饰自己的失态。

进入维纳斯拍卖会的资格，身家两亿是初级门槛。能够成为匿名拍卖人，意味着她最少是三年以上的中级老会员，而且身家十亿起跳。即便出身首富，黎家真的有这么多钱供她挥霍？动辄几十亿的资金流动，首富之家也未必扛得住吧？！

世人皆以为首富就是最有钱的人。其实，所谓的富豪排行榜，名不副实，充其量只是给大众增添一些茶余饭后的谈资。真正的富豪，财富是根本没办法用具体数字衡量的，也不屑上榜，比如……商少衍。比如，秋家。

秋桓心想，难不成黎家还有外人所不知的资金储备？

饭后，时间不到七点。秋桓提议去宸园放松放松，商郁拿着毛巾擦手，看着黎俏，嗓音浑厚："想去吗？"

黎俏看了眼时间，欣然点头："我没意见。"

"嗯。"商郁站起身，从椅背上捞起西装外套，非常自然地递给了黎俏。

黎俏接到手里，理了理褶皱，顺势就挂在了自己的小臂上。然而，离开包厢的前一秒，商郁稳健的步伐突地一顿。他眸光幽深地看着那件外套，薄唇微侧，顿步从她手里拿过来，展开后，亲手披在了她的肩头："走吧。"

宸园。

如果说南洋娱乐城是尽人皆知的文娱中心，那么宸园就是私密小众的顶奢休闲场所。大片紫藤花点缀的宸园，在灯效的映衬下，色彩斑斓，亮如白昼，内景钓鱼室，黎俏和商郁入座，桌上摆着路易十三典藏版和各类精致的果盘。

秋桓和欧白则去了洗手间。

黎俏摆弄着手机，肩头还披着他的西装，独属于男人的清冽味道时不时地窜入鼻息，在这样的夜里，格外蛊惑人心。"衍爷，老爷子还在南洋？"

商郁从内景区回眸，喉结滚动，睨着她，启唇："还在，周六回帕玛。"

黎俏抿着嘴角，望着男人深邃立体的五官，幽幽弯唇："那能不能麻烦衍爷再帮我给老爷子道个谢，我昨天才知道那张卡是稀金钻卡，似乎很稀有。"

"想道谢何不亲自跟他说？"商郁微微扬唇，俊魅的脸颊隐有笑意。

黎俏眸光闪烁，不动声色地避开他的视线，眺望着远处："老爷子刚回南洋，说不定很忙，我冒昧去打扰，合适吗？"她的确有心想和商纵海再见一面，也许会有意外收获。

这时，商郁双腿在身前平伸，脚腕相叠，姿态透着惬意和舒适："别人或许不合适，但你，没问题。"

听到他的回答，黎俏缓缓转眸，今晚的月色很好，没有阴云密布，露出了雨季少见的漫天星辰。黎俏觉得，大概是夜色太迷人，所以她才从商郁暗幽的眸中读出了显而易见的柔和。更是一种被偏爱的纵容。

黎俏抿嘴浅笑，眼里有波澜："老先生爱吃什么？不如我请他吃顿便饭，表达一下谢意。"

商郁深深地凝视着她，唇边泛着淡淡的笑纹："不用麻烦，在公馆吃饭也可以道谢。"

……

晚九点，黎俏回了家。黎广明和段淑媛还没回来，听说是去参加晚宴了。大哥和二哥都有自己独立的住处，往常也很少会回老宅。

黎俏脱下外套，走到客厅落地窗附近，望着夜色驻足凝神。半晌，她拿出手机，屏幕上赫然有两条微信消息。是黎少权发来的。

黎家少爷：啊啊啊啊啊啊啊，老子进入红客联盟的终面了。

黎家少爷：小俏，以后请叫我红客黎教父。

黎俏看着他的消息，有些意外地扬了下眉梢，这么巧？今天下午商郁才问过她关于黎少权的事，短短几个小时，他就进了终面？这几年，黎少权为了加入红客联盟没少下功夫。浪费了家族的培养不说，整天都活在自己编织的美梦里。如今……倒是有梦想成真的可能了。红客联盟和商郁，会有什么联系么？

黎俏还没回复黎少权的消息，手机再次响了。傅律亭打来的。

黎俏缓慢接起，淡淡地开腔："傅师兄，什么事？"

傅律亭似是习惯了黎俏的说话方式，没有多余的寒暄，开门见山："明天下午实验室有一场内部讨论会，关于最近研究成果的，你要不要过来听听？"

人禾实验室，她是出资人之一。黎俏稍加思索，抬眸望着窗外浓郁的夜色："几点开始？"

"两点，你要是过来的话，我们等你。"傅律亭的声音微微紧绷，不难听出紧张的期待。

黎俏沉默了片刻后说："行，明天我抽空过去。"

"那好,明天见。"

挂了电话,黎俏低头看着手机屏幕的通话记录,想到关明玉的病症,不禁陷入了沉思。

……

隔天清晨,黎俏叫了司机送她去衍皇集团。昨晚跟着商郁出去吃饭,所以她没开车,奔驰还在衍皇楼下停车场。车刚驶出大门,司机突然猛踩刹车,惊动了打算补眠的黎俏。

"小姐,这……"司机望着门外那辆黑色霸道的越野车,表情不太好,推开门就要下车。

黎俏望了望,拍了下前排椅背:"刘叔,不用送了,你回去吧。"

越野车上,黎俏直接坐进了副驾驶,系上安全带,一言不发地继续阖眸补眠。落雨也没吭声,沉默着开车驶出林荫小路。中途,黎俏舒展眉心,朝窗外探了一眼,顿时蹙眉,绿荫环绕的盘山公路,这不是去衍皇的路。

落雨依旧面无表情地开着车,察觉到黎俏投来狐疑的目光,她抿了抿唇,解释道:"老大让我送你去公馆。"

昨晚商郁的确说可以在公馆吃饭向商纵海道谢,只是没想到清早就安排她过去。

南洋公馆。

落雨将车停在公馆平台附近,本想开口提醒黎俏,却见她已经睁开眼兀自推开了车门。还不到早上八点半,层峦列阵的南洋山静谧得仿佛还在沉睡。山里的空气带着松香,草坪也沾满露水,入目葱翠,倒是有一种远离喧嚣尘世的恬静。黎俏在车上睡得不安稳,这会忍不住揉了揉酸胀的脖颈。

"小姑娘,又见面了!"温儒的寒暄陡地从右后方传来,黎俏敛着心惊,徐徐回眸。很奇怪,她的感官向来敏锐,居然没有听到商纵海的脚步声,甚至都没感觉到有人靠近。

此时,商纵海穿着白色的太极服,手持红穗太极剑,站在不远处看着她。

黎俏收敛懒散的姿态,信步来到商纵海面前,微微颔首:"伯父,早上好。"

商纵海反掌将太极剑收回,贴在右肩胛的位置,从随行的保镖手里拿过热毛巾,擦了下额头:"吃过早饭了吗?"

黎俏抬眸和商纵海对视,礼貌地点头:"吃过了,伯父还没吃?"

商纵海示意黎俏跟他进屋,边走边说道:"没有。这人啊,年纪大了,早上要是不活动活动,感觉吃饭都没什么滋味。"

两人并肩进了公馆,与上次的空旷冷清不同,大概是因为商纵海在这里落脚,整个公馆内也随处可见保镖穿行的身影。黎俏不动声色地睃巡而过,很快就来到了客厅。

商纵海将太极剑放在黑金大理石茶几上,刚刚落座就有保镖送来了参茶。"小姑娘,别太拘束,就当自己家,随便坐。"商纵海吹着参茶的热气,抬眼对黎俏说了一句。

黎俏从善如流地找了个位置坐下,眼观鼻鼻观心,等着商纵海开口。哪怕这位商家掌权人对她的态度格外宽容,黎俏也不敢掉以轻心。上位者,总是会不动声色地掌控全局,尤其是商纵海这样的人物。

这时,商纵海喝了几口参茶,俯身放下茶杯之际,似无意地随口问道:"那天回家后,你父亲有没有和你说什么?"

黎俏目光平静地望着他,对答如流:"说了,他告诉我,您给我的那张卡,是稀金钻卡,非常稀有,全球持有人不超过十个。所以今天过来,也是想专程向您道谢,那么贵重的钻卡,我受之有愧。"一番话,黎俏说得滴水不漏。

商纵海扶了下镜框,反光的镜片恰好挡住了他眸中的深意:"小姑娘,你谦虚了。钻卡算不上什么稀有物,少衍他们都有。假若没有退婚,等你来了帕玛,那张卡也是要给你的。"

这话听起来没什么毛病,但黎俏总觉得还有弦外之音。

恰在此时,商郁来了。男人的脚步声总是沉稳有力,随着他的出现,客厅里也隐隐浮动着他的味道,清冽,还夹着淡淡的乌木香。

商郁出现之际,商纵海便直接起身,拿起桌上的太极剑,道:"少衍,你陪小姑娘坐一会。"

"嗯,你要的资料放在茶室了。"商郁提醒一句,商纵海应声便离开了客厅。说罢,商郁单手插兜绕过茶几,偏头睨着黎俏:"陪老爷子练太极剑了?"

黎俏失笑摇头:"没,我到的时候,正好在平台遇见了伯父。"

"都聊了什么?"商郁坐在她的对面,随意跷起双腿,动作里总是透着慵懒的恣意。

黎俏也放松了姿态,仰头靠着沙发浅浅一笑:"还没开始聊,你就来了。"

闻此，商郁视线微灼，带着几分沉思的悠远，煞有介事地勾唇："看来，我出现得不是时候。"

"我也不是那个意思……"黎俏幽幽瞥着他，捕捉到男人深眸中的调侃，不禁撇嘴。

男人不语，低低的笑音却从他薄唇中溢出，柔和了俊颜深邃冷傲的轮廓。

不多时，商纵海去而复返。他褪下太极服，换了身棉麻的休闲装，少了威严，多了些长辈的温慈："小姑娘，要是不嫌我啰嗦，陪我吃个早饭如何？"

黎俏刚欲起身，对面的商郁斜睨着他，低头点烟，并说道："您老说过食不言寝不语，吃完饭再聊也不迟。"

商纵海一眯眸："你不陪我吃饭就算了，连她你也要管？"

商郁夹着烟颔首，完全无惧商纵海故作的愠怒："您慢用，我先带她出去走走。"

待他们两人离开后，商纵海佯怒的神色渐褪，反而高深莫测地望着他们离去的方向，幽幽叹了口气。

保镖心腹站在他跟前，探身低语道："先生，看来您猜得没错，衍爷和黎小姐的关系，的确非比寻常。"

商纵海负手而立，镜片遮住了眼底的精光和玩味："是福是祸，看她自己的造化吧。"

公馆外，半山草坪。商郁带着黎俏在草坪深处漫步，山峦蒙着一层薄雾，远远看去，天色与山峦连成一片。

黎俏背着手踱步，环顾四周，有一搭没一搭地和商郁闲聊："听说商陆回帕玛了？"

"嗯，回去避难。"男人体形修长，负手走在黎俏的身侧，颇有闲情逸致地打趣。

自打上次在黎家被恶搞之后，商陆就对黎家人避之不及。恰好那段时间边境黎三又身在南洋，几次三番故意找茬，商陆防不胜防，只好暂时回到帕玛保平安。

此时，黎俏抿唇一笑，仰眸睇着他："商陆的病，是天生的？"

商郁踏着草坪的步伐缓了缓，低垂着视线打量着眼前的女孩，眸如深渊望不见底："对他的事，这么感兴趣？"

黎俏轻易就看出了他眉心泛起的褶皱，忍俊不禁："衍爷，我的专业是生物医学，他的病，值得研究。"嗯，在她眼里，商陆就是个行走的实验小白鼠。

闻此，商郁眉心舒展，从黎俏脸上移开视线，望着远山低沉说道："商陆刚出生的时候病症不明显，大概三岁开始，每次被家里的女佣碰过，他就会起疹哭闹，原因不明。"

"这样啊……"黎俏若有所思地摸着自己的下颌。

商陆这种病听起来倒像是对女人过敏，但触碰之下会引发呕吐，也或许和肌肤传导系统有关。黎俏思绪纷飞，越想越入迷，所以没注意到脚下沾满露水的草坪。她本就穿了一双平底铆钉鞋，边走边想的后果就是鞋底踩在湿草上突然打滑，根本来不及稳住身形，跟跄地朝着草坪栽了下去。

电光石火间，一条强健有力的手臂迅速穿过她的腰线紧紧搂住，而后臂膀收紧借力一带，直接将黎俏拉入了气息清冽的怀中。黎俏红唇微张，惊呼声哽在了喉间。一切发生得太突然，她向来引以为傲的反应力也似乎变得迟钝了。

此时此刻，苍山绿草之间，黎俏整个人伏在商郁的胸前，由于惯性使然，稳住身形的一瞬，她双手直接攀上了他的双肩。腰后还绕着男人强劲的手臂，勒得有点紧，两人以一种近乎严丝合缝的亲密距离贴在了一起。

黎俏一动不动地屏住呼吸，神志有些混乱。她的眼前，是商郁线条锋利的喉结，视线再往下，是露出领口的两片锁骨。古铜色的肌理泛着男人独有的荷尔蒙味道，紧贴的距离甚至能清晰感受到他的心跳。

这个拥抱，目眩神迷。黎俏眼睫颤了颤，仰起头和男人四目相对。这般距离下，她能从商郁黑沉的眼睛里清晰地看到自己的倒影。黎俏呼吸发紧，攀着他肩头的手指微微蜷起，心跳彻底乱了。

这时，贴在她后腰处的掌心微微松弛了几分，却没有放开，然后她听见男人微哑的磁性声音响在耳边："走路不看路，在胡思乱想什么？"

第8章 得意门生

黎俏望着他眼底深处，下意识地就喃喃出声："你怎么不说是你家草坪太滑……"

商郁眯起冷眸，一寸寸压下俊颜，两人呼吸缠绕，距离近在咫尺。默了几秒，他揶揄道："听你的意思，那片草坪应该铲了？"

黎俏抿起嘴角，不吭声了。也不知道是不是山里的温度太低，所以才会让她感觉男人掌心的温度越来越烫，明明隔着衣料却灼得她浑身发热。

黎俏口干舌燥地清了清嗓子，刚想说话，商郁已经动作缓慢地抽回手放开了她。意外的拥抱，时间不长不短，黎俏的心却难以平静。

她继续闷头向前走，不经意地用手背碰了下发热的脸颊，嘴角隐隐上扬。刚刚那么近的距离她才发现，原来商郁的左眼角有一颗非常不明显的小痣，隐在睫毛和眼尾处，真是个性又好看。然而，黎俏刚向前走了一步，手腕蓦地一紧，她微愣，回眸时，就见商郁垂着眼睑，表情似乎……有发怒的迹象。

嗯？黎俏顺着他的视线往地面一看，才发觉自己的脚背和鞋面相接的地方，有一块破皮的小划痕。可能是刚才打滑，被锋利的草叶划破了。

黎俏用鞋底蹭了蹭地面，用不甚在意的口吻说道："没事，小伤。"如果不是商郁，她都没注意到。

偏偏，男人的表情没有任何缓和的迹象。下一秒，不等黎俏再开口，他紧抿薄唇，转身拉着她就往公馆折回。大步流星，速度很快。

黎俏愕然。

两人返回到公馆客厅，刚入座，流云就抱着医药箱送了过来。

商郁一言不发地接过药箱,打开后娴熟地拿出碘酒和消毒棉,一转身就看见黎俏朝他摊开手:"我自己来。"说实话,这点小伤,在她看来和蚊子叮了一口没什么区别。但,商郁的做法,无形中透着重视和关怀,她也不愿拂了他的好意。

这时,男人对她的话恍若未闻,修长的手指拿着镊子,缓缓蹲在了沙发前,语气低冽:"放上来。"

黎俏咬了下嘴角,深呼吸之后,妥协了。

于是,不远处的流云和落雨,亲眼看到他们家杀伐决断的衍爷,单膝跪地,将黎俏的小腿放在自己的膝盖上,拿着镊子无比认真地为她擦拭伤口。流云觉得,那小伤口顶多就是擦破了皮,不处理的话,估计……明天就能愈合。也是在这一刻,落雨认清了一个事实,黎俏对南洋商少衍来说,独一无二,无人能及。南洋的商界霸主,当着手下的面,为了黎俏,折了腰,屈了膝。

几分钟后,商郁为黎俏处理完伤口,他甩手将镊子丢进医药箱里,幽幽抬眸望着黎俏,眼波深如寒潭,却用命令的口吻对流云说道:"半山草坪全部铲了,换新草。"

就是这一天,黎俏知道了一件事,商郁重视她,重视到她身上不能有丁点损伤。一旦有,他就会变得阴鸷暴戾,冷酷无情。

约莫过了几分钟,商纵海的心腹出现在客厅里:"衍爷、黎小姐,先生请你们去茶室。"

此时,黎俏正侧身坐在沙发里,看着自己贴了纱布的脚面思考人生。商郁伫在落地窗前,已经连抽了三根烟。心腹察觉到气氛不对,隐晦地看向流云和落雨。流云递给他一个"自行体会"的眼神,然后就目视前方继续充当工具人。落雨则微微低着头,表情晦涩,不知在想什么。

客厅里安静了片刻,商郁这才幽幽从窗前回过身,视线落在黎俏身上,嗓音沙哑:"走吧。"

二层茶室,商郁和黎俏一前一后走进门。

茶室异于公馆奢华气派的风格,日式榻榻米设计,地面摆着茶台,墙上挂着字画,商纵海跪坐在蒲团上,他背后还有一整面墙的博古架,摆着各类手把件和文玩。

空气中茶香四溢,商纵海听到声音便从文件中抬起头,只消一眼就眯起了眸:"发生何事了?"他目光定格在商郁的脸上,自己的儿子他最清楚,近几年少衍已经很少会流露出这种神态了。

商郁薄唇紧抿,唇线绷直,一言不发地走到茶台前,入座时他侧首看向身后慢了两步的黎俏,喉结滚了滚:"过来坐。"

商纵海眼里噙着疑惑,余光一扫,就看到了黎俏脚背上的纱布,有些惊异:"怎么受伤了?"说话间,商纵海不动声色地看了眼商郁,眼底波澜四起。莫不是少衍犯了老毛病,把人家小姑娘给伤到了?

黎俏清了清嗓子,来到茶台前坐下,莞尔道:"刚才走路不小心划破了,没大事,伯父放心。"

商纵海若有似无地笑了,将手中的文件合上,叮嘱了一句:"你这小姑娘,可要保护好自己。不然,要是在公馆受了伤,我可没办法和你父亲交代。"

"伯父言重了,小伤而已,不值一提。"

话音方落,黎俏就清晰地感觉到从商郁身上飘出一股令人脊背发寒的冷意。

黎俏心想,她真没那么娇气。

她摸着自己的脑门,垂着头无奈发笑。

这时,商纵海把品茶的飘逸杯推到他们面前,话锋一转,道:"先喝点茶,既然脚受伤了,今天就别回了。南洋雨季潮湿,来回奔波,要是伤口处理不好,容易感染。晚些时候我给你父亲打个电话,等明天伤好一点再回去,正好还能陪我这个老头子聊聊天。"

黎俏来不及婉拒,一旁的商郁已经端起飘逸杯,吹了吹热气,神色缓和,沉声道:"嗯,父亲说得在理。"

全程没机会开口的黎俏低头看着自己的脚背,又活动了一下脚趾,忍不住开始怀疑,自己到底是擦破了皮,还是断了一条腿……

就这样,黎俏莫名其妙地被迫留宿在南洋公馆。商纵海倒是言而有信,在茶室喝完茶就给黎广明打了通电话。黎俏也不知道他们具体说了什么,反正后来她收到了爸妈的短信,大概意思就是如果伤势严重,他们随时派救护车到公馆接她去住院。

午饭后,黎俏躺在公馆二层的观景台看风景,身前的矮几上还摆着咖啡和水果。商郁和商纵海似乎有事要谈,两人吃完饭就去了书房。黎俏也一直没找到机会和商纵海单独聊天。她百无聊赖地拿出手机,看了看时间,便回头望着身后的落雨:"方便吗?陪我出趟门?"现在刚过一点,赶去人禾实验室的话,应该来得及。

落雨稍稍向前一步,疑惑地问:"要去哪?"

黎俏放下腿,从躺椅上坐起身:"人禾实验室。"

话音方落,落雨拿出手机,直接拨了通电话:"老大,黎小姐要出门。"

黎俏面无表情地看着她。

挂了电话,落雨颔首,语气倒不似之前那么僵硬:"老大让你稍等。"

行吧。黎俏抓了抓丸子头,叹了口气。

商郁来得很快,铿锵有力的步伐从观景台后面传来。黎俏顺势站起身,望着他那道黑色修长的身影,微微弯唇:"我就临时出去一趟,你干吗还特意过来?"

"去实验室?"男人来到她面前,深眸锁着她的脸颊。

黎俏点了点头:"下午实验室有一场内部交流会,我想过去听听。"顺便……再着手安排一下关明玉的事。

这时,商郁眸光下坠,落在了她的脚上,眉心微拧:"不能视频会议?"

黎俏抿着嘴角看着他,却没吭声。

大概是看出了黎俏的坚持,这一次商郁沉默片刻,妥协了。他幽幽叹息,重新看向黎俏,抬手揉了下她的头顶:"几点结束?"

"两个小时左右吧。"

闻此,商郁抿唇点头,回眸睇着落雨,吩咐:"会议结束后送她回来,换药。"

换药?黎俏眨了眨眼,低下头忍俊不禁。真是个非常好的留宿借口。反正话里话外就是不打算让她回家的意思呗!

两点整,黎俏抵达人禾医学实验室。

落雨自她身后降下车窗,并说道:"我在门口等你。"

黎俏步伐顿了顿,回眸看着她,微微颔首:"好,谢谢。"

落雨目送黎俏纤细的背影走进医学实验室,眼神里充满晦涩复杂的暗芒。她从没料到,黎俏对于老大来说,居然重要到这种地步。他们四大助手从旁辅佐多年,即便是衍爷父亲商纵海,也不能让商郁弯腰低头,偏偏……黎俏做到了。

171

人禾医学实验室,隶属于科研所挂靠机构。严格来讲,仅仅是挂靠关系,没有管理权,因为实验室属私人所有。三层楼的格局虽简单,但研究室里的器材应有尽有。

黎俏来到三楼,走廊尽头是研讨室。

敞开的双扇大门里,能看到不少年轻的实验研究员坐在 U 型桌前等待会议开始。

台前,傅律亭正在调整 PPT,听到门口的脚步声,惊喜地侧过身来:"我还以为你不来了。"

黎俏神色淡淡地环顾四周,微微点头示意:"抱歉,来晚了。"

这时,U 型桌最上首的位置,有一名鹤发红颜的老者,对着黎俏招了招手:"不晚不晚,俏俏,快过来,老师最近的研究又有新进展了。"

黎俏循声走过去,径自坐在了老者的身畔。江翰德,科研所院士,南洋医科大学特聘教授,在基因工程领域有着非常卓越的成就。而黎俏之所以能被科研所保录,也得益于江院士的推荐。

"俏俏,你看这个。"此时,江院士移动电脑屏幕,努了努嘴,示意黎俏。

页面上是一套繁琐的基因分子式,黎俏认真看了看,挑了下眉梢:"这是……重组 DNA 技术?"

"对!"江院士颇为得意地拍了下掌心,拿笔对着屏幕比画了两下,"你看,我把这个限制核酸内切酶和基因载体……"

作为科研狂人的江院士,按捺不住兴奋,滔滔不绝地和黎俏分享他的研究进展。没办法,年近七旬的江院士,最欣赏的学生就是黎俏。她不但聪明,还有钱。除了懒,没别的毛病。这座人禾实验室,就是因为黎俏每年大量的注资,才能维持他们这群科研人员的定向研究。重点是,完全义务出资,不求回报。毕竟,国有研究院每年拨款的经费有限,专业领域的研究更是管理严格。而人禾实验室,不但创造了实验条件,还能让他们得到属于自己的一间研究室,所以整个实验室的研究员,对黎俏都格外尊重和敬佩。是以,即便江院士和黎俏的讨论耽误了交流会的时间,但也没人抱怨,反而各个都凝神静听。

五分钟过去了,江院士说得口干舌燥,他端着保温杯润了润喉:"所以啊,目前这个进展对我们来说很有优势,等过段时间你到科研所报到之后,后续研究就交给你了。"

黎俏搓了下脑门，点点头："哦，行，九月份吧。"

江院士一怔："九月份？你不是下个月就毕业了？"

"嗯……"黎俏沉吟着，抿了抿嘴角，解释道，"科研所那边同意我九月份去报到。"

"胡闹。"江院士一拍桌子，横眉冷对，"谁同意的？要不是你现在还没拿到毕业证，我巴不得你明天就去科研所开始上班。"

江院士面色不豫，研讨室里的众人瞬间安静。大家都和江院士共事过，别看他平时和蔼可亲，但涉及研究工作，那简直就是"魔鬼"。

这时，黎俏指尖轻轻敲了敲台面，不急不缓地说道："老师，我最近在赚钱，咱们下半年的经费……"

不待她说完，江院士直接抬手拍了下黎俏的肩膀，煞有介事地点了点头："辛苦了，那就九月份再去吧。"

很快，交流会开始。傅律亭在台前播放着PPT，并且将最近的主要研究项目和进展分享给在座的每一个人。

一个半小时后，交流会结束，江院士招呼黎俏跟他去研究室，刚走了两步，又转身看着U型桌对面的一个研究员，道："连桢，你也过来。"

连桢？这个名字，有点陌生，黎俏站在江院士身后望着连桢，三十岁左右，姿态稳重，风度翩翩，颇有几分金相玉质的君子气质。

医学研究室，摆满了各类器皿的研究台前，江院士徐徐入座："俏俏，给你介绍一下，这位是连桢，专攻遗传基因肿瘤方向的研究。这次他来咱们科研所交流学习，但那边条件有限，所以我就破格让他到咱们实验室来做研究。你之前不是对基因肿瘤方向也挺感兴趣吗？以后有空你可以和连桢多交流交流心得。"

闻此，黎俏礼貌地对着连桢点头示意："你好，连师兄，以后请多指教。"对科研人员黎俏都会端正姿态，给予对方最大的尊重。

连桢温润地领首，声音很温和，令人如沐春风："师妹别客气，如果有什么需要我帮忙的，尽管开口。"

江院士为两人介绍过后，便摆手让连桢先出去。待他走后，黎俏缓了口气，拽过一把滑轮椅，直接坐在了江院士的对面："老师，你有话跟我说？"

江院士呵呵一笑，双手环胸，可傲娇了："别人不知道你的背景，但老师我还是知道的。跟我说说吧，为什么要九月份才去科研所报到？"

173

哦，对，江院士是为数不多知道黎俏出身的人。当年黎俏大三，得知江院士想要筹备独立的实验室供研究使用，但资金不够，她便自告奋勇提出注资帮忙，奈何他坚决不同意。毕竟，就算是他的国家津贴和各项研究奖励，也根本不够实验室一年的经费支出。实验室有多烧钱，江院士比谁都清楚。最后没办法，黎俏只能自爆黎家女儿的身份。当时江院士足足愣了好几分钟，后来也不纠结了，欣然同意黎俏帮忙出资创立实验室，而"人禾"两个字，也是江院士从黎俏的名字中拆解下来的。

这时，黎俏靠着椅背，双手放在膝盖上，姿势特别乖巧，但说的话却挺气人："老师，我想玩三个月再去工作。"

怒其不争的江院士无言以对。

然而，不等老师发怒，黎俏又补充了一句："不过，老师如果有项目需要我参与，我也可以随时加入研究。"

江院士愠色渐褪，心里平衡了。不愧是他最欣赏最器重的学生，虽然贪玩但是人家不耽误研究工作啊，多优秀！"那行吧，如果你玩够了，想提前去科研所，记得跟我说一声。"

江院士又苦口婆心地絮叨了几句，黎俏耐着性子听着，等他说完，才转移话题："老师，还有个事，是关于我最近接触到的一个比较特殊的病例。"

听到"特殊病例"四个字，江院士的眼神都亮了："什么案例？说来听听。"

于是，黎俏将关明玉的大概情况转述出来，末了，她若有所思地分析道："老师，你说她这种情况，会不会和染色体异变有关？"

江院士浓眉深锁，思量再三，说："目前还说不好，你从哪儿找的病例？"

黎俏忖了忖："偶然认识一个人，她去了医大附属医院做了检查，当时有医生给出了染色体病变的可能性。"

"成年人的染色体病变可不常见，除非有特殊原因，不过她这个情况倒是值得研究一下。"江院士兀自低喃着。

黎俏也没含糊，直接建议道："老师如果方便的话，不如改天我带她过来给你看看？"

"行，这种病倒是挺稀奇，反正最近我都在实验室，你随时带过来，顺便可以给她做个基因测试。"

黎俏和江院士道别后就离开了实验室。此时，已经下午四点半，天空又飘起了小雨。黎俏走出实验楼，一抬眼就看到落雨拿着黑绸伞站在台阶上等她。

"久等了。"黎俏走上前客套地开口。

落雨则面无表情地说道："本分而已。忙完了吗？刚刚老大打来电话，说你的脚……该换药了。"

"嗯，走吧。"黎俏深知自己今天是肯定没办法回家了，连商纵海都给黎广明打了电话，她若一意孤行贸然返家，未免太失礼。别人无所谓，但对于商家父子，她并不想唐突。即便整件事都明显小题大做。

落雨撑着伞为黎俏拉开车门，两人上车后便再次返回南洋公馆。临近傍晚六点，车子才驶入公馆平台，下雨的盘山公路泥泞湿滑，为了稳妥起见，所以落雨开得很慢。

进了客厅，黎俏抚了抚外套上的潮气，抬眼就见商郁夹烟的手里正拿着一个绿色的小药瓶看着说明书。

"开完会了？"商郁将说明书放在药箱上，掀开眼睑睇着她。

黎俏向他走去，并点了点头，入座时盯着他手里的药瓶："这是什么？"

商郁顺势递给她，俯身熄灭香烟："外伤药。"

还真拿她当病患了？黎俏接过绿色葫芦形状的小瓶子，看了看："哪个药堂生产的？好像市面上没见过。"绿色葫芦形状的药瓶，材质特殊，并不像普通外伤药。

"商氏药业。"商郁薄唇微扬，微微偏头看着黎俏，嗓音低缓，"实验阶段，目前还没投产。"

两人正说话之际，电梯的方向传来脚步声。商纵海和他的心腹一同现身，他们的神情透着紧绷和凝重。商郁眯了眯眸，看向商纵海身边的心腹，恣意挑眉，等着对方开口。心腹沉重地叹了口气，眼神满是忧色："衍爷，刚刚得到消息，帕玛那边出事了。"

"说！"商郁气势陡变，明明还是慵懒的姿态，可眉梢眼角满是凌厉，就连眼底都泛起野性的锐利。

心腹看了眼落座的商纵海，踱步来到商郁面前，艰难地开口道："是二爷。今天下午他和霍家陆家几位少爷在游艇上聚会，但不知什么原因游艇发生了爆炸，现在所有人都……生死未卜。"

游艇爆炸？黎俏陡地抬眸，瞳孔微缩。

他们远在南洋，商陆却在帕玛出了事，就算现在赶回去，最少也要四个多小时的飞行距离，根本来不及。

这时，商纵海目光犀利地望着窗外，紧紧攥着手里的佛珠，口吻杀气腾腾："爆炸原因是什么？"

商郁也满身杀伐，目光覆满了阴沉凌厉。

突然，一声电话铃音响起，打破了凝固的气氛。心腹掏出手机连忙接听，是帕玛打来的。然而，不到半分钟，他的表情从凝重变为惊讶，最后满是狂喜地对着商郁和商纵海说："两位爷，二爷没事，毫发无伤，听说是一个叫秦肆的男人救了他们所有人。"

"秦肆？"商纵海沉吟了须臾，深思的目光也渐渐变得清明，"是不是宁远航之前带到商家老宅的那个年轻人？"

宁远航，帕玛酋长。大约七八年前，宁远航的酋长府突然多了两个陌生人。一个年迈的长者，还有一个病弱的年轻人。这件事，商纵海有印象。

心腹连声点头，眼里依旧充斥着狂喜："没错，就是他。"

闻此，商郁和商纵海交换视线，表情也不似先前那般凌然。

商纵海捻着佛珠，感慨道："没想到这个秦肆平时不显山不露水，危急关头倒是挺身而出了。"

说着，他又看向心腹，再三确认："那个臭小子当真毫发无伤？"

心腹如释重负地松了口气，颔首低语："衍爷放心，刚刚的电话里，我听到二爷的声音了，他让我跟您问好。"

"哼，这个不长进的臭小子。"商纵海嘴上虽然怒骂着，但神色舒朗许多，"既然他没事，那回程的航班还是按照原计划吧。另外，你跟管家通知一声，暂时不要让商陆出门，派人盯着他，一切等我回去再议。"

话音方落，商郁微微垂眸，几缕碎发挡在了他的额心眼角处："明天我跟你一起回。"

商纵海诧异地瞥他一眼，余光隐晦地看了看黎俏："也好，那就明早启程。"

不一会，商纵海跟着心腹去了茶室。

客厅，黎俏坐在商郁身边，手里还捏着那只绿色的葫芦瓶："你和伯父明早几点的航班？"

"十点。"商郁侧眸看着她，沉声道，"上药吧。"

黎俏掌心一紧,攥着药瓶挑眉:"我自己来,手又没受伤……"

闻声,商郁唇边泛起笑,靠着沙发椅背仰了仰头:"嗯,记得用量不要太多,药效很强。"

实验阶段的药品,自然比市面流通的药效更好,这点常识她还是知道的。黎俏摩挲着冰凉的药瓶,随即侧身靠着沙发,望着男人立体俊朗的轮廓:"这次回帕玛你要去多久?"

商郁舒展眉心,仰靠着椅背缓缓转过头,这样的距离再次让黎俏看到了他左眼尾的那颗痣,有点想摸。

"不一定,想去?"

黎俏眼神微亮,却又笑吟吟地摇头:"有点想,但这次不行。明天周六外公大寿,我不能缺席。"不然她家那位老爷子能发动全家力量给她打无数通电话,直到她出现为止。

商郁了然地垂下眼睑,收回目光半阖着眸,语气慵懒:"那就以后有机会再去。"

晚饭后,落雨带着黎俏去了二层的客房,很巧,隔壁就是茶室。第一次留宿在南洋公馆,对黎俏来说颇有些新鲜。房间是套房结构,格局简单,暗灰色的格调,搭配暖光灯,很符合商郁的审美。

黎俏关上门,粗略打量四周,房间南面是一大扇落地窗和外置观景阳台。她推开窗,撑着阳台栏杆,望着漆黑的远山不禁叹了口气。倏地,一阵沁人心脾的檀香味在周围暗暗涌动。黎俏有些惊讶地转眸。此时,相隔不到两米的隔壁阳台,商纵海坐在摇椅上,桌前燃着熏香,放着清茶,正神情惬意地望着她:"小姑娘,怎么一个人唉声叹气的?"

黎俏敛了敛神,朝着商纵海的方向微微转身,颔首:"没什么。打扰到伯父了?"

商纵海拿着桌上的茶杯嗅了嗅,又对着黎俏示意:"不打扰,要不要过来喝杯茶?"

听到商纵海的邀请,黎俏盖住眼睑,挡住了眼底的微光:"好,这就来,您稍等。"

黎俏走出客房,绕过拐角就来到了茶室。心腹带着她来到茶室外的阳台,而后径自离开。

夜色浓稠如墨,黎俏坐在商纵海对面的软椅上,看着香炉袅袅飘散的白檀香，气味醇厚，经久不散。黎俏安静了几秒，直到商纵海将一杯冒热气的红茶推到面前，才礼貌地点头："多谢伯父。"

"不用客气。"商纵海摆了摆手，视线下滑再次看着她的脚面，"脚伤好些了吗？"

黎俏不禁失笑，往后缩了缩腿："真的只是小伤，都没有出血，破了皮而已，伯父千万别挂心。"

闻此，商纵海讶然地扶了下镜框："真没事？"

"嗯，没事。"

见黎俏的表情不似撒谎，商纵海摇头轻笑："我还以为伤口很严重才会让少衍如此紧张。下午你不在公馆，他还安排了流云开着直升机去邻市的医药厂取了实验药。"

说罢，商纵海望着黎俏微惊的表情，意味不明地感慨："我倒是很多年没见过少衍这么紧张一个人了。"即便是他亲弟弟商陆，也得不到这样的重视。

此时此刻，黎俏敛眉喝茶，看似从容，手指却紧紧捏着茶杯，眼睫微颤，稍稍泄露了她的心事。而商纵海则若有所思地凝视着她，一时间谁都没有再继续这个话题。

半杯茶下肚，黎俏调整好情绪，再次看向商纵海时，眸光微闪，挑起了话头："伯父平时都在帕玛定居？"

"嗯，南洋这气候我不习惯，还是帕玛更宜居一些。"商纵海神色悠远地望着夜色，举杯呷了口茶，就听见黎俏略显向往的语气说道："一直听说帕玛景色宜人，神秘又富足，听伯父这么一说，我更想去看看了。"

商纵海偏过头，不期然和黎俏的视线相撞。小姑娘眼睛里毫无杂质，仿佛真的只是充满了期待和向往。

商纵海不露声色地眯了眯眸，笑容很淡："确实，这么多年帕玛的变化还是很大的，有空就回去看看吧。"

又是这样别有深意的提醒，黎俏从商纵海的脸上移开视线，故作单纯地点头："伯父说得对，不过我先前并没去过，也就没办法见证那些变化，说起来有点遗憾。"

黎俏在故意装傻，意图打探商纵海的用意。她指明自己没有去过帕玛，又何来"回去看看"。偏偏……商纵海垂眸喝茶，没有第一时间回应黎俏。

少顷,他将茶杯放在身前的矮几上,这才幽幽地开腔:"人生在世,都会有遗憾,但只要还活着,总有机会能弥补。"

这话,太高深了。黎俏甚至能够料到,即便她开门见山地询问商纵海,他也一定不会坦诚相告。因为从一开始,他就没打算多说。就好像一个守株待兔的猎人,一步步引诱她走进他挖好的"陷阱"。

半小时后,黎俏回了隔壁的客房。关上门的刹那,她靠着门板,烦躁地不停深呼吸。和城府极深的商纵海交锋,黎俏自认处于下风。因为她手里没有制胜的筹码,每次隐晦地打探,都被商纵海四两拨千斤地推了回来。

黎俏揉了揉额角,蹙着眉心走到床边,踢掉拖鞋就仰面躺下,望着天花板思绪浮沉。不知过了多久,她迷迷糊糊地睡着了。

……

天色破晓,晨光熹微。不到七点,黎俏沐浴后从客房走了出来。她身上穿着一件黑色小西装,内搭白色丝质吊带,蓝色牛仔铅笔裤,和昨天的打扮相同,可衣服是崭新的。

门外,落雨已经等候多时,看到她的身影,就垂眸低语:"老大在餐厅等你。"

"嗯。"黎俏向前走了两步,身形一顿,看着落雨,"这衣服,是你帮我准备的?"今早她起床去浴室,就看到了这套一模一样的新装。

落雨摇了摇头:"不是……"

黎俏看着她欲言又止的模样,便心知自己的猜测是对的。

来到半地下的餐厅,桌前只有商郁一个人。男人穿着灰色丝质的居家服,碎发柔软地垂在额前,平添几分随意的优雅。他看到黎俏,便朝着对面努嘴:"坐下吃饭。"

黎俏不急不缓地入座,看了看桌上的食物:"要不要等伯父一起?"

"不用,吃完先送你回家。"

哦,他们今天要启程回帕玛。黎俏没再迟疑,端着牛奶喝了一小口,拿起筷子夹菜时,瞥着对面看手机的男人,佯装无意地问道:"衍爷昨晚睡得好吗?"

商郁滑动屏幕的拇指一顿,抬眸看着黎俏:"还不错。怎么?客房住得不舒服?"

"唔……"黎俏沉吟少许,呃了下舌尖,"那倒没有,就是有点奇怪。"

商郁放下手机，颇有兴致地问了一句："说来听听？"

黎俏咬了口吐司，咀嚼两下就似笑非笑地说道："昨晚，好像有人进我房间了。因为我睡着的时候，灯没关，窗帘没拉，但是今早醒来的时候，全都关上了。"说完，黎俏就眼睛一眨不眨地望着男人。

餐厅里，安静了两秒，随即商郁再次拿起手机，睨着她，邪肆地扬起薄唇，眼里噙着笑："客房有热成像和人体活动感应，热源十分钟没有活动迹象，会自动关灯关窗。"

"哦，这样啊……"黎俏面不改色地点了点头，夹起一小块荷包蛋塞在嘴里，含糊不清地说道，"衍爷家里果然都是高科技，人体活动感应不但能自动关灯关窗，还能给我盖被擦药。"

寂静继续餐厅里蔓延……

商郁眸光玩味地看着她，没说话。黎俏则对着他昂了昂下颌，一脸狡黠。

吃完饭，黎俏婉拒了商郁亲自送她回家的提议。她上了落雨的车，对着窗外的那道身影挥手道别。也不知道他什么时候才能从帕玛回来。毕竟，商陆的游轮被炸，听起来就不像偶然事件。

随着公馆在视野里逐渐缩小，黎俏不禁轻声叹了口气。但愿，早去早回吧。

早九点，落雨将车停在了雅墅园的公寓楼下。

黎俏推门下车时，回头望着落雨，不冷不热地说："你回吧，今天不用跟着我。"她去给外公贺寿，那种场合落雨不合适同行。

谁知——

"这是我的工作。"落雨一板一眼地回答，口吻不生硬，却很呛人。

黎俏昂着眉梢，漫不经心地弯唇："那你自便。"黎俏甩上车门就走进了公寓。

几天前小舅特意提醒她，别忘了给老爷子准备礼物，所以黎俏专程来雅墅园选礼物，挑了半天，凑齐了一套珍贵的文房四宝，这才关灯出了门。

不过，黎俏没走正门，而是叫了辆专车，从公寓后面的南门离开直接去了衍皇集团取车。周六早上交通状况良好，不到十五分钟，黎俏抵达公司楼下，拎着手箱就上了自己的奔驰大G。

……

棕榈别舍，坐落在南洋河附近。周围山水如画，翠林绕岸，真真是个颐养天年的好地方。

　　黎俏将车停在门前路边，拎着手箱下车进门，绕过门内雕刻"上善若水"的影壁，一抬眼就瞧见管家笑吟吟地迎了上来，走进大厅还不忘朝里面通报"老爷子，俏俏来了"。

　　管家的声音落地，客厅里立马传来佯怒的训斥声："让她走，都多久没来看我了？我没她这个不肖的外孙女！"

　　听到这声中气十足的抱怨，黎俏和管家相视一笑，徐徐走进客厅，便对着上首的老者微微弯腰："外公息怒，我这不是来了嘛！"

　　段景明，段家前家主，七十六岁，慈眉善目，满头华发却依然精神矍铄。

　　此时，坐在客厅里的小舅段元辉不禁出言打趣："爸，俏俏最近在忙毕业的事，来一次可不容易，你确定要赶她走？"

　　段景明正满眼欣慰地望着黎俏，听见这话，板着脸瞪他："你闭嘴，怎么哪都有你！"

　　训完段元辉，老爷子又看向黎俏，也舍不得生气了，连忙招手："俏俏啊，忙坏了吧？你看把孩子累得，都瘦了。"

　　黎俏忍俊不禁，走上前顺势将手箱递给段景明："外公，这是给您的寿礼，祝您身体安康，岁岁平安。"

　　段景明接过手箱放在了身旁的茶几上，注意力全在黎俏身上，拉着她的手腕稀罕得不行："好好，你有心了。俏俏啊，毕业的事很麻烦吗？"

　　"还好，已经接近尾声了。"

　　其实这只是小舅给她找的借口而已，但段景明可不这么认为。他眼看着黎俏那巴掌大的小脸都快瘦没了，忍不住又瞪向段元辉："你怎么回事？我们家俏俏都要毕业了，你身为处长不知道给她行个方便？你这舅舅怎么当的？"

　　又过了半个小时，段家人陆陆续续地到齐了。段景明有四个孩子，二子二女。除了段淑媛和段元辉，还有大舅段元泓和大姨段淑华。

　　不一会，黎广明和段淑媛来了。两人进门就开始寻找黎俏的身影，好不容易在别舍后院的吊椅上找到她，夫妻俩连忙走过去，拉着她就开始问东问西。

　　"宝贝，伤得严不严重，到底伤哪儿了？"

　　"俏俏啊，真不用去医院？"

黎俏被迫从吊椅上站起来，顺手指了指自己只剩下一道极浅擦痕的脚背，无奈地叹了口气。段淑媛和黎广明不约而同地看着她脚上非常不明显的"伤势"，双双沉默着，表情挺一言难尽的。真是好大的伤口，都愈合了呢！

下午一点半，聚餐结束。一家人老老少少全部坐在外堂，管家搬来一张方桌，将各家送来的礼物陈列其上。有礼盒，有保健品，也有包装精美的礼盒手箱。大大小小的礼物，十几件。其中也包括黎俏给外公准备的笔墨纸砚四大孤品。每个人都言笑晏晏地陪着段景明拆礼物，气氛和谐又温馨。

约莫过了几分钟，管家又惊又喜地从门外跑进来："老爷子，俏俏还有一件大礼给您，刚送来，就在门外。"

黎俏惊讶地心想，我怎么不知道？

就连黎家夫妇也颇为惊讶地看着她，毕竟黎俏方才送的笔墨纸砚已经够稀有了，没想到还有大礼？

不到五分钟，四五个用人从门外抬着一个盖着红布的高大物件走进了内堂。而他们的身后，还跟着……落雨。

黎俏扶额，她大概知道东西是谁送的了！

"俏俏啊，这又是什么？"段景明望着用人抬进来的物件，从外观来看，酷似屏风。

黎俏抿唇起身，徐步来到落雨的身侧，淡淡地望着她。

落雨颔首，不紧不慢地说道："段老先生，这是黎小姐送您的千年老香樟木福禄寿屏风，听说南洋河附近夏天飞蚊较多，香樟木屏风恰好有驱蚊助眠的功效。"

段景明大喜过望："千年香樟木？哎哟我的宝贝外孙女啊，这得花了多少钱！"

黎俏面无表情地看着地面，她也想知道……

这时，用人将屏风落地，落雨上前一把将红布掀开，整扇镂空雕刻福禄寿的屏风赫然入目，色泽浓郁，雕工精细，空气中还隐隐飘荡着香樟木的味道。

段景明脑仁突突直跳，爱不释手地摸了半天，连忙招呼用人送去后院卧房。

落雨完成任务后，点头示意，作势转身之际，对黎俏别有深意地低语：

"我在正门外等你。"

黎俏看她一眼,淡淡颔首,什么也没说。

半个小时后,段景明将黎俏送的两件宝贝特意放在自己的卧室里,然后就招呼儿女陪他打麻将。至于其他人送的贺礼,则被管家搬去了……库房。黎君和黎彦由于下午还有事,两人便提前走了。

黎俏来到后院的吊椅旁躲清静,顺便拿出手机,给商郁发微信。

黎俏:衍爷,香樟木屏风是你送的?

时间已过下午两点,他们应该抵达了帕玛。消息发出不到三分钟,男人接连回了两条。

商郁:嗯。商郁:心意。

黎俏看着消息内容,眸光微闪,敲了几个字:"多谢衍爷,财大气粗。"

商郁:小事。

黎俏唇边抿着笑,在手机里翻了翻,最后给他发了"一朵玫瑰"的表情。

这次,商郁没有再回复,但黎俏嘴角笑意渐浓。有些话,她没有挑明。因为,如果那屏风代表了商郁的心意,那落雨就不该以她的名义送给外公。八成是担心自己昨晚住在南洋公馆,没有时间准备像样的礼物,才帮她送了豪礼。

几分钟后,黎俏站起身,径自朝着门外走去。

别舍的路边,落雨正坐在越野车里抽烟。看到黎俏走出来的身影,她夹着烟推开车门:"要走?"

黎俏微微摇头,顺势靠着车头,看了眼她手指上的香烟,问道:"那扇屏风,不是买的吧?"千年香樟木,有市无价!

落雨点了下烟灰:"嗯,是老大的私人收藏。"

原来他也有收藏的爱好。黎俏了然地挑了下眉梢:"他喜欢屏风?"

落雨看着黎俏,踌躇了几秒,还是如实说道:"不止,他收藏最多的是玉石。"

傍晚,七点。晚饭结束后,众人相继离开了棕榈别舍。段景明万般不舍地将人送到大门口,目送着他们离开。

离开了别舍后,黎俏和黎家夫妇以及落雨的三辆车依次行驶在河岸公路上。暮色渐晚,随着最后一缕微光沉入天边,两岸的路灯也准时亮起。

此时,黎俏单手开着车,左手臂搭在车门上,偶尔看一眼倒车镜,落雨的那辆越野车始终在视野范围内，和她保持着适中的距离。夜风夹着河岸的湿气涌进车窗，吹乱了黎俏鬓角的碎发。她随手拨到耳后，打算将窗户升起。

恰在此刻，对面行车道有三辆黑色轿车疾驰而过，速度超过了80迈，也卷起了一阵呼啸的烈风。黎俏蹙了蹙眉，升起车窗的刹那，就听到一阵刺耳的轮胎摩擦地面的声音从后方传来。她抬眸看着后视镜，意外发现那三辆黑车强行转弯调头，并且呈三角状将落雨的车夹在了中间。河岸公路是双行道，此时车不多，且中间没有设置交通护栏。落雨的车眨眼间被左右夹击，而挡在前面的黑色轿车，车身不停摇晃，企图逼停越野车。

一切发生得突然，即便黎俏降低了车速，但随着公路蜿蜒的走势，后方车辆的距离也渐渐被拉开。

黎俏眯起眸，手指轻轻扣了两下方向盘。对方三辆轿车明显冲着落雨来的，似乎来者不善。

就在黎俏打算调头并线时，副驾驶上的手机响了。是黎广明。黎俏按下车载蓝牙电话，黎广明狐疑的声音传来："俏俏啊，你们怎么没跟上来？"

"爸，我和朋友有点事要处理，你们先走，不用等我们。"于情于理，黎俏都打算回去看看。

黎广明应了一声，又提醒道："刚才我看见对面车道有三辆车开得很快，肯定又是那些炸街的飙车党，你们千万离远点。"

黎俏说了句"知道"，就匆匆挂了电话。

这时，她从后视镜里已经看不到落雨和那三辆车的影子了。随即黎俏猛打方向盘，车轮高速摩擦着地面，在公路上蹭出一片黑色的车辙印。调头之后，她轰了一脚油门就奔着原路返回。

短短百米的距离，转眼就到了。此时，灯光昏沉的马路边，落雨的越野车已经被逼停，似乎和前方的轿车发生了追尾。四辆车，堂而皇之地堵住了出行道，后面驶来的几辆车被迫停在不远处，喇叭声不绝于耳。其中，就包括大舅段元泓家的雷克萨斯。

黎俏缓下车速，将车靠边停在马路对面。她把车窗降下一条缝隙，打量着外面的形势。

落雨已经下了车，正斜倚在车门旁，嘴角叼着烟，姿势有点狂。与此同时，三辆轿车的车门打开，眨眼就窜下来将近七八个人。各个身着黑衣黑裤，面色不善，看起来像是打手类的凶悍狂徒。

这时，落雨双手环胸，咬着烟嘴吐出一口白雾，狭长的眸微微眯起，挑衅地扬着眉："是一起上，还是一对一？"面对这样的场面，她似乎习以为常。

这时，走在最前面的黑衣男人，身高最少有一米九，他来到落雨面前，居高临下地俯身，用只有彼此能听到的音调说道："落雨看来一点都不怕？"

落雨稍稍后退，直视对方阴鸷的眸子，随后朝着他的脸吹了一口烟："手下败将，有什么好怕的？"

男人摸了摸眉毛，不怒反笑："手下败将？那你猜猜，今天谁输谁赢？"

话音落下的刹那，男人突然出手，虎虎生风的拳头直逼落雨的面门。男人动身的瞬间，落雨警惕地后仰，堪堪躲开了对方的攻势。紧接着，周围七八名打手一拥而上。

黎俏坐在车里，看着落雨被围攻，表情依旧淡薄如水。从战况来看，落雨和八个男人，目前平手。而且从她的攻势和敏锐程度来看，应付起来游刃有余，应该也是个身经百战的选手。黎俏觉得自己回来有点多余，身为商郁的四大助手，不至于解决不掉这几个混混。

然而，就在此时，为首的黑衣男人抓住了空当，突然侧身抬腿，照着落雨的小腹就踢了过来。落雨虽然躲开，但还是被对方的鞋尖踢到了侧腰的位置。

八个孔武有力的男人不间断地对她发起攻击，落雨再强悍，也难免招架不住。她后退了两步，吐掉嘴里的烟头，牙关紧咬，似在寻找突破口。

但，男人踢了她一脚之后，就微微抬手，其他人的攻击也瞬时停了下来。他掸了掸衣领，开口嘲讽："一段时间没见，你身手怎么退步了？"

"一段时间没见，你的废话还是那么多。"

面对落雨的反讽，对方并未生气，反而惬意地从兜里掏出一把锋利的折叠匕首，在指尖上甩了甩："逞口舌之能没意思。不如，你看看这把刀，认识吗？不如我给你提个醒，你还记得青宇吧？！"

提及青宇，落雨的脸色瞬间变了。

就连车内的黎俏都不禁眯起眸，殡仪馆那个死状惨烈的青宇，是他们害死的？这么说来，这些人就是衍皇的对家。

此时，落雨的反应全部落入对方眼里，男人继续甩着匕首，冷笑："啧，说起来真是可惜啊,那个优秀的年轻人,就为了保护你们的研究机密,把命都搭上了,你是不是也觉得不值?要不……咱们做个交易?只要你说出我想知道的,我就放你走。不然,商少衍的四大助手,今晚之后可能就要变成三个了。"

这人,确实话多。

落雨面无表情地啐了他一口:"你他妈做梦!"

这时,男人见落雨情绪激动,不禁再次语重心长地劝道:"落雨,别这么着急拒绝我,你仔细考虑考虑,我有的是时间奉陪。当然,你可千万别期望能有人来救你,这条路,今晚没人能进来。更何况,商少衍今早离开了南洋,你以为我不知道吗?"言外之意,商少衍不在,没人能救她。

落雨面无表情地看着他手里的匕首,鼻翼翕动,眼里透着几分狠绝:"青宇,是你害死的?"

"是又怎么样?想找我算账?"男人嚣张地扬起眉峰。

落雨怒吼一声,在打手们还没反应过来的时候,她动作敏捷地朝着男人挥拳扑了过去。

看到这一幕,黎俏蹙眉长叹一口气。落雨要输了!对方明显是故意刺激她,而落雨正中圈套。

果不其然,在黎俏推门下车的这一瞬间,怒火攻心的落雨攻势乱了。她一招一式都玩命般攻击对方,但黑衣男人,见招拆招,躲开了所有攻势。

这边黎俏刚甩上车门,落雨却因为攻势凌乱,给了男人可乘之机。对方甩着手里的匕首毫不留情地插进了落雨的左肩,鲜血四溅。而后男人抬起手肘照着落雨的下颌狠狠一击,直接压着她的脖子将人按在了车机盖上。喉咙本就是人体最脆弱的部位,这种打人手段,酷似亡命之徒。

此时,落雨被男人的手肘压住喉咙,整个人仰躺在机盖上,但怒瞪的眼神依旧透着不服输。

"你说今天谁是手下败将?"男人青筋虬结的手臂再次往落雨的喉咙上按了按,眼看她说不出话来,笑容逐渐猖狂。

这种时刻,后方被堵住的车辆再也没人按喇叭了。一个个都小心谨慎地往后倒车,生怕这种火拼的场面会波及他们。

落雨被俘,又说不出话,只有那双嗜血的眸紧盯着黑衣男人。大概是被她的眼神刺激到了,男人磨了磨牙,抬起膝盖又对着落雨的小腹撞了一下,表情阴狠:"你再这么看我,我可就……"

"就什么?"突地,一声特别懒洋洋的嗓音从身后传了过来。

众人一惊,纷纷循声转头。昏黄的路灯下,黎俏单手插兜不急不缓地走来,清凌凌的小鹿眼扫视着众人,无畏无惧,甚至还有点不可一世的轻蔑。

"你在跟我说话?"男人转过身,钳制着落雨的手肘卸了几分力道,眼神极具侵略性地打量着黎俏。一个过分漂亮的女孩,身材纤细,看起来柔柔弱弱的。

黎俏没理会他,目光放在落雨肩头,粗略判断了一下,那把匕首的位置没伤到要害。嗯,死不了。

此刻,落雨听到了黎俏的声音,眼里掠过一丝紧张和厌烦。她到底知不知道现在是什么形势?这么突兀地跑回来,简直是添乱!

落雨挣扎了两下,忍着喉咙的剧痛,低吼:"滚——"她已然自顾不暇,这种绝境黎俏万不能被牵扯进来。

黎俏斜睨着她:"打架被扰乱心智的人,没资格说话!"

落雨心想,她哪来的自信敢站在这群亡命之徒的面前大言不惭?

男人听着她们俩的对话,有点反应迟钝。

眼前这个过分精致漂亮的小姑娘,什么来头?

然而,不等他们反应过来,黎俏抬手拢了拢发丝,不耐烦地问道:"还打吗?不打就滚!"

"你……唔,操!"男人本来心下好笑,想讽刺几句,结果话还没说完,黎俏陡地一个转身回旋踢,直接踹他脸上了。男人低咒一声,脑瓜子嗡嗡的。这出其不意的动作,根本反应不过来。

他捂着脸撞在车身旁,落雨也因此重获自由。她踉跄地来到黎俏跟前,直接将她挡在了自己的身后。

黎俏蹙眉,望着落雨的背影,伸手扒拉她:"让让,手下败将!"

"操,给老子一起上!"男人捏着自己的下颌揉了揉,一挥手,众人再次发起了攻击。

落雨有伤,心也乱了,但仍然强撑着一口气,想要帮黎俏挡下所有攻击,但基本没什么效果。

隐隐地,她又听见了一句嘲讽:"擒贼先擒王的道理,你不懂?"

话音落下的瞬间,落雨只觉得眼前闪过一道黑影,然后她就亲眼看见黎俏轻盈地跳起身，单腿踩住男人的右膝，并顺势抬起另一腿，用膝盖狠狠地磕在了对方的下巴上。

有多狠？那力道直接让男人嘴里喷出了血，好像是把舌头咬破了。

这一幕，让落雨感觉自己浑身的血液都凝固了。甚至都没有反应过来，所有人已经停了手。至于停手的原因——黎俏正手握那把折叠匕首，轻飘飘地抵在了男人的喉咙处。

落雨一怔，动作僵硬地看向自己的肩膀，果然……匕首不见了。她是什么时候从自己肩膀上抽出匕首的？居然毫无所觉。

此时，黑衣男人嘴角还流着血，眼睛猩红，却不敢轻举妄动。

黎俏目光平静，语气淡淡地问："还打吗？"

小姑娘这么漂亮，怎么动起手来跟不要命似的。男人喉结滚了滚，呼吸都放轻了，这是他第二次败给女人，第一次是落雨。

"小姑娘，你知道我是谁吗？"黑衣男人口齿不清，却还在口出威胁。

黎俏挑了挑眉梢，不冷不热地说："不想知道。"

其他打手都以黑衣男人马首是瞻，见他被俘，也只能站在原地干着急。

黎俏姿态从容地回眸看着落雨："手没断的话，打电话报警，然后去车上等我。"

"你……"

"速度。"黎俏目光凌厉地低喝一声，落雨受伤了，她如果不走，只能是拖累。

见状，落雨犹豫再三，只能眼神紧盯着对方，一步步后退。

这时候，男人趁着黎俏分神，猛地攥住了她的手腕，刚想将她钳住，却蓦地胸口一紧，耳边传来轻飘飘的两个字："别动。"

男人神色狰狞，面部肌肉疯狂抽动："你是什么人？"

黎俏拿着锋利匕首往他胸上顶了顶，浅笑："路人。"

男人杀气腾腾地瞪着黎俏，口出狂言："你会后悔的。"

"这话，我原封不动地还给你！"黎俏神色轻松地反讽。少顷，黎俏翻出对方的手机，顺手放在了自己的外套兜里。

漆黑的夜色中，男人和其他打手目光谨慎地盯着她的动作，生怕一个不小心自己的小命就没了。

这时，黎俏昂首示意他后退。男人照做，但眼神愈发凶狠，如淬了毒一般死死地盯着黎俏:"你一定会后悔的。"

黎俏:"拭目以待。"

另一边,南洋警署接到报警通知,即刻赶往了河岸公路。

两个小时后,黎俏和落雨做完笔录便离开了警署,而那一伙寻衅滋事的打手则被警署逮捕扣押。此时已临近夜里十点,车子停在了人禾实验室的楼下。

黎俏带着落雨径直来到走廊倒数第二间研究室,她打开灯,对着右侧的研究台昂了昂下巴:"坐,等我一下。"

第9章 深藏不露

不到五分钟，黎俏从医用消毒柜里取出托盘和各类外伤用品。她回到落雨身边，脚尖钩过滑轮椅入座，边戴医用手套边提醒："衣服脱了。"

从始至终，黎俏都冷静得不像个二十二岁的姑娘。落雨心里有很多疑问，她迟疑了几秒，忍着肩头的伤，缓缓将外套脱下。

黎俏拿着消毒棉擦拭掉她肩头的血迹，伤口大约两公分长，确实没伤及要害。

这时，落雨看着她认真处理伤口的神态，有些沙哑地问道："你为什么拿走他的手机？"

黎俏手执镊子，一心二用地回答："以防他搬救兵。"

落雨忽略了这层要素，刚想继续追问，黎俏率先道："而且，他的手机对你们来说也许有用。"

这番话，让落雨一时无语。今晚发生的一切，彻底打破了她对黎俏固有的认知以及偏见。落雨瞬间想到流云曾对她说的那句话"黎小姐不是花瓶！"现在看来的确不是，她更像是花瓶里的食人花。

不多时，黎俏将落雨的伤口缝了三针，又拿过托盘上的实验药品敷在了纱布上。待伤口包扎完毕，黎俏摘下手套丢进垃圾桶，然后从外套兜里拿出手机，递给了落雨。

沉默了良久，落雨抿着唇，口吻艰涩地喃喃："今晚，多谢。"

黎俏神色淡然地看着落雨："不用谢，本来以为你能搞得定，所以我一开始并没打算出手。"

同一时间，帕玛商家老宅。临近深夜十二点，古韵浓郁的老宅后院，

他有十分甜

二层的露天平台上围坐着一群年轻人。

桌上地上凌乱地摆着诸多空酒瓶，商陆懒散地趴在栏杆上，看着后院种植的中草药，微醺着呢喃："要不是秦肆，我就再也看不见这些宝贝了。"

人难不死，才知道生命可贵。

此时，听到商陆的感慨，陆希恒伸手拢了下脑后的长发，仰起头望着浓墨的夜色，叹了口气："是啊，我们的命是秦肆给的。"

"操，以后秦肆有任何事，我一定赴汤蹈火在所不辞！"这话，是霍茗说的。

兄弟几个都喝了很多酒，眉梢眼角还挂着属于年轻人的轻狂和张扬。

商陆歪歪斜斜地站起身，醉眼蒙眬地四处打量："我大哥和秦肆怎么还不回来？他俩聊什么聊了这么久？"

"要不……你去看看？"陆希恒不怀好意地揶揄道。

闻声，商陆打了个哆嗦，眼神发飘："那算了，还是等等吧。打扰我大哥谈事，他能扒了我一层皮。"

后院，满是药香的内堂内，昏色的暖光灯下，商郁和秦肆端坐在药柜前，两人面前还摆着清酒。

商郁单手搭着桌沿，浓墨般的黑眸落在秦肆身上，姿态野性慵懒："真的决定要走？"

对面的秦肆，穿着和商郁相同的黑衬衫，薄唇微抿，目光深邃："嗯，时间差不多了。"

两个男人似乎都惜墨如金，短暂沉默后，商郁端着清酒浅酌，垂下的眸遮住了眼底的微光："不打算告诉他们？"

秦肆也适时举杯，喉结微滚，音色醇厚："早晚都要走，说了反而增加苦恼。救他们只是举手之劳，没想过要报答。"

闻此，商郁放下手中的酒杯，直视着秦肆淡漠疏冷的眉眼。他指尖敲了敲方桌，恣意地弯唇："既然执意要走，那我也不多留你。如果以后需要帮忙，你随时开口。"

秦肆冷眸微眯，思忖数秒，别有深意地看着商郁："以后暂且不提，现在确实需要大哥帮个忙。"

商郁邪肆地扬起唇角，微微垂首把玩着袖扣，几缕碎发挡住了他的眉眼："你说。"

191

"我回郦城之后,帮我抹掉所有的行踪。"显然,秦肆不想让帕玛的兄弟们找到他。

商郁偏头看向他,表情耐人寻味:"打算放弃帕玛的一切?"

"算是吧,回了郦城,权当从头来过。"

秦肆没有过多解释,商郁也没有追问。两人碰了碰杯,饮下杯中酒,商郁允了他的要求:"后会有期。"

"多谢。"

几分钟后,秦肆率先离开了内堂,商郁孤坐在明灯下,深邃的眸望着后院的露天平台若有所思。

少顷,流云步履急切地从堂外走进来,顺势将手机递给商郁,道:"老大,落雨在南洋出事了,您……看看这个。"

帕玛和南洋有着四个小时的时差,此时国内晚八点,帕玛已然深夜。商郁接过手机,屏幕上显示的是一段公路监控。随着一辆奔驰大G驶过画面,紧接着落雨那辆越野车就被三辆轿车夹击包围。

商郁看到这里,顺势将手机丢到桌上,英俊的轮廓淡然冷漠:"这点小事,不用汇报。"身为四大助手,这般场面早该司空见惯才对。

这时,流云咽了咽口水,小步上前捧起手机,又提醒道:"老大,您……往后看。"这段视频是望月发来的,流云乍一看到监控的时候,也觉得望月在小题大做。可是,当他看完整段监控之后,差点当场跪下。

商郁浓眉微蹙,斜睨着流云,眼底冷光湛湛。见状,流云清了清嗓子,指着手机画面,小心翼翼地说:"黎小姐,也在现场。"

果不其然,话音落定的刹那,安静的内堂里仿佛凛冬降临。商郁眸光冷沉地对焦到屏幕上,薄唇紧抿,浑身透着极其危险的气息。

监控画面不足五分钟,男人身上的气压却持续走低。流云半弯着腰,没一会儿的工夫,脑门就冒出了冷汗。完了,衍爷动怒了。满堂肃杀沉寂的氛围,让流云呼吸困难。

不一会儿,视频播放结束。流云的手心全是汗,他收回手机,音色沙哑地解释道:"老大,事情经过是这样的……"短短一分钟,流云将望月的话全部转述出来,说到最后声音越来越小。

良久,商郁一寸寸掀开眼帘,眸深似海:"引爆游艇的人,找到了么?"

流云面色一怔,连忙整理思绪,点头道:"已经有眉目了,追风正在配合帕玛警署跟进。"

"让他彻查到底,有消息随时汇报。"商郁说着站起身,轻轻卷起下坠的衬衫袖口,神态倨傲凌人,"准备准备,回南洋。"

"是,老大。"

流云一刻不敢耽搁,出了门就开始联络航线。而今晚在南洋发生的事,只怕……落雨会被严惩了。她的职责是保护黎小姐,偏偏在危急关头,她成了被救的一方。也不知她是轻敌还是太大意,倘若那些人是冲着黎小姐来的,那后果不堪设想。

当晚,帕玛时间深夜两点。

商纵海满腹愁思地站在老宅门外,看着面前挺拔俊朗的商郁:"你何至于这么着急,那丫头不是没事?"

商郁指缝中夹着烟,深邃的眸卷着危险和锐利:"等她有事,那就迟了。"

商纵海无言以对,只能拨弄手里的佛珠,看着远方的夜色重重叹息:"行吧,那你自己小心。还有,这次游艇爆炸,多半和旁系分支脱不了干系。还有其他几个药堂的长老最近都在煽风点火,家族里反对你的人越来越多,你切记要多加提防。"

"嗯。"商郁淡淡应了一声,随即朝着商纵海微微鞠躬,转身就踏上了回南洋的车队。

这天夜里,商纵海目送着车队远走,捻了捻佛珠,望着夜幕喃喃自语:"老伙计,但愿这一次,我儿能保住你们家这最后一丝血脉。"

次日,上午十点。黎俏是被手机振动声吵醒的。

昨晚她给落雨包扎完伤口,两人就在人禾实验室的楼下分道扬镳。回了家,她又忙到很晚,将近两点才睡觉。

黎俏的起床气很大,偏偏昨晚手机被放在了桌上,那振动声一下又一下地传入耳畔,令人不胜其扰。过了半分钟,她面无表情地下了床,拿起手机就打算关机,却蓦地发现电话是流云打来的。

黎俏敛了敛神,接听时语气缓和了几分:"什么事?"

电话那头,有些嘈杂。而流云刻意压低的嗓音也显得格外沉重:"黎小姐,您……能不能来一趟南洋公馆。"

听出了流云的不对劲,黎俏拨开额前的发丝,眯了眯眸:"出什么事了?"

"您先来吧,不然……我怕落雨扛不住了!"

193

黎俏揉了揉额角："她怎么了？"难道是手臂的伤势加重？但黎俏对自己处理伤口的能力很有自信，不太可能会判断失误。

这时，流云再次压低嗓音，几乎以气音说道："黎小姐，现在恐怕只有你能劝老大了。"

商郁回来了？黎俏没再追问细节，用最快的速度梳洗完毕，随意套了件冲锋衣和牛仔裤就出了门。

不到十一点，黎俏赶到了南洋公馆。下了车，她没有耽搁，刚走进大厅，就明显感觉气氛不对。比平时更冷清，更肃穆，安静得听不到一点响动。

黎俏站在门口张望，几秒后，流云的身影就出现在电梯附近。他只穿着白色的衬衫，领口处掉了两颗扣子，发丝也略显凌乱，尤其是他衣袖上还沾了血迹。

黎俏的眸光瞬间沉了，来到流云面前："衍爷回来了？"

流云朝着电梯伸手示意，情绪很紧绷："嗯，已经回了。黎小姐，您这边请。"

不过半分钟的光景，黎俏跟随流云来到地下二层的训练室。自始至终，流云什么都没说，表情也不见半点松懈。

近千平方米的训练室的门口，黎俏徐步入内，她抬眸就瞧见脸色煞白的落雨正和一个保镖你来我往地打擂台，打得难舍难分。此时，宽敞的擂台周围，还密密麻麻簇拥着将近二十名黑衣保镖。各个表情严肃，气势如虹，又暗自摩拳擦掌。

黎俏不解，视线睃巡四周，转眼就发现擂台不远处商郁领口微敞，双腿交叠，惬意地坐在懒人椅中。男人薄唇轻扬，似乎心情不错，但只消一眼，黎俏就看出他的眼里藏着薄凉凛冽的阴沉。笑，只是伪装罢了。

这时，黎俏信步上前，目光却紧凝着擂台，眼看着落雨筋疲力尽地将一个保镖踹下擂台，耳畔也瞬时传来男人慵懒磁性的声音："下一个。"

黎俏了然，车轮战！擂台下这群昂首挺立的保镖，就是和落雨比试的对手。

黎俏默默叹息一声，走上前挤开人群，清脆地喊了一声："等一下。"

此时，训练场内，所有人都循声回望。

黎俏双手抄着冲锋衣的外兜，眉目清冷，很淡然地走到了擂台附近。流云说得没错，如果她再晚来一个小时，以落雨目前的状态，未必能走出训练室了。也不知道他们到底打了多久。落雨身上的训练服不时往下滴着汗水,如同水洗一般,左臂还挂着几道晕开的血痕,她的颧骨处和眉骨处还分别有一处瘀青,整个人显得虚弱又狼狈。

黎俏抿唇收回视线,而落雨看到她,似乎松了口气,身形微晃,下一秒就筋疲力尽地单膝跪在了擂台上。

偌大的训练室没有人说话。这时,黎俏转过身望着商郁,顺手拖了把懒人椅走到他身边坐下。

"衍爷。"黎俏看着商郁,笑意浅浅地打了声招呼,"什么时候回来的?"

男人慵懒随意地扬起眉峰,余光却越过黎俏的肩头,看向了远处的流云。流云一脸晦涩地低下头,不敢与之对视。黎俏顺势靠着懒人椅稍稍后仰,不偏不倚地挡住了商郁的目光。女孩黑白分明的眸子毫无杂质,隔着半米的距离,甚至能看到她眼底影影绰绰的光。

商郁双臂搭着扶手,偏头看着黎俏:"昨晚。来公馆做什么?"

"闲着没事,就过来看看。"黎俏单手握拳抵着下巴和男人四目相对,说完她又觉得不够诚恳,忖了忖,补充一句,"主要是想来见你。"

商郁不动声色地眯了眯眼,转手放下茶杯,意味不明地勾唇:"真话?"显然,霸主好像没那么容易糊弄。

黎俏在商郁蜇人的视线下,一本正经地点头:"嗯,真话。"

男人深深地打量着黎俏,唇边的笑淡了几分,轻捻指尖,眼神微凉地再次看向擂台,抬手示意:"既然没事,那就一起看吧,你们继续。"

"等等。"黎俏叹了口气,下意识就伸手压住了商郁微抬的手腕。

女孩纤细的手指有点凉,贴着男人温热的肌肤,如水划过,似能抚平心头的躁意。商郁眼睑低垂,看着覆在手腕上的手指,浓眉渐渐收紧:"手怎么这么凉?"说着,男人手腕一转,轻轻攥住了黎俏微凉的指尖,干燥的温热瞬间袭来。

黎俏呼吸微凝,感受着指尖上的暖意,目光闪烁,不经意间轻轻勾起手指反握住商郁,淡声道:"那你给我暖暖,正好有点冷。"说罢,她装作若无其事地看向别处,扭开脸的那一刻,却唇角飞扬。

商郁察觉到她的小动作,眸光暗了暗,掌心也逐渐收紧。

训练室内,寂静蔓延。少顷,黎俏敛了敛飘忽的心神,看着擂台:"落雨有伤在身,等她恢复之后再比试也不迟吧。"这样的车轮战说好听是比试,实际上是一种变相的惩罚。

这时,商郁的拇指轻轻摩挲着黎俏的手背,目光薄凉地看向擂台,惜字如金:"失职。"

黎俏在懒人椅中扭身寻了个舒服的姿势,而后睨着商郁:"因为昨晚?"

商郁冷眸微眯,浓眉之间浮现一丝戾气:"她的职责是保护你,不是被保护。"果然,他都知道了。

黎俏抿了抿唇,目光落在两人交握的手上,有点移不开眼。她默了几秒,幽幽望着神情晦涩的落雨,闪了闪眸:"衍爷,你有没有觉得……这件事本末倒置了。"

商郁玩味地挑了下眉梢:"怎么讲?"

"你看……"黎俏缓缓跷起双腿,对着落雨昂了昂下巴,"你既然把落雨放在我身边,那是不是说明她现在归我管?"

这话,充满了小心机。

商郁眼里兴味十足,唇边也噙着笑,神色纵容地看着她:"所以?"

黎俏余光觑他一眼,手指在自己的膝盖上敲了敲:"既然归我管,那惩罚的事,是不是也应该交给我?"

此时此刻,训练室里鸦雀无声。包括不远处的流云,都暗暗吞咽着口水。黎小姐胆子真大,明目张胆地质疑衍爷的做法,真……勇气可嘉。

商郁始终没有开口。

黎俏目光平静地转眸,拧了下眉头:"我说得……不对?"她的确有意想帮落雨开脱,但不是同情。说到底,落雨是商郁的左膀右臂,总不能因为一次小失误,就真的把她给废了。而且,多半还是因为自己。

这时,沉默了许久的商郁掀开眼帘和黎俏视线相撞,轻轻把玩她的手指,唇边带笑:"嗯,说得对。"

黎俏听到商郁的话,情绪松懈地笑了笑:"衍爷英明。"

典型的"得了便宜还卖乖"。

不多时,商郁放下交叠的双腿,牵着黎俏缓缓站起身,朝着门外踱步之际,他冷瞥着擂台的方向,低语:"散了吧。"

话音落下的瞬间,落雨膝盖一软,直接栽在了擂台上。其实在黎俏来之前,她已经和七个人交过手。老大的原话是:今天她若能扛过二十个保镖的车轮战,四大助手的位置还给她留着。否则……赢者上位。要不是黎俏,落雨今天必定会被除名。这就是南洋商少衍,碰了他的底线,你就会知道他的狠戾有多致命。

……

训练室门外,黎俏不紧不慢地跟着商郁往电梯间踱步,依然手牵手。黎俏落后他一步,望着那道顾长的背影,视线下落到他的手上。男人的手指很匀称,指腹和掌心有薄茧,不算粗糙,偶尔摩擦过她的肌肤,还能带起一阵令人战栗的电流。

黎俏轻咳一声,嘴角抿着笑:"你几点回来的?"

男人余光回眸,眼尾轻扬:"六点。"

一天一夜往返南洋和帕玛,难怪他的眼角透着几分困倦的疲惫。黎俏有点心疼,微微顿步,往后扯了下他的手,眉心凝着严肃:"那帕玛的事也没处理完吧?说实话,就昨晚那种小场面,我能应付……"

话未落,商郁顿步松开了她的手,而后缓慢地转过身,擒住她的下巴,目光隐着危险:"对你来说,什么才叫大场面?"

一时嘴快的黎俏无言以对。

两人的距离近在咫尺,呼吸也纠缠在一起。黎俏缓了缓神,望进男人幽深的瞳中,直觉不能再继续这个话题了。索性,她眸光一闪,径自伸出了自己的右手:"手冷。"刚才牵了左手,现在该右手了,不能顾此失彼。

商郁原本不悦的眉眼,在看到黎俏的动作时,冷峻的神色瞬间覆了层淡笑。他看着黎俏,拇指按了按她的下颌,似无奈:"冷不知道多穿点?"

这是拒绝再牵手?但,随着他的话音出口,黎俏的右手已经被包裹在男人温热的掌心中。

黎俏垂眸笑了。原来,仅仅是牵手,也能让人心跳加速。

进了电梯,黎俏站在商郁身边,透过反光的镜面墙看着彼此交握的掌心,思忖再三:"你说……咱俩现在这是什么关系?"

"你认为是什么关系?"商郁不答反问,深邃的眸同样望着镜面中的黎俏。

有些话之前不说,是因为还不够确定彼此的心意。但时间长了,心事这东西,即便嘴上不说,也会从眼神中流淌出来。黎俏很清楚一件事,她喜欢商郁,从一开始的见色起意,到现在的……蓄谋已久。哪怕世人都说他冷血偏执,她反而觉得这样的他,才独一无二。

想到这里，黎俏偏头看着身边的商郁，眼里是前所未有的认真："我认为，牵了手，就得负责。"

如果一段感情，必须有人迈出第一步，黎俏不介意先走。电梯轿厢里，很安静，甚至听不到一点多余的声音。黎俏目不转睛地看商郁，那张极致俊美的脸就在眼前，不论看多少次，都能荡扬她的神魂。暧昧的朦胧期似乎就要被打破。他们目光交会，彼此眼底凝聚的微光都近乎一致。然后，手被放开了。

一瞬间的紧张过后，随之而来的就是满腹失望。黎俏感受着手指上的余温，抿着嘴角自我安慰，"心急吃不了热豆腐"。但，她的肩膀蓦然一沉，抬头的刹那，整个人就被拉到了男人的面前。

此时，他们站在彼此的对面，商郁的右臂搂着她的肩头，另一手缓缓抬起她的下颌，压下俊脸，清冽的呼吸洒下，沙哑的嗓音带着笑："乖女孩，有些话，要留给男人来说。"

黎俏被迫仰望着商郁，罕见地愣住了。这是她第一次从他的口中听见自己的称呼——"乖女孩"。

黎俏呼吸乱了，心跳也乱了。鼻息中全是他身上的味道，淡淡的烟草味，以及浓烈的荷尔蒙味道。

黎俏近距离望着商郁，手指在身侧蜷起，故作镇定地点头："嗯，那你说。"

男人搂着她的肩，轻轻拍了拍，而后掌心抬起，落在了她的头顶，语气透着少见的温柔："还不是时候。"

黎俏的表情僵住了，回神后，情绪不高地应声："哦……"她下意识后退了一步，强行拉开两人的距离。随后靠着电梯墙壁，低着头反问道："你这是缓兵之计吗？"

下一秒，电梯的门开了。但两人谁都没有动，随着微风拂进电梯，黎俏听到了一句话："对你，我有的是耐心，不需要缓兵之计。"

偏执的男人，一旦动了心，便是一场抵死的纠缠。尤其是商郁这样的男人。在某些不稳定的因素面前，他更习惯谋定而后动。

黎俏揣摩着他这句话的含义，而后眼底泛起了狡黠："你这意思……是让我等着？"

商郁抬手拨开她耳边的碎发，拇指擦着她的脸颊，俯身之际，野性恣意，而那双浓墨的黑瞳里也暗藏着掩不住的强势和霸道："是我在等你。"

他有十分甜

等你见过我不为人知的一面,是否还能保持现在的初心?于他而言,这大概是一场无法言说的豪赌。

几分钟后,黎俏抱着抱枕,一个人坐在沙发上兀自发呆。为什么商郁说在等她?等着她表白吗?很快,黎俏就蹙着眉否定了这个想法。她刚才和表白有什么区别?"有些话,要留给男人来说。"

所以,她可不可以认为,商郁的这句话,也证明了心里有她?

思及此,黎俏直接将脸埋进抱枕,只露出一双小鹿眼,不停闪烁。明明彼此的关系就差那么一层窗户纸,但他似乎还有顾虑。到底是什么?想了很久,黎俏都没有头绪。

恰在此时,流云突然出现在客厅里。他四下看了看,没见到商郁的身影,连忙来到黎俏面前,俯首问道:"黎小姐,有件事……想向您请教。"

黎俏懒洋洋地搂着抱枕,心不在焉地点头:"你说。"

"您能不能告诉我,昨晚在河岸公路,那些人到底说了什么,才会让落雨突然失控?"流云神情晦涩,蹙了蹙眉,又说,"落雨平时很少会犯这种低级的错误。"

其实他和望月仔细研究了那段监控视频。落雨的攻击招式突然凌乱,看起来很不寻常。但由于道路监控只记录了画面,他们无法分辨出落雨失控的原因。四大助手相辅相成,缺一不可。若非迫不得已,流云也不会求助黎俏。

此时,听到他的询问,黎俏忖了忖,就将事情经过告诉了流云,末了她又客观地补充道:"落雨只是被对方的言语激怒,这并不代表她能力不行。"

流云呼吸一窒,喃喃出声:"黎小姐说得对,如果是因为青宇,那确实……情有可原。"

"怎么说?"黎俏诧异地挑眉。这里面还有隐情?

流云喉结滑动,缓了口气,语出惊人:"青宇是落雨亲自招入衍皇的,也是她亲手培养起来的小徒弟。如果他没出意外的话,落雨本想将他培养成自己的接班人。"

黎俏蓦地看向流云,见他表情不似作假,不禁恍然。难怪身经百战的落雨会因为对方的一句话而失控暴走,原来还有这样的关系。

"不管怎样,黎小姐,今天还是谢谢您。"流云没再过多解释落雨和青宇的关系,后退一步对着黎俏恭敬地颔首。

黎俏淡然地摆摆手："不用客气，举手之劳。"

　　流云离开后，商郁也恰好从楼上回到了客厅。他额前的碎发有些凌乱地垂在眼前，眉眼泛着疲倦。

　　黎俏窝在他对面的沙发里，歪头打量："衍爷，你昨晚是不是没睡觉？"

　　此时，男人沉腰坐下，双腿交叠在身前，展开臂弯搭着椅背，微微仰头："飞机上睡了。"

　　"那你要不要补个眠？我一会……"

　　话未落，男人就半眯着眼睛着黎俏，语气慵懒地发问："不想陪我了？"

　　黎俏心想，我是这个意思吗？

　　见她不说话，商郁缓缓阖上眸，语气淡了很多："有事就走吧。"

　　好像闹情绪了呢！黎俏伸手将抱枕丢开，不紧不慢地站起身，信步来到他身边落座："我好像没说我要走……"就算刚才的确动了离开的念头，也只是想给他时间休息。但是经过他的反问，黎俏突然就打消了这个想法。

　　商郁薄唇微侧，轻扬眼尾睨着黎俏："不忙？"

　　"不忙，特别闲。"黎俏从善如流地回答。

　　男人阴郁的神态渐渐舒朗，单手钩住黎俏脑后的碎发在指尖绕了绕，挑起了话题："打架的身手是跟黎三学的？"整个黎家，也就边境黎三的身手还不错。

　　黎俏撑着沙发扶手，望着商郁点头："嗯，当年遭遇绑架之后，就跟着他学了点自保的功夫。"

　　小姑娘谦虚了。从昨晚的监控视频来看，她的一招一式可不仅仅是自保那么简单。商郁眸深似海地凝视着她，数秒后，沉声问道："以前在边境待过？"

　　黎俏一番沉默后，还是应了声："嗯。"

　　她没多说，而商郁的眼神也蓦然变得高深莫测。他曾经调查过黎俏，但她明面上的信息都没有任何边境生活的记录。之所以有此一问，完全是黎俏昨晚在公路上所展示的格斗技巧，独属于边境一脉。如果只是在边境短暂停留，她不可能会学到那些招式的精髓。

　　不多时，商郁从黎俏的脸上移开视线，绯薄的唇角缓缓扬起，表情耐人寻味。

　　时间转眼，下午四点，黎俏趁着商郁睡着，给他留了张字条，就驱车离开了公馆。他明明已经累极,却始终不肯休息。是一种近乎执拗的状态。

黎俏一边开车,一边思忖着。少顷,绕过一段山路,她将车停在路边,拿出手机就拨了通电话。"你手里有没有偏执症患者的临床病例?"

南洋尽人皆知,商少衍偏执成性。黎俏一直以为他只是行为方式有些固执偏颇,但今天她隐隐觉得不对劲。加上商郁过往的种种表现,某些方面似乎有着明显的病症体现。

这时,电话里的人简单翻了翻手中的病例:"轻度重度的都有,不过这种病现在不叫偏执症,严格来讲是归属于人格障碍的一种,你问这个做什么?遇见偏执狂了?"

黎俏若有所思地看着外面的山路,眯起眸淡声道:"给我一份典型症状的表现病例,尽快。"

当晚,黎俏坐在卧室的阳台外,翻看着手机上的典型病例报告。偏执型人格障碍症状:长时间固执己见,无端猜疑偏执,过度敏感……从整体报告内容来看,商郁的有些表现的确符合偏执型病症。但,并不严重。至少目前来看,达不到临床诊断的重症程度。

十几页的报告,看到最后,黎俏稍稍松了口气。她放下手机眺望着浓黑的夜色,思绪沉沉。

……

隔天,周一,傍晚下班。黎俏离开公司,开车去了江景豪宅隔壁的筒子楼街区。她将车停在路边,并给关明玉打了个电话。

不到五分钟,一道圆润的身影从筒子楼里小跑而出。此时,关明玉的头发湿漉,发际线上还挂着几片没有洗净的泡沫,显然还没洗完澡,就匆匆跑了出来。她来到黎俏面前,呼吸略急,小心翼翼地问道:"黎、黎小姐,您找我?"

此时,黎俏斜倚着车门,目光平静地打量她几眼,而后递出了一张名片:"你自己抽时间过去一趟,找江翰德院士。"

关明玉双手接过白色的名片,认真看了看:"这是……"

"你的情况江院士知道,先过去做个检查,其他的等以后再说。"黎俏简单解释了一句就转身打算上车。

关明玉急急地向前一步,支吾道:"黎小姐,请问这个检查……贵吗?"她知道黎俏是好心,可穷人看病,有太多的身不由己。有时候很可能一项检查费用,就足以压垮一个家庭。

黎俏脚步一顿,回眸看着关明玉:"全程免费。"

关明玉站在原地望着消失在街角的尾灯,垂头看着手里的名片,眼眶有点红。

"明玉,你杵在这儿干吗?"这时,身后传来一声关切的询问。是她哥,关明辰。他似乎刚从工地里回来,身上的迷彩服布满了灰尘,头发也铺了层扬灰。

关明玉拿着名片递给关明辰,简单概括了情况。

关明辰眉心一蹙:"人禾医学实验室?她有这么好心?"头脑简单的关明辰,始终不相信黎俏会无私地帮助他们。

关明玉回想着过去的种种,挠了下发际线:"哥,不管黎小姐是什么想法,但我想去试试。反正只是做个检查,应该不会耽误太久。"关明玉心思比较细腻。医学实验室,听起来就是个比医院还要高端的地方。

关明辰掸了掸身上的尘土,一双炯炯的眸子还是满含狐疑:"那我跟你一起。"

……

半小时后,南洋娱乐城。黎俏停好车,就直接去了七楼的茶餐厅。

正值用餐高峰期,餐厅里的人很多。唐弋婷坐在一处靠窗的位置,瞧见黎俏的身影,立马伸着脖子招手:"俏俏,这里!"今晚,闺蜜俩约了一起吃晚饭。

黎俏入座,唐弋婷给她倒了杯水,傲娇地昂着下巴:"你今天怎么有空出来?"唐弋婷之前约了她好几次,结果都被无情拒绝。今天倒是稀奇了。

黎俏端着水杯喝了一口,淡淡地瞥着她:"闲。"

唐弋婷毫无形象地翻了个白眼,随即煞有介事地探身往前凑了凑:"俏啊,你跟我说实话,你真的跑去衍皇集团实习了?"她也是前两天和俏俏发微信闲聊时得知的。

唐弋婷觉得,黎俏疯了。

这时,黎俏云淡风轻地点头:"嗯,有问题?"

"你觉得没问题吗?"唐弋婷不答反问,扳着手指头开始细数关于商郁的传言。

末了她一本正经地望着黎俏,故意夸大其词:"综上所述,那位大佬很可能偏执成性，杀人不眨眼，你这是羊入虎口，就问你怕不怕？"

唐弋婷说得口干舌燥，连忙端起水杯润了润喉。

然后，她听见黎俏不咸不淡地接话："法治社会怕什么？"

唐弋婷被噎住，呵了一声："您这个笑话好好笑哦。"

吃完饭，唐弋婷起身钩着黎俏的臂弯："还不到八点，要不要去蓝夜坐一会，我最近特意学了调酒，给你调一杯教父尝尝。"她好不容易把黎俏约出来，自然不想轻易放她走。这小祖宗每天太忙了，跟日理万机似的。

黎俏看了眼手机："嗯，走吧。"

南洋娱乐城地下一层，蓝夜酒吧。灯光绚丽的酒吧，轻音乐悠扬流淌。

唐弋婷挽着黎俏来到吧台前，对着里面的温时招呼："嗨，小温。"

忙碌的温时抬起头，一束炫目的光效恰好落在黎俏的肩头，他晃了晃神，温润的眉眼中泛起笑意："你们好久没来了！"

还是千篇一律的开场白。黎俏和温时点头示意，单脚踩着高脚凳入座，又看向唐弋婷："不是要给我调酒？"

唐弋婷笑吟吟地搂着她肩膀："宝贝，今晚上我就让你开开眼！"她钻进了调酒台，霸占了温时的位置，低头开始摆弄雪克壶和量杯。

温时好奇地问了一句："要调什么酒？"

唐弋婷拿着冰块豪放地丢在了古典杯里："教父。"她最拿手的！

紧接着，唐弋婷就听见了黎俏慢悠悠的提醒："教父鸡尾酒，基酒应该是苏格兰威士忌……"

唐弋婷怔了怔，目光闪烁地看着手里的金酒，有点尴尬："金酒不可以吗？"

黎俏一言难尽地看着她，没说话。

温时笑了笑，温声解释："金酒更适合司令鸡尾酒。"

"哦。"于是，唐弋婷特别从容地往量杯中倒入了金酒，"没事，那就这样吧，反正我调什么你喝什么。"

黎俏心想，突然不想喝了！

酒过半巡，黎俏懒洋洋地靠着吧台，有一下没一下地滑着手机屏幕。桌上摆着的那杯鸡尾酒，她只喝了一口。至于唐弋婷，则站在吧台里面，听着温时给她讲解调酒知识，偶尔蹦出来几个能气死人的问题。比如："我就想加六个冰块不可以吗？"再比如："一定要用蛋清？我想用果汁行吗？"

黎俏觉得她是来砸场子的。

这时，肩头被人轻轻拍了一下，黎俏漫不经心地回过头，对方颇为惊喜地扬起笑脸："小黎，真的是你啊！"来人是九公的徒弟，墨齐。自打上次的入殓活动结束后，黎俏和他们有段时间没见了。墨齐站在高脚椅旁，眉眼含笑，很开心的样子。

黎俏往他身后看了看，口气淡淡地问道："师兄自己来的？"

"没有，今天我们同学聚会，吃完饭大家就一起来酒吧坐坐。"墨齐说着就朝身后的某个包厢指了指。透着半开的包厢门内，隐约能看见里面坐着七八个人，男男女女都有。

黎俏收回视线，手指摸着酒杯的底座晃了晃："老师最近还好吗？"

"呃——"墨齐哑然，似乎没料到黎俏会突然询问老师的近况。而他的表现，也瞬时引起了黎俏的注意。她偏头看着反应奇怪的墨齐，轻轻扬起眉梢，表情淡了很多。这些年黎俏跟着仲九公学习入殓文化，两人的关系亦师亦友。在她的心里，九公的分量很重。此刻，墨齐的反应落入黎俏眼中，不用想也知道肯定有问题。

黎俏见他半天不言语，没什么耐心地站了起来："不能说？我可以自己去看。"

"小黎，别……"墨齐紧张之余，就一把拉住了她的臂弯，"我说。"

黎俏不动声色地挣脱开，昂了昂下巴。

墨齐轻轻扯了下黎俏，两人来到安静的吧台拐角，站定时他故作轻松地说道："其实，老师前天一不小心受了点伤，不过没什么大事，你不用太担心，都挺好的。"

这番话，透着敷衍。黎俏目不转睛地看着墨齐，一字一顿："受了什么伤？"

墨齐呼吸一滞："就、就是……哎呀，小黎，我实话跟你说了吧，老师受伤这件事，本来不让我告诉你的。"

他看着黎俏，又自恼地垂下头："早知道我刚才就不跟你打招呼了。"

黎俏没了耐心，淡淡地瞥了眼墨齐，转身就走。这时，墨齐急急地追上她，压低嗓音轻呼："是老师的手腕……断了。"黎俏的步伐瞬间顿住，眼底幽光一片。仲九公是南洋的金牌入殓师，也是殡仪文化界的灵魂人物。他靠的就是这门手艺活，那双手就是他身份的象征。手腕断了，非同小可！

大概是看出了黎俏的疑惑，墨齐挠了挠头："我也不知道是怎么回事，前天我去老师的丧仪店找他，进门就发现他坐在地上，整个手都肿了，手腕还很诡异地垂着。老师说是他自己搬东西时不小心弄断的，但我问了医生，医生说……老师手腕上有严重的瘀青，像是暴力击打造成的。"

墨齐解释了来龙去脉，低着头很自责。

这时，黎俏低垂着眼睑，盖住了眸底汹涌的波澜。酒吧的灯效时而扫过她的脸庞，透着几分迷离几分妖冶。

"老师住在哪个医院？"

墨齐恍惚地抬起头，看着面无表情的黎俏，抿了抿嘴角："医大附属医院。"

夜里九点，一辆黑色奔驰大G缓缓停在医大附属医院的停车场。黎俏拎着果篮推门下车，医院大堂门前，傅律亭穿着白大褂双手插兜站在原地张望。看到黎俏的身影，他疾步走下台阶："骨科住院部我已经打了招呼，不过探病的时间只能通融半个小时。"

黎俏朝着住院部的方向看了看："够了。"

"走，我带你过去。"傅律亭边走边说，余光落在黎俏身上，总觉得她今晚的状态不是很好。虽然她平时也很淡漠，但甚少会出现这么冷峭的表情。

骨科住院部，高级VIP病房。走廊外，黎俏透过门窗，一眼就看到躺在床上听收音机的仲九公。右手腕虽打着固定石膏，但看起来还挺悠哉。

傅律亭站在她身后，小声说："我在护士台等你，有事就随时叫我。"

"嗯，多谢。"

傅律亭深深看了眼病房号，转身去护士台，打算查一查这位病患的来历。

不多时，黎俏推门而入。高级病房的设施很完善，除了仲九公半躺在床头听收音机外，还有一名护工坐在沙发上打瞌睡。

听到门口的声响，仲九公哼着小曲睁开眼，本以为是护士查房，结果看到黎俏拎着果篮一脸肃穆的神情，顿时叹了口气："墨齐这个臭小子，我要扣他工资。"

黎俏一声不吭地走到床前，将果篮放在柜子上，扯着椅子入座，又顺手从果篮里拿出一个苹果，翻了翻抽屉，转头对一脸懵逼的护工说道："有水果刀吗？"

护工连连点头:"有,有。"他找到水果刀递给黎俏,转身就出门打水去了。这姑娘,有点吓人。

这时,仲九公把收音机关掉,也不哼曲儿了,斜睨着黎俏拿着水果刀削苹果皮的动作:"这苹果跟你有仇?"小丫头故意的吧?好好的一个苹果,她一刀下去,皮是掉了,但果肉也没了一大半。

黎俏依旧耷拉着眼角削苹果,口吻不冷不热:"老师怎么受伤的?"

仲九公抬头看了看天花板,故作怅然地说道:"这不是年纪大了么,随便搬点东西,就把手腕给伤了,医生说我骨质疏松缺钙。丫头,你下次别买水果了,多给我买点牛奶吧,我得补一补。"

"嗯。"黎俏将削好的苹果递给仲九公,又把水果刀往柜子上一丢,"那老师能不能再给我表演一下,你是怎么搬东西把手腕搬骨折的?"

拿着苹果正打算咬一口的仲九公停住了。

病房里,安静得针落可闻。

仲九公左手拿着苹果,目光悠远地扭头看着窗外,沉吟片刻:"丫头,事情都过去了,我也没什么大事,你就别计较了。年纪大了,磕了碰了很正常。"

"好。那老师休息吧,我先走了。"黎俏径直站起身,撂下一句话就往门外走去。

这回,仲九公傻眼了:"哎?丫头!"她有这么听话?不能够吧!仲九公又对着黎俏招呼了几句,但对方只留给他一个冷漠无情的背影。他太了解黎俏,护短得厉害。可是……她未必是那些人的对手。

护士台,黎俏绷着脸来到傅律亭的身边。

对方手里正拿着诊断报告,一瞧见她,就顺手递了过来:"软组织瘀青挫伤,手腕断了,不过幸好没伤到血管。我刚才给主治医师打了电话,他说老爷子的骨密度不错,不太可能是搬东西弄断的。"

黎俏拿着报告看了几眼,随手就放在了护士台上:"嗯,多谢。"

傅律亭见她情绪不高,也没多说。

两人走进电梯,傅律亭忖了忖:"最近我都在医院,暂时不去实验室,这边有什么需要帮忙的,你随时跟我说。"

黎俏目不斜视地看着电梯跳动的数字,点了点头。

……

隔天,上午十点,黎俏坐在衍皇办公室里手指飞快地敲着键盘。放在一旁的手机也不时地传来消息,但她看都不看。

这时候,门开,商郁修长昂扬的身影踱步走了进来。键盘声戛然而止。黎俏切换了电脑页面,偏头看着他,抿唇浅笑。

商郁走向大班台的脚步缓了缓,深邃的冷眸睨着她,随即朝她走来。

黎俏眨了眨眼,不露声色地瞥了眼电脑屏幕,确定是工作页面,便直勾勾地望着男人:"怎么了?"

商郁来到她面前,薄唇微侧,俯身,钩起她的下巴,细致地打量着什么。距离太近,黎俏的视线不受控制地落在了他绯色的唇上。唇线弧度近乎完美,颜色淡淡的,很好看。

商郁捕捉到黎俏闪烁的目光,抬起指腹在她眼角按了按,嗓音很沉:"昨晚去哪儿了?"女孩今天的状态,透着显而易见的疲惫。那双黑白分明的眼底充斥着血丝,眼尾也泛着淡红,没了平日的张扬和精致,有点蔫。

黎俏怔了一秒,眨着酸涩的眸:"娱乐城。"

"喝酒?"商郁沉声反问,漆黑如墨的眸中流露出不满,甚至还压下俊脸轻轻嗅了嗅。

黎俏心想,别再靠近了,行吗?她昨晚一夜没睡,现在脑子不太清醒,美色当前,她容易……失控。

商郁看着黎俏渐渐恍惚的表情,唇角轻扬:"你在想什么?"小姑娘那双眼睛都快黏在他脸上了,透着几分被诱惑的迷蒙。

黎俏就这么仰头看着商郁轻轻上扬的嘴角,无意识般喃喃:"想……"但最后一个"亲"字还没说出口,望月不合时宜地敲门而入:"老大,红客的面试……"

商郁心情不错地放开黎俏,直起身拢了下衬衫领口,没理会望月,反而对着不远处的沙发示意:"去睡觉。"

黎俏瞥了眼沙发,摸着脑门恢复了一丝理智之后,转头望着商郁问道:"是红客……联盟?"

"嗯,知道红客?"商郁睇着她,眼里卷着笑。

何止,那可是黎少权的终极梦想。黎俏缓了缓神便站起身:"当然知道。红客联盟的面试,黎少权也会参加?"她确实有点好奇,这些年的执念,黎少权究竟能不能成功。

这时，商郁凝视着她困倦的神态，眯了眯眸："想看他面试？"

黎俏点头："有点想，方便吗？"她不太了解红客联盟，大部分关于红客的传说都是通过黎少权知道的。这样一个神秘又充满正义的组织，居然真的和商郁有关系。黎俏甚至有点怀疑，黎少权突然得到了终面的资格，会不会是他故意为之。

几分钟后，黎俏跟着商郁和望月来到了位于八十八层的信息机房。从踏出电梯开始，周遭的视线就变得昏暗。整层楼似乎只能听到机器运作的声音，这里没人办公，只有安保部的人严密监控着。

几人很快来到一间灯全部关着的独立办公室，墙壁上的投影还播放着实时画面。这时，望月将两瓶矿泉水放在他们面前，并对黎俏解释："红客的面试不需要露脸，这些候选人只需要在线上和我们的技术人员进行操作对拼，成绩达到前三名即可录取。"

黎俏了然，顺手拿过矿泉水瓶，还没打开，就看到望月按了下遥控器，投影瞬间被切割成八个不同的操作页面。看起来像是防火墙一类的攻击目标。黎俏看着八个相同的显示画面，没有ID名称，所以暂时看不出哪个才是黎少权。

少顷，望月看了看时间，在商郁耳边低语了几句，见男人微微垂头，他便给双方的技术人员下达了进攻和防御的指令。候选人攻击防火墙，红客人员在对面进行防御。比拼开始，投影中的黑色信息框不间断地跳跃着各种代码。

黎俏看得入神，论速度，几个候选人相差不大。目前来看，难分伯仲。

办公室里安静了一会，坐在黎俏身旁的男人缓缓转过头，透过投影的光线看着她认真的神色，玩味地启唇："看出了什么？"

黎俏捏了下手里的矿泉水瓶，隐匿在黑暗中的眼睛闪着流光："右下角，第三个，黎少权。"她很熟悉黎少权的操作指令和攻击手法，只需要几眼，就能分辨出来哪个是他。

黎俏不动声色地拧开瓶盖喝水，余光一闪，就见商郁饶有兴致地看着她。

二十分钟后，防火墙对拼结束。两名候选人被淘汰，剩下的六个人继续接下来的操作。

黎俏窝在软椅中，表情变得倦怠。房间的光线本就昏黑，再加上屏幕上不停跳动的各类代码，她的眼皮也越来越沉。终于，熬过了第一关结束，黎俏也成功地靠着椅背睡着了。

"老大，那咱们……"望月没注意到黎俏，看着红客那边传来的比拼结果，黎少权进了第二轮。但，话音未落，他就看到商郁臂弯微抬，打断了他。

望月抿着嘴角没说话，顺着男人的视线看去，哦，祖宗睡了。他一声不吭地站在原地，指了指屏幕，又指了指手中的遥控器，还没得到老大的回应，就听见一句逐客令"出去吧。"

望月心想，他好歹是红客的负责人，对外宣称的红客教父，候选人对拼的重要关头，让他出去？

望月不死心，向前一步企图做最后的挣扎，然后……他们家老大幽幽挑着眼尾，黑如寒潭的眸扫来一记冷眼。望月神色一凛，下意识并拢双腿，用大拇指朝着背后比画了一下，转身直挺挺地走了。察言观色，他最在行。

没办法，望月只好去隔壁的会议室，重新连接了所有的同步设备，一个人坐在十平米不到的房间里，捧着手机看比拼。也挺好，很安静，就是手机屏幕太小了，费眼睛！

黎俏是两个小时以后醒的。这一觉她睡得很香，唯一的缺点大概是椅子不够舒服。

黎俏舒展眉心，缓缓睁开迷蒙的双眼。入目便是前方黑色的投影墙壁，上面还有代码在飞快地闪烁。不过切割画面已经从之前的八个变成了四个。显然，其余几个候选人都被淘汰了。

黎俏歪着头，看了几眼之后，感觉不太对劲。她现在……是什么姿势？黎俏保持着歪头的动作，视线一点点下坠，率先看到的是一双在昏暗中依旧锃亮的皮鞋。再往上，是男人叠着脚腕平伸在前的长腿。而她的脑袋，此时就枕着男人的肩膀，脑门紧贴着他颈间的肌肤，源源不断的男性气息瞬间侵袭而来。

黎俏惊讶过后也没动，眨着眼继续观察商郁的姿态。他好像挺惬意的，臂弯搭在扶手上，手指交叉贴放在小腹前，呼吸平缓地望着投影，似乎没发现她睡醒了。

黎俏琢磨着，那就再靠一会吧。然后，彼此贴合的肌肤传来摩擦的战栗感，男人已然偏过头，下颌擦过她的鼻尖，垂首低语："醒了？"

哎，被发现了。黎俏屈起手指蹭了下鼻尖，慢吞吞地从他肩头直起身，闷闷地"嗯"了一声。这样的动作，也导致她身上盖着的西装外套骤然滑落。

209

难怪鼻息全是他的味道。

黎俏重新拉起西装搂在怀里，对着墙面投影努努嘴："还有多久结束？"

男人姿势不变，扭过头看着黎俏，眼里暗影重重："十分钟左右，还想睡？"

黎俏懒散地摇头："不睡了，饿……"

闻声，商郁屈膝收回长腿，喉结滑动了两下，撑着扶手站起身："去吃饭。"

黎俏仰头望着他修长的体魄，伸手扯着他的臂弯："不是还有十分钟就结束了吗？看完再去，我没那么饿……"

话没说完，男人手腕翻转，扣住她的小臂就将人轻轻拽了起来："录取结果可以问望月。"

黎俏防不胜防，起身的刹那脚一软，肩头直接撞在了商郁的胸前。她歪着身子睡了两小时，腿麻了。黎俏手里还捧着他的西装，半个身子倚在他胸前，姿势算不上暧昧，但是……难免会有投怀送抱的嫌疑。她低头活动了一下脚腕，抿唇蹙眉："腿麻了……"言外之意，不是故意扑你。

商郁唇边泛起笑纹，健硕的小臂搂着黎俏的后腰，轻轻一钩，无形中又拉近了两人的距离："我抱你走？"

黎俏心跳如鼓，故作镇定地摇头："那倒不用，我缓一缓就行。"

"也好，慢慢缓。"话虽如此，但后腰的手一直没收回，男人就这么恣意泰然地搂着她。

黎俏忍不住舔了下嘴角，呼吸放轻，眼里噙满了笑。不多时，腿麻痹的感觉渐渐消退，黎俏动了动腿，仰头低笑："我好了。"

男人挑着眉梢，动作很轻柔地抚了下她的后脑："走吧。"

当天下午，红客联盟的比拼录取结果出来了，黎少权以第三名的成绩，垫底险胜。得知这个结果的时候，黎俏正捧着手机看着黎少权的微信页面，烦躁地思考着要不要把他拉黑。十分钟前她就知道黎少权被红客联盟录取了。直到现在，哪怕过去了十分钟，黎少权还在不间断地给她发着表情包，外加十几通电话，但都被她挂了。这厮可能要疯。

又过了五分钟，黎俏忍无可忍，把他的消息页面调成免打扰模式，起身去了茶水间。算了，还是道一声恭喜吧。

茶水间里，黎俏拨了黎少权的电话。

接通的瞬间，一声呜咽传来："呜——"他哭了，真哭了。

黎俏无奈地摸了下眉梢:"没出息。"

黎少权吸了吸鼻子,哽咽地直抽抽:"你不懂,这么多年我被骂了多少句废物,今天老子终于扬眉吐气了,呜——"

黎俏除了叹息,也不知还能说什么。她不擅长安抚人心,但黎少权过往的这些年,确实受了不少委屈。抱着年少的英雄梦,磕磕绊绊地走了八年。被无数人误解、唾骂,为的不过就是他的少年壮志。

黎俏斜倚着茶水台,听着电话里不停擤鼻涕的声音,嫌弃地撇嘴:"别哭了,恭喜梦想成真。"

"俏俏,我想回家……"黎少权哭够了,捧着电话委屈巴巴地呢喃。他已经很久没回去了,这条路,一个人跌跌撞撞太久了。然而,心想事成的这天,他想家了。

黎俏尽可能耐着性子安抚了黎少权几句,挂了电话后,她望着茶水间窗外的街景,垂下眸眼里泛起了笑。八年,也值了。

这时候,黎俏的手机又响了。低头一看,是墨齐打来的。

黎俏忖了片刻,还是按了接听键:"师兄。"

手机那端,是九公中气十足的低吼:"师什么兄,你个小丫头,我从昨晚到现在给你打了多少个电话,发了多少条微信,你就是不回,你想干什么?违抗师命你要造反吗?"

自打昨晚黎俏从医院走后,仲九公这心里就一直不踏实。他担心黎俏会去调查真相,更担心她会控制不住脾气,找那些人的麻烦。南洋这座城,有太多别人看不见的黑暗,他不想自己唯一的女学生以身犯险,不值当!

黎俏举着手机听着仲九公的训斥,默了半秒,三个字结束了通话:"打错了。"

满腹牢骚的仲九公看着被挂断的通话心想,学生大了,管不了了!

医院里,墨齐双手背在身后,低着头站在床边一声不敢吭。老师已经骂他半个小时了,看样子……短时间还结束不了。果不其然,仲九公将他的手机往病床上一丢,指着墨齐就斥责:"你说你,挺大个人,撒谎都不会吗?出差、旅游、见网友,哪个借口不能用?你非要跟她说实话。现在好了,这丫头摆明了不听话,你们一个个的真是想气死我!"

墨齐心虚地抬头看着仲九公:"老师,您还见过网友呢?"这么紧跟潮流?

211

仲九公嗓尖一哽，怒拍床铺："这是重点吗？"

墨齐忙不迭地摇头："老师，您别生气，小黎她……"

"她什么她，都怪你，嘴上没个把门的！"

墨齐被骂了个狗血淋头，但也不敢置喙，确实是他嘴不严，该骂。

另一边，临近下班，流云突然来到董事长办公室。

他敲门而入时表情略显紧绷："老大，帕玛那边有消息了。"

商郁从文件中抬起头，额前的碎发微荡，眼里冷冽交织："说。"

流云看了眼黎俏，而后垂首道："追风的越洋视频在隔壁，老大请移步。"

倒不是为了回避黎俏，而是追风最近不敢直接和老大联系，所以越洋视频都会直接打到流云的办公室。

商郁合上文件起身，理了理袖口上的褶皱，踱步出了门。

不一会，黎俏下班，她照常给男人留了张便笺，也离开了办公室。

停车场，黎俏走出电梯，刚拿出车钥匙，左手边的方向突地传来喇叭声。她转眸，落雨恰好甩上车门走了过来。

"黎小姐。"此时此刻，重伤后的落雨，站在黎俏面前，没了之前的跋扈和偏见，安安稳稳地垂下头，恭敬地唤她"黎小姐"。

黎俏的视线在她身上滑了一圈："你怎么来了？"那天在公馆，她伤得不轻。而且现在看起来……也并没痊愈。包括脸上的瘀青也还泛着淡黄的痕迹。

这时，落雨抿了抿唇，望着黎俏，正色说道："复职。"

黎俏看着她脸上的伤痕，轻叹道："不用那么着急……"

落雨目光沉静地望着黎俏，摇了摇头："我没有着急，这点伤不算什么，黎小姐请放心。"

太客气了！时至今日，落雨收敛了满身锋芒，对黎俏过于尊敬的口吻让她很不适应。黎俏顿了顿，手指摩挲着唇角："走吧，不过我要出去办点事。"

"您请，我来开车。"

黎俏不冷不热地看她一眼，好家伙，都开始用尊称了。虽然和落雨接触的时间不长，但黎俏很清楚她执拗的脾气。

黎俏也没纠正她，把自己的车钥匙丢给落雨，边走边说："城南丧仪店。"那是九公自己开的店铺，售卖简单的丧仪用品。不一会，落雨开着黎俏的奔驰，沿着导航线路，驶向了城南。

……

将近一个小时，车子才驶入了城南老街区。暮色将至，丧仪店的黑底白字招牌显得有些阴森。

停好车，黎俏走上前，拉开卷帘门，顺手推开了店铺的双扇玻璃门。这店铺，九公从来不上锁，用他的话说，一屋子纸扎人，谁偷谁有病。

黎俏走进店铺，顺手开灯，里面略显杂乱。货架上摆着各种各样的纸钱和供奉先人的用品，不一而足。黎俏在前厅看了几眼，而后径直走向了办公台后面的内室。里面摆着一张床，还有老式的茶几和电视柜。

黎俏仰头望着屋顶，监控摄像头已经被打碎了，连着几根电线孤零零地垂在墙角。其间，落雨始终跟在黎俏身后，看到监控损坏，不禁蹙眉。这种损坏程度，明显刻意为之，绝非自然脱落。

不多时，黎俏打开电视柜下面的柜子，看到里面空空如也，冷笑了一声。

"怎么了？"落雨上前，神色不解。

黎俏顺手甩上柜门，站起身拍了拍手："监控损坏，存放监控的电脑和硬盘也被带走了，倒是挺聪明。"

"什么人做的？"落雨自然知晓这是仲九公的店铺，有人针对九公？

黎俏斜睨着墙角损毁的监控，语气轻慢："城南地头蛇，屠安良。"

落雨眸光一凛："他对九公做了什么？"

"你知道他？"黎俏对屠安良所有的信息，还是经过昨晚的调查才得知的。这人的名号她没听过，但并不代表他不出名。毕竟，黎俏对南洋的很多事都没怎么在意过。

落雨在房间里走了一圈，表情冷酷地说："屠安良一直活跃在城南，因为这里是老城区，聚集了不少老字号的店铺，他仗着自己的势力，经常会过来以收取保护费的名义压榨这些商铺。听说屠安良是上一代首富屠家的人，但因为家道中落，他就跑出来自立门户了。这人没别的优点，但对手下很大方，所以死忠非常多。"

哦，前任南洋首富？黎俏眉目一闪，顺势靠着电视柜，兴味十足地问道："那他和商郁相比，谁的死忠更多？"

这时，落雨半眯着眼，缓缓笑了："屠安良所有的手下加起来，都不敌衍爷一个分支的拥趸多。"

黎俏和落雨并未在丧仪店停留太久，不到十分钟，两人就出了门。

落雨顺手拉下卷帘门，转过身就听见一阵急促的脚步声，伴随着低呼："小黎，小黎。"

黎俏循声看去，是小跑而来的墨齐。他喘着粗气，站定时还连连拍着胸脯："小黎，总算找到你了。"

"什么事？"黎俏姿态随意地靠在车门旁，睨着墨齐额头上的虚汗，淡漠地扯了下嘴角。

墨齐喘匀气息，目光隐晦地看了眼落雨，而后上前一步，对黎俏低语道："是老师让我来的，本来我没抱希望，没想到你真的在。"

说罢，他抹了把脸，将仲九公的话如数转达给黎俏："小黎，老师说，这次的事他不希望你大费周章去调查，因为……这是他自己的家事。"

家事？什么样的家事会导致他手腕断了？而且，在她的印象中，九公多年孤身一人，从没提过他还有家人。

黎俏一瞬眯起眸，凝视着墨齐因奔跑而泛红的脸颊："还有么？"

墨齐舔了舔干涩的嘴角，又小声补充："嗯，老师让你不要以身犯险，他说他在南洋这些年，除非是他愿意，不然没人能伤他。他知道你想帮他讨回公道，但很多事没有公道可言……"

墨齐的声音越来越小。其实他也不明白这些话到底是什么意思，但老师说，只要如实告诉黎俏，她会明白的。说到底，仲九公也有他的难言之隐。

这时，黎俏抓到了一句重点。"除非他愿意，不然没人能伤他。"也就是说，九公这次受伤，是他自愿的。

黎俏靠着车门沉默了很久，眉眼越来越冷。墨齐小心翼翼地唤了她一声，黎俏回过神，垂下眸压下眼底的冷躁："我知道了。"

"那你还继续查吗？老师让我必须得到你的保证才允许我回去，不然他就要扣我半年的工资，说要饿死我。小黎，你行行好……"墨齐语含祈求，虽然玩笑的意味居多，但他们彼此心里都清楚，如果黎俏不答应，九公真的会扣他工资的。别看九公为人随和，但很多原则性的问题，他比任何人都固执。

黎俏沉默良久，从墨齐的身上移开了视线，转眸看向了遥远的天际，声音很飘忽："好，你回吧。"

墨齐走后，黎俏深吸一口气，缓缓低下了头。落雨站在她的斜对面，黄昏的最后一点残阳落在她的侧脸和肩头。看不清她的表情，但那唇角紧抿的弧度，不难猜测出她心情很不好。

落雨不声不响地走到她身边，站了几秒，问道："要上车吗？"黎俏长叹一声，回身拉开车门就钻了进去。回程的路上，她一直没说话，望着窗外，浑身写着冷漠。

落雨发动车子离开了城南老街区，直到驶入主十道，她才僵硬地安慰了一句："九公应该是不想你为他冒险。"安慰人这种事，落雨没做过。但黎俏现在的状态不好，她本能地想要说些什么来分散她的注意力。

九公这些年在南洋的确积累了不少人脉，刚才那个青年人说的话，也有几分道理。除非仲九公自愿，否则伤了他的人不可能会全身而退。

这时，黎俏臂弯撑着车门，手指抵在唇边，那双黑沉沉的眸如同遮云蔽日，看不到半点星光："掉头去不夜城。"

落雨一瞬捏紧了方向盘，看着神态漠冷的黎俏，没有多问，很快就在路口调头重新往老街的尽头驶去。

……

七点半，雅典娜不夜城。顾名思义，这里是纵情寻欢的夜场。绚烂夺目的灯效以及震耳欲聋的音浪一层层掀开了夜色遮掩的迷离放纵。

二层半封闭的包间里，桌上摆着一瓶"人头马"酒、半打啤酒和果盘。包厢正中间，黎俏坐在沙发上，右脚踩着身前的茶几，低头看着手机上的画面，眼神暗凉。

自始至终，落雨都没有多话，安静地打开了两罐啤酒，自顾自地仰头喝着。不到半个小时，落雨喝了三瓶啤酒，黎俏也喝了半杯"人头马"。两个人都不善言谈，以至于整个包厢里的气氛持续诡异地安静着，只有外面劲爆的音乐愈发清晰入耳。

时间临近八点，突然黎俏的眸子一眯，放下长腿站起身："我出去一趟。"

"去哪？我陪……"落雨也下意识地站了起来。

黎俏在门口回眸，表情透着明显的拒绝："不用，我去洗手间。"

接下来，她没给落雨再开口的机会，拉开门大步流星地走了出去。

雅典娜不夜城的一层，是开放式的舞池和 DJ 台。鼎沸喧嚣的音乐一浪接着一浪，舞池周围纵情的男男女女振臂摇摆。

黎俏双手插兜站在二层的栏杆前，波光潋滟的眸子映着灯色，看着从入口徐徐走进来的一群人。

六个人。一男一女,以及随行的四个保镖。

走在中间的男人,穿着蓝格衬衫和西裤,体魄很健硕,一脸络腮胡,浓眉虎目,身上的江湖气息很重,不似善类。他单手钩着女人的纤腰,行走间举止轻佻地和女伴耳语打趣。

随着他们趋近楼梯口,二层栏杆前的黎俏也徐徐动身。她不紧不慢地下楼,对方一行人缓缓上楼。

几秒后,狭路相逢。

黎俏站在楼梯正中间,不退不让,居高临下地看着被保镖护在中间的男人——城南,屠安良。

上楼的通道被阻,屠安良身前的两名保镖立马出声低喝:"让开。"

黎俏没动。

两名保镖面面相觑,在良哥的地盘,还有人敢挡他们的去路?而且还是个年纪不大容貌惹眼的姑娘。这……保镖稍加思索就回眸望着屠安良,这种情况以前也发生过,大多是为了良哥而来。男人嘛,有钱有地位,自然会令女人趋之若鹜。不过,今晚这个主动的女孩,相貌可以排第一了。

这时候,屠安良和身侧的女伴也被迫站在原地,微微仰头望着台阶之上的黎俏。不夜城的光线不明朗,随着忽闪而过的灯柱,屠安良终于看清了黎俏的长相。美,是真的美。那倨傲轻狂的表情也是真的冷。

屠安良眯眸松开了女伴腰肢,抬手摸了摸自己的络腮胡,眼底疑惑重重。不知是不是错觉,他从女孩锐利的眼中,读出了一丝意味不明的轻蔑。屠安良不解,内心也渐渐泛起了防备。在道上混久了,某些潜在的危险会引起下意识的警觉。他虽风流,却从不会为了女人玩命。

这时,屠安良深深看了眼黎俏,对着保镖摆手,示意他们让开。他一步步踏上台阶,影影绰绰的光线下缓步站定在黎俏面前。

屠安良刚要开口,身边的女伴不甘被冷落,踩着高跟鞋就追了过来:"良哥,你干吗去?"

这一瞬,黎俏垂眸盖住眼睑,硬生生压下了动手的欲望。因为,屠安良有一双和仲九公七分相似的虎目。也因为,她答应了老师,不会再查下去。

黎俏淡漠地看了眼低声教训女伴的男人,一言不发地往台阶下走去。越过挡路的保镖,与屠安良擦肩而过的瞬间,她幽幽的视线落在了他的手腕上,眼底是沉暗的凉。

"等等。"屠安良在黎俏身后低呼,总觉得这个女孩的出现并不寻常。

但,回应他的是一道冷漠疏离的背影。

四名手下面面相觑,其中一人上前问道:"良哥,要不要我们把人带回来?"

屠安良犀利的目光流连在黎俏身上,摇了摇头:"不用,先查查她是哪桌的客人。"

"是。"

夜里八点一刻,黎俏和落雨从不夜城走了出来。两人身上都带着浓浓的酒味,尤其是黎俏的眉眼间还挂着显而易见的躁怒。

落雨早就看出黎俏状态不对,侧了侧身,低声道:"我叫了代驾,马上就到!"

不到三分钟,一辆黑色帕萨特停在了她们附近。车上走下来一名西装革履的中年男人,对着落雨颔首:"雨总,车在哪儿?"

落雨朝着街边努嘴,顺手将车钥匙丢给他,很快便和黎俏钻进了后座。

与此同时,不夜城三楼的办公室,屠安良听着手下的汇报,虎目微眯,两指捏着雪茄,口吻不豫:"查不到是什么意思?"

手下面有难色,支支吾吾地说道:"良哥,我们只查到她今晚在V2包厢,但是除此之外,什么信息都没有。就、就连她们开来的那辆奔驰车我们也查了。但是车辆登记在南洋娱乐城的名下,没有车主信息。"

南洋娱乐城!

屠安良陡地捏扁了雪茄烟的烟嘴:"那就去查查,她和南洋娱乐城有什么关系!"娱乐城那是当今首富黎家的产业,莫非她是黎家人?!

这时,手下挠了挠头,直言不讳:"良哥,南洋娱乐城本身就有租车服务,那女孩看着那么年轻,说不定车是租来的!"

"让你查就查,废什么话!"

"是是,我这就去!"

手下点头哈腰地离开了办公室,屠安良坐在老板椅上,看着手里变形的雪茄烟,烦躁地丢在了地上。这个女孩出现得太诡异,莫名让他有种很不好的预感。

第10章 选择与纠结

当晚,九点半。车子缓缓停下,黎俏看到嵌在山中散发着暖黄光晕的公馆,目光滞了滞。其实离开不夜城的途中,她就发现车子行驶的方向不是华南路的黎家。果不其然,来了南洋公馆。

黎俏看着夜如浓墨的南洋山,层叠的峰峦在星光月影中宛若一幅写意的丹青。而设计感十足的公馆门前,商郁那一抹黑色颀长的身影如同月夜画中人。他负手而立,隔着昏黑的光,遥望黎俏。

视线相交的刹那,黎俏毫不迟疑地下了车,短短十几米的距离,她步履略急。站定,仰望,心事从她的眼睛里倾泻而出。

商郁俯视着黎俏,掌心落在她的头顶抚了抚,语气暗藏一抹不悦:"昨晚就没好好休息,今晚还去喝酒?"

哦,他知道了?她隐约明白为什么落雨会在今天突然复职了。黎俏扯了下嘴角,垂着眼睑,音色很淡:"有点烦。"

商郁神色无奈地看着她沉寂的眉眼,转身道:"进来说。"

两人一前一后走进客厅,乍亮的暖光灯让黎俏不适地眯了眯眸。她寻了个单人沙发入座,顺手搂过抱枕就把脸埋在了里面。今晚的黎俏和往常不同,大概是首次在商郁面前展露出这么明显的情绪波动。

此时,商郁几不可察地蹙了下浓眉,沉腰坐在她对面,俯身从茶几上拾起烟盒。点燃,吸了一口,随意地靠着沙发叠起双腿,沉声开腔:"为什么突然调查屠安良?"

黎俏搂着抱枕的手臂一紧,抬起头眨了眨眼:"落雨告诉你的?"她没想过要隐瞒商郁任何事,但并不喜欢身边人这种类似于告密的做法。如果想说,她可以自己告诉他。

就在黎俏面露反感的时候,她听见男人沉缓的音调夹着笑,说道:"公司电脑有记录。"

她还以为自己做得很谨慎。黎俏搂紧怀里的抱枕,埋着脸不说话了。

这时,商郁抿着烟,淡淡的烟味四散,那双深幽的冷眸被挡在层层白雾之后,卷着一丝不为人知的沉郁:"和屠安良有过节?"

黎俏的脸压着抱枕边缘,幽幽道:"没过节,单纯看他不爽!"

蓦地,一声磁性慵懒的笑声从男人的胸腔传来,低沉雄浑地流淌在耳畔,悦耳至极。"是因为九公?"笑音过后,商郁继续吞云吐雾,望着恹恹的黎俏,直言出口。

不愧是南洋霸主商少衍,似乎所有的事都在他的掌控之中。黎俏没有反驳:"算是吧。"而后,她抬眸打量着抽烟的男人,欲言又止。

商郁放下交叠的长腿,俯身点着烟灰,对着黎俏垂了下眼睫:"过来。"

黎俏没有迟疑,丢开抱枕就挪步到他身边落座。空气中飘浮着烟草味,裹挟着他身上清冽的乌木香,萦绕在四周,悄无声息地蛊惑着她的理智。

这时,男人以手背探了探桌上茶杯的温度,随即端起递给了她:"解酒茶,喝完去睡觉。"口吻,不容拒绝。

黎俏接过茶杯,温度适中,捧在掌心里刚刚好。喝了一小口,有甜甜的蜂蜜味。今晚她没喝多,一口"人头马",不至于让她不省人事。但,此时此刻,她却觉得思绪有点飘,阴郁了一整晚的心情,因为这杯解酒茶,有逐渐放晴的趋势。有他在,好像情绪也没那么糟糕了。

黎俏捧着杯子继续喝解酒茶,而商郁则掐了烟看着她,语出惊人:"屠安良,是九公的儿子。"

黎俏震惊了!她想过很多种可能,也查了有关屠安良的所有资料,唯独……没有查到他和九公的关系。黎俏并不怀疑这件事的真假,因为商郁从不妄言。

"是不是奇怪为什么你没有查到?"此时,男人示意她继续喝解酒茶,自己则站起身,踱步到落地窗前,负手望着窗外的暮色,"仲九公,原名屠仲,是已破产的上一任南洋首富屠家的人。"

信息量有点大,黎俏需要时间消化。难怪没人知道仲九公的出身和姓名,原来他是屠家人。这时,黎俏目光冷了几分,捧着杯子的手也逐渐用力:"如果他们是父子，那老师的手……"

商郁微微回身，隔空看着黎俏，抿了下薄唇："不出意外，应该就是屠安良打断的。"

黎俏心想，父子反目？！

"你查不到九公和屠安良的关系，是因为几年前就被望月抹掉了这段过去。"

黎俏默了。望月是红客联盟的负责人，信息屏蔽的技术，黎俏自认为比不上。她的电脑操作水平，远达不到那么登峰造极的程度。

黎俏幽幽叹了口气，闹半天一切都是自寻烦恼："难怪老师不让我调查，原来行凶者是他儿子。"而仔细回想屠安良的长相，虽然络腮胡遮住了大半张脸，但和九公确实有相似之处，尤其是那双眼睛。

商郁看着黎俏有些颓的表情，他踱步折回，站在她面前轻抚她的头顶："他并非怕你针对屠安良，而是担心你不是他的对手。"

闻此，黎俏眸光一颤，隐隐听出了不对劲。她放下茶杯，仰头看着男人，从头顶拽下他的手腕，捏了一下："衍爷？"

说着，黎俏慢悠悠地站起来，目光直直地撞进商郁的瞳中，危险地眯了眯："不对吧！你这么了解我老师？连他想什么你都知道？该不会……他偷偷找过你，所以你才让人把我带到公馆来的？"就为了防止她和屠安良起冲突？她有那么冲动无脑吗？！

黎俏有小情绪了，撇开眼不看商郁，暗暗琢磨着要不要装作很有骨气的样子转身离开。下一秒，一阵若有似无的温热呼吸喷洒在额头。黎俏回过神就看见商郁俯身而来，并用掌心扣住了她的后脑，防止她躲闪："让你来公馆，是为了看着你好好睡觉。至于九公，他的确找了我，但我回绝了，屠安良还不会对你造成威胁。"

男人的嗓音磁性又沙哑，眼波里噙着笑意。黎俏心头的弯弯绕绕顷刻间烟消云散。她似笑非笑地抿着唇，"哦"了一声，有一丝小窃喜从心头浮荡开来。大概所有人都认为她不是屠安良的对手，却只有商郁会直言不讳地说，对方不会成为她的威胁。

这时，黎俏轻轻晃了晃头，稍稍后退："我困了。"更深露重，夜幕浓郁，最是蛊惑心灵的时刻。尤其是美色当前，她还喝了酒。

黎俏始终谨记那句话：有些话，要留给男人来说。所以，她愿意等。

几分钟后，黎俏来到上次留宿过的客房。房间里的一景一物还是熟悉的样子。她轻车熟路地走到浴室，果然看到浴池旁边摆着崭新的衣物。黎俏斜倚在门边，看着置物架，咬了下嘴角，有点开心。

洗完澡，黎俏一边擦头发一边回到卧室。她拿起手机打算给九公发条消息，突地一条微信蹦了出来。

商郁：还不睡？

黎俏看着聊天页面，手指顺了顺潮湿的长发，给他回了一句："你什么时候睡？"

男人秒回："等你睡着。"

黎俏很快回了个"晚安"的图片，便结束了聊天。

她拿着手机仰面躺在床上，望着天花板的吊灯，眼里噙满了笑意。

……

次日，吃完早饭，黎俏坐着商郁的车去了公司。她的奔驰车则由落雨开着，在车队后面随行。

上午十点，黎俏接到了江院士的电话。电话中，江院士郑重其事地说道："俏俏啊，昨天傍晚，那个身患怪病的女孩来过了。"

黎俏拿着手机去了茶水间："嗯，老师觉得有什么问题吗？"

江院士翻了翻手里的记录册，沉吟半响，道："看起来，确实是染色体异变引起的。我已经给她做了基因测试，昨晚连桢连夜将测试结果做出来了。她的基因里目前没看到任何遗传病的特征，我和几个实验员深入讨论过，这个女孩身上的怪症，发病原因有两个方向，放射性辐射和化学制剂。"

听到江院士给出的讨论结果，黎俏的眼神逐渐变得深远。关明玉接触到放射性辐射的可能性并不大。具有高强度辐射的地方，大多集中在医院CT室或者核电站等大型工厂。而关明玉的生活轨迹很简单，附近并没有这类场所存在。那么极有可能是化学制剂。

此时，电话另一端，江院士没听到黎俏回话，恰好有人来找他咨询问题。江院士便匆匆说了一句："俏俏，我这儿临时有点事，有空你还是过来一趟吧。这个小姑娘的情况，算不上棘手，但确实值得深入研究一下，先挂了啊。"

午休时间，黎俏和商郁打了声招呼就去了人禾实验室。三楼，黎俏推开江院士的研究室大门。此时正有几个穿着白大褂的研究员簇拥着江院士，七嘴八舌地讨论着各类研究报告。

黎俏也没打扰,余光一闪,就看到连桢坐在研究台前看着手机屏幕。她忖了忖,踱步走过去,低声唤道:"连师兄。"

由于黎俏站在他的斜后方,视线一扫而过,无意间就看到了连桢手机上的照片。是一个年轻女孩的半身照,对方有一双形状很漂亮的桃花眼,气质优雅大方。

连桢听到身后的呼唤,连忙将手机扣在了桌上。他徐徐站起身,对黎俏温和一笑:"小黎,是你啊。"

黎俏看了眼被他放在一旁的快餐盒,顺手拉过椅子入座:"连师兄吃完饭了?"

"嗯,刚吃完。"连桢也顺势坐下,并且悄悄将手机塞进了抽屉里,"你今天怎么有空过来?"

黎俏没有客气,简单陈述了她对关明玉病症的推测,连桢便若有所思地点头:"你说的可能性确实有,不过现在国内对于化学制剂的管控也很严格,有没有可能是她偶然间接触或者误食了化学用品?"

连桢的怀疑不是没有道理,但黎俏却目光沉沉地摇了摇头:"未必是她自己接触,如果有她不该不记得。"而且,她查过关明玉的资料,这些年都和关明辰生活在一起,如果是误食,关明辰不可能没有症状。

闻此,连桢面色一滞,小心翼翼地试探:"你的意思是有人故意……"连桢话没说完,就陷入了沉默。

黎俏则垂了下眼睫:"只是猜测而已。"说白了,就是故意投毒。

一时间,气氛变得颇为凝重。如果是投毒,那就比较麻烦。问题在于,如果真是投毒,又找不到投毒者,那就没办法快速分析出化学成分。耽误的时间也会更多。

这边,连桢和黎俏沉默着思忖对策,不到十分钟,江院士也挥退了那群前来咨询的研究员。江院士拿着保温杯喝了口水,看到黎俏的身影,便连忙拿出了关明玉的检查档案:"俏俏,连桢,你们过来。"

接下来,三个人簇在一起讨论着检查结果和各种可能性。时间一分一秒地流逝,黎俏也沉浸在学术研讨中,忘了时间。直到下午三点半,有人来提醒江院士开会,黎俏顺势看了眼电脑屏幕,才发现午休时间早就过了。

她懒散地靠在椅背中,揉了揉酸胀的额角。这时,江院士拾起桌上的文档,往门外走了两步,又站定看着黎俏:"俏俏,你出来一下。"黎俏对连桢点头示意，而后就跟着江院士来到了走廊。

研究室门外，江院士拍了拍手里的资料，打量着黎俏倦懒的眉眼："大致的情况你都了解了吧？"

黎俏点头："嗯。"

江院士眼底精光一闪，对着研究室的方向努了努嘴："呐，你也看到了，大家现在对那个小姑娘的情况都很感兴趣。从实验研究的方向来看，确实值得耗费精力搏一把。所以，你是怎么考虑的？总不能给实验室提供一个病例就撒手不管了吧？"

黎俏顺势抬眸，望着江院士，抿了抿唇，没说话。

见状，江院士扶了下镜框，语重心长地说道："俏俏啊，你是医大这些年来少见的好苗子。我不管你最近到底在做什么，但是生物工程这个领域，我还是希望你能一直走下去。而且你的理论知识和实操经验积累了这么多年，如果轻易就放弃掉，实在是太可惜了。"

话到此处，江院士轻咳一声："当然，老师还是尊重你自己的意愿，如果你觉得实验太枯燥乏味，没有外面花花绿绿的生活精彩，那……老师也不勉强你。"

这番以退为进的劝导，着实让黎俏哭笑不得。

她从没想过要放弃掉自己的专业，即便她惰性强，也知道自己该做什么。黎俏摸了摸脑门，轻叹一声："老师，您是希望我加入实验室一起做她的病理研究？"

江院士欣慰地点点头："虽然你在外面玩了这么久，理智倒是没丢。反正你暂时也不打算去科研所入职，不如先来实验室一起研究研究。俏俏，我有种预感，这个小姑娘的病症如果能得到妥善治疗，说不定会有意想不到的收获。所以，你仔细考虑考虑，如果确定要加入研究的话，那我会尽快成立实验项目小组。"

毕竟，成年人染色体异变的情况太罕见了。若是能找到治疗异变染色体的方法，从某种程度上来讲也是开辟了先河。

这时，黎俏望着兴致勃勃的江院士，眸光微闪，给了个模棱两可的答案："老师，我……回去想想。"

江院士撇撇嘴："行吧，我也不催你，过了这周，你给我个答复？"

黎俏颔首："好。"

下午四点，黎俏慢悠悠地回了衍皇集团。

一路上，她想了很多，归根结底，还是有些纠结。当初，来衍皇完全是为了商郁，对于那些公司层面的工作，黎俏本来就兴致缺缺。首富黎家的产业多不胜数，她从小在黎广明的身边耳濡目染，商界的那些经营规则早就耳熟能详了。只不过……她和商郁的关系，始终还差了点火候。若是她现在结束实习，不能朝夕相处，某些潜在的变化会不会成为他们之间的阻碍？

黎俏低着头，思绪沉沉地推开了董事长办公室的大门。

她下意识看向了老板台，没瞧见男人的身影，不禁长叹了一口气。

"啧，少衍，你这助理从哪儿招的啊？进门先看老板台，看不见人还一副怅然若失的样子，看得我都羡慕了！"这时，一声戏谑的调侃从左侧传来。

黎俏皱了下眉头，漫不经心地扭头看去。不远处的休息区，商郁正坐在秋桓的对面，端着茶杯向她投来一道深意十足的视线。黎俏抿了抿嘴，顺手关上门，看都不看秋桓，径自走到自己的工作台，假装开始投入工作。

此情此景，秋桓也没生气，跷着二郎腿晃了下脚尖，揶揄道："妹子，看见哥也不打声招呼，相机不要了？"

原来是送照相机！黎俏看了眼休息区的茶几，果然看到存放徕卡0系列相机的手箱摆在上面。但她依旧没吭声，转眸看着电脑屏幕，心事重重地开始发呆。是选择实验室，还是选择商郁呢？唔，各有利弊，不好抉择。

这时，秋桓再次碰了壁，认真打量了黎俏几眼，然后放下腿，凑近商郁，问道："她怎么了？情绪这么低落，大姨妈来了？"

商郁拇指摩挲着手中的瓷杯，深眸凝视着黎俏怏怏的表情，浓眉微蹙，瞥了眼秋桓："你该走了。"

秋桓回眸又看了看黎俏，眼波一闪，不怀好意地继续问道："也不像！难道……你俩吵架了？"

吵死了！黎俏本就心烦意乱，办公室里又不停传来秋桓絮絮叨叨的说话声。她眉梢眼角挂着不耐，"啪"的一声将笔记本电脑合上，起身就往外走。

秋桓吓了一跳，看着黎俏疾步往外走的背影，随着办公室的大门被甩上，他透过玻璃墙伸长脖子张望了两眼，煞有介事地嘀咕："还真是大姨妈，去洗手间了。"

十分钟后，黎俏去而复返。安静的办公室里，已经没了秋桓的身影。此时，商郁仍然坐在沙发上，手里拿着一份文件，偶尔翻看两眼。听到门开的声音，他挑眉抬眸，眼底是深邃的黑，语气却很温和："不舒服？"

黎俏顿步摇头，视线难免有些飘，刻意回避着他的眼神。这样的反常，太明显。商郁没再开口，目光深锁着黎俏，暗影重重的眸底，风起云涌。

接下来的一个小时，办公室里诡异地安静着。黎俏心不在焉地看着电脑屏幕，偶尔偷觑一眼老板台，又很快别开眼。不能看了，越看越舍不得。

黎俏过往的二十二年里，几乎没遇到过这么纠结的时刻。她性格懒散，大多时候都佛系随缘。在没遇见商郁之前，只有生物实验研究和各类课题是她的兴趣所在。可是遇见商郁之后，她却愿意放弃实验的时间，跑来衍皇做一个名不见经传的小助理。如今，率性而为的时间似乎该结束了。

她最后还是要回到实验室，去继续她的本职工作。可是，还没等到他的那句话，也没能和他堂堂正正地牵手示人。就这么离开衍皇，变数太多了。

黎俏的眉眼之间噙满了烦躁，无心工作，无心思考，数着时间等下班。三秒……两秒……一秒……下班时间到了，黎俏移动鼠标打算关机，她需要找个地方好好理一理头绪。

然后，大班台前的男人，深邃的眸凝视着黎俏，指尖点了点桌面，嗓音醇厚："你过来。"

黎俏关电脑的动作一顿，偏头望着商郁，忖了忖还是起身走了过去："怎么了？"

男人姿态闲适地靠着老板椅，目不转睛地打量着黎俏染了烦躁的眉眼："有心事？"

闻声，黎俏下意识摇头："我……"话说到一半，她又兀自闭了嘴。

商郁双手交叉放在桌上，耐性极好地对黎俏昂着下颌："想说什么？"

她下午回来之后，整个人就没精打采的，蔫蔫的状态显得很不寻常。

这时，黎俏抿起嘴角，视线撞入商郁暗黑的瞳中，试探道："如果我说我想离开衍皇……"

话音未落，男人唇边的笑纹淡了，原本温和的眸光也转瞬变得高深难测。

见状，黎俏无声喟叹，低下头随便找了句借口："我开玩笑的，你别当真。如果没别的事，我先回去了。"言毕，她转身逃之夭夭。

其实黎俏还没做好选择，贸然试探，连她都觉得难以启齿，更何况是心思敏感的商郁。所以……暂且维持原状吧。

……

暮色降临,天空阴云密布。黎俏独自开着车漫无目的地在街头穿行。后方,一辆越野车紧随其后,是落雨。

黎俏双手扶着方向盘,偶尔看一眼倒车镜。随着晚高峰来临,车流越聚越多,黎俏的车速始终不紧不慢。行至前方岔路口,她目测着车距,并暗暗盘算时间,在交通信号灯变换的一刹那,她猛踩油门跟着前方车辆驶入了左转岔路。而落雨的车由于被前方加塞的车辆所阻,被迫停在了左转道等待。

就这样,黎俏甩开落雨后,顺势将手机关机。开着车直奔城郊。

半个小时后,落雨回到衍皇集团复命。她自责地站在办公室里,双手垂在身侧,手指蜷起,晦涩难当:"老大,我跟丢了黎小姐。"

此时,商郁坐在老板椅中,薄唇紧抿,指尖夹着烟,听到落雨的汇报,神色冷峻,一言不发。办公室里,飘荡着呛人的烟味。男人的神色被袅袅的烟雾遮挡,眼底戾气横生。

落雨谨慎地觑着商郁,心知是自己大意才会跟丢了人,不禁再次颔首道:"老大,抱歉。"

但,沉寂的办公室里,她没等到男人的回应。只有香烟,时而发出轻轻的燃烧声。

商郁从椅子中转身,幽幽看向了窗外浓墨的夜色,默了良久,才嗓音沙哑地吩咐:"出去。"

落雨一惊,以为自己听错了,抬眸时就见商郁轮廓清晰的侧脸隐着邪冷的寒。关门声响起,落雨走了。

再次恢复寂静的办公室,商郁缓缓阖上眸,鼻翼翕动,面色冷峻而隐忍。等不及了吗?还没见到他不为人知的一面,就已经不想再继续实习了?黎俏,你来搅乱了风云,如今却想全身而退?商郁手指逐渐用力,直到那根燃烧的细支雪茄烟被他狠狠地攥入掌心,滚烫的热度烧破了他的肌肤,可男人依旧面不改色地死死攥着。

数秒后,他掀开眼帘,眸光一片凛冽阴鸷,按下内线的瞬间,南洋霸主重现:"找到黎俏,带她去基地。"

流云接到内线通知,一阵心惊肉跳,他怀疑自己听错了:"老、老大,您确定？"

"给你一个小时！"商郁阴沉地重复一遍，随即缓慢地站起身，眼底波涛汹涌，黑如寒潭。

今晚，南洋阴翳的夜色似乎酝酿着一场骤雨。云雾蒙蒙，伴随着滚滚而落的惊雷。雨未下，整座城市已被潮气氤氲得朦胧。

东郊汤溪园联排别墅区。黎俏孤身坐在下沉式的庭园里，手里拿着一罐啤酒，偶尔呷一口。这里，是她名下的私宅，一年也来不了几次。但今晚，黎俏选择避开所有人，独自来此整理情绪。

一罐啤酒喝完，她仰头看了看天色，阴霾笼罩的夜晚愈显得黑黢骇人。闷雷声更是令人备感压抑。黎俏眉眼浮躁，迫切地需要一个途径来纾解。她捏扁手中的啤酒罐，起身去了半地下的拳房。

红色塑胶地板的拳房正中央，挂着两个沙袋。

黎俏拿着缠手带将手腕和手指上缠绕了几圈，然后稍稍活动了筋骨，转眼就开始疯狂出拳。一招一式凌厉又洒脱，追击打，退步打，前手点打，姿势丰富多变，爆发力极强。整整半个小时，她几乎没有停顿。半空中的沙袋随着她的节奏凌乱摇摇欲坠，似不堪重负。

"呼——"随着最后一拳打出，黎俏单手握拳撑着沙袋，长长地吐了一口气。她已经很久没有这么酣畅淋漓地打拳了，上一次……似乎还是三年前。

身体上累到了极致，黎俏的头脑却越来越清明。舍不得商郁，是真的。放不下研究，也是真的。她在生物工程领域所获得的成长，并非是几句话就能概括的。之所以会如此惆怅，那是因为……一旦她加入到实验室的研究，也就意味着从今往后的日子没办法再恣意而为。科学研究是严谨而繁琐的，更不存在朝九晚五的固定时间。很可能一次小小的实验讨论，都会持续四五天。夜以继日，那是常态。

黎俏阖眸吐息，兴致依旧不高。她解开缠手带丢在角落里，洗了澡之后，就回到了客厅。这座空旷的别墅，寂静蔓延。

时间来到八点，黎俏靠着沙发，双腿交叠搭在茶几上，身前的投影画面里是黎三那张刚毅的面孔。

黎俏和黎三正在视频通话。画面中，黎三坐在光线昏沉的帐篷中，夹着烟送到嘴边吞云吐雾："就这么点事，也值得你跑去东郊找思路？"

整个黎家，最了解黎俏的就是三哥黎承。东郊汤溪园的联排别墅，是黎俏的私人领地。这么多年，黎三也只去过一次，而且那个别墅里……秘密很多。若不是遇到了问题，黎俏基本上不会去汤溪园。

这时，黎俏捻着一缕湿漉漉的发丝，精致的脸颊透着沐浴后的红润，她扯了下嘴角："所以你的建议呢？"

黎三姿态狂傲地仰头吐出烟圈，而后嗤笑一声："我给建议之前，黎小四，你跟我说句实话，能让你倒追的男人，姓甚名谁？"

闻此，黎俏不吭声，懒懒散散地窝在沙发上，垂下眸一脸冷漠。摆明了不说实话。黎承见她这副样子，心里隐隐有了猜测，但又觉得不太可能。

黎三敛着浓眉，眯眸嘬了口烟："不说是吧，你觉得我查不到？！"

黎俏睨了眼前方硕大的屏幕，毫不留情地打击他："你查不到。"

黎三冷笑着，看着黎俏无精打采的颓样，磨牙道："他就那么好？能让你放下身份去倒追？你他妈可真有出息！"

没错，今晚黎俏在情绪纷乱的时刻，将她倒追一个男人的事情告诉了黎三。虽然没有指名道姓，但很多事情早已有迹可循。如果真是他想到的那个人，黎三觉得事态严重了。

听着他的挖苦，黎俏又有点心烦。她俯身从茶几上拿起啤酒，仰头喝了半罐："不说我挂了。"

黎三心里暗骂了一声，把烟头按在烟灰缸里，直言不讳："我的建议，去实验室，回归你正常的生活。"

这番回答，其实和黎俏心里的想法不谋而合。正因为她做了决定，所以才会心烦意乱，有些情绪如鲠在喉，难以言说。这时，黎俏目光透着几分迷茫："那他呢？如果我去做研究，以后见面的时间……"

话音未落，黎承打断了她："如果因为不能见面感情就淡了，那只能说明你俩没有真感情，明白吗？他要是连最起码的安全感都不能给你，你还追什么追？尤其是那个人，我提醒过你很多次了，离他远点。"

说到最后，黎承的口吻逐渐变得严肃。难怪从退婚开始，他就察觉到黎俏对商少衍似乎过于好奇了。没想到，才短短几日，他的好妹妹都开始主动倒追了！也不知道给他家黎俏下了什么迷魂药。

此刻，黎承的忧虑全都写在了脸上。但他发现，黎俏原本苦闷的神色瞬间烟消云散。原来，她等的就是这句话。一整天的心神不宁，无外乎都是安全感在作祟。她和商郁之间，还不曾建立过信任，也就谈不上安全感。所以……若是能够在她去实验室之前找到一个平衡点，所有问题也就迎刃而解了。

黎俏如释重负地扬起了唇角，心境也豁然开朗。

这时，黎三见黎俏低着头不说话，以为她听进了自己的劝导，不禁欣慰地点头道："俏，好好去做你该做的事，他那个人不值……"

"挂了。"黎承最后一个字都没说完，黎俏直接切断了视频通话。

远在边境的黎三，看着突然墨黑一片的电脑屏幕，血气上涌。

十几分钟后，黎俏将桌上的两罐啤酒全喝了。她起身，来到落地窗前，望着浓墨阴翳的夜色，摩挲着手机，打开了通讯录。想通了很多事情，黎俏突然想给商郁打电话，听一听他的声音。

然而，电话还没拨通，汤溪园的门铃乍响。黎俏动作一顿，眼里掠过一丝疑惑。汤溪园别墅，是她自己的地盘。除了黎三，连爸妈都不知道，谁会在这个时间过来？

黎俏站在原地没动，耳边的门铃声却不依不饶地持续传来。思忖几秒，她回到茶几前，拿过头绳将半干的长发束在脑后，目光清冷地走向了庭园外。

时间还不到八点半，门外站着神情肃穆的流云。他额头有汗，眼神格外深邃，看到黎俏的刹那，便颔首道："黎小姐，打扰了。"

"什么事？"黎俏敛去心底的惊疑，很淡然地问道。如果是流云查到了她的住址，倒也不算太意外。

这时，流云抿了抿唇，喉结滚动："黎小姐，衍爷有请。"和每次不同的是，流云今晚称呼商郁为"衍爷"，而非"老大"。

黎俏不解，却没多问，抬头看了看阴沉的夜色："现在吗？"

流云"嗯"了一声，并抬手对着不远处示意："直升机就在附近，黎小姐随我来。"

是有多着急，居然开着直升机来接她？黎俏幽叹一声，低头看了看自己的打扮："等我几分钟，我换身衣服。"

流云睇着黎俏折回别墅的身影，眼底凝聚起浓重的忧色。衍爷给他一个小时的时间寻找黎小姐，但是现在已经过了两个小时。大概所有人都想不到，黎小姐居然在汤溪园别墅区还有一处落脚点。尤其是她关了手机，而且还将奔驰车停在了东郊附近的运动场。只怕今晚……衍爷要彻底动怒了。

229

五分钟后,黎俏换了身舒适的白衬衫和牛仔裤,梳着清爽的马尾跟着流云来到了汤溪广场附近停靠的直升机旁。汤溪广场周围拉着警戒线,直升机的暗色机身在路灯下闪着冷芒。两旁站着四名保镖静候,这阵仗似乎不太对!

黎俏步伐缓了缓,看着神色紧绷的流云:"今晚出什么事了?"

流云垂下眸,没有看黎俏,语焉不详:"您去了就知道。"他不知道该怎么回答这个问题,更不清楚接下来黎俏即将面对的是什么。

直升机的螺旋桨启动,巨大的轰鸣声令人耳畔不适。黎俏戴上降噪耳机,冷静地坐在舷窗边陷入了沉思。

十五分钟后,飞机趋近南洋山。但,并不是南洋公馆。黎俏透过舷窗望着墨黑一片的山峰,隐约间好像看见了一处隐藏在峦脊中的山谷。那片山谷从高空看去很开阔,但太过昏暗的视野让黎俏没办法分辨具体的方向。只能透过层峦叠嶂的云峰,看到远在另一头的南洋公馆。今晚,处处都透着诡异。

随着直升机降落,螺旋桨缓缓停下之后,流云拉开舱门,率先跳了下去:"黎小姐,请。"

黎俏坐在舱内,摘下耳机望着昏黑的山谷,拧眉便走出了机舱。整座南洋山的使用权都在商郁的手里,所以……这里是做什么用的?这么一大片望不到尽头的山谷,昏黑无风,却空旷瘆人。前后不过三分钟,闷雷滚滚,细雨密集坠下,顷刻间打湿了他们的肩头。没人撑伞,黎俏也没出声。

突地,强光探照灯从山谷高处乍亮,也将这黑黢黢的山谷照得亮如白昼。黎俏不适地眯了眯眼,定睛一看——前方视野里,一张方桌,一把圆椅,商郁叠腿坐在其中,臂弯搭着桌沿,手里夹着半支烟。而男人的身后,是面色严肃背手跨立的望月和落雨。视线再往左,方桌几米外,两排保镖气势如虹、巍然不动。

诡异的山谷,诡谲的一幕。让黎俏颇为不解的是商郁此刻的表情。

认识他这么久,从没见过他这般邪性又阴鸷的一面。

黎俏几不可察地拧了下眉心,踏过湿滑的草坪,刚走了两步,男人低冽缓慢地启唇:"站住。"

黎俏不动了:"怎么了?"

此时,雨落不停,黎俏发丝和肩头都被打湿。商郁亦然,所有人亦然。

雨越下越大了。她站在离商郁几米之外，望着他冰冷彻骨的眼神，心里的预感很不好。

黎俏紧抿唇角，目不转睛地盯着他，镇定之后，再次迈步向前。周围，死寂般地沉静，只有雨幕落地的声音。

商郁眼底戾气凝结，睨着黎俏邪肆地勾唇："这样的我，你怕吗？"

大雨滂沱而下。静谧的山谷中所有人巍然不动。

黎俏再次站定，不急不缓地摇头："怕什么？"

雨势磅礴，将黎俏的话冲刷得几不可闻。她抬起手指擦了下眼角的雨水，这一次没再驻足，径直朝着商郁走去。两人一坐一立，眉眼皆轻狂。

这时，商郁喉结微滚，凝视了半晌，站起身来到黎俏面前。他钩住了黎俏的脖颈，俯身，眼里杀气腾腾："知道这是什么地方吗？"

探照灯下，滂沱雨幕中，他们站在彼此面前，一黑一白两道身影四目相对。黎俏被迫仰头望着商郁，男人扣着她后颈的力道很大，隐隐有些疼。但她没动，眨了眨被雨水淋湿的眼睛，摇头："不管是什么地方，都不重要。我只想知道，你今晚怎么了？"

商郁的神色瞬息万变，那双眸也氤出了骇然的血色，再次重复道："当真不怕这样的我？"

此刻，黎俏抬起手，用掌心贴在他心脏的位置，她垂眸，轻叹："也会怕。怕你让我等太久……"怕你不喜欢我。也怕她这辈子第一次动情，不能善始善终。

而话音落下的瞬间，黎俏明显感觉到男人的身躯轻颤了一下。

不明显，却连带着脖颈后的手掌更加密实地贴紧了她的肌肤。

黎俏确实不知道商郁今晚此番失控的原因，她缓缓抬起手，握住男人湿淋淋的臂弯，一下一下摩挲着，轻言细语地开了口："不管你是什么样子，你都是南洋商少衍。你为什么认为我会害怕？"

这句询问，让商郁的眸如同铺了一层灰，比黑夜还要浓稠。他欺身向前，眼波深不见底，冷骛地一字一顿："你面前的男人，也许不是好人，和他在一起，可能是地狱穿行，一不留神就会死于非命。黎俏，你真不怕吗？"商郁嗓音深沉，语速缓慢，每句话都卷着野性难驯的杀伐。

雨幕下，黎俏被雨水遮蔽了视线。耳畔边，是男人一字一句的剖析。她阖上眸，缓解眼睛的不适，再次睁开眼，眸底依旧坚定如初。

黎俏说："衍爷，我从没说过我喜欢好人，我也没说过，我是好人。"

好坏的定义是什么？人心都有一杆秤，她喜欢的男人，就算是地狱使者，她也愿意为他入魔。如果说从一开始黎俏是抱着好奇的心态接近商郁，那么此时此刻，她可以肯定，自己对他动了情。有多深又有多真，她不清楚。但黎俏唯一知道的是，今晚看见的一切，依然无法撼动她的决心。

她喜欢商郁，见色起意也好，蓄谋已久也罢。她黎俏第一次喜欢一个人，就想求个明明白白的结果。

此时，铺天盖地的大雨狂扫着山谷里的一切。商郁扣着黎俏的手渐渐松了。大雨倾盆，他发丝滴着水，肩头的布料贴合着肌理，压下俊脸，嗓音哑了："真的不怕？你知不知道，这条路一旦走下去，你就没有机会回头了。"

他商郁要的女人，势必是他的唯一。若给不了他坚定的承诺，就不该来扰了他的安宁。

黎俏满脸雨水，却遮不住眉梢眼角的笑意。她移动手心贴在了男人的肩头，手指微微收紧："我这个人就喜欢一条路走到黑，从来不回头。"

这个涤荡她灵魂的男人，这个让她百般心悦的男人，就算他脚踩着地狱，那也是她眼中天堂的倒影。黎俏感情的迸发皆在这一瞬间，磅礴而炽烈，没有遮遮掩掩，没有造作扭捏。她坦白了心事，表达了心意，就等他给予回应或拒绝。就算商郁再铁石心肠，也不可能会无动于衷。更何况，他早已心悦黎俏。

这一刻，商郁深深地看着她，下一秒拥她入怀，很紧，恨不能将她刻进骨子里。

他喉结不断滚动，俯首之际，薄唇贴着她的耳畔，动容地哑声呢喃："这辈子别想逃了，你的一生，我要了。"

商少衍要她，且只要她。闻声，黎俏在他怀里嫣然浅笑，而后缓缓抬起头，和他目光交会。

他浑身淋透，那双被雨水打湿的冷眸，灼灼燃着火焰，抚着黎俏的脸颊，在她额头上印下一吻："我们回家。"

商郁牵着她的手，在雨中走向了直升机。自始至终他都没有带黎俏走进身后那片山谷。一切的试探，一切的纠结，在她不避不让的神色中，尽数化为泡影。原来，搅乱他风云的女孩，从未想过全身而退。

远处的望月等人，一瞬不瞬地看着这一幕。每个人的表情都噙着一丝庆幸。终于，南洋霸主的身边，不再是一成不变的昏黑。黎小姐，就是那抹意外空降的颜色。

……

回了公馆，洗过澡，两人不约而同地回到了客厅。黎俏头发半干，站在客厅入口，望着商郁的身影，眼里缀满了星光。

大雨初歇，窗户上的雨水蜿蜒下滑，留下一道道水痕。少顷，两人相继入座。茶几上已经摆着两杯热气腾腾的姜茶。

黎俏穿着白色的睡袍坐在商郁身边，轻声打破了沉默："为什么要在今晚带我去后山基地？"

此时，商郁喉结微滚，以深邃的眸锁着她的脸颊："既然想离开衍皇集团，总要让你知道……我到底是什么样的人。"诚然，先前黎俏试探的那番话，让他的某些情绪不受控制地发酵，所以才会在基地门口失了控。

"那为什么不带我进去？"黎俏一脸坦然，"何况有区别吗？不管你是什么样，你都是你！"是她一直喜欢的南洋商少衍。所以，根本没区别。

望着黎俏坦荡直白的神色，商郁抿唇叹息，抬起手轻轻摩挲着她的后颈，嗓音卷着磁性："这么说来，倒是我小人之心了。"

黎俏瞥他一眼，煞有介事地挑着眉梢："确实有点。"未免对她太没有信心了！

男人低低缓缓的笑音从薄唇溢出，神情愉悦："今晚有没有被吓到？"

"嗯，一开始不知道你让人带我去山谷要做什么，不过……"黎俏话说到一半，姿态闲适地靠在了沙发上，"你连续问了我两次'怕不怕'，我就大概猜到你的用意了。"

他啊，一直以来什么都不肯说，非要用实际行动来测试她的接受能力。或许他的试探仍旧有所保留，但总归都在黎俏的接受范围内。幸好，结果不算差。

商郁睇着她张扬的眉眼，手掌下坠，落在了她的肩头，轻轻一带，就将人拉进了怀里，低声道："以后不会了。"他口吻郑重，似承诺，似决心。

这时，黎俏歪头倚着他的肩膀，忖了忖，直言道："我确实不能在衍皇继续实习了。"说出这个决定，她便做好了离开的准备。

商郁淡淡地应声，掌心抚着她的削肩，目光悠远地望着窗外："因为实验室？"

显然，他什么都知道。黎俏没有隐瞒，定定地点头："实验室决定成立项目小组，关明玉的怪病是我引荐到实验室的，如果我不参加，确实说不过去。"黎俏很清楚自己该做什么，也恰好在离开之前，她和商郁的关系有了进展。或许，都是天意。

商郁默了几秒，撑着她的肩头拉开彼此的距离，俯身拿起桌上的姜茶递给她，抚着她的头顶，嗓音温和："既然想好了，那就去吧。"他的女孩不是金丝雀，是南洋医科大学最优秀的毕业学员，不该为他停下她前行的使命。

黎俏捧着姜茶，小口小口地喝着，落在男人的眼里，是赏心悦目的明艳。肌肤如玉，巧笑倩兮。商郁的眼底燃着一簇火光，抚着她头顶的掌心顺势落在她的肩后。

此时，黎俏感觉到身侧那道灼人的视线，她舔了下嘴角的姜茶，转眸看去，入目便是男人近在咫尺的英俊脸庞。呼吸丝丝缕缕地缠绕在一起，黎俏浓密的睫毛轻颤，下一秒……黑影落下，遮住了她眼里的光。商郁单手捧起黎俏的脸颊，俯首攫住了她的唇。他吻得很轻，很浅，仅是唇瓣厮磨就足以让人神魂颠倒。姜茶的味道在彼此的唇上晕染，很甜，微暖。

一个浅吻结束，商郁啄了下黎俏失神的眼角，诱哄似的拍着她的肩膀，声音沙哑："喝完姜茶，早点休息。"

黎俏呼吸微乱，喝完剩下的半杯姜茶，红着耳尖逃离了客厅。回到客房，黎俏抵着房门，感觉浑身都在发热，刚才的一切发生得太快，她反应不及。只知道他欺身而来时，自己下意识就闭上了眼睛。黎俏低头摸了摸唇角，眼里有笑，好像还有他的味道。

客厅里，黎俏回房后，商郁便孤身站在落地窗前，负手望着浓墨的夜色，目光深邃暗涌。

这时，流云徐步走来，站定在男人背后，俯首道："老大，您找我？"

"嗯。"商郁应了声，一动不动地望着窗外，"抽空联系一下人禾实验室的江翰德院士，以慈善基金会的名义向他们捐赠一批最新款基因测序医疗设备，供他们研究使用。"

流云颔首："是，老大。"

……

翌日，天空放晴，经过一夜骤雨的洗礼，南洋山空气清新，飘着令人心旷神怡的松草香。

餐厅里，黎俏坐在商郁对面，两人安静地吃着早餐。

男人举止优雅地切着吐司，抬眸看着黎俏："什么时候去实验室？"

黎俏喝着牛奶，眉目淡然，沉吟几秒："大概下周吧。"

"嗯，实验室有什么特殊需要，可以和流云说。"商郁将吐司送到唇边，又补充一句。

男人慢条斯理地吃着早饭，平整的衬衫袖口上卷至小臂，露出来的肌理能清晰地看到淡青色的血管。黎俏看了半分钟，蓦地眸光一闪，狐疑地眯起了眸。男人的肌肤本就属于健康的小麦色，但此刻他的眼角和脸颊，隐隐泛着不明显的红润。黎俏越看越觉得可疑，臂弯搭着桌沿，身体前倾，目光也愈发专注灼热。

她的眼神太强烈，下一瞬商郁深邃的眸落在了黎俏身上，薄唇含笑："在看什么？"黎俏边摇头边起身，踱步来到他身畔，靠着桌沿继续凝视着他。商郁放下刀叉，目光温和地与她四目相对。

半响，黎俏双手环胸缓缓探身，得出结论："你是不是发烧了？"开口的刹那，黎俏的手背也不偏不倚地贴在了男人的额头上。她以手背试温，又摸了摸自己的，眉心微拧，"有点热。"这时，商郁从额头上拉下她的手腕，拇指轻轻摩挲着她的肌肤："没事，不影响。"连带着他的掌心，温度也略高。

听着商郁十分淡然的口吻，黎俏瞥他一眼："家里有体温计么？"这个男人性子淡，脾气冷，没想到对待自己的身体也这么不上心。这一瞬，她好像突然明白，为何商郁看到她身上有伤就无法镇定自若了。他见不得自己受伤，其实她也一样。因为在意，所以才不想看见对方身上有任何损伤。即便是发烧，也会令人担心紧张。

黎俏蜷起指尖，脸颊稍微绷紧，又探了下他光洁的额头，挑眉："量个体温？"

商郁见她一脸坚持，勾唇站起身，揽着她的肩膀，往客厅走去："好。"

几分钟后，黎俏看着额温枪上的温度显示，确实发烧了。她将额温枪递给商郁看："38.2度。"

男人随意掠了一眼，拿过额温枪放在茶几上。而后，温热的手掌捏着黎俏的小臂，轻轻一带，就将她拉到了身畔。商郁睨着她悻然的眉眼，唇

235

边隐着笑:"担心了?"

黎俏的肩膀抵着男人,睨着他,径自说道:"躺一会吧,等烧退了再去公司。"她确实有点担心,昨晚的雨很大,而且回了公馆之后,那杯姜茶他似乎也没喝。

这时,商郁揽着她的肩头仰靠着沙发,臂弯搭着额头,余光慵懒地睐着她,沉吟数秒:"好,听女朋友的。"

这个称呼,让黎俏凝滞的神色瞬间一愣,匆匆看他一眼,偏过头就暗暗扬起了嘴角。女朋友……这个称呼还不赖。

……

三楼卧室。

这是黎俏第一次走进商郁的私人领域。不同于楼下的高贵冷奢,他卧室里的装修风格,处处都透着一股黑到极致的沉闷压抑。哪怕三面观景的落地窗有极好的采光条件,但依旧暖不了房间里的黑金格调。他的卧室很大,也很空旷,家具不多,一张躺椅,一张工作台,一张大床,简单又实用,却单调得没有生活气息。

黎俏粗略看了看,把温水放在床头,又降下自动窗帘,便催促商郁去躺着。男人在黎俏的凝视下,边走边解开了领口的两颗扣子,姿态随意地坐在床头,仰身撑着床铺,沉声提醒:"如果要出门,记得让落雨陪着。"

黎俏走到门口,稍稍顿步,回眸和商郁的目光隔空交会,昂了昂下巴:"男朋友退烧之前,我应该不会出门。"说罢,她抿着笑离开了房间。

上午十一点,商郁从卧室下楼,两个小时的浅眠,他的精神看起来好了不少。

此刻,黎俏正坐在客厅里和落雨聊天,听到脚步声,循声看去:"好点了么?"说着,她就拿起桌上的额温枪,起身迎着男人走去。

落雨不动声色地转身离开了客厅,将这一方天地让给了他们二人。

此时,黎俏站在商郁面前,看了看额温枪的测试结果:36.8度。她舒展眉心,松了口气:"退烧了。"

商郁凝视着她,指尖在身侧捻了捻,遂臂弯搭着她的肩膀折回到沙发入座,沉声问道:"一直没出门?"

黎俏将额温枪收好放进医药箱,摇了摇头:"你每次淋雨之后,都会发烧?"这个消息,是她刚刚从落雨的口中得知的。

"落雨告诉你的?"商郁拢了拢衬衫的领口,偏头睇着黎俏,目光沉深。

闻此,黎俏不置可否,缓缓跷起腿,眉眼挂着一丝张扬:"不用管谁告诉我的,我这是知己知彼。"

商郁深深凝视着她,薄唇泛起淡淡的笑纹,捏了下她的肩膀,音色带着一丝沙哑:"以后想知道什么,可以直接问我。"

黎俏将信将疑地打量着他,刚刚睡醒的男人,眉梢眼角还噙着一丝慵懒。原本平整的黑衬衫染了些许褶皱,碎发挡在额角,泛着野性的不羁,却也多了些病愈后的柔软。黎俏强行移开视线,戏谑道:"要是这么说的话,那我得列个清单,毕竟你的秘密好像不少呢。"比如基地,比如帕玛,比如商氏家族……

这时,男人喉结滚动,笑声浑厚,揉着她的发梢,宠溺又纵容:"那我等着。"

午饭后,黎俏和商郁出了门。走出公馆的大厅,商郁顾长的背影在门前顿步,眺望着远山,而后缓缓回身,朝着落后一步的黎俏摊开了掌心。确定了关系之后,牵手拥抱这样的小事,也变得得心应手起来。黎俏抿唇将自己的掌心递上前,任由他宽厚干燥的手掌包裹着她的指尖。两人一黑一白的身影,牵手上了车,连阳光都变得更加明媚耀眼。

行车途中,黎俏半靠在商郁的身边,目光平静地望着窗外,一副赏景的淡薄神色。偏偏,她的手机在兜里不时嗡嗡作响,硬生生破坏了车厢里安静的氛围。

"怎么不接电话?"这时,商郁玩味的视线落在黎俏身上,薄唇轻扬,透着几分高深。

黎俏"啊"了一声,毫无心理负担地说道:"卖房中介,不用理。"

其实,从昨晚到现在,黎三的消息就没停过。

微信、短信、电话通话、视频通话、语音通话,各个联络途径持续不间断地"骚扰"黎俏。

大致内容无非是劝说她离商少衍远点,他们不合适,感情不能强求之类的废话。

后来,黎俏不胜其烦,抵达衍皇集团时,直接给他发了一句话,终结了话题:"他会是你未来妹夫。"

远在边境的黎三,要暴走了。

当天下午四点，落雨将黎俏的车从东郊运动场开了回来。她拿着车钥匙送到董事长办公室，进门就发现黎俏和商郁坐在休息区，桌上摆着医用药箱，黎俏正在给商郁的掌心上药。落雨飞快别开眼，放下钥匙就匆匆出了门。

此时，午后阳光晴好。黎俏攥着商郁的手指，拿着碘伏棉签擦拭着他掌心上的伤口。他的手掌正中央，有两处黄豆大小的伤痕，像是烫伤，且水泡破了，昨天又淋了雨，伤口有些发白。

商郁则坐在黎俏身侧，眸光慵懒地看着她认真而专注的神情。两人谁都没说话，日光洒在他们身上，透着温馨和祥和。

黎俏清理完创面，瞥他一眼，似笑非笑地说："这是烟头烫的吧？"

这时，商郁舒展骨节，眉骨下的黑眸微灼："看出来了？"

黎俏扯了扯嘴角，睨着他："以前见过。"

说完，她又垂眸看着他的手心，有些不舒服地拧着眉："这几天别沾水了，伤口有点发炎。"

要不是在公馆出门的时候和他牵手，黎俏也不会意外发现他掌心有伤。

"无碍，小伤。"商郁睇着被攥住的手指，勾唇回应了一句，遂屈起骨节，将她的手握住。

黎俏看着两人勾缠的指尖，眉眼间的不豫散了几分，却还是强调："那也注意点。"

"好。"男人从善如流地应答，唇边挂着笑，柔和了他的轮廓。

闻此，黎俏和他四目相对，心满意足地挑了挑眉。男朋友还挺听话。

下了班，黎俏和商郁道别，并和落雨一同驱车前往医院。九公的手腕断了，目前还没消肿，应医生的要求需要住院观察。

黎俏拎着牛奶来到病房，还没进门，就听到九公唉声叹气地嘀咕："你说这小丫头，都好几天了也不接我的电话，我看就是要造反。"

紧接着，墨齐的劝导声传来："老师，小黎可能挺忙的，没看见你的电话吧。"

"胡扯，她就是故意的。"

听着九公中气十足的嗓音，黎俏慢吞吞地推门而入："老师在说我么？"

仲九公嗓尖一哽，望着黎俏怔了怔，随即满脸怨念："你还知道过来？"

黎俏把牛奶递给墨齐，坐在床前的软椅上，跷起腿，目光落在了九公

他有十分甜

的手腕上："手怎么样了？"

"医生说只要消了肿就能出院了，不过骨头愈合最少需要两个月，老师接下来可能没办法接单了。"这话，是墨齐说的。

九公嫌他多事，不悦地抿唇："行了，说那么多干吗？你去水房打点热水，我有话要和你师妹说。"

墨齐左右看了看，挠着头拎起水壶走了。他感觉老师和小黎之间好像有很多秘密，每次他们说话的时候，就会支开他。总是很神秘的样子。

墨齐离开后，九公脸上的愠色退了几分。他半靠着床头，斜睨着神色淡然的黎俏，沉默少顷，叹了口气："丫头，你都知道了吧？"虽然是疑问的口吻，但九公的眼里却写着了然。

黎俏望着他，不急不缓地点头。见此，九公深吸了一口气，挑眉问道："衍爷告诉你的？"他很清楚，当时给衍爷打完电话，便知道身份的事肯定瞒不住了。

"嗯，只说了大概。"黎俏的手指一下一下地点着自己的膝盖，"我能知道理由么？"屠安良是他的儿子，究竟有什么深仇大恨值得九公甘愿被打断手腕？

这时，九公怅然若失地扭头看向窗外，那双眼眸也变得浑浊了不少："可能是我欠他的吧。"

此言一出，黎俏便知道老师不想多言。如此，她并未追问，只是沉默地看着九公染白的双鬓，很久后才说道："老师，只此一次，如果下次他还伤你，那我就……没办法坐视不理了。"最终黎俏还是选择了妥协。

第11章 男朋友

从医院离开后,黎俏和落雨吃了个便饭就回了黎家。

刚进门,就看到黎广明和段淑媛坐在客厅里,两人一个喝着茶,一个抽着烟,听到脚步声就不约而同地投来视线。

气氛,有点微妙。

黎俏脚步微缓,喊了声"爸、妈",转身就打算上楼。

身后,黎广明却口吻严肃地唤她:"闺女,你等等。"

黎俏站定,回眸望着二老,随即走到他们对面入座:"爸?"

平素,黎家夫妇都各忙各的,对于黎俏的管教相对宽松,也甚少会出现这么严肃的时刻。这时,黎广明嘬着雪茄,吐出烟雾时还咳嗽了一声,然后又俯身点了点烟灰,动作不断,就是半天不开口。段淑媛姿态优雅地坐在他身畔,双手端着茶杯,时而抿一口,也不吭声。

黎俏坐了两三分钟,依然没人说话。她懒懒散散地撑着扶手,托腮望着二老,耐着性子又问了一句:"爸妈,有事吗?"

"有!"黎广明生怕她等不及,连忙点头,但面对黎俏无辜的表情,他一时又陷入了纠结。索性,他对着段淑媛努嘴,把问题抛给她:"你妈有话跟你说。"

段淑媛举杯喝茶的动作停在半空,撞上黎俏挑眉的视线,立马扭头瞪着黎广明,朝他小腿踢了一脚:"明明是你有话要和俏俏说,跟我有什么关系?"

接下来的时间,她旁观二老互相推脱的场面,眼里兴味十足。眼看着他们争执不下,黎俏从兜里掏出手机,打开了游戏页面,事不关己地开始了单机游戏。两关游戏结束后,黎俏关闭了页面,抬头看了看,自顾自地起身准备上楼。

见状,身后的黎家夫妇异口同声:"闺女,昨晚去哪儿了?"

哦,兴师问罪。黎俏停下脚步,转身时还没开口解释,段淑媛就起身来到她面前,语重心长地说道:"宝贝啊,爸妈没别的意思,主要是……你最近夜不归宿的次数有点多啊,都干吗去了?跟爸妈说说。"段淑媛边说边拉着她的手,又把人拽回到沙发附近。

这时,黎广明眯眸吐着烟圈,煞有介事地出声附和:"闺女,我们不是限制你的自由,但你一个女孩子,夜不归宿终归是不安全。你要是个男孩子,我问都不问,你看你二哥,好久没回来了吧,我管过他吗?但你不一样,你还太年轻,没见过世道险恶,人心叵测。这外面再好,能有家里安全吗?你说对不对?"

这话,怎么听都不对劲。黎俏摩挲着手机屏幕,视线在二老身上转了两圈:"爸妈,你们到底想说什么?"

段淑媛和黎广明目光交会,下一秒黎广明清了清嗓子,摆出严父的姿态:"闺女,你跟爸说实话,你最近……是不是交男朋友了?"

巧了,还真是。黎俏不露声色地低头笑了笑,再次看向黎广明时,又恢复了淡然的神色:"爸,为什么这么问?"

黎广明斟酌着用词,少顷才蹙着眉头说:"闺女,你就说说你有没有吧。别想骗我和你妈,这几次你夜不归宿,我都让人查过了,你根本没去你那几套私宅落脚,也没去小唐家。我和你妈倒不是反对你谈恋爱,但是如果真的有,你总得让我们知道知道吧。"

段淑媛也点头:"嗯,是这个道理。"

此时,黎俏望着二老你一言我一语地唱双簧,她没有思考太久,便坦然承认道:"嗯,确实交了个男朋友……"

话音方落,黎广明和段淑媛瞬间坐直了。"他是谁?哪的人?多大了?"这是黎广明问的。紧接着,段淑媛也追问道:"他做什么的?出身怎么样?家里几口人?"

面对二老的咄咄逼问,她隐隐有些无奈。直觉,现在并不是公布恋情的恰当时机。黎俏低头看了眼手机屏幕,四两拨千斤地说了一句:"等有机会,我介绍你们认识。"

黎广明和段淑媛的脸色透着难言的晦涩，两人不停地交换视线。完了！宝贝女儿真谈恋爱了。

好在，段淑媛很快冷静下来，缓了口气，便揽着黎俏的肩膀试图劝解："俏俏啊，交、交男朋友是好事，但是你还小，可千万别被人骗了。咱们女孩子，还是得矜持一点，要自尊自爱。"

听到这里，黎俏终于听出了他们话中暗藏的深意。这是怕她……一时冲动？

黎俏看着段淑媛一脸不置可否的表情，不禁扶额叹息："妈，我知道自己在做什么，也不会那么冲动的。"

昨晚上她和商郁发乎情止乎礼。即便是确定了关系，她也仍然一个人睡在客房。这二老，思想太超前了。

这时，听到黎俏的解释，黎广明和段淑媛瞬间松了一口气。

"那就好，那就好，没有就好！"段淑媛心有余悸似的拍了拍胸脯，又搂着黎俏的肩膀慨叹道，"俏俏，听妈的话，以后可不许夜不归宿了啊。不然我和你爸怪担心的，晚上都睡不好觉。"

为人父母，对于子女的关心大多真情实意。黎俏也没觉得有什么不对，失笑着点了点头："嗯。"她尽量……最近一段时间，她确实住在公馆好几晚。这些年，家里人很少管她，因为她在爸妈眼皮底下没做过什么太出格的事。大概最近次数多，引起了他们的警觉。

得到了黎俏的保证，二老也没再追问细节，待她上了楼，黎广明满眼愁绪地摇了摇头："闺女不肯说，看来……我得派人去好好查查到底是哪个兔崽子勾着她不让她回家的。"

段淑媛也神情懈怠地靠着沙发，手指撑着额头，困惑地喃喃："这也太快了吧，没有一点征兆，怎么就找到男朋友了？"

"不行，这事我得跟老大商量一下，他是秘书长，人脉广，说不定能查到什么蛛丝马迹。"

段淑媛也觉得是个办法，连忙催促他："那你别等了，赶紧给老大打个电话，让他帮忙查查。"

转眼，时间来到周五。距离黎俏结束实习，就只剩下最后一天。

清早她来到办公室，端着咖啡站在落地窗前，望着整座南洋城，眼波里暗色沉沉。以后，大概很难再看到这里的景色了。还不到早上九点，商郁也还没来。黎俏踱回到工作台，打算将近期的工作内容重新整理一番。

不多时，落雨敲门走了进来，望着黎俏一板一眼地说："衍爷在博栏高尔夫球场，让我们现在过去。"

黎俏下意识看了眼时间："现在？"大清早的，他去打高尔夫了？

落雨定定地点头，短发随着她的动作晃了晃："我去停车场等你。"不等黎俏回答，她就率先出了门。

黎俏不解，思索了片刻，没再迟疑，关上电脑也出了门。

不到十分钟，奔驰车驶出衍皇地下停车场。

黎俏姿态随性地靠着椅背，睨了眼开车的落雨："他平时都喜欢早上打球？"这是什么爱好？

落雨抿了下嘴角，扶着方向盘摇头："基本上不会，刚刚是流云通知我们过去的。"

哦，难怪会让落雨传达消息。黎俏了然地阖眸，打算趁着开车途中补补眠。

车行驶了大约二十分钟，突然一个急刹车惊醒了黎俏："黎小姐，小心。"刹车来得猝不及防，还伴随着落雨的惊呼。

落雨试图伸手挡住黎俏因刹车而前倾的姿势，但黎俏反应迅速，在车身剧烈颤抖的刹那就已经有所察觉。于是，当车停稳，落雨眼神微慌地看向副驾驶，表情……有点精彩。

此刻，黎俏靠着椅背，右腿屈膝踩着副驾驶前面的收纳箱，目光直视着挡风玻璃外，幽幽闪着冷光。窗外三辆车拦住了黎俏的奔驰——两辆面包车，一辆大众辉腾。黎俏眯眸看了眼辉腾的车牌号，了然地垂下了眼睑。她前天才答应老师，不会再管屠安良的事。没想到这才过了一天，屠安良就自己找上门来了。

此时，落雨已经解开安全带下了车。黎俏没动，保持着原来的姿势，不慌不忙地降下了车窗。

窗外，一名手下将辉腾的后座车门打开，屠安良穿着一身蓝色立领的运动装徐徐下车。此时他们的车停在高速入口的岔路附近，周围车来车往，不少人都降下窗打量着这一幕。

屠安良无视落雨，抬手摩挲着络腮胡，视线定格在黎俏的车牌号上。他眯着眼看向副驾驶，眼神里闪着不怀好意的暗芒。

243

屠安良一言不发地走向奔驰车，两步后，身前一条手臂挡住了他的去路。落雨斜睨着屠安良，神情冷漠，气势大开："站住。"

屠安良低头看了看她的胳膊，二话不说，后退了一步，对着手下努嘴。一时间，两辆面包车上冲出了十几个打手。他们瞬间将落雨团团围住，一场大战似乎要拉开帷幕。然而，咔哒一声响动，奔驰车副驾的门被推开，黎俏不疾不徐地倾身走了下来。

屠安良一看到黎俏，顿时兴味十足地咧嘴笑了："美女，又见面了。"一声"美女"，透着轻佻。

黎俏眉目清冷地甩上车门，慢悠悠地向前走了两步，扫视着那群打手，淡漠地扯唇："我们很熟么？"

屠安良轻笑着向前，站在黎俏几步之遥的地方，微微俯身，自以为是地说道："一回生，二回熟，自我介绍一下……"

话音未落，黎俏拧眉打断他的发言："不感兴趣。"

屠安良的笑，僵在了嘴边，眼里也迸射出一道不悦的邪气。不知好歹！

这时，落雨不动声色地回到黎俏身旁，一副保护者的姿态眼观六路。

屠安良看着她们，敛着笑，低头理了理袖口："小美女，你是那个老东西的徒弟，对吧？"

老东西？九公？黎俏眼底浸出了冷意，屠安良能查到这些信息，黎俏并不意外。毕竟殡仪协会那边，很多人都认识她，稍加打听就能知晓她和九公的关系。黎俏没什么耐心地挑眉："所以？"

屠安良再次向前，睇着黎俏完全没有任何惊惧的神色，愈发兴致勃勃："美女，年纪轻轻的还是不要多管闲事，知道吗？我听说你家里很有钱，你有什么想不开的，非要帮那老东西做事？不如听良哥一句，别干什么入殓师了，来不夜城，良哥邀你入伙，收入咱们五五开，怎么样？"

屠安良脸上的络腮胡随着说话上下移动，看着就像个蠕动的猕猴桃。当然，他这番话，也透露出一个信息。他没查到黎俏的背景，只知晓她是九公的徒弟，而且很有钱。甚至，连她叫什么都没查出来。

此时，任谁都看得出来，屠安良对黎俏别有用心。落雨一脸厌恶地侧身，将黎俏半挡在身后，抬手摩挲了一下手指，斜睨着屠安良，冷声道："屠安良，这么快你就不认识我了？"

她开口，对方暗藏不悦的视线这才重新看向落雨。连黎俏也不禁望着她。

熟人？

屠安良隐隐觉得落雨那张脸有些熟悉，但肯定不常见。心忖很可能是曾经到不夜城寻欢过，也就没放在心上。他没什么诚意地笑了笑，还煞有介事地扶了下脑门："呵，还真不认识了，要不……您给点提示？"

闻此，落雨也不生气，似笑非笑："我也就两年没参加南洋经济大会，你就不认识我了？"

屠安良面色一滞，神色明显变了变。落雨口中的大会，让他蓦地想到了一件事。但……不可能吧！大会上见过的人，他一般都会记得。

这时，落雨迈步向前，对上屠安良狐疑的双眸，凛冽一笑："我记得还有两个月，就是今年的经济大会了吧。"

屠安良眼底翻涌着什么，想再仔细观察落雨的容貌，却见对方已经转过身，不乏恭敬地对着黎俏说："你先上车，我来处理。"

黎俏幽幽看了眼落雨，没说什么，刚转身，屠安良就厉声制止："等等，我让你走了吗？"他今天就是奔着这个姑娘来的。

黎俏今天不想动手打架，因为一会还要去见商郁。但屠安良貌似不知死活，落雨的话已经说得很清楚，他却不依不饶。至于那什么大会，黎俏懒得琢磨。估计……也和商郁有关。

这时，落雨对着黎俏说："你先上车，我来解决。"

黎俏转身往副驾驶折回，还不忘细声催促："速战速决，一会儿交给警署处理。"

落雨笑着应声："知道了。"

看到这一幕，屠安良感觉有点诡异。他今天带了不少人过来，就是为了给她们一个下马威。结果这两个女人看起来一点也不害怕，而且张嘴闭嘴就要报警，不讲武德？身为城南地头蛇，屠安良早就习惯了左拥右簇、高高在上。如今突然被两个女人无视，戾气顿时涌现眼底。他倒要看看，老东西细心保护的姑娘，到底是什么人！

车上，黎俏靠着车窗，漫不经心地看着窗外，也不知道落雨和屠安良说了什么，看起来对方似乎被激怒了。

黎俏暗暗掐算时间，有点不耐烦。恰在此时，落雨放在仪表盘上的手机响了。

黎俏轻瞥一眼，发现来电人是流云。她没接，等着电话自动挂断，便用自己的手机给流云拨了过去。

"黎小姐,您到了吗?"接通电话的瞬间,流云就脱口问了一句。

黎俏扯唇看着窗外:"大概还需要二十分钟。"按照落雨的身手,解决掉这群人需要五分钟。但她们还没上高速,距离博栏高尔夫球场也还有一段距离。

这时,一阵哀嚎声从降下的车窗传了进来,也被手机那端的流云捕捉个正着。他站在高尔夫球场外围,面色一凛:"黎小姐,出什么事了?"

"哦,没什么,遇到点小麻烦。"

流云心知事情没那么简单,挂了电话,匆匆折回了高尔夫球场。此时,绿荫带状的球场草坪上,一辆高尔夫球车停在中央,商郁和一个外国人坐在其上,周围四名保镖候着。流云徐步上前,俯身在男人耳畔低语了几句,商郁挑眉掀开眼帘,目光有些阴沉。

男人对着身侧的外国佬勾唇道:"查理斯,我失陪一下。"

"你忙,你忙。"被称为查理斯的外国人语气很尊敬地颔首。他看起来四十多岁的样子,穿着英伦风的马甲和西裤,胸口还挂着金框眼镜,颇有些英伦贵族绅士的风范。此人是英帝国金融巨鳄,查理斯家族主理人。

高尔夫球场一角,商郁负手而立,听完流云的汇报,薄唇微抿,眸光凝着厉色:"让落雨护好她。你派人去查查,是谁当街闹事。"

流云目光闪烁,颔首后就转身打电话开始安排调查。

正如黎俏所设想的那般,二十分钟后,她和落雨抵达了博栏高尔夫球场。

那天夜里的暴雨结束后,雨季也似乎结束了。天朗气清,和风习习。行走在绿意盎然、阳光暖融的高尔夫球场,令人身心舒畅。

黎俏在流云的带领下,很快来到了球场中央。远远地她就看见商郁和一个陌生男人坐在阳伞下喝茶。绿色的场地,雪白的阳伞,身着黑衬衫的男人端着茶杯呷了一口,微微垂眸的姿态,写尽了英俊夺目这四个字。

黎俏抿了抿嘴角,不疾不徐地走上前。直到站定在商郁的身侧,她才抽空看向了对面的男人。是个年长的外国人,眼窝深邃,湛蓝的眸也同样在打量着她。

"这位是……"

查理斯目不转睛地凝视着黎俏,似乎还带着点惊讶和难以置信。

他眉梢微昂,以标准的英伦腔询问商郁。

嗯？难以置信？黎俏还没揣摩透他眼神中的含义，手指一热，商郁已经拉着她的手示意她入座，并为双方介绍："我的女朋友，黎俏。这位是查理斯。"

堂堂正正、公开亮相的女朋友身份。黎俏心头滚烫，勾了下商郁的手指，便对着查理斯颔首，以纯正的美音回应："你好，查理斯先生。"

此刻，查理斯仿佛还没回过神来，炯炯的蓝色眸子望着黎俏，恍惚喃喃："太像了，太像了……"话没说完，查理斯就恍然地眨了眨眼，面对黎俏的问好，连忙起身，左手搁在腹前，对她探出右手，意图行绅士吻手礼。

黎俏出于礼貌也瞬时站了起来，还没伸手，商郁已经缓缓放下茶杯，眸光幽深地望着查理斯："在南洋，不需要吻手礼。"

查理斯的视线在他和黎俏身上睃巡而过，随即了然地收回手，对着黎俏点头示意："幸会，黎小姐。"

看得出来，他对商郁的话，很顺从。黎俏重新入座后，不经意地看着商郁，摊在膝上的手随即被他握住，并用力捏了一下，似乎在宣示主权。

两人这番小动作，查理斯看在眼里，但什么都没说，只是目光偶尔看向黎俏，带着浓浓的深意和审视。

不多时，查理斯借故去了洗手间。

阳伞下，黎俏的手被男人的五指撑开，贴放在他的膝盖上。轻轻摩挲两下，就听见他冷声询问："来时的路上，遇见屠安良了？"

黎俏点头，淡声道："他查到了我和老师的关系。"

"找你麻烦了？"商郁夹着烟转眸，目光细致地打量着黎俏。

黎俏挑了下眉梢："也不算，就是说了几句废话。"

默了几秒，商郁神色傲然地眯起眸："需要帮忙吗？"这话，是疑问，又夹杂着南洋商少衍独有的霸道。

黎俏回握着他的手，笑吟吟地摇头："不用。"莫名地，她很喜欢商郁这样的询问方式。他虽霸道，却给了足够的尊重。若她需要，他便出手，而并非专横独裁地将她护在羽翼下。

此刻，黎俏和男人四目相对，鬼使神差地往前凑了凑："这点小事，我能解决。"距离拉近，黎俏甚至能嗅到他身上熟悉的乌木香。

商郁微微偏头，睇着她张扬的眉眼，扬起薄唇，眼里有欣赏和纵容："那就随你，但记得不能受伤，嗯？"

247

黎俏垂下纤长的眼睫，抿着笑："嗯，放心。"

临近中午，黎俏和商郁陪同查理斯坐在高尔夫球场的茶餐厅用餐。英伦男人的礼仪举止总是透着良好的教养和绅士风度。此时，黎俏坐在商郁的身边，吃着甜点，顺便听着他们二人谈论国际金融局势，心中难免惊讶。从查理斯的言谈中，她能猜测出对方的身份在英帝国那边应该不低。甚至……一个金融杠杆就能撬动整个金融格局的变化。但是从他和商郁的对话来看，又不乏俯首称臣的谦卑。

黎俏余光看向身侧饮酒的男人，英俊不凡，矜贵傲然，一口流利深沉的英伦腔甚至和土生土长的查理斯不分伯仲。而今天他带着自己来见查理斯的举动，也显得不同寻常。说是介绍也好，引荐也罢，但是……查理斯的反应太古怪了。即便是相识了几个小时，他那双眼睛还是偶尔会瞟向自己，充斥着满满的探究。

不多时，商郁放在手边的手机响了。

他拿起膝盖上的餐巾，折叠两下便放在了桌上，在黎俏耳边低声道："你和查理斯聊一下，我很快回来。"

按照待客之道，今天她和商郁是主，查理斯是客。黎俏欣然允了商郁的话，目送着他出门，随后淡淡地看向查理斯，没话找话："查理斯先生，南洋的西餐还合口味吗？"

查理斯湛蓝的眸光深邃而专注地望着黎俏，他拿着餐巾擦拭着嘴角，笑容和煦地颔首："不错，我很喜欢。"

"那就好，喜欢您就多吃点。"黎俏不擅交际，做事向来随心，此时身为东道主，除了说些客套话，也不知还能和他聊什么。聊金融话题？未免有刻意搭话的嫌疑。他们这类混迹金融领域的人，个个都是人精。黎俏懒得费脑力，索性端起果汁杯，对查理斯举杯示意。就差说一句"世界和平"来促进友好交流了……

查理斯抿了口白葡萄酒，随即举杯晃了晃，若有似无地试探道："黎小姐对股市感兴趣吗？"

没想到，金融巨鳄率先抛出了话题。黎俏稍加思索，便淡淡地点头，语气谦和："略有了解。"

查理斯一副惋惜的神态，摇头感慨道："曾经我有位女性朋友，股票在她手里被玩得出神入化。说起来，我能有今天的成就，也离不开她的点拨和教导。不过很可惜,她已经去世很多年了,要是现在她还活着,你们两个见面说不定还会一见如故。毕竟,你们长得太像了,刚才看见你的时候,我险些以为她又活过来了。"

外国人说话,向来直白,没有那么多弯弯绕绕。这一刻,黎俏也终于明白,为何查理斯从看见她开始,就流露出那么多情绪。

黎俏眸里深意十足,手指摩挲着果汁杯,故作惋惜地颔首:"那确实太可惜了,听查理斯先生的讲述,我都忍不住想见见了。不知……您有没有她的照片,可否给我看一看?"

查理斯遗憾地摊手摇头:"现在没有,不过等我回国之后,我可以找找。"

"那能否麻烦查理斯先生,如果找到照片,发给我一张,让我瞻仰瞻仰?"黎俏的话滴水不漏,似乎真的只是对素未谋面的股神感兴趣。

查理斯泰然自若地点头:"当然可以,不如我们加个联系方式……"

话音未落,商郁回来了。

黎俏正打算拿手机加查理斯联系方式。

商郁眸光高深地回到桌前,凝眸弯唇,睇着查理斯,一锤定音:"联系方式就不用加了,你有我的电话,有事可以打给我。"

查理斯讪笑一声,将手机揣进了裤兜,连声说了好几句"OK"。

饭后,黎俏和商郁站在原地,目送着查理斯上车离开,待对方的车队远走,她轻轻撞了下男人的肩膀:"衍爷,查理斯来南洋做什么?"

商郁垂眸,目光深远地勾唇:"借钱。"

黎俏了然地看着他:"找你借钱?"这句话,是她在饭桌上听来的。原本惊讶于金融巨鳄居然还需要借贷,不过现在看来,她没听错。

"嗯,查理斯家族最近的运作出了点问题,流动资产被套,需要大量资金涌入维稳。"商郁解释的口吻很平淡,仿佛在说一件无关紧要的小事。

黎俏和他并肩往博栏会所走去,忖了忖,又说道:"刚才查理斯跟我说,我和一个已故的女股神长得很像,不知道到底有多像,能让他看见我就那么惊讶。"言毕,黎俏就斜睨着商郁,不放过他一丝一毫的面部表情。不知是不是她多想,今天这场见面,有种刻意安排的错觉。

此时,商郁缓步顿在了黎俏的身畔,墨黑如潭的眸深不见底,唇瓣轻扬:"不必当真,在外国人眼里,亚洲面孔大多相似。"

是这样吗?黎俏半信半疑地抿起嘴角,不置可否。讲道理,其实商郁

249

完全可以不把她介绍给查理斯认识，但他还是这么做了。难道……就仅仅是为了公布她女朋友的身份？但查理斯不是南洋人，知道与否，也无关紧要不是吗？

黎俏心里不停暗忖着，突地肩头一沉，男人强健的臂弯搭了上来，轻搂，俯首，耳语道："想和他添加联系方式，是为了打听女股神的事？"

"嗯。"黎俏猝不及防地被他温热的气息洒在了耳畔周围，又痒又麻。她定了定神，懒洋洋地靠在商郁的肩侧："他只是要给我发女股神的照片，而已。"

商郁侧首看着她，舒展眉心，煞有介事地压了下唇角："发给我也一样。"

黎俏偏头调侃道："就怕你把人家吓得不敢发照片了。"

"不会，金融资金和一张照片，孰轻孰重，他分得清。"

这句话，黎俏没深想，权当一句玩笑。

过了一会儿，二人回到了博栏会所。今天这里似乎被清场了。偌大的会所，除了偶尔路过的服务人员，压根就没见过其他客人。

会所二层的贵宾休息厅，黎俏懒散地窝在沙发椅中，看了眼时间，已经下午两点，一会可能要回公司了。商郁不知道去哪儿了，只说让她稍等，便离开了休息厅。黎俏百无聊赖地滑着手机屏幕，流云和落雨也不知所终。

唔……无聊呢。

转眼，十五分钟，商郁还没回来。黎俏思考着要不要给他发个微信问问，正想着，身后传来落雨的声音："黎小姐，可以过去了。"

黎俏回眸看着她，懒得多问，起身朝着前方努努嘴："走吧。"也不知道去哪儿，反正挺神秘的。

不多时，黎俏被落雨带到了博栏射击馆区域。她淡淡的眸光中逐渐蓄满神采，隐隐有了些小期待。距离上一次在射击馆射击，已经快过去一个月了。对于偏爱射击和精密器械的黎俏来说，射击有着绝对的吸引力。

前方尽头的一间射击室，流云正站在门口静候，看到黎俏的身影，便颔首拉开了门："黎小姐，请。"

黎俏淡声道谢，满怀着好奇心走进射击室。站定，抬眸，当她瞧见眼前的一幕，顿时笑弯了眉眼。不大的私人射击室内，一张长桌摆在射击台的后方，上面陈列着八只银色手箱。里面是射击馆只针对特定用户才会提供的仿真射击枪。

而商郁则站在长桌前,一手插兜,一手夹着烟,姿态随性地睨着她:"过来看看。"黎俏闲庭信步地走过去,低头认真打量着手箱里面的巴西PT、法国Mle、柯尔特、伯莱塔、沙漠之鹰……

这时,男人不急不缓地抽了口烟,随手拿起柯尔特,垂眸含笑:"下周进入实验室,还有时间玩射击?"

黎俏一怔,不说话了。别说玩射击,可能连吃饭睡觉的时间都是挤出来的。做研究,不是儿戏。

商郁见她一脸怔忡地摸着枪身,拍了拍她的肩头,朝着射击靶的方向昂首:"去吧,箱底有安全子弹,想打多少就打多少。"

一个多小时,商郁就在旁边陪着。这般纵容,让黎俏的心头一片滚烫。

天色,近黄昏,霞光万丈。黎俏和商郁坐在露天休息区,她揉了揉胳膊,意兴阑珊地扯唇:"今天是我最后一天实习,这是给我的离职奖励?"

男人抽着烟,眺望着远处的高尔夫球场:"算是吧,明天我要出门,大概一周后回来。"说着他收回目光望着黎俏,"有事可以给我打电话,或者交代给落雨。实验室方面如果需要医疗支援,直接和流云说。"

"哦。"黎俏了然地点头,但又觉得这话怎么听都不对味儿。她靠着U型藤椅,狐疑地眯了眯眸,"你不是一周后就回来吗?"交代得这么详细,听起来像是要离开很久的样子。商郁叠着腿,在烟灰缸里磕了下烟灰:"权当有备无患。"

……

第二天周六,商郁离开了南洋。

上午十点,黎俏吃过早饭就开车出了门。原本她打算去找一趟关明玉,结果车子刚驶出林荫小路,墨齐的电话就打了过来。电话中,他惊慌失措地说道:"小黎,老师不见了,他有没有去找你啊?"

九公不见了?黎俏将车停在路边,手指敲了敲方向盘:"慢慢说,怎么不见的?"几乎是下意识,黎俏就想到了屠安良。昨天上午才逼停了她的车,后来又被落雨教训了一番,如果他怀恨在心想要报复,倒是说得通。到底还是低估了屠安良的狼子野心。九公是他父亲,他当真下得去手?

这时,墨齐在电话里焦急地解释了缘由。原来,墨齐昨天临时有事,并没去医院,今早去探望,就发现九公不见了。墨齐跑去问护士站的护士,结果对方却反问他"为什么还不把病人送回来?"因为病人申请当晚离院的免责书上,签了墨齐的名字。但字迹,不是他的,也不是九公的。墨齐一时六神无主,只能给黎俏打电话求助。

此时,黎俏听完墨齐的解释,不急不躁地说道:"你不用急,我去找老师。"不等墨齐回答,黎俏就挂了电话。

与此同时,南洋某老旧小区,三〇二房间。

和黎俏想的一样,九公的确被屠安良带走了。此时,屠安良穿着皮鞋踩着茶几,两指捏着烟,瞥着沙发上面色发白的仲九公,讽刺道:"老东西,你要不想断掉另一只手,就趁早跟我说说,你那女徒弟到底是什么来头!"屠安良的语气夹杂玩味,又不难听出一丝威胁。

仲九公右臂打着石膏,面色虽然苍白,口吻却非常平静:"你别想了,我不会告诉你的。"父子俩的对话,完全没有父慈子孝的温情。

屠安良拇指和食指捏着烟弹了一下,厌恶地嗤笑,下一瞬就将烟头砸在了仲九公的肩膀上。

随着火花四溅,九公肩膀的病号服和沙发座套都烫出了几个小窟窿。

这时候,仲九公看着沙发座套,有些吃力地伸出左手,拂了拂上面的烟灰,语重心长地说道:"你这么气急败坏也没用。我不告诉你她的身份,是为你好。别以为自己有了点小能耐就可以在南洋呼风唤雨。你也不想想,在南洋城里,查不到信息的人,会是普通人吗?"相比较屠安良的怒不可遏,仲九公显得非常淡然随和。哪怕对方把烟头丢在他身上,他也没有任何愠色,反而愈发淡定地与屠安良沟通。

屠安良似笑非笑地瞪着仲九公,迈步向前直接用皮鞋踩在了沙发上,单手揪住仲九公的衣领:"屠仲,你他妈成心跟我作对是吧?"

仲九公望着他,目光噙着怜悯,默了很久:"阿良,你这些年……"

仲九公话音未落,屠安良的手下慌慌张张地从门外跑进来:"良哥良哥,不好了,不夜城那边突然着火了。"

屠安良神情骤变,没时间再追问黎俏和落雨的事情,大步流星地离开了三〇二。

不夜城起火了,而且火势很突然。据说是线路老化,电线表皮失去了绝缘属性,短路后意外失火。不到三分钟,屠安良带着一众手下匆忙驱车离开。不夜城白天无人,只有每天晚上六点才开门营业。而且那是城南最大的销金窟,也是他敛财的根据地,若火势得不到控制,定会损失惨重。

另一边，屠安良带人离开后，仲九公孤坐在沙发上，望着虚掩的房门，重重叹了口气。他似乎瞬间老了好几岁，目光浑浊，耷拉着肩膀，显出几分老态龙钟的疲惫。

这时，吱呀一声，虚掩的房门被人缓缓打开。

仲九公抬眸，怔住了："丫头？你怎么来了？"

门口，黎俏单腿抵着房门，双手插兜倚着门框："老师，走吧。"她什么都没说，也没有解释，一副理直气壮的模样。

仲九公作势起身，忽然想到了什么，腰腹一沉，又不动了："丫头，你走吧，快走，不用管我……"

"老师，需要我让人来抬你么？"黎俏的语气很平淡，稀松平常的音调，没有任何情绪波动，冷静得吓人。

仲九公望着黎俏，眼睛逐渐红了，低头抹了把脸，嗓音哽咽："你这孩子……"

仲九公的犹豫，黎俏全都看在眼里。她垂眸盯着自己的脚尖，抿了抿唇："他是您儿子，我不会对他怎么样。但今天如果我不来，老师的左手应该也保不住了，对吧？"

"都是我当年造的孽，家门不幸啊。"仲九公沉默了很久，终于自嘲般喃喃了一句。

对于他们父子间的隐情，黎俏不想多问。她稍稍后退了一步，顶开大门，对着楼梯努嘴："走吧，既然这次他是冲我来的，老师就别掺和了。"

仲九公一时哑然，很多话哽在喉间，难以启齿，除了红着眼苦笑，就只能摇头哀叹。

黎俏扶着步履蹒跚的仲九公下楼，也不知他到底发生了什么，明明硬朗的身子骨，却这般孱弱。

楼下，一辆SUV停在单元门的门口，傅律亭看到两人的身影，连忙下车帮忙搀扶："老爷子受伤了？"

仲九公摇头不语，黎俏也什么都没说。

两人扶着他上了后座，甩上车门的瞬间，黎俏压低嗓音道："这几天麻烦你帮忙照顾一下，医院那边先做转院处理。"

傅律亭不假思索地点头："放心吧，傅家拳馆别的没有，拳手最多，让老爷子住在那儿，安全方面肯定没问题。"

黎俏微微点头，傅律亭也没再耽搁，上了车就驶离了小区。

同一时间，屠安良在折返途中突然神色一厉，抬腿踹了下驾驶座椅，低喝："停车。"

"良哥，怎么了？"手下不明所以，却还是强行变道停在了路口。

屠安良望着窗外，眼底戾气丛生："那老东西谁在看着？"

车上的几名手下面面相觑，其中一人支吾道："没、没人，我们都打算跟着去不夜城……"

"操！"屠安良低咒，"调虎离山！"他大意了，听到不夜城起火的消息，一时慌了神。现在冷静下来，才觉得事情不简单。不夜城每年都会定期检修，怎么可能存在线路老化的问题。

屠安良面色狰狞，磨了磨牙："不夜城那边让老二他们盯着，有情况随时汇报。调头，回小区。"

"是，良哥。"

前后不过二十分钟，屠安良回到了小区民宅。他带着三个手下大步流星地上了楼，三〇二的大门，敞开着。

屠安良心道不妙，骂骂咧咧地走到门口，往里面瞅了瞅，一怔，便笑了。大门正对着的客厅沙发上，黎俏在低头看手机。听到屠安良的笑声，她头不抬眼不睁地打了声招呼："进来坐。"屠安良心想，明目张胆地喧宾夺主！勇气可嘉。

屠安良对着走廊地面啐了一口，孤身进门，还顺手把大门给关上了。客厅里，屠安良顺手解开了POLO衫的领扣。他隐晦地打量着房间，确定没有其他人，这才放心大胆地走向黎俏。屠安良边走边问："那老东西呢？"

黎俏依旧在看手机，无视屠安良的挨近，漫不经心地开口："难怪屠家会没落，养育出你这种东西，不破产都难。"

屠安良步伐一缓，眼里顿时凝聚出狂风骤雨，面颊肌肉抽动了两下："你果然知道我是谁！"

这时，黎俏发完消息，不紧不慢地将屏幕熄灭，抬眸望着屠安良，态度轻慢："知道你是谁很难吗？"

如此轻蔑的口吻，仿佛屠安良是什么不值一提的小人物。他在城南身份尊贵，不可一世，良哥的名号就是他身份的象征。此时，被黎俏说得一文不值，屠安良眼里盛满了被鄙视的愤怒。他霍然上前，单脚踩上茶几，胳膊撑着膝盖，俯身威胁道："既然知道我是谁，还敢这么跟我说话？知不知道上一个藐视我的人，已经……"

话音未落，黎俏没什么耐心地站起身，淡声道："废话就别说了。九公我带走了，不管你们有什么恩怨，你断他一条手腕也该够了，以后别再打他的主意。"

屠安良眯了眯眸，看着黎俏那张明艳张扬的脸颊，放声大笑："小美女，吹牛逼都不脸红吗？你在威胁我？我想动他就动他，想揍他就揍他，你管得着吗？更何况，今天就你一个人吧，你觉得你还走得出这间屋子吗？"

话落，屠安良的眼底掠过一丝邪光。他从茶几上放下腿，跨步逼近黎俏。虽说好男不和女斗，但是男人惩治女人的办法有太多了。经过几次接触，屠安良对黎俏早就居心不良。从开始的警惕到现在的心怀不轨，不论她有多神秘，屠安良认为，只要收入胯下，还怕她不听话？他越想越兴奋，逼近黎俏的同时，毫无预兆地伸出手，企图抓住她。

黎俏面不改色地瞥了一眼，稍稍闪身就避开了屠安良。

随即，她叹了口气，惋惜地摇头浅笑："你今天不该回来。"

屠安良又扯了扯运动衫的领口，脸上的络腮胡都漾出了兴奋的弧度："小美女，你别急，我今天就让你知道知道，我该不该回来。"

话音落地，屠安良再次出手，这次他不再收敛，一脚踏上茶几，对着黎俏就挥出了拳头。不听话的女人，只有把她打到求饶才能泄愤。

屠安良对自己的身手太自信，拳头朝着黎俏的太阳穴挥去，按照他的预期，一拳就能撂倒。眼看着拳风袭向黎俏的面门，他嘴角也扬起了胜利的微笑。

可是转瞬，形势突变。他完全没看到黎俏是怎么躲开的，只觉得攥拳的手被人从身侧捏住，而且手法很诡异地按住了他的脉搏，眨眼就卸了一半的力道。

屠安良作势往身后扯臂，同时抬腿朝着黎俏的小腹踹了过去……大概是运气不好，黎俏闪身躲避之际，屠安良的膝盖撞到了茶几边缘，并因惯性而摔倒在地，他的手腕狠狠地戳在了地板上，重度挫伤了。

此时，黎俏站在原地，面无表情地看着吃痛哀嚎的屠安良："别再找九公的麻烦，有事可以找我，我是黎俏。"她说完转身就走。

门外的三名手下不明所以，在她离开后才冲进了房间。此时，屠安良

255

脸色煞白，捂着手腕大口大口地喘着气。面对手下不知所措的表情，他猛地踹翻了茶几，怒吼："去给我查，黎俏到底是谁——"这笔账，没完！

半个小时后，黎俏坐在咖啡厅，偶尔喝一口咖啡，落雨则坐在她对面低声说着什么。此时，黎俏姿态懒散地捧着手机，正和商郁发微信呢。这次他出门，也不知道去了哪里。一个星期后才回来，好久。

这时，落雨说道："不夜城的火势不严重，十分钟就扑灭了。"黎俏戳着屏幕，心不在焉地"哦"了一声。显然，心思都在屏幕上。

与此同时，商郁坐在帕玛八星酒店的商务厅里，听着人工智能产业大会上演讲的行业革新和布局，偶尔给黎俏回一条消息。他身畔两侧，分别坐着流云和追风。

许久未见的追风，端坐在商郁的右手边，虽然面朝前方，但余光不怕死地落在商郁的手机页面上。微信备注：Baby Girl。这是什么称呼？！

追风余光上移，瞥着男人倨傲矜冷的脸颊，很难适应这样的反差。

所以，他现在就想知道，这个"Baby Girl"究竟是不是他之前想追的妞儿。追风继续用余光偷窥着商郁的屏幕，然后看见了这样一段对话。

Baby Girl：男朋友不在的第一天，想他！

商郁：乖，周末回。

"Baby Girl"回了一个"凋谢"的表情

看到这里，追风觉得自己酸得牙都倒了。时代不一样了，他们家老大都会发微信哄女孩子了，而自己都单身俩月了。追风心里很不是滋味，收回目光掏出手机，翻了翻微信好友，也想找个姑娘聊聊天。然后，耳边传来男人低沉的嗓音："会后整理一份会议纪要给我。"

追风转眸一看，发现这话是对着自己说的。所以，您自己跟女朋友聊天没听会议内容，反而让他做会议纪要？

商郁没听到追风的回应，微微转首，神色冷峻地眯眸："有问题？"

追风呼吸一滞，比女人还妖娆的脸庞立马噙满笑，狗腿地说道："当然没问题，老大您放心，我一定事无巨细。"说罢，追风将手机重新塞回兜里，抱起电脑就开始做笔记。

旁边的流云递给他一道同情的眼神。怎么说呢。他可能没注意到，刚才现场直播的镜头突然给头排的商界大佬们切了一个画面，追风端坐在商郁身边不意外地入镜了。然后，直播大屏幕上，所有人都看见了追风偷觑商郁手机的一幕……流云扶额叹息，总觉得距离四大助手三缺一的日子越来越近了。

两个小时后，会议结束。流云和追风跟在商郁背后走出商务厅。

刚来到宴客区，流云便接到一通电话，听完对方的汇报，疾步来到商郁身后。"老大，刚刚得到消息，城南屠安良突然联络了城北和城西的关系，说要调查……黎小姐。"流云打量着他的神色，向前一步，建议道，"老大，要不要警告一下屠安良？他如果联动其他人针对黎小姐，只怕……"

"不必。"商郁垂眸看着香槟杯，晃了晃，浅抿一口，"南洋经济大会之前，给他找些事做，短时间内让他走不出城南。"

"是。"

上午十一点，黎俏和落雨在咖啡店分开，径自驱车来了筒子楼附近。临街的小饭馆，还不到用餐高峰期，店面里寥寥几人。坐在窗口的关明玉不时张望着，看到黎俏下车走来，连忙站起身迎接她。"黎小姐。"关明玉脸颊本就肉多，此时笑着打招呼，显得五官更加拥挤。

黎俏走到小桌旁，点了点头，示意她坐下。

关明玉将一瓶可乐推到她面前，有些拘谨地解释："他们店里没有奶茶，所以我给你点了可乐……"

黎俏道谢，抬眸看着关明玉，开门见山："关于你身体的情况，实验室那边已经做了基因测试，目前考虑会成立项目小组，有针对性地开始研究你的病症。"

闻此，关明玉眉眼一亮："真的吗？"

黎俏淡淡点头，手指微抬："你先别高兴，我今天找你就是想问问你的想法。实验室一旦启动了研究，除非测不出结果，否则项目就会一直深入。这个过程里，可能需要你的配合，包括提供你的血液或者毛发进行不定期的检测，也包括……某些针对性药物的人体试验。所以你考虑清楚，是否要和实验室那边签署志愿者协议，以志愿者的身份配合实验室的各项研究。"

黎俏的一番话，直截了当。实验室想要找到关明玉的病因，势必要投入大量的时间来研究测试，而她本身也将成为各种实验测试的唯一对象。所以，志愿者的身份，是最合理的。

这时候，关明玉听完黎俏的解释，犹豫再三，小心翼翼地问道："那些实验……都是免费的吗？"

黎俏点头："嗯，免费。"

关明玉明显松了一口气，旋即又问："会有生命危险吗？"她的社会经验不多，却也明白无功不受禄。

黎俏的指尖敲了敲桌面，直言不讳："这一点，我无法保证。你的病情成因目前还在探索阶段，这个过程需要反复研究和筛选，包括所使用的各类试验药物，也不排除会出现不良反应的症状。而一旦签署了志愿者协议，也就意味着试验里发生的任何状况，你都将自愿承担任何后果。所以，仔细考虑清楚，是否要配合实验室进行医疗研究。如果你不愿意，我不强求。"

黎俏泰然冷静地分析出实验中可能会发生的状况。病理实验本就繁琐庞杂，研究结果更不可能一蹴而就，关明玉心有踌躇，无可厚非。

黎俏见她陷入了纠结，眸光若有似无地瞥向了饭馆的斜对角。她扯了扯唇，目光坦荡而淡凉："科学实验是严谨的，项目小组将由江翰德院士带队开展工作，如果想知道更多的细节，关明辰你不如直接来问我，拿手机偷拍这档子事，还是省省吧。"

关明玉的脸色瞬间白了。而坐在饭馆斜对角，背对着她们的男人，也明显肩膀一颤。那人是关明辰。黎俏的视线在他们二人之间穿梭而过，顺势靠在了木椅背上，似笑非笑。

这时，关明玉起身，疾步走到斜对角的方桌前，扯着对方肩头的布料，催促道："哥，别录了，你快过来。"

头脑简单的关明辰烦躁地搓了搓脑门，左手还保持着从右侧腋下偷拍的姿势，尴尬地叹了口气。那些电影里面都是用这个手法偷拍的，怎么到他这儿就被发现了？

少顷，兄妹俩坐在了黎俏的对面。关明辰一张黝黑的硬汉面孔，此时也臊红了耳根。

三人面对面沉默了片刻，黎俏没什么耐心地昂了昂下巴："有什么想问的？"

关明辰抬眸，发现黎俏正看着自己，他没什么学问，思忖良久，憋出一句话："你们是不是拿我妹当实验小白鼠？"

关明玉用臂弯撞了他一下："哥，你别胡说八道。"

黎俏睇着关明辰，不置可否："她是实验室的研究对象，你要是这么理解，也没错。"

这时，关明玉抠着自己的指甲，定定地望着黎俏，犹豫数秒，便下定了决心："黎小姐，我愿意签署志愿者协议。"

"明玉！"关明辰低喝一声，"他们摆明了拿你当小白鼠做研究，这事咱不能干。我以前看过新闻，人体试验可是违法的。"

违法？市面上所有售卖的医疗药物，哪一个不是经过人体临床试验后才量产的？黎俏幽幽看向关明辰，目光微凉，她敲了敲桌面，缓缓起身，语气淡漠："既然如此，那算了。"这种事情上，黎俏懒得多费唇舌。要不是关明玉的怪病引起了她和实验室的兴趣，大概她也不会在这对兄妹身上浪费时间。

黎俏起身就走，桌上的那瓶可乐，她动都没动。关明玉焦急地想唤住她，但冲动的关明辰已经追了出去。"黎小姐，你等等。"饭馆外，黎俏顿步站定，却没有回头。

关明辰疾步走到她面前，面对黎俏淡漠的目光，他攥拳抵着嘴角："如果，我是说如果，你没有别的目的，那你为什么要帮我们？"身在社会最底层，关明辰经历了太多的人情冷暖。他从不相信有人会无私提供帮助，即便有，也一定与利益相关。

而黎俏不冷不热地看着他，言简意赅地给出回答："不算帮，只是各取所需。"他们没钱却想治病，而实验室恰好愿意研究，仅此而已。

关明辰眼神微晃，滚动着喉结，有些匪夷所思："我妹的身体到底出了什么问题？真的值得国家院士出面进行研究？"

"染色体异变。"黎俏淡声给出了答案，无视关明辰恍惚的神色，转身离开前，她留下一句话，"如果愿意加入，那就明天下午来实验室找我。"

关明辰遥望着黎俏远走的背影，眼里顿时噙满了复杂。

隔天，下午三点，关明玉和关明辰兄妹毫无意外地出现在了人禾实验室。经过慎重的考虑，关明玉决定以志愿者的身份配合试验研究。

办公室里，江院士看着关明玉很慈祥地笑了笑："小姑娘你不用害怕，咱们实验室是挂靠在科研所名下的，一切研究都是经过国家允许的行为。至于你的情况，咱们明天就启动研究小组，争取尽快让你痊愈。"

关明玉坐在江院士面前，双手略显拘谨地放在膝盖上，感激地道谢："谢谢您，如果以后有什么需要我配合的，您尽管开口。"

江院士扶了下镜框："嗯，有你这句话，我就放心了。连桢，你带她去再去采两管血样，毛发组织也收集一些。"

连桢应声，带着关明玉就去了隔壁的采血室。

而此时，办公室外的走廊拐角，关明辰站在黎俏面前，郑重其事地颔首道："黎小姐，之前对您多有误会，还请您别放在心上。"

黎俏穿着白大褂，神色淡淡地应声："嗯，没事。"

关明辰又说道："我这人没什么本事，但身手不错，力气大，您以后要是有用得到的地方，随时招呼我。"话刚说完，关明辰挠了挠头，有点汗颜。因为他想起那次"绑架"黎少权的时候，自诩身手不错的他，被黎俏一个过肩摔给打趴了。

此时，黎俏放在大褂兜里的手机振动了两声，她掏出手机，漫不经心地问道："之前听关明玉说，你会心算？"

关明辰"啊"了一声，讪笑："那都是以前的事了，我……"

"365乘365等于多少？"黎俏打断他的话，直接抛出了问题。

三秒后，关明辰直接回答："133225。"

黎俏看手机的目光一顿，颇有兴致地抬眸看向关明辰。这样的心算速度，很快了。黎俏眯眯望着关明辰，他看起来没什么头脑，偏偏会心算。而关明玉一个普普通通的姑娘，身上却患有离奇的怪病。这对兄妹，有点意思。

……

转眼，过了三天。黎俏从周日开始，就正式加入了人禾实验室的研究。

由于项目刚刚启动，准备工作很庞杂。这天，晚九点，黎俏还坐在研究室看着手中的染色体对比图，目光专注又认真。江院士和连桢则坐在实验台通过设备监测关明玉的血样分析。项目小组成员共七人，其他几个研究员也都在有条不紊地工作着。

这时，黎俏放下对比图，揉了揉酸胀的额角，起身接了杯水，径直走到窗边望着夜色沉思。关明玉的染色体已经明显畸变成了环状，能够导致染色体畸变的常见化学制剂都做了化验分析，需要等着测试结果出来，才能继续下一步的深入研究。

思及此，黎俏轻叹，小口喝着水，余光在楼下的霓虹夜色一扫而过，却蓦地顿住了。她所在的研究室，恰是临街的方向。此刻，华灯暗影中，有一辆低调的黑色商务车停在路边。实验室所处的位置在城西，并非商务区，周围大多是图书馆或实验综合楼，这个时间甚少会出现商务车。而让黎俏注目的原因，是那辆车的驾驶室里，透过斑驳的灯光，隐隐有个熟悉的面孔。

似乎……是流云。

黎俏又凝神看了几眼，牵起嘴角，将水杯放在窗台上，脱下身上的实验大褂，对江院士说："老师，我出去一趟。"

江院士沉浸在研究中，心不在焉地"嗯"了一声。过了两秒，他反应过来，急忙对着黎俏喊道："俏俏，今天就到这儿吧，你别回来了。听我的，你现在回家，去跟你爸妈说一声，明天开始搬到实验室的宿舍来住，别天天这么两头跑了，我看着你都累。"

实验室有独立宿舍，由于工作时间的不确定性，大多数的研究员都会在研究期间住在宿舍，一来节省时间，二来免去途中奔波。

此时，黎俏站定在研究室的门口，看着江院士，忖了忖，便允了他的提议。夜幕浓稠，柳梢挂满了星光月影。黎俏单手插兜，推开实验楼的双扇门，夜风浮来淡淡的清凉。她一步步走下台阶，眺望着前方的商务车。

霓虹灯下，商务车的自动门缓缓打开，昏黄的车厢中，商郁靠着座椅，薄唇轻扬，隔着暮色偏头望着她。黎俏不急不缓地踱步，眼睑微垂，盖住了雀跃的笑意。见她走来，男人迈出长腿倾身下车，修长的身影站在树荫下，面容深邃，矜贵不凡。

此时，黎俏抿着笑来到商郁面前，仰头望着他，但来不及开口，男人已经微微俯身，拥她入怀："忙完了？"

磁性的嗓音从头顶传来，黎俏在他怀里轻轻点头："你怎么来了？不是周末才回来么？"还以为要多等两天才能看见他。

"不希望我提前回？"商郁双手撑着她的臂膀拉开距离，薄唇漾着戏谑的弧度。

黎俏瞥他，咕哝道："我巴不得你没走。"一日不见，如隔三秋。他俩五天没见，多少个秋了？商郁暗邃的眸凝视着黎俏，短短几天，他的女孩瘦了，也憔悴了。影影绰绰的路灯下，黎俏眼角泛红，眼底充斥着血丝，显然没了往日的神采。

男人有些心疼地扣住她的后脑在怀里揉了揉，再次拉开距离看着她："累不累？"

黎俏回答："有点。"

"走，回家睡觉。"商郁将人搂在身侧，带着她上了车。

大概是做了一天实验，头脑本就昏沉，黎俏压根忘了黎家夫妇告诫她不准夜不归宿的家规了。上了车，她窝在男人的颈侧，手指被他牢牢握着，这般安静温馨的气氛里，一会儿就睡着了。

　　商务车驶入主路，飞快地朝着南洋公馆进发。其间，流云目不斜视地看着前方，可能是太安静了，他忍不住扫了一眼后视镜。结果就瞧见他们家野性杀伐的衍皇老大，左手搂着黎小姐，右手捧着她的脸蛋，偶尔低头亲她一下。额头、鼻尖、眼角、脸颊，反正露在外面的地方，他都亲了，手都没放过。这一刻，流云突然觉得他家老大挺禽兽的。人家睡着了，你这是干啥呢？！

　　然后，前方突然有车变道加塞，流云扶着方向盘的手抖了抖，后座顿时传来一句沉冷的警告："看路，好好开车。"

　　流云立马挺了挺胸膛，压低嗓音："是，老大。"

　　四十分钟后，车子抵达南洋公馆。黎俏靠在商郁的怀里似乎睡得很熟，向来警惕的女孩，好像放下了所有的防备。

　　流云按下自动门的开关，率先下了车。几秒后，商郁抱着黎俏走出车门。男人宽阔的臂膀毫不费力地将女孩打横抱起，步履稳健地走进了公馆。从室外到室内，灯光乍亮。

　　商郁站在门厅入口脚步微缓，低头看着怀里睫毛微颤的黎俏，浑厚的嗓音夹着笑："还想装睡到什么时候？"

　　哦，被发现了。黎俏抿了下嘴角，在男人怀里懒洋洋地掀开了眼帘。此时她被商郁打横抱着，纤细的脚腕惬意地叠在一起，挑眉一笑："你怎么发现的？"

　　商郁缓步站定，深邃的眸映着灯影，滑动着喉结，俯首在她耳边沙哑地说："亲你的时候。"

　　小姑娘一开始确实睡着了，但后来他难掩心痒亲了两下，女孩那浓密的睫毛就开始不停地抖动。往后的一路大概都在装睡。

　　黎俏听到他耳畔的低语，温热的呼吸洒在敏感的耳蜗，忍不住缩了缩脖子。她扬眉睨着男人，目光渐渐停驻在他的唇上："不能怪我装睡，谁让你……亲了我一路。"她倒是想睡觉，但是密密麻麻的浅吻时不时地落在脸上。

　　这时候，商郁听着她的控诉，捕捉到她落定在自己唇上的目光，唇角不经意地扬起,双臂也逐渐收紧:"所以呢?"

"所以……"黎俏堪堪移开视线看向男人的双眸,"我得亲回来,不能吃亏。"

她主动向前,柔软的唇瓣贴在了男人的薄唇上。黎俏浅浅啄弄,似乎没什么经验。这就如同春风又起的野火,瞬间燎了原。

黎俏也没想到,一个小小的举动,竟引起了商郁这么大的反应。男人蓦地收紧臂弯,将她更密实地抱在怀里,转瞬掌握了所有的主动,长驱直入地攻城略地。标准的法式深吻。

这个深夜,这座被称为山中明珠的南洋公馆门前,背影颀长的男人站在大厅正中间,抱着一个女孩,两人吻得深入而热烈。门前偶尔路过的保镖都惊呆了。巡逻路上都能被狗粮胡乱地拍了一脸,什么玩意儿!

一吻毕,黎俏嘴角红肿,目光迷离地趴在商郁肩膀上小口吸着气。

耳畔的男人呼吸微重,睨着她红润的脸颊,以骨骼分明的下颌蹭了蹭,调整好呼吸便抱着她回了客厅。

反正,小小的一段路,彼此间的温度仍然有攀升的趋势。数秒后,黎俏从男人怀里下地,故作镇定地走到沙发入座,要不是脚腕发软,可能也看不出什么异常。

这时,一片黑影从头顶落下,黎俏顿时屏住呼吸,靠着沙发,视线飘忽地抬起头。浓烈的男性气息扑面而来,隐隐蛊惑着黎俏的理智。那个吻,再次袭上脑海。

商郁单手撑着沙发椅背,俯身以温热的拇指在她的唇边擦了擦:"晚上没吃饭?"

"嗯,亲忘了。"黎俏思绪混沌,盯着男人的唇,莫名其妙的话就这么脱口而出。说完两三秒,眼看着男人漆黑深邃眼底凝聚出越来越多的笑意,黎俏才懊恼地抓了下脑门:"不是……我的意思是,忙忘了。"她的冷静呢?她的自持呢?她引以为傲的理智呢?不到二十分钟,黎俏便和商郁坐在楼下的餐厅吃晚饭。暖色的灯光倾泻在餐桌上,黎俏低着头,不紧不慢地咀嚼着食物。其间,她抬头看了一眼,蓦地撞上了商郁深邃的目光。男人没有动筷,只是侧身坐着,手里夹着烟,不时抿一口。

黎俏咽下食物,端着杯子喝了口水,望着对面:"你什么时候回来的?"

"下午六点。"商郁扭头朝着旁边吐出烟雾并回道。

黎俏了然地重新拿起碗筷，但夹菜的手突然一顿，看着商郁："你回来之后就去实验室等我了？"按照时间来算，从南洋机场到实验室最少也需要一个小时的车程。而且他今天坐着商务车，并不是衍皇的车队，显然是从机场回来的。

　　这时，商郁眯眸将细支雪茄掐灭在烟灰缸，隔着淡淡的薄雾，不答反问："屠安良有没有再找你麻烦？"

　　黎俏扯着嘴角，深深看他一眼，也没再纠结先前的问题，摇头道："估计没时间吧，伤筋动骨一百天，想找我麻烦也得等他养好伤。"

　　对于商郁的询问，黎俏丝毫不觉意外。凭借他的关系网，想知道她的动向易如反掌。再说，黎俏也没想隐瞒他。商郁见她谈及此事口吻平淡，浓墨般的眼里笑意渐深。

　　饭后，时间临近深夜十一点。黎俏懒懒散散地窝在客厅沙发里，微垂的眼睫透着一丝疲倦。

　　这时，商郁从客厅外走进来，身后跟着流云："黎小姐，请喝茶。"

　　大麦茶被流云递过来，黎俏道谢接过，浅抿一口就放在了茶几上。她有点困，偏偏又不想睡觉。进入实验室后，能和商郁相处的时间并不多，尤其他今天很可能在楼下等了自己两三个小时。想到这里，黎俏心有不忍，更坚定了和他再待一会的想法。

　　"老大，如果时间没问题的话，那就暂定本周六考核。"流云和商郁似乎在商讨着什么事情，黎俏没多听，顺手掏出手机打算玩一把游戏精神精神。入座的商郁交叠双腿，目光落在对面的黎俏身上，淡淡地应声："可以。"流云领首，离开了客厅。

　　他走后，黎俏也关闭了游戏页面，眨了眨酸涩的眼睛，抬起头和男人四目相对。商郁见她神态困倦，浓眉微蹙："困了？"

　　"嗯。"黎俏将手机丢在沙发上，往后仰了仰头，半阖着眸问道，"你周六有事？"这周六，她有半天假期，如果他有事要忙，那自己还不如继续泡在实验室里做研究。

　　男人勾唇，对她挑了挑眉梢："过来坐。"

　　黎俏散漫地起身，挪步到商郁身侧，刚坐下他的掌心就覆在了脖颈后，力道适中地揉了揉："四大助手的排名，每三年调整一次，周六是他们考核的日子。"

男人解释的话飘然入耳,黎俏迷糊地应了声,却没继续追问。此时,她所有的感官都集中在后颈,商郁略显干燥的手掌源源不断地传递着热度,轻揉脖颈的手法也格外舒适。黎俏眉头舒展,缓缓眯起眼,如同一只被顺了毛的慵懒布偶猫。

商郁看着女孩眯眼享受的惬意姿态,薄唇含笑:"舒服了?"

黎俏扭头对上男人的目光,强行转移话题:"流云他们考核的内容都是什么?"

"周六有空的话,可以过来看看。"商郁的手揽住了她的削肩。

黎俏眸光一亮,连带着疲倦的眉眼都变得生动起来:"好,正巧我周六休息。"

商郁望着她明媚精致的脸颊,幽深的瞳孔微缩,抿唇别开目光俯身从桌上捞起烟盒:"明早几点去实验室?"

黎俏沉吟:"八点左右吧。"实验室的工作并不轻松,八点过去其实都有点晚了。看来她确实要考虑一下江院士的提议,趁早搬去宿舍住。

这时,商郁垂眸点烟,英俊的脸廓周围散着朦胧的烟雾,朝着楼梯的方向昂首:"嗯,去睡吧,明早让流云送你去实验室。"

黎俏确实犯困,起身打了个哈欠,迈着懒散的步子挥了挥手:"晚安。"

……

第二天,清早。天光破晓,南洋山的上空还氤氲着薄雾。

黎俏从公馆离开的时候,余光一瞟看到了几天不见的落雨,穿着训练服在平台的运动场做锻炼。流云见她顿步,声音稳重地解释道:"周六要考核,所以这段时间落雨每天都在加紧训练。"四大助手的考核不仅包括脑力,同时还有各项体能以及武力,可以说文韬武略几个方面皆需要进行重新测试。黎俏淡淡地收回视线,了然地点头。听说之前落雨位列第一,不知这次的考核,她还能不能拔得头筹。

上了商务车,黎俏徐徐走到后座,随着车子行驶到盘山公路上,她才拿出手机,面色无奈地翻看着消息。昨晚手机被她落在了沙发上,今早拿起一看,二十多通未接电话,都是爸妈打来的。夜不归宿这件事,她可能……没办法遵守了。

黎俏叹息,不多时便给黎广明回拨了电话。

电话刚接通,黎广明紧绷的声线就传了过来:"闺女,昨晚去哪了?

给你打了那么多电话都不接,没事吧?"

　　黎俏望着窗外的林中景色,表情淡淡地胡诌:"没事,昨晚在宿舍。"

　　开车的流云心想,南洋公馆……真是好大一个宿舍。

　　这时,黎广明沉默了两秒,口吻依旧半信半疑:"真的?"

　　"嗯。最近实验工作很多,近期我可能都要住在宿舍,爸要是不信,我一会儿让江院士跟你说。"

　　闻此,黎广明的语调明显松弛了不少,很快就笑呵呵地说道:"不用不用,爸就是问问,那你们好好做研究,实验室工作那么辛苦,下午爸让人给你们送点水果,别累着自己啊。"